U0520661

And what is good, Phaedrus,

And what is not good—

Need we ask anyone to tell us these things?

什么是好，斐德洛，

什么又是不好——

我们需要别人来告诉我们答案吗？

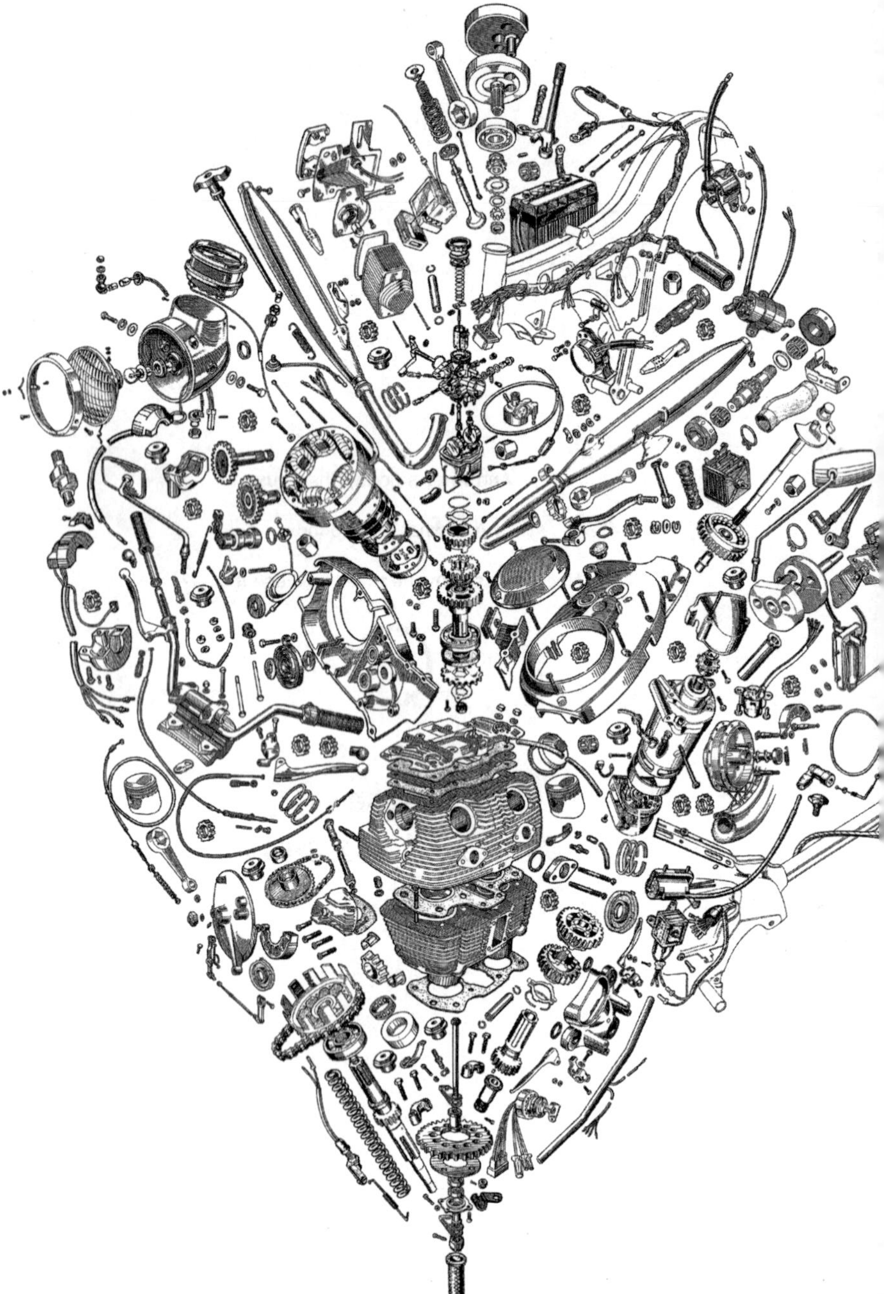

Z　　　　　E　　　　　N

A N D　　T H E　　A R T　　O F

禅与摩托车维修艺术

M　O　T　O　R　C　Y　C　L　E

M A I N T E N A N C E

一场对价值的探寻

A N　　I N Q U I R Y　　I N T O　　V A L U E S

【 美 】 罗 伯 特·M.波 西 格　著　　　张 国 辰　王 培 沛　译
ROBERT M. PIRSIG

重庆出版集团 重庆出版社

Author's Note

What follows is based on actual occurrences. Although much has been changed for rhetorical purposes, it must be regarded in its essence as fact. However, it should in no way be associated with that great body of factual information relating to orthodox Zen Buddhist practice. It's not very factual on motorcycles, either.

作者按语

本书内容均来自于现实生活。虽然出于修辞的目的，已经进行了很大改动，但请读者务必从本质上视其为事实。不过，不要将其与正统禅宗佛教徒修行的大量相关真实信息等同视之。书中关于摩托车的部分也并非十分准确。

目录 CONTEN

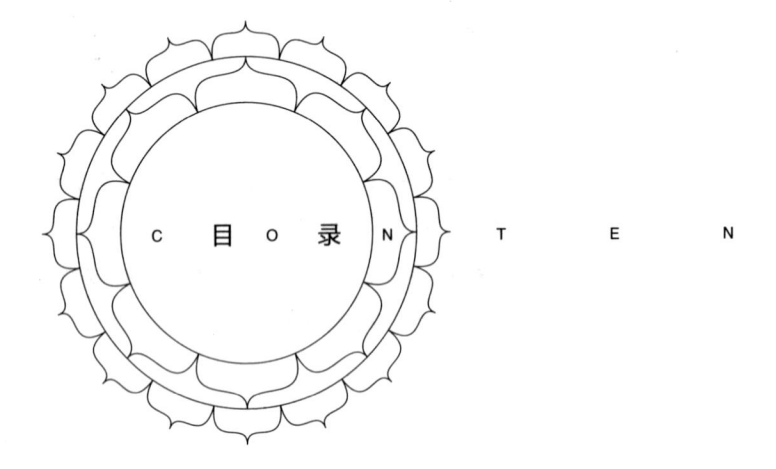

P A R T	1		第一部	008
P A R T	2		第二部	112
P A R T	3		第三部	218
P A R T	4		第四部	384

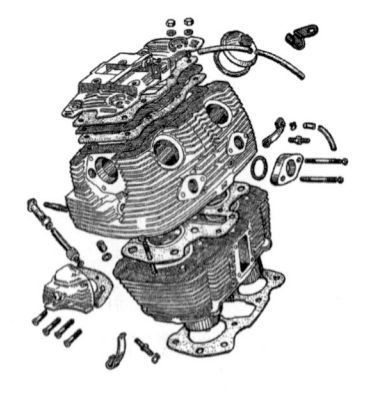

PART 1

第一部

1

左手都不用从车把上抬起来，我就可以从表上看到，现在是早上八点半。虽然时速高达六十英里，但是迎面而来的风依旧潮热难忍。我不禁想，一大早就已经这么闷热，到了下午可该如何是好啊！

我们现在的位置是中部大草原，路旁的沼泽飘来刺鼻的气味。这些沼泽很适合猎鸭，遍布四周，大大小小数以千计。我们正由明尼苏达州的明尼阿波利斯朝西北的达科他州[1]前进。目前走的是双车道的旧公路，自从几年前有一条与之平行的四线干道通车后，这条路上的车辆就少多了。车子经过一片沼泽，空气突然变得清凉起来，而不一会儿过了沼泽，又恢复了原来的闷热。

能骑摩托车故地重游的确是件乐事，虽然这里不是什么名山大川，也没有什么名胜古迹，但这正是它迷人的地方。从这里走过，紧绷的神经便都松弛下来了，颠簸的水泥路两边是草坡和水烛[2]，长着水草的沼泽和更茂盛的水烛在前方绵延。有的时候四周又是一片开阔的水域，只要仔细瞧瞧就会看见在水烛边缘栖息的野鸭，还有乌龟……那儿有一只红翅黑鹂。

我拍了拍克里斯的膝盖，指给他看。

---

[1] the Dakotas，美国中北部的州，有南北之分。——编者注
[2] cattail，香蒲科香蒲属，生于水边的多年生草本植物，形似蜡烛，故称水烛。——译注

"什么事？"他大声嚷道。

"有一只黑鹂！"

他嘟囔了句什么，我没听见，就大声喊回去："你说什么？"

他一把掀开我头盔的后半部，喊道："我已经看过好多只了，老爸。"

"噢！"我大声回应，然后点点头，的确，十一岁大的孩子对红翅黑鹂是不会有什么感觉的。

要对这事儿有感觉，需要上点儿年纪，对我而言，这感觉里面掺杂着许多他不曾有过的回忆。很久以前，那些寒风瑟瑟的早晨，沼泽中的水草都已枯黄，水烛在冷风的吹拂中摇曳，我们穿着高筒靴站在沼泽里，等待日出，等待猎鸭时刻的到来，而四周踩过的烂泥正散发出一股刺鼻的气味。冬天的时候，沼泽结冰了，我踩在冰上，身边是枯萎的水烛，在我面前除了蒙蒙的天空，只剩下一片死寂和酷寒，这时候不会有黑鹂的踪迹。然而现在是七月，它们都回来了，处处显得生机勃勃，沼泽里面是一片唧唧的虫鸣和小鸟啁啾的欢闹之声，不知有多少生命正在我们周围呈现着盎然的生机，生生不息，代代相传。

骑摩托车和其他的旅行方式完全不同。坐在汽车里，你总是被局限在一个小空间之内，因为已经习惯了，你意识不到从车窗向外看风景和看电视差不多。你只是个被动的观众，景物只能在一个框框里无聊地从你身边飞驰而过。

而骑在摩托车上，框框就消失了。你和大自然紧密地结合在一起。你就处在景致之中，而不再是观众，你能感受到那种身临其境的震撼。脚下飞驰而过的是实实在在的水泥公路，和你走过的土地没有两样。它结结实实地躺在那儿，虽然因为车速快而显得模糊，但是你可以随时停车，及时感受它的存在，让那份踏实感深深印在你的脑海中。

我和克里斯以及那些骑在前面的朋友，正准备到蒙大拿州一游，或许还会骑得更远一点。我们刻意避免按照固定的行程前进，宁可随心所欲地走走停停，因为旅行本身远比赶赴某一个目的地更加惬意。现在我们在度假，想走一走支线，石子铺的乡间小路是最好不过的选择，然后才是州际干道，高速公路是下下之选。我们打算好好欣赏一下沿途的风光，所以要享受旅行的过程，而不去赶时间。这样一来，整个方式就都变了。崎岖的山路虽然漫长，但是骑摩托车却是一种享受——身体可以顺着山势左右倾斜，不像在车厢里那样被晃得东倒西歪。要是一路上车子少那就更享受了，同时也比较安全。我认为路边要是没有广告牌或是休息站，景色一定更美：不论是路旁的树丛、地上的小草，还是园里的果树，都几乎伸手可及，沿途时不时有孩子向你挥手，也有大人从屋里走到廊前看看是谁经过。一旦你停车问路或是想了解什么当地的情况，你得到的回答往往出乎意料：他们会问你打哪儿来，已经骑了多久，滔滔不绝地和你神侃半天。

我们夫妻俩和一些老友迷上这种乡间小路已经有些年了。当初为了调剂一下，或是为了去另一条干道而走捷径，都不免要骑上一段。每次我们都会惊讶于景色的美丽，骑离时便有一种轻松愉悦的感觉。我们经常这么骑，后来才明白道理其实很简单：这些乡间小路和一般的干道迥然不同，就连沿线居民的生活步调和个性也不一样。他们哪儿也不打算去，所以可以悠闲地和你寒暄。他们了解的一切就是此时与此地。而那些多年前移居城市的人，以及他们迷失的后代，拥有了一切，却忘记了这种情怀。这实在是一个宝贵的发现。

我在想，为什么我们这么久之后才领悟。我们早已看过却仿佛没有看到，或者说是环境使我们视而不见，蒙骗了我们，让我们以为真正的生活是在大都市里，而这里只不过是穷乡僻壤。这的确是件令人迷惘的事，就好像真理已经在敲你的门，而你却说："走开，我正在寻找真理。"所以真理掉头就走了。哎，这种现象真是让人不解。

然而一旦我们领悟了，就再也离不开那些小路、周末、夜晚和假日。我们成了真正的乡野骑行迷，只要去了，就会发现值得一看的景物。

我们已经学会了如何在地图上目测出好的旅行路线。比如说，如果地图上的路线很曲折，那就是好的，因为这表示有山丘。如果是由城镇通往都市的干道，那就是差的。最好的路线是前不着村后不着店的那种，而且有一条副线可以让你快捷地抵达那里。如果你出了一座大城镇预备往东北走，肯定不会瞅准方向照直开过去；出了城，你会先往北慢慢开一阵，然后往东开一阵，然后再往北，这样，很快你就会驶上一条只有当地人才走的小路。

走乡间小路最怕迷路。这些路往往只有当地人在走，他们都很熟悉路况，所以很少设置路标。就算设了，也只是小小的一块牌子放在草丛中，毫不起眼。而且往往只标示一次，错过了，那就算你倒霉。更过分的是，干线地图上所标示的小路经常出错，你会发现自己原先骑在双车道上，不久就变成单车道，最后竟来到一片草原，而前面已经没有路了；要不然你就是被稀里糊涂地引到了一户农家的后院。

所以，我们主要使用航位推算法[1]并结合发现的各种线索进行导航。为了预防阴天时看不到太阳，我就随身携带一个罗盘，然后把地图用特殊的包装裹住，放在油箱上面。这样一来我就能知道离上一个岔口有多远，而前面的路又该怎么走。有这些工具的辅助，也没有什么目的地的压力，我们这一路行来非常顺畅，没有遇到什么麻烦事。可以说，我们几乎把整个美国大地都揽入怀中了。

在劳动节和阵亡将士纪念日的周末，我们骑在路上，没有看到其他车辆的踪迹。没想到路过一条州干道的时候，竟然看到车子一辆接着一辆，一直排到很远的地方。车子里的人愁眉

---

[1] dead reckoning, 通过前一时刻的位置和此后运动的速度、时间、路线，推断当前的位置。——校注

苦脸，在后排坐着的孩子不耐烦地大哭着。我真希望能告诉他们一些事，但他们只是绷着脸，一副十分匆忙的模样，所以只好作罢。

我已经看过这些沼泽不知多少回了，但是对我来说，每一次都是新鲜的。你可以用静谧形容它们，但是不够确切；你也可以说它们冷酷、死寂，这都没错，但真正的它们要超出那些一知半解的概念。你看，那儿有一大群红翅黑鹂被我们的声音吓着了，从水烛里的鸟巢飞了出来。我又拍了拍克里斯的膝盖……然后突然想起他已经看过了。

"什么事？"他又嚷道。

"没事。"

"究竟是什么事？"

"只是看看你还在不在。"我回喊道，之后就不再说什么了。

除非你很喜欢大声喊叫，否则一路上很少说话，主要的精力都花在观赏风景和沉思上，想想自己看到了什么，听到了什么，看看天色如何，或是回忆一下往事，偶尔也看看摩托车的状况，欣赏一下我们来到的乡野。日子就是这样随意，忘掉时间，没有人会催促你，也不用担心浪费时间。

我想谈谈我的想法。我们总是很忙，没有时间好好交谈，结果日复一日地过着无聊的生活，单调得让人几年后想起来不禁怀疑，究竟时间都去哪儿了，同时又遗憾于它的流逝。既然现在我们的确空下来了，我想谈一些我自己觉得颇为重要的事。

我心里想的是一种肖陶扩[1]——这是我想到的唯一的名称——就像曾经遍及美国的流动帐篷肖陶扩。就在我们现在身处的美国，借着一连串谈古论今的表演来寓教于乐，让大家的生活更有深度，更多领悟。不过肖陶扩因为收音机、电影和电视的出现而没落了，在我看来这种改变不见得是一种进步，虽然全美的思想交流更加快速，更加宽广，但也似乎变得更加浅陋。原先的河道已无法再承载，它只有另觅出路，然而这样一来，它就为两岸带来了更多的灾难。在这次肖陶扩当中，我不打算在脑海里挖掘任何新的河道，只想把旧的河道疏通一番，因为它已经被腐败发臭的思想和陈旧观念堵塞。"有什么新鲜事儿？"这是一个人们最感兴趣的问题，但是也最不着边际，可以没完没了地问下去。如果认真探讨它的答案，所得的只不过是一堆琐碎的跟风事物，这些都是将来的淤泥。我宁可问这样的问题："什么是最好的？"这个问题能加深河道而非拓宽它，对这个问题的回答，有助于把淤积物冲到下游。人类历史中有些时代，思想的河道挖凿得太深，以至于无法改动，从而再也无法出现任何新气象，这时"最好的"就成了僵化的教条——但我们的现状并非如此。目前，思想的河流似乎早已漫过两岸，丧失了主要的目标和方向，淹没了

---

[1] Chautauqua，又译"肖托奇"，19世纪末期与20世纪早期美国流行的成人教育运动，起自于纽约的肖陶扩一地，以集会为教育形式，包括娱乐、演戏、音乐、讨论、报告等。——译注

低洼地区，把高地孤立起来，并切断了它和其他地区的联系。除了河水本身浪费精力的躁动外，像这样到处流溢并没有任何意义，所以似乎真的到了需要疏通的时候。

骑车走在前面的是约翰·沙德兰和他太太思薇雅，他们已经驶入路边的野餐区。是该伸展一下身体了。我把车子停在他们旁边，思薇雅正拿下头盔，把头发甩开，而约翰则在一旁支起他那辆宝马的脚架。我们都没说话，在一起旅行这么久，彼此已经非常熟悉，只要交换个眼神就知道对方在想什么。现在，我们只是静静地四处张望。

一大早野餐区不见半个人影，仿佛这么辽阔的空间都属于我们了。约翰走过草丛，来到一个铁铸的水泵前打水上来喝。克里斯则从树下走过，越过一座长满杂草的小土坡，走到小溪旁，而我只顾着四下眺望。

不一会儿，思薇雅坐到野餐桌旁的木板凳上，伸直双腿，交替着慢慢地抬起来，但是却低着头，沉默不语，似乎心情不好。我问她怎么了，她抬起头看了看我，又低下去。

"那些迎面而来的车子里的人，"她说，"头一个脸上的表情看起来这么难看，第二个也是。一个接一个，每一个人都很不高兴。"

"他们只是开车去上班啊。"

她观察得很仔细，但是这似乎没有什么不对劲。"你知道，为了工作嘛。"我重复了一遍,"星期一早上总是睡眼惺忪的,有谁上班还会咧着嘴笑啊?"

"我是指他们看起来失魂落魄的,"她说,"好像全都是行尸走肉,怎么像是去奔丧一样!"说完她把两脚放下,不动了。

我了解她的意思,但是从逻辑上讲,这没有什么意义。人得工作才能活下去,他们只是做分内之事。"我当时在看沼泽。"我说。

过了一会儿,她抬起头来说:"你看到了什么?"

"那儿有一大群红翅黑鹂。我们经过的时候,它们突然飞起来了。"

"哦。"

"真高兴又看到它们。你知道,它们让我回想起好多事情。"

她想了一会儿,站了起来。看到身后那些绿荫深浓的树,她笑了。她明白我话里的意思,她确实是个善解人意的女人。

"的确,"她说,"它们真美。"

"多看看它们吧。"我说。

"一定。"

约翰回来了,他检查了一下摩托车发动的情况,然后调整车上绑东西的绳索,又打开行李袋,在里面乱翻了一阵,然后拿出一些工具放到地上,"你们如果要用绳子过来拿,别客气,"他说,"老天,我带的东西太多了,是我需要的五倍。"

"现在还不用。"我答道。

"火柴，"他一边说一边还在翻，"防晒油、梳子、鞋带……鞋带？我们要鞋带做什么？"

"你又要吵吗？"思薇雅说，他们面无表情地看了看对方，然后又一起朝我望来。

"鞋带随时会断。"我一本正经地说，他们笑了，但不是对着彼此笑。

克里斯很快就回来了，大家该起程上路了。克里斯整装就座的时候，他们已经发动车子，思薇雅朝我们挥了挥手。我们又骑上干道，不一会儿，只见他们远远地骑在了前头。

让这场旅行成为肖陶扩这个想法，是在几个月前由他们两位激发的。或许与他们之间潜伏的摩擦也有关系，不过我并不知道。

我想在任何婚姻里摩擦都免不了，但是他们的情况比较不幸，至少在我看来是这样。

他们之间不是个性不合，而是别的问题。双方都没有错，但是都没有办法解决，就连我也不一定有化解的方法，只有些个人的看法。

这些看法始于我和约翰对一件小事有了不同的意见：一个人应该在多大程度上独立维修自己的摩托车？对我来说，尽量使用买摩托车时附送的小工具箱和使用手册，然后自己维修，是一件再自然不过的事；但是约翰反对这么做，他认为应该让师傅负责维修才不会出错。这两种看法都很普遍，如果我们没有花这么多的时间骑摩托车一起旅行，没有坐在乡村路旁的野店一起喝啤酒并且随兴闲聊，那么这点意见上的分歧就不会扩大。只要我们谈的内容是天气、路况、民情、往事或是新闻，谈话自然就很愉快。然而一提到车况，话就说不下去了。大家都保持缄默。就好像两个老友，一个是天主教徒，另一个是基督徒，正在一起喝啤酒，享受人生，只要一谈到节育，谈话马上中断。

当然，发现这种情况的时候，就好像发现自己补好的牙又脱落了，你绝对不会袖手不管，你会到处寻找，找到了再塞进去，塞紧了还要好好想想是怎么掉的。你会花这么多时间，并不是因为这件事有趣，而是因为它萦绕在你心头，让你放心不下。只要我一谈到摩托车维修的问题，他就会坐立不安。这样一来只会使我想更进一步地探索下去。并不是故意要激怒他，而是因为他的不安似乎象征了某些隐而未显的问题。

当你谈到节育的时候，横亘在你们中间的并不是人口多寡的问题，那只是表象，真正起冲突的是信念。基督教看重的是实际的社会问题，而天主教徒则认为那是亵渎天主的权威。你可以滔滔不绝地阐述计划生育的重要性，一直到你自己都听烦了，却仍无法说服对方，因为他并不认为符合社会的实际需要有何好处，他自有比实用更重要的价值观。

约翰的情况就是这样，我可以滔滔不绝地讲解摩托车维修的实际价值，一直说到喉咙沙哑，但是约翰仍然无动于衷，只要一谈到这方面，他就一脸茫然，不是改变话题就是看向别处。他不想听我说下去。

在这方面,思薇雅倒是和他意见一致。事实上,她的反应甚至更激烈。在她比较体贴的时候,她会说:"这根本是风马牛不相及的两件事。"脾气来的时候就说:"简直是胡说八道。"他们根本不想了解,连听都不想听。我越想深入了解为什么我如此被技术工作所吸引,而他们却如此憎恨,原因就变得越模糊不清。结果原本只是小小的歧见,最后却演变成一道鸿沟。

很明显,他们并不是能力不足,夫妻俩都属于聪明之辈,只要他们肯花心思,在一个半钟头内就学得会如何靠听发动机的声音维修车子,这样不但能省下大量的时间和金钱,更不必时时刻刻担心车子会出状况。他们应该知道这一点,也可能不知道,我不清楚。我们从来没有讨论过这个问题,最好还是顺其自然吧。

但是我记得有一次在明州的沙维奇,当时天气差点把我热昏,我们在酒吧里待了大约一个钟头,出来的时候摩托车晒得几乎没法骑上去。我先发动好准备上路,而约翰仍然在用脚踩启动器,我闻到一股汽油味,就像炼油厂传出来的一样,便告诉了他,以为足以提醒他是发动机溢油了,所以无法发动。

"对,我也闻到了。"他边说边继续踩,不停地用力踩,有时还跳起来踩,我不知道该说什么。一直到他踩得气喘如牛,汗流浃背,再也踩不动时,我才建议他不妨把火花塞拿出来晾干,让汽缸通通风,然后我们可以回去喝杯啤酒再出来。

噢,我的天,真糟糕,他根本不想沾手那些东西。

"什么东西?"

"噢,别提什么工具和什么那些东西了。它没有理由发动不起来。这是一台全新的摩托,而且我完全是照手册上说的去做的。你看,我照他们说的把阻风门拉到底。"

"阻风门拉到底?"

"手册上是这么说的。"

"发动机冷的时候才这么做!"

"我们至少进去了半个钟头。"他说。

我听了暗吃一惊。"但是约翰,你知道今天天气有多热。"我说,"即使是大冷天也得半个多钟头才能冷却下来。"

他抓抓头,"那为什么不在手册里说明呢?"他打开阻风门,再一踩就发动了。"这就对了。"他高兴地说。

就在第二天,仍在附近地区,同样的情况又发生了一次。这回我决定什么也不说,他太太催我过去助他一臂之力,但是我摇头,我告诉她,除非他真正感觉需要别人的帮助,否则别人的介入只会引起他的厌烦。所以我们就走到一旁,坐在阴凉的地方等。

发动不了的时候,他对思薇雅特别客气,这表示他已经愤怒到极点了,而思薇雅在一旁露出"天啊,又来了"的表情。其实只要他问我一句,我一定会立刻上前帮他,但是他并没有那么做。大约花了十五分钟,他才把车子发动。

后来我们在明尼通卡湖畔喝啤酒,大伙儿都围着桌子喝酒的时候,只有他一言不发。我看得出来,他是为刚才的事耿耿于怀。过了好一阵子,他的心情稍微放松了,才说:"你知道……刚才发动不了的时候还真是……让我火冒三丈,心想非把它发动起来不可。"开口说话似乎让他轻松了一些。他又说:"他们店里只剩下这一台破车。他们也不知道该拿它怎么办,是退回工厂,还是随便卖掉,结果看到我进店,正巧身上又带了一千八百美元,就这样做了他们的替死鬼。"

我几乎是半请求地让他试着去听发动机的声音,他试得很努力,但问题还是一样,于是他干脆回去和大伙儿再喝一杯,话题就到此为止。

他并不是固执的人,心胸也不狭窄,既不懒惰也不愚蠢,所以这件事要解释起来还挺不容易的,就当成一个"未解之谜"随它去吧,对于一个没有答案的问题,穷追不舍又有什么好处呢?

我曾经想过,是不是我在这方面比较特别,但是这个说法并不成立,大部分骑摩托车旅行的人都知道如何调试发动机。开汽车的人通常不会去碰发动机,不论多小的城镇都会有一间修理店,提供车主昂贵的、专门的工具和诊断用的设备,这些都是一般车主不会购买的。同时汽车的发动机比摩托车复杂多了,一般人也不易了解,所以不自备修理工具情有可原,但是约翰骑的是宝马R60,我敢打赌,由这里至盐湖城不会有任何修理店,假如他的触点或是火花塞烧坏了,他就完了。我知道他没有多备一套,他根本连它是什么都不知道,万一在南达科他州或蒙大拿州坏了,我真不晓得他该怎么办,或许把车子卖给印第安人吧。现在我知道他在做什么,他在小心地避免谈起这方面的问题,他想宝马的车子最有名的就是很少在路上发生机械方面的故障,这就是他的如意算盘。

起初我认为,这只是他们在对待摩托车时特有的态度,但是后来才发现情形并非如此……有一天我在他家等着一起上路,注意到水龙头在滴水,我记得上次就在滴,事实上已经滴了很久。我提醒他这件事,约翰告诉我,他换过新的皮圈,但还是滴水,他说了这些就不再提了,也就是说事情到此为止。如果你试过修理水龙头,但是情况依旧,那就表示你命中注定有个会滴水的水龙头。

我很惊讶,水龙头这样日复一日、年复一年地滴滴答答地响,他们难道不会神经衰弱吗?然而我发现他们一点都不担心,也不去注意这件事。所以我的结论是他们不怕被水龙头打扰。有些人的确如此。

我不记得是什么改变了这个判断……好像是思薇雅正要说话,而滴水声又特别大,无意中引起她情绪上的变化。她的声音一向很轻柔,而有一天她想大声说话压过滴水声,这时候孩子们走进来打断了她,她不禁发起脾气来,仿佛是滴水声引起的。事实上是这两件事引起的,而让我惊讶的是她并没有怪罪到水龙头上,她甚至有意不去怪罪它。其实她早已注意到水龙头的问题,只是刻意压制自己的怒气,那个该死的水龙头几乎要把她逼疯了!但是她仿佛有隐情,不肯承认这个问题有多严重。

我很奇怪，为什么要对水龙头压抑自己的怒火？

想起摩托车的问题，我一下子开了窍，啊，事情清楚了！

问题不在于摩托车，也不在于水龙头，问题在于他们无法应对科技的产物。这样一来，发生的各种状况便明朗起来了，我知道，就是科技的关系。思薇雅曾经很不喜欢一个朋友，因为对方认为电脑程序设计很有创意。而他们夫妻的绘画和相片里则完全没有跟科技有关的景物。这就不难理解，她为何不会对水龙头大发脾气，因为人们总是在长年累月都深深厌恶的对象面前一再压抑自己的怒气。这就不难理解，约翰为何只要一碰到维修车子的问题就会打退堂鼓，即使他已经很明显地在为此受苦。你只要稍加注意就会明白，这些都是科技惹的祸。这就是为何他们要骑着摩托车到乡野去享受阳光和新鲜空气。而我总是把他们不愿意去面对的问题搬到台面上来，因此使他们二人十分尴尬。这就是为何只要我们一谈到这方面的问题，谈话就会中断。

还有其他的事情也解释得通了。提到痛苦的字眼时，他们偶尔会用"它"或"它们"来代替，比如说："避不开它的。"如果我问："避开什么？"他们就会回答我"整个环境"或是"整个组织结构"，甚至是"整个系统"。思薇雅有一次带着保护自己的口吻说："当然，你知道如何驾驭它。"她这么说让我得意了一下，使我有些不好意思问她什么是"它"，结果心里留下一个困惑。我当时以为"它"是比科技更神秘的东西。但是现在我知道，她所指的"它"虽不是全部，但也主要是指科技。然而这么说也不完全对，它应该是指来自于科技的一股力量，没有明确的定义，而且缺乏人性、机械化、了无生气，是一头瞎了眼的怪兽，一股死气沉沉的力量。他们夫妻俩觉得它很恐怖，因而试图尽量避开它，却又明知那是不可能的。我的用词严重了些，但是实际情况的确如此。虽然总会有人了解它驾驭它，但那些人是工程师。他们在描述自己的工作时用的是非人性的语言，不论你听过多少回，也无法了解其中的意义。而和科技有关的怪物已吞噬了大片的土地，污染了空气和湖泊，人类既无法打击它们，也无法逃避它们。

这种态度不难理解，经过大城市的工业区时，你会看到整片所谓的科技区。门前围了高高的铁丝网，大门紧锁，告示牌上写着"禁止跨越"。在一片污浊的空气之后，你看到的是奇形怪状而又丑陋的金属物和砖块，不知用途为何。它的主人你永远见不着，它为什么在那儿也没人知道，所以你感受到的只是一股莫名的疏离感，仿佛你并不属于那儿。它的主人和知其来由的人可不希望你在附近闲逛，这些工厂让你在自己的土地上竟有陌生的感觉。它特殊的形状、外观，还有神秘感，一切都在叫你"滚开"。你知道这一切总有解释，而且它们毫无疑问对人类间接地有些益处，但是这些益处你没看见，你只看见"禁止跨越"和"保持距离"的牌子，你只看见人们像蝼蚁一样为这些庞然大物做工。于是你想，即使我是他们的一分子，也不过是另一只做苦役的蝼蚁罢了。这种感觉十分可怕，我想这就和他们夫妻俩无以名状的态度有关。任何和阀门、轴心、扳手沾上边的东西，都属于非人的世界，所以他们宁可不去想它，甚至不愿和它有任何关联。

如果情形真是如此，那么他们并不孤独。毫无疑问，他们只是忠于自己的感觉，而没有刻意模仿别人。但其他的人也是忠于自己的感觉，没有模仿别人。而在这件事情上，这些人产生的感觉是相似的。所以如果你以记者的角度来看此事，就会发现有一场不知来源的群众运动正在逐渐成形。人们打着反科技的旗号，高喊："科技滚蛋，搬到别处去。"然而在他们的脑海里仍然残存着一丝理智，没有工厂就没有工作，就没有相当的生活水准。但是，人们头脑中有太多的力量胜过了理智，只要憎恨科技的情绪足够强大，那么残存的一丝理智便会瓦解。

这些反抗科技、反抗系统的人被不断地扣上诸如"垮掉的一代"或者"嬉皮士"一类的帽子，然而单靠给他们打上一个群体的标签，并不能就此把一群独立的个体变为群体。约翰和思薇雅不是群体，与他们同路的人大部分都不是。正是因为拒绝成为群体，才让他们看起来充满反叛。在他们看来，科技背后的力量正在试图将他们变为群体，所以他们厌恶科技。一直以来，他们基本只能消极地抵抗，一有机会就逃进乡野，诸如此类，然而，他们没有必要总是这么消极。

在摩托车维修方面我并不同意他们的看法，并不是我不能理解他们对科技的感受，而是我认为他们的逃避和厌恶只是一种自欺的行为。佛陀或是耶稣坐在电脑和变速器的齿轮旁修行，会像坐在山顶和莲花座上一样自在。如果你认为不是如此，那无异于亵渎了佛陀——也就是亵渎了你自己。这就是我想在这次肖陶扩当中讨论的主题。

我们已经离开沼泽区了，但是空气湿度仍然很高——高到你可以直接看到太阳周围那圈黄色的光晕，就好像雾天看到的一样。但我们现在是在乡间的绿野，农舍显得很干净，洁白而又清新，并没有出现一点雾气。

2

行经的路曲折复曲折……我们偶尔停下来休息，吃顿午餐，顺便聊一聊，然后再专心地沿着漫漫长路骑下去。到了下午开始有些倦意，正好与这第一天早上的兴奋相抵。我们平稳行进，速度不快也不慢。

西南风侧着吹来，我们的车子斜切进风里，仿佛要感受一下风的威力。最近我觉得这条路有些怪异，总有些担心，好像有人在监视或跟踪我们。然而前头一辆车也没有，后视镜里只有远远落在后面的约翰夫妇。

我们尚未进入达科他州，但是辽阔的田野告诉我们近了。有些田里种着亚麻，蓝色的花朵随风摇曳，远远望过去像是起伏的波浪。山丘的广袤也是少见的，视线所及除了大地就是高远的苍天。远处的农舍小得几乎看不见。天地开阔起来。

从中部平原[1]到西部大平原[2]并没有明显的界限，就在你不知不觉间已经改变了。仿佛你由波涛拍岸的港口出发，不一会儿只觉得海浪高高涌起，回首一望，已经不见陆地的踪影。这一带的树比较少，我忽然发现它们都是人工种植的，围着房舍，或者成排地种在田野间防风。而没有种树的地方只有牧草，有时候夹杂着野花和野草，既没有灌木也没有树苗。现在我们到草原了。

我有一种感觉，我们之中没有人知道七月里在草原待上四天会是什么情景。开车旅行穿梭其中，记忆只是平坦和空旷，一连开了几个小时之后，仍然看不见要往何处去，一路上都没有拐弯，毫无变化的景色一直延伸到天际，极为单调乏味，不禁令人怀疑究竟还要这样多久。

约翰有些担心思薇雅会不适应这种状况，想让她搭飞机直接飞到蒙大拿的比林斯，但是思薇雅和我都劝他打消这个主意。我认为只有在情绪不对的时候，身体上的不适才会凸显，那时你满脑子不快，看什么都不对劲。但是如果情绪正常的话，身体上的不适就无关紧要了。看看思薇雅，我不觉得她有任何不快。

而且如果搭飞机抵达落基山，你只会觉得景致很美，但是如果你是经过几天辛苦的旅程，通过这一片大草原，才抵达落基山，那么你会从另一个角度来看它，那里仿佛是你的目标，是你

---

1 the Central Plains，美国中部平原地区。——编者注

2 the Great Plains，又称"大平原""大草原"，美国西部的广大平原地区，以草地为主。——编者注

的应许之地。如果约翰、克里斯和我到达的时候是这种感受，而思薇雅只能感受到"不错""很美"，我们就会错失共同穿越达科他的炎热与荒凉之后所能获得的情感交融。反正我喜欢和她说话，这也是为自己着想。

我觉得，当我欣赏着这一片天地时，可以对她说："你看这、你看那……"而我相信，她看得到。我希望她能渐渐地从这片草地上看到并感受到一种东西，一种我早已不再对任何人讲的东西。只有在这一望无际的大草原上，你才能找到它，只有当其他的干扰消失，你才更容易看到它。她常常因城市生活的单调乏味而郁郁寡欢，也许这无尽的草原和长风能使她明白，当你接纳了单调和无聊，你就能看到背后另有深意。它就在此地，而我无以名之。

现在我在天边看到了一些别人没有发现的东西。在远远的西南边——你只能从这边的山顶看见——天际有一道黑边。暴风雨要来了，或许一直使我惴惴不安的就是这件事，我刻意不去想它，但是我早就知道，在这种湿度和风速下，暴风雨极有可能会来。真糟糕，第一天上路就碰上恶劣的天气。不过我以前提过，骑摩托车旅行要的就是身临其境，而不是冷眼旁观，暴风雨自是不可避免的一环。

如果只是雷雨云或是狂风还可以骑一阵子，但是这次来的不是，那条黑长的云前面没有任何卷云，所以是冷锋。而冷锋打从西南来的时候特别强烈，通常会伴有飓风。飓风来的时候，最好找个地方避一下，等它过去了再出来。它们持续的时间不会很长，走了之后会带来凉爽的空气，骑起摩托车十分舒畅。

最糟糕的莫过于暖锋，它们一来就好几天。我记得几年前克里斯和我曾骑车到加拿大一游，走了一百三十英里的时候遇上了一道暖锋，虽然事前有许多征兆，但是我们当时并不明白。那次旅行的情形真可说是难以言表而且十分凄惨。

当时我们骑的是六匹半马力的摩托车，载着超重的行李，却欠缺旅行的常识。迎着风走，车子每小时只能跑四十五英里。它不是专门的旅行用车。第一天晚上我们骑到北部森林中的一座大湖边，在风雨交加中搭起帐篷。大雨下了一整晚。我忘了沿帐篷边挖上一道沟，结果深夜两点的时候雨水涌了进来，浸湿了我们的睡袋。到了第二天早上，我们全身都湿透了，加上睡眠不足，心情很坏。我以为继续上路之后不久雨就会停，结果并没有这么好运。到了早上十点，天色暗得所有车子都打开了头灯。然后真正的大雨才落了下来。

我们穿的是斗篷，前一天晚上曾用来搭过帐篷，此时它们被风吹得像船帆一样，使车速降到了每小时三十英里。路上的积水有两英寸深，响雷和闪电就在我们身旁呼啸而过。我还记得有一辆车经过，坐在里面的那个女人吃惊地望着我们，纳闷在这种天气里我们究竟还骑车做什么。我想，我当时肯定不可能告诉她。

车子慢下来了，先是时速二十五英里，然后是二十英里，一直到它开始出现噼里啪啦的响声,然后时速降到五六英里。这时我们发现一座破败的旧加油站,赶忙进去躲雨。旁边是一片早已砍光树木的林场。

那个时候我就和现在的约翰一样,对摩托车维修所知不多,我还记得我把斗篷举到头上,以防雨水滴到油箱中,然后用两腿晃车子,里面似乎还有汽油。我一遍遍地检查火花塞、触点、汽化器,一遍遍地踩踏油门,直到我筋疲力尽。

进了加油站,里面还有啤酒屋和餐厅。吃了一份全熟的牛排之后,我们出来又试着发动车子。克里斯在一旁不知轻重地一直问问题,问得我火冒三丈。最后我看没什么用,就放弃了,结果冲他而来的怒气也就消了。我小心地告诉他玩完了,这次度假我们不能再骑车了。克里斯建议我检查一下汽油的存量——这我已经做过了,或是去找修理师傅。但是附近根本没有任何修理店,只有砍下来的松树、灌木和大雨。

我们坐在路旁的草丛里,沮丧极了。我呆呆地望着一旁的树和灌木,耐心地回答克里斯所有的问题,幸而他问得越来越少。最后他终于明白我们没法再继续骑下去了,于是大哭起来。我想那个时候他八岁。

我们搭便车回到家,租了一辆拖车挂在我们的车子后面,回到原地把摩托车拉回来,然后开汽车重新开始旅行。但是感受却不一样了,而且也没能真正享受旅行的乐趣。

假期结束后两个礼拜,有一天下班后,我又把汽化器拿出来研究，想看看问题究竟出在哪里，但是仍旧看不出个所以然。然后我打算清洗汽化器，于是打开油箱塞，竟然没有半滴油流出来！我真的不相信会发生这种事，到现在还是不相信。

因为这个疏忽，我责怪自己不下百次，我想我永远都不会原谅自己的。很明显，我听到的油箱里的声音其实是从备用油箱里发出来的；我没有仔细检查，因为我以为发动机熄火的问题是下雨造成的，那个时候，我还不知道这样骤下结论有多么愚蠢。现在，我们骑的是二十八匹马力的摩托车，而我非常认真地对待它的维修事宜。

约翰突然超过我，他向下摆手，要我们停下来，于是我们放缓车速，在砾石路肩上找了一块空地，准备把车子停下来。路边的水泥很粗糙，石子也铺得很松散，我对他突如其来的举动很不满意。

克里斯问："我们停下来做什么？"

约翰说："我想我们错过岔路了。"

我回头看看，什么也没有看见。"我没看见任何标志。"我说。

约翰摇摇头说："和谷仓的门一样大。"

"真的？"

他和思薇雅都点点头。

他靠过来，研究我的地图，指了指该转弯的地方，还有上方的一条高速公路。"我们已经过了这条高速公路。"他说。

我知道他说的没错,因此有些不好意思。"究竟是要回头呢,还是要继续往前走?"我问。

他想了一下:"我想没有理由走回头路。好吧!继续往前走,反正我们总会走到那儿。"

我跟在他们后面一直想,为什么会发生这种事呢?我几乎没有注意到高速公路,而且刚才我也忘了告诉他们暴风雨要来的事。事情有些乱了套。

暴风雨的云带现在更宽了,但是并不如我想象中发展得那么快。这样一来就更不妙了,因为它们如果来得快便也去得快。但是一旦发展得这么慢,我们被困住的时间很可能就会更长。

我用牙齿把一只手套咬下来,伸手去摸发动机边上的铝盖。目前的温度还算正常,虽然已经热得无法把手停在上面,但是还不至于烫伤。没什么问题。

像这种气冷式发动机,如果过热的话会"卡住",这辆车子就曾经遇到过一次……事实上是三次,所以我经常检查它,就像检查得过心脏病的人一样,虽然看起来已经治好了。

"卡住"的时候,活塞因为过热而膨胀,会卡在汽缸壁上,有的时候甚至会熔化,从而锁定发动机和后轮,造成突然刹车。这辆车第一次卡住的时候,害得我整个人都冲到前轮的上方,后面的人几乎趴在我身上。时速降到三十英里之后,活塞松开了,车子才能正常运转。但是我仍然在路边停下来,看看究竟出了什么问题。坐在后面的人只会问："你停下来做什么？"

我耸了耸肩，和他一样茫然地站在那儿，傻傻地看着别人的车子从身旁呼啸而过。发动机当时非常热，周围的空气都微微蒸腾，热气炙人。我将手指沾湿放上去，发动机像热铁一样嗞嗞地响起来。我们慢慢地骑回了家。车子发出一种新的声响，一种拍打声，一听就知道是活塞出了问题，需要大修一番。

我把这辆车送进了修理店，我可不想插手。很可能需要了解很多复杂的细节，买零部件或是专门的工具，还要花上许多无谓的时间，既然能在更短的时间内让别人做好，就不需要自己做——类似约翰的态度。

这家店和我印象中的修理店都不同，里面的师傅和以前的也不同。以前的师傅看起来像是饱经风霜的老手，而现在的这些看起来则像小孩子。他们把收音机的音量开到最大，然后蹦蹦跳跳地一边走来走去，一边聊着天，似乎并没有注意到我的存在。最后终于有一个人走过来，仅仅听了听活塞的声音就说："哦！是梃杆的毛病！"

梃杆的毛病？那个时候我就应该知道会有怎样的下场。

两个礼拜以后我付了一百四十美元的账，然后小心谨慎地低速行驶，骑了大约一千英里之后才恢复正常。但是一骑到时速七十五英里，它就又卡住了；降到时速三十英里，又恢复了正常，情形和之前一样。于是我就把车子送回店里去修，但是他们反倒责怪我使用不当，争论了一阵儿之后，才同意打开检查。他们又大修了一番,然后把它推到外面,决定自己做一次高速的路试。

这次它"卡住了"他们。

两个月之后进行了第三次大修,这回他们更换了汽缸,换上大号的主汽化器喷嘴,并且调迟了点火正时,使发动机尽可能不会过热,然后告诉我,"不要骑得太快"。

车上到处是油,还没启动。我发现火花塞松了,于是把它们接好,然后启动了,结果现在真的出现了梃杆的杂音,他们并没有调整梃杆。我把这个告诉他们,修车的小伙子就拿了一把活动扳手过来,结果他方法不对,把两个铝制的梃杆盖子都弄坏了。

他说:"希望我们仓库里有存货。"

我点点头。

他拿出一把锤子和一把凿子,要把它们敲下来,然而他的凿子却把铝盖凿穿了,我看见凿子直接撞到了发动机缸盖上。他又敲了一下,这次锤子没能打到凿子上,而是直接砸中了缸盖,把两片散热片给砸破了。

我克制地说:"不要再敲了。"心里觉得这简直是一场噩梦,"请你给我一些新的盖子,就让它这样好了"。

我尽快离开了这个地方,梃杆有杂音,梃杆的盖子也坏了,车身上到处是油。骑回去的路上,我发现时速二十英里左右的时候就会有强烈的震动。我在路边停下,发现四个发动机接合螺栓中的两个不见了,还有一个的螺母丢了,所以整个发动机的接合螺栓就只剩下了一个。上盖凸轮的链条松紧控制器的螺栓也不见了，这就意味着调整梃杆也没有用了。这真是一场噩梦。

约翰就是把自己的宝马摩托车交给了这样一些人，这个想法我从来没跟他谈过，或许我应该和他谈谈了。

几个礼拜之后，我找到了"卡住"的原因。在内部供油系统上有一根价值二十五美分的小销子被剪断了，以至于在速度高的时候，油没有办法跟上。

为什么会发生这种事情呢？这个问题不断在我脑海中出现，最终促使我发起这次肖陶扩。为什么他们的动作这样粗鲁呢？他们不像约翰和思薇雅一样害怕科技，他们都是专业人员，然而做起事来却像猩猩一样，没有真正地投入，似乎没有明显的原因。我试着回想那间修理店，就是让我做噩梦的那个地方，想要找出问题的真正答案。

那部收音机是一条线索，一边工作一边听音乐是没有办法真正思考的，或许他们并不认为自己的工作需要任何思考，只不过是玩弄几把扳手罢了。一边扳扳手一边听音乐，那多高兴呀！

他们的速度是另外一条线索。他们急匆匆地修这修那，却没有看修的地方到底对不对。这意味着花更多的钱——如果你不放慢脚步认真思考，往往会花费更多的时间或得到更差的结果。

但是最重要的线索似乎是他们脸上的表情。然而实在很难解释，虽然他们看起来随和、友善、轻松自在，但是却没有投入工作。他们就像旁观者一样。你会觉得他们只是在那儿晃来晃去，然后接过别人递给他们的扳手。他们对自己的工作没有认同感，不会说："我是修理师傅。"一旦到了下午五点，八个小时一满，你知道他们会立刻放下手中的工作，马上离开，然后尽可能地不去想他们的工作。在这方面，他们与约翰和思薇雅一样，虽然想运用科技的成果，却不愿和它发生任何关系。或者说他们和它的确有关系，但是他们没有投身其中，而是保持冷淡疏离的态度，他们参与了这方面的工作，却没有真正地关心它。

这些修理师傅非但没有发现销子断了，而且很明显，正是他们当中的某一个在错误地安装侧盖板的时候，亲手把它剪断的。我记得以前的车主说过，有一位修理师傅告诉他侧盖板很难安上，这就是原因了。一般摩托车手册中都会提到这一点，但是他和其他人一样，太过匆忙，或者毫不关心。

在我从事编辑电脑手册的工作时，也在想这个问题。一年当中的另外十一个月，我都以编写技术手册为生。我知道它们充满了错误、疏漏，以及模棱两可的语句，里面的信息错综复杂，会彻底把你绕晕。有的时候需要读上五六遍才能略微了解它们的意思。但让我惊讶的是，这些手册编写者和这些修理人员一样，竟然都是一副旁观者的态度，所以它们可以被称为旁观者的手册。在字里行间，你隐约可以嗅到这样的意味："这是机器，它和周围环境中的一切都没有关系，和你也没有关系，你和它也没有关系；你只需要懂得控制某些开关，维持电压水平，检查出错条件，等等。"就是这么一回事。修理师傅对摩托车的态度和这些手册所流露出来的态度是一样的，和我当初将车子送到那里时的态度也是一样的。我们都是旁观者。于是我想到市面上没有一本手册谈到摩托车维修究竟是怎么回事，这是最重要的一点。人们要么认为关心自己所做的事一点都不重要，要么就视之为理所当然。

在这次旅行当中，我想应该注意这一点，更深入地研究，看看是否能够了解究竟是什么把人和人的工作分离开来，进而了解二十世纪究竟是出了什么问题。我不想匆忙行事，因为匆忙本身就是一种要不得的二十世纪态度。当你做某件事的时候，一旦想要求快，就表示你再也不关心它，只想去做别的事。所以我想慢慢来，仔细而透彻地，用我找到被剪断的销子的态度。有了这种态度才能发现原因，除此之外，别无他法。

我突然注意到，大地现在变得一片平坦，没有小丘，甚至也没有任何凸起之处，这表示我们已经进入红河谷[1]。很快就会到北达科他州了。

3

出红河谷的时候，暴风雨的云层覆盖了天空，低低地压在我们头上。

约翰和我在布雷肯里奇讨论过，决定继续走下去，直到必须停下来为止。

---

1 the Red River Valley，位于北美洲中部，是明尼苏达州和北达科他州的交界。——编者注

但是我们走不了太久了,太阳已经被遮住,迎面吹来的风很冷,我们被笼罩在深浅不一的灰暗当中。

暴风雨的云层似乎非常厚实,虽然草原辽阔无边,但是头上这正要袭来的巨大雨云却更令人害怕。现在我们只能看它的脸色行驶。它什么时候什么地点下来,我们无法控制,唯一能做的只是看着它越来越近。

刚才我们曾经看到前方有一座小镇、一些小型建筑和一座水塔,现在它们已被乌云笼罩,消失了。暴风雨随时会来。现在看不到任何城镇,所以我们必须骑快些。

我骑到约翰旁边,做了个加速的手势,他点点头。我让他骑在前面,然后紧紧地跟着他,发动机表现不错,时速由七十到八十到八十五英里。现在我们感受到风了,我把头低下来以降低阻力。时速已经到九十英里了,时速表上的指针不断来回摆动着,但是转速表仍然维持在九千。时速大约是九十五英里,我们就以这样的速度往前冲去。现在骑得太快,没办法再在路肩上走。安全起见,我伸手打开了头灯。反正天色也越来越暗了,必须这么做才行。

这时我们飞驰过平坦的大地,四下看不见任何机动车,甚至连一棵树也没有。路面平顺而干净,发动机的转速也一直保持在非常高的水平,这就表示还没有出问题。天色越来越暗了。

突然之间,天空劈过一道闪电,接着是一声巨雷,我不禁震动了一下。克里斯的头抵着我的背。这时落下来几滴预警的雨,在这种速度之下,它们打在脸上好像针扎一样。第二道闪电——

"咔嚓"一声照亮了一切……接着又是一道闪电,农舍、风车都披上了雪白的光芒……噢,上帝呀,他来过这儿!……拉下风门……这是他曾踏足的路……篱笆、树木……然后时速降到七十英里、六十英里,然后是五十五英里,之后就保持这个速度。

克里斯大叫道:"我们为什么慢下来了?"

"太快了!"

"不快!"

我点点头。

这时房子和水塔从我们身旁掠过,然后出现了一条小下水道。我们经过一个十字路口,交叉而过的路通往天边。对,没错,我想。一点儿都没错。

克里斯喊着:"他们走好远了。骑快点儿吧!"

我摇摇头。

他又叫着:"为什么呢?"

"危险!"

"他们都不见了!"

"他们会等的。"

"骑快点嘛!"

"不行。"我摇摇头,这只是一种感觉。但在摩托车上你得相信感觉,于是我就把时速保持在五十五英里。

开始下雨了,但是我看见前面有小镇的灯光……我知道它就在那儿。

当我们到达的时候,约翰和思薇雅在路旁的第一棵树下等我们。

"怎么回事?"

"开慢了一点。"

"我们知道,车子有什么毛病吗?"

"没有。我们去避避雨吧。"

约翰说镇子另一头有一家汽车旅馆,但是我告诉他,右转,再过几个街区,在一排白杨树旁边有一家更好的。

我们在白杨树旁边转弯,又驶过几个街区,一家不大的汽车旅馆出现在眼前。约翰在接待室四下看看,说:"这里的确很不错,你什么时候来过?"

我说:"我不记得了。"

"那你怎么知道这里的呢?"

"凭直觉。"

他看了看思薇雅,摇摇头。

思薇雅已经默默观察了我好一段时间,注意到我签名的时候手有一些颤抖。她说:"你的脸色好苍白,是不是闪电吓着你了?"

"没有。"

"你好像看到了鬼一样。"

约翰和克里斯都看着我,我转过身对着门。外面仍然下着大雨,我们跑进房间。车子盖好了,我们要等暴风雨过去再骑它。

大雨初停，天空稍稍放亮，但是从汽车旅馆的院子里，我看到在白杨树后，夜晚正逐渐来临。我们走到城里用晚餐。刚回到旅馆，一整天的劳累便突然侵袭而来。于是我们坐在汽车旅馆院子里的铁椅上休息，浑身酥软无力。约翰从旅馆冰箱里拿出混着其他饮料的威士忌酒，我们慢慢地啜饮，心旷神怡，白杨树排在道路两旁，晚风轻轻袭来，叶子沙沙作响。

克里斯在想接下来我们应该做什么。他一点都不累，汽车旅馆的新鲜感和陌生感让他十分兴奋，他希望我们像他们在夏令营时一样来唱歌。

约翰说："我们不擅长唱歌。"

克里斯说："那么我们来讲故事。"他想了一下，"你知道什么好的鬼故事吗？我们小组的孩子，晚上都很会讲鬼故事。"

约翰说："那你先给我们讲一些鬼故事好了。"

于是克里斯开始讲鬼故事，听起来十分有趣。其中有一些我在他这个年纪都没有听过。他希望听我讲一些鬼故事，但是我一个都不记得了。过了一会儿，他说："你相信鬼吗？"

我说："不相信。"

"为什么？"

"因为没有科学依据。"

我的答案让约翰不禁笑了起来，我接着说："他们的存在不占用任何空间，也没有能量，因此根据科学定理，他们只存在于人的心中。"

这个时候，酒精、倦意和微风纠缠于我心中，一起影响着我，我又说道："当然，科学定理也不占用任何空间，也没有能量，因此也只存在于人的心中，所以完全科学的态度就是既不相信鬼，也不相信科学，这样你就安全了。然而这样一来，你就没有多少可以相信的了，但是唯有这样才是科学的态度。"

克里斯说："我不知道你在说些什么。"

"我在开玩笑。"

我这样说话的时候克里斯有些消沉，但是我不认为这会伤害他。

"在青年会[1]的夏令营里面，有一个小孩子说他相信有鬼。"

"他只是骗着你好玩罢了。"

"不是的，"他说，"如果埋葬一个人的方法不对，他的灵魂就会来骚扰活着的人，他真的这样相信。"

我又说："他只是骗你罢了。"

思薇雅问他："他叫什么名字？"

"汤姆·白熊。"

约翰和我交换了一下眼神，突然想到了同一个问题。

他问："是印第安人吗？"

我笑着说："我想我得补充一句，我说的是欧洲的鬼。"

---

[1] YMCA, Young Men's Christian Association, 基督教青年会, 非政府性质的国际社会服务团体, 工作内容包含提供营地服务。——编者注

"有什么不同呢？"

约翰大笑起来："他盯上你了。"

我想了一下说："印第安人对事情的看法通常和别人不同，我并不是说他们全错，但是他们并不认为科学是印第安传统的一部分。"

"汤姆·白熊说他父母叫他不要相信这些玩意儿。但是他祖母偷偷地告诉他这是真的，所以他就信了。"

他面带恳求地看着我，有时候他的确想知道一些事情，所以如果我继续开玩笑，并不是个好父亲该有的态度，于是我调整了一下自己的心态："当然，我也相信有鬼。"

这时，约翰和思薇雅用奇怪的眼神看着我。我明白这一次要脱身并不容易，势必要作一番解释。

"认为欧洲人或是印第安人相信鬼的存在是一种无知，这是非常自然的。科学的观点摧毁了其他一切观点，显得这样的人处在非常原始的状态之中。所以如果今天有人表示相信鬼神的存在，就会被别人认为是无知的，甚至头脑有问题，因为很难想象有鬼存在的世界究竟是怎样的。"

约翰同意地点点头，然后我又继续说。

"我个人的看法是，其实现代人未必比以前的人聪明，人的智商并没有多大改变，那些印第安人和中世纪的人跟我们都差不多，但是彼此所处的环境不同。在以前的环境中，他们认为鬼神是存在的，就像现代人认为原子、质子、光子和量子是存在的。

从这个角度来说,我相信有鬼,也就是说,现代人也有属于他们的鬼神,你知道的。"

"这是什么意思?"

"比如说,物理定理、逻辑学……数字系统……几何代数,等等,这些都是所谓的鬼魂,因为我们太相信它们了,所以它们看起来就是真的。"

约翰说:"我认为它们是真的。"

克里斯说:"我不明白!"

于是我继续说:"比如说,假设引力和引力定律在牛顿发现之前就已经存在,这是一件非常自然的事情,但是如果认为引力直到十七世纪才出现,那就很愚蠢了。"

"当然。"

"所以这一定律是在何时开始出现的呢?它一直都存在吗?"

约翰皱了皱眉头,不知道我要说什么。

我说:"我的意思是,在有地球之前,在日月星辰形成之前,在一切之初,万有引力定律就已经存在了。"

"当然。"

"万有引力定律没有自己的质量,没有自己的能量,当时人尚未出现,所以也不存在于人的心灵之中。它也不在空间里,因为没有空间存在,更不存在于任何地方——这个万有引力定律仍然存在吗?"

现在约翰可就不那么肯定了。

我说:"如果万有引力定律存在,那么说实在的,我就不知道什么是非存在了。我认为万有引力定律已经通过所有非存在的测试,你想不出它有什么不符合非存在的属性,或是证明其存在的任何科学属性。然而一般人仍然认为它是存在的。"

约翰说:"我得好好地想一想。"

"我预测如果你继续想下去,你只会一直原地打转,直到你想出唯一合理而有意义的结论,那就是,在牛顿诞生之前,万有引力定律和引力本身并不存在。不会有其他合理的结论。

"我的意思是,"我在他打断之前接着说,"万有引力定律只存在于人的心里,这也是一种鬼魂!对于别人所相信的鬼魂,我们很容易傲慢而自负地进行攻击,但是对于我们自己心中的鬼魂,我们却非常无知而盲目地信仰着。"

"那么为什么所有人都相信万有引力定律的确存在呢?"

"大家被催眠了,用比较正统的说法是,大家受了教育。"

"你的意思是老师把学生催眠了,让他们相信万有引力定律的存在?"

"正是如此。"

"听起来很荒谬。"

"在教室里,你听说过视线接触的重要性吗?每一位教育家都强调这一点,但是没有人会向你解释。"

约翰摇摇头,然后又为我倒了一杯,他用手遮着嘴,小声地跟思薇雅说:"你看他大部分的时间看起来都这么正常。"

我回答他:"这是我几个礼拜以来所说的第一件正常的事,其他时候,我假装成和你们一样的二十世纪科学信徒,免得被人注意。"

"但是我会再给你重复一遍。"我说,"我们相信,牛顿的理论早在他出生之前的几十亿年,就已经存在于宇宙的混沌之中,而他奇迹般地发现了这个理论。它一直存在着,虽然没有任何可以附着的东西。后来这个世界逐渐成形了,这个理论就依附其上。事实上,是这些理论构成了世界。约翰,这种说法太荒谬了。

"而科学家所面临的矛盾是心。心既非物质,也没有能量,但是他们并不能否认心存在于他们所做的一切之中。逻辑存在于心中,数字也只存在于心中。如果科学家认为鬼也只存在于人的心中,我不会反对这种说法。其中'只'是一个关键词,科学只存在于你的心里,这种说法并没有错,鬼也是一样。"

他们还是看着我,所以我继续说:"自然的法则是人类发明的,就像鬼的存在一样。逻辑学、数学都是如此,所有值得赞美的事,都是人类的发明。如果你认为不是,你的这一思想本身仍然是人类发明的一部分。这个世界也是人类所想象出来的,整体来说也是一种鬼魂。在古代,我们所居住的这个美妙的世界就被如此认知,它由鬼魂所控制,我们之所以能看到这个世界,是因为鬼魂让我们看见,他们是摩西、耶稣基督、释迦牟尼、柏拉图、笛卡尔、卢梭、杰斐逊、林肯,等等,牛顿是非常好的一位,可算其中最好的之一。所以我们的常识就是由过去成百上千的鬼魂的声音所构成的，他们企图在活人中间找到他们的位置。"

约翰沉思不语，但是思薇雅非常兴奋地说："你这些念头是从哪儿来的？"

我想回答他们，但是又停住了，我觉得已经说完了，甚至说过了头，是该结束的时候了。

过了一会儿，约翰说："再去看看山倒是不错。"

我很同意："没错，的确如此，让我们喝完这一杯吧！"

我们结束聊天，各自回房。

我看见克里斯在刷牙，答应让他明天早上再洗澡。我以大人的身份决定睡在窗边的床上。熄灯之后，他说："现在可以给我讲一个鬼故事了吧？"

"我刚刚不是讲过了吗？"

"我是说一个真正的鬼故事。"

"那是你听过的最真实的鬼故事。"

"你知道我的意思，是另外一种。"

我努力回想传统的鬼故事。"克里斯，小的时候我听过许多鬼故事，但是都忘了。"我说，"现在是睡觉的时候了，明天还要早起呢。"

这个时候，大地一片寂静，只有风吹动窗子的声音。草原上的风习习吹来，让我昏昏欲睡。

风一时起，一时落，不断地吹送过来……它们来自那么遥远的地方。

克里斯问我："你见过鬼吗？"

我已经快睡着了。"克里斯，"我说，"我曾经认识一个人，他花了一生的时间，什么事也不做，只是去寻找一个鬼魂，结果只是浪费时间。赶快去睡吧。"

我发现自己说错的时候为时已晚。

"他找到了吗？"

"他找到了，克里斯。"

我一直希望克里斯能够听听风的声音，不要再问问题了。

"那么后来呢？"

"他把他给痛打了一顿。"

"然后呢？"

"然后他自己也变成了鬼。"我以为这样说会让克里斯早点睡，但是却使我越来越清醒。

"他叫什么名字呢？"

"你不认识。"

"究竟叫什么呢？"

"那不重要。"

"究竟叫什么呢？"

"克里斯，他的名字，这不重要嘛，他叫斐德洛，你没听过的名字。"

"我们骑摩托车遇上暴风雨的时候，你有没有看见他？"

"你为什么会这么问呢？"

"思薇雅说她以为你看到了鬼。"

"那只是一种形容罢了。"

"爸爸？"

"克里斯，这是最后一个问题，不然我就要生气了。"

"我只是想说，你说的和别人说的很不一样。"

"克里斯，我知道，"我说，"这是个问题。现在睡吧！"

"爸爸，晚安。"

"晚安。"

半个钟头之后，他已经睡熟了，窗外的风依然十分强劲，而我却彻底清醒了。就在窗外的夜色中，冷风穿过道路吹进树林里，月光在微微震颤的叶子上闪烁着——毫无疑问，斐德洛看到了这一切，我不知道他为什么在这里，我也永远不可能知道他为什么要以这种方式回来，然而是他引领着我们走到了这条奇怪的路上，他一直都与我们在一起，这是我们逃不了的。

我希望我不知道他为什么会在这里，但是恐怕我必须承认，我知道。刚才我提到的关于科学、鬼神，以及下午说到的关于关心和科技方面的事，都不是我自己的思想——我已经许多年没有新的思想了，那些都是从他那儿窃取来的，而他一直在一边观看着这一切，这就是他为什么在这里的原因。

经过这样一番招认之后，我希望他让我好好地睡一觉。

可怜的克里斯。他问我："你知道什么鬼故事吗？"我本应该给他讲一个，但即便只是想到这一点，我就不禁不寒而栗。

我真的该睡觉了。

4

每一场肖陶扩都应该有一张清单,并且存放在安全的地方,上面列着重要的事项,以备将来之需或是突发奇想。记载要详细。现在,趁别人还在酣睡着浪费美丽的晨曦,我们来打发一下时间……

下面是我的清单,列着你下次骑摩托车去达科他州旅行时该准备的东西。

天一亮我就醒了,克里斯仍然在熟睡。我原本也想多睡一会儿,但是听到外面的鸡鸣,想到我们正在度假,实在没有多睡的必要。我听到隔壁约翰锯木头的声音……或者是思薇雅……不会,声音太大了,该死的链锯,听起来像是……

我厌倦了在这样的旅行中忘带东西,所以在家时就列出这样的单子,放在文件夹中,一旦要出发的时候好派上用场。

大部分的东西都很普通,不需要额外说明。有一些是为摩托骑行特别准备的,需要进一步解释。其中一些尤为专业,需要更多的说明。这张单子分成四部分,包括衣服、个人用品、炊具和露营用具,以及有关摩托车的用品。

有关衣服的部分很简单:

1. 两套换洗内衣。
2. 一套秋衣。

3. 每人一套换洗的衬衫和裤子。（我喜欢用军用迷彩服，因为便宜、耐穿而且不显脏。我有一项列作"正式服装"，约翰在后面用铅笔补上一句"半正式晚礼服"，其实我想的只是在加油站之外可能想穿的衣服。）

4. 毛衣和夹克各一件。

5. 手套。（没有里子的皮手套最好，因为不但能够防止晒伤，而且能够吸汗，使你的手部保持干爽。如果你只是骑车出去一两个钟头，皮手套不重要，但是如果你夜以继日地骑车就非常重要了。）

6. 骑车专用的靴子。

7. 雨具。

8. 头盔和遮阳帽。

9. 头盔面罩。（这个东西让我觉得很闷，所以只有在下雨的时候才用，在高速之下你会觉得雨打在脸上像针刺一样。）

10. 护目镜。（我不怎么喜欢使用挡风玻璃，因为也会让我觉得闷。我戴的是由英国制造的玻璃镜片，相当不错，能够挡掉不少风。如果是塑料制品，容易留下划痕，视线也会扭曲。）

下面是个人用品：

梳子、皮夹、小刀、小型随身记事本、笔、烟和火柴、手电筒、肥皂和塑料肥皂盒、牙刷和牙膏、剪刀、头痛药、驱虫药和除臭剂（骑了一整天车子，就算你的朋友不告诉你，你也会知道自己有多臭）、防晒霜（骑车的时候你不会注意到晒伤的问题，一停下来就已经太晚了，所以尽早涂上它）、创可贴、卫生纸、澡巾（要放在塑料盒里面才不会把其他东西弄湿）、面巾。

书，我不知道其他人是否会带书，因为很占空间，不过我带了三本，还夹了一些空白纸张做记录，三本书是：

1. 这部摩托车的使用说明书。

2. 一本通用的摩托车问题指南。（包括所有我记不住的技术信息，书名是《奇尔顿摩托车问题指南》，欧西·瑞奇著，购于西尔斯·鲁伯克百货公司。）

3. 梭罗的《瓦尔登湖》。（克里斯从来没听过这本书，但我可以读上一百次也不觉得累。通常我会选一本他不懂的书，以备对答之用，我先读一两个句子，然后等他一连串地发问，然后回答他的问题，之后再读一两个句子。用这样的方法读经典作品很有用，它们一定是用这种方式写成的。有的时候，整个晚上我们都在不断阅读、讨论，而往往只读了两三页，这是一个世纪以前的阅读方式……当时肖陶扩非常流行，除非你也这样做，否则你就不知道究竟有多么愉快。）

我看克里斯睡熟了，彻底放松，一点也没有平常紧张的样子，我想还不应该把他叫醒。

露营用具包括：

1. 两个睡袋。

2. 两个斗篷和一张防潮地垫。（这些可以组成一个帐篷，旅行中也可以给行李挡雨。）

3. 绳子。

4. 美国国土勘测图。（只带上我们想要徒步的区域部分。）

5. 弯刀一把。

6. 指南针一个。
7. 行军水壶一个。（我们出发的时候没有找到，我想大概是孩子们把它丢到哪里去了。）
8. 两个军用杂物箱，里面放着刀叉和汤匙。
9. 可折叠的固体酒精炉，加上一罐中号的固体酒精。（我第一次尝试带它们，目前还没用过，一旦下雨或是远离林地，找木柴就会是个问题。）
10. 一些带旋盖的铝罐。（可以装猪油、盐、黄油、面粉、糖等。这是我们好几年前在一家登山店买的。）
11. 清洁剂。
12. 两个铝架的背包。

摩托车用品。一般都有一个工具箱放在座位下，里面装有：

一把大号的活动扳手、机工锤、凿子、冲子、一对卸轮胎棒、补胎的用具、打气筒、一罐润滑铁链用的二硫化钼喷剂（这种喷剂可以深入每一个链环的内部，有非常良好的润滑效果，不过一旦二硫化钼干掉之后，就应该补上SAE-30的机油）、冲击钻、锉刀、探测用仪表、测试灯。

零件包括：

火花塞、节流阀、离合器、刹车绳、指针、保险丝、头灯和尾灯的灯泡、接合传动链用的环扣与扣钩、固定销、打包绳、备用传动链（这个链子是我换下来的用旧的，如果目前所用的坏掉，换上它以后还足够支撑到修理店）。

就是这么多了,没有鞋带。

你很可能会怀疑我们的车子究竟有多大,是否要像拖车一样大才能装下这些东西,但是其实并不像听起来那么多。

我怕如果让这些家伙继续睡下去,他们可能整天都起不来了。外面的天空一片湛蓝,我们这样浪费时间实在是丢脸。

于是我摇了摇克里斯,他猛地睁开眼睛,然后不解地坐起来。

我说:"该洗漱了。"

我走到外面,空气十分新鲜,事实上——天啊!——简直有些冷飕飕的,我敲了敲约翰夫妇的门。

门里面传来约翰懒洋洋的声音:"来了,来了。"

今天的天气好似秋天,车上沾了不少露珠,没有下雨,但是很冷,大约只有4℃。

在等他们的时候,我检查了一下齿轮箱的机油量、胎压、螺栓和传动链条的松紧。链条有一点松了,我拿出工具箱来,然后把它旋紧,我已经迫不及待地要上路了。

我看克里斯穿得颇为暖和,于是打好包就上路了。不过天气的确很冷,不出几分钟,衣服内的热气就被风给吹光了,我不禁打了几个大寒战。

只要太阳升得再高一点,就会暖和起来。大约半小时之后,我们就会在埃伦代尔吃早点,今天的路都很直,所以可以走很远。

要不是冷得要命，今天的旅程会非常棒。朝阳照着田野上的露珠，晶莹闪亮，空气中晨雾迷蒙。一路上只有我们行来，别人似乎都还没有起床，现在是六点半，我手上戴的这副旧手套上好像出现了一层霜，可能是昨天晚上水浸过的痕迹。这真是一副好手套，但天气实在是太冷，连皮手套也变硬了，硬得我几乎没有办法把手伸直。

昨天我曾经谈过关心，我关心这副皮手套，我微笑着看它们被风吹拂，因为它们已经在那儿陪伴了我这么多年。它们已经破旧了，但我却在它们身上发现了一种幽默感。整副手套都沾满了油渍、汗水、灰尘，而且还有地方发霉了。现在把它们放在桌上，即使天气不冷，它们也没有办法平平地躺着。它们似乎有属于自己的往事。虽然只值三块美金，而且已经补到无法再补，但是我仍然花了许多时间和精力去护理它们，因为我不能想象换一副新手套的感觉。这种想法似乎很不实际，但是手套并不仅仅需要实际，其他事情也是如此。

我对这部摩托车也有同样的感情。已经骑了两万七千英里，尽管街上还有很多更老的摩托车在跑，但它也算是一部旧车了。可我相信大部分的骑手都会同意，一旦一辆车陪伴过你许多时光，那么对你来说它就是独一无二的，是别的车子无法取代的。有一位朋友和我骑同一个牌子、型号甚至同一年生产的车子，有一次他骑来让我修理，当我骑上它的时候，我很难相信这部车子竟然和我的是同一个牌子。你会发现车子已经拥有了属于它自己的声音和节奏，与我的完全不同——不是不如我的，而是不同。

我想你可以称之为个性，每一部摩托车都有它自己的个性，也可称之为你对这部车子所有直觉的总和。这种个性常会改变，多会变得更糟，但常常也会出人意料地变好，培养车子的这种个性正是维修保养的真正目的。新的车子就好像美丽的陌生人，按照它们所受的待遇，要么很快退化成别扭的人或是跛子，要么就变成健康、好脾气、长久的朋友，而我这部车虽然遭受过那些所谓师傅的毒手，但是似乎已经完全修复了，而且需要修理的次数越来越少。

埃伦代尔到了！

在晨曦中我们看见一座水塔，还有几片树林和其中的建筑物。一路行来，我一直在打冷战，就快抖成筛子了。此刻是七点十五分。

几分钟之后，我们把车子停在一座老旧的砖房前，约翰和思薇雅停在我们后面，我转身向他们说："天气好冷！"

他们只是呆呆地瞪着我。

"冻僵了？"我问。他们没有回应。

我一直等到他们停好车，然后看见约翰准备卸下所有的行李，可是结打不开，于是他放弃了，我们走向餐厅。

我又试了一次，在他们前面倒退着往餐厅走，觉得自己骑车骑得有点儿神志不清。我绞着手笑道:"思薇雅!说话啊!"但是她脸上毫无笑意。

我想他们真是冻僵了。

他们头也不抬地叫了早点。

吃完早点后,我才又开口:"接下来该怎么办?"

约翰故意慢慢地说:"我们不打算离开这里,除非天气好转。"他的口吻好像是小镇上的警长,我想这就是最终决定了。

于是约翰、思薇雅和克里斯就在餐厅旁边酒店的大堂里坐着取暖,而我出去散步。

我想他们有点儿生我的气,为什么要一大早就把他们拽起来在冷风里赶路?如果彼此相处太久,个性上的不同是注定要显露出来的。我想起来了,我以前从没在下午一两点钟之前和他们一起骑车上过路,虽然我认为清早是一天中最适合骑车的时间。

小镇非常干净而且空气清新,不像我们昨晚留宿的那个。街上有一些人正一面打开店门说"早上好",一面谈论天气有多冷。在街背阴的地方有两个温度计,分别指向5.5℃和7.7℃,而被太阳照到的另一个则是18.5℃。

穿过几个街区之后,大街分成两条泥泞的路通往田野。我经过一栋组合式的活动屋,里面放了一些农机和一些修理工具,最后来到路尽头的田野,有一个人站在那儿,用怀疑的眼光看着我,不知道我要做什么,或许是发现我正在观察活动屋里面的情形。我回到街上找了一张冰冷的椅子坐下来,呆呆地望着摩托车，无事可做。

虽然天气很冷，但还不至于那么冷，约翰和思薇雅是怎么度过明尼苏达寒冷的冬天的呢？我纳闷。从这里我们就可以发现明显的矛盾，几乎根本不需要思考就可以明白，如果他们不能忍受生理上的不适，而同时又无法接受科技的成果，那么他们就一定得做些让步。他们一面需要科技，一面又要诅咒它。我相信他们很明白这一点，而这正是他们对整个环境不满的原因。他们并未给出一个合理的论点，只是作出直接的反应而已。现在有三个农夫进城了，开了一辆全新的卡车，我敢打赌他们进城另有目的。他们是要来炫耀一下这辆车子，还有拖车和那台新的洗衣机。如果这些东西出了问题，他们有工具去修理，也知道如何使用工具。他们珍惜科技，然而却是最不需要科技的一群人。如果明天所有的科技都消失了，这些人仍然可以活得好好的，日子可能不好过，但是他们可以活下来，而约翰、思薇雅、克里斯和我可能在一个礼拜之内就死了。这样诅咒科技是不敬的，但是情况就是如此。

又钻进死胡同了。如果有人不懂心存感激，而你当面告诉他，那么就等于是在骂他，这样你什么事都解决不了。

半个小时之后，酒店门口的温度计显示着11.5℃。我在空旷的主餐厅中找到他们。他们看起来一副睡眠不足的样子，不过情绪比刚才要好。约翰愉快地说："我准备把所有的衣服都穿上,我相信这样就不会有问题了。"

他出去走到车子那里,回来时说:"我真讨厌打开这些包裹,但是又不希望像刚才那样继续骑下去。"他说男厕所里面冷死了,既然餐厅里面一个其他人也没有,他便从我们坐的位子后面的一张桌子那儿穿了过来,而我正在和思薇雅聊天。然后我抬起头,看见约翰穿了一身淡蓝色的秋衣。他不断嘲笑自己这副傻模样,我盯着他放在桌上的眼镜看了一会儿,然后对思薇雅说:

"你知道,我们刚刚还坐在这里和克拉克·肯特[1]说过话……你看他的眼镜还在这儿……现在,突然之间……露易丝[2],你不认为……"

约翰大吼一声:"无敌超人来了!"

他像穿了溜冰鞋一样滑过大厅的地板,翻了一个筋斗,然后又滑回来。他一只手举过头顶,然后单腿前屈,仿佛准备飞向空中,"预备——起!"然后他摇摇头,"老天!我可不想冲破那么好的天花板,但是我的X光眼告诉我有人有麻烦了。"克里斯在一旁咯咯地笑着。

思薇雅说:"如果你再不多穿一点衣服,我们都会有麻烦的。"

---

[1] Clark Kent,超人的名字。——校注
[2] Lois,超人的搭档,后成为超人的妻子。——校注

约翰笑着说:"我是暴露狂吗?我是埃伦代尔的救星。"他又得意扬扬地走了一阵子,然后穿上外衣,说:"哦!他们不会这样做的,无敌超人和警察有着相当的默契,他们知道谁站在法律、真理和秩序这一边。"

我们上高速公路的时候,仍然感觉非常寒冷,但是已经好多了。我们又经过了几个城镇,几乎在不知不觉中,太阳让我们暖和起来了,而我的情绪也跟着好了起来。这时疲倦的感觉已经完全消失,风和太阳让你觉得很舒服,让这一切显得很真实。温暖的太阳融和了马路、绿草原上的农庄,还有迎面而来的风。很快就只剩下温暖的风、速度和太阳。最后的一丝寒意已经被温暖的空气驱走了,只剩下风、更多的阳光和更平坦的路。

这个夏天满眼绿意,空气是如此的清新。

在一排旧篱笆前的青草中,一些白色和黄色的雏菊摇曳着,草地上漫步着几头牛,远处有一片高地,上面有一些金黄色的东西:几乎看不清楚究竟是什么,反正我们也不需要知道。

这时候有一点上坡,发动机的声音逐渐沉重起来。我们爬过了这个小坡,一片新的土地展现在眼前,路在逐渐下降,发动机的声音也轻快了许多,这里有一大片草原,沉静地躺在天地之间。

后来我们停下来的时候,思薇雅的眼睛被风吹得流泪了,她伸开双臂说道:"天啊!真美!这么空旷的一片大地。"

我教克里斯如何把夹克铺在地上,然后将衬衫折起来当枕头,虽然他并不想睡,但是我告诉他先躺下来,他需要休息一会儿。我把我的夹克铺开，吸收更多的热气，约翰拿出他的照相机。

过了一会儿，他说："这是天底下最难拍的。你需要一个三百六十度的广角镜头，你看着这样一片风景，然后看看地上的草，一切都妙不可言。但是一旦你用框子框住，美感就都不见了。"

我说："我想这就是你在汽车里面所见不到的吧！"

思薇雅说："大约在我十岁的时候，有一次也是像这样在路旁停了下来，我差不多照了半卷的相片，后来洗出来的时候，我哭了，里面什么都没有。"

克里斯说："我们什么时候再继续走？"

"你急什么？"我问。

"我就是想继续走下去。"

"前面没有比这里更好的风景了。"

他皱着眉沉默不语，"我们今天晚上要露营吗？"他问。约翰夫妇俩担心地看着我。

他又问："要露营吗？"

我说："再看看吧！"

"为什么还要再看看呢？"

"因为我现在还不知道。"

"为什么你现在还不知道呢？"

"我就是不知道为什么我不知道。"

约翰耸耸肩表示没有关系。

我说:"这里不是最适合露营的地方,既没有遮蔽也没有水源。"但是突然间我又添了一句:"好吧,我们今晚就找个地方露营。"我们以前讨论过这件事。

我们又沿着空旷的路继续骑下去,我不想拥有这些草原,或是把它们拍下来,我也不想改变它们,甚至也不想停下来或是继续走下去。我们只是沿着空旷的路移动着。

5

平坦的草原逐渐变成起伏的大波浪,篱笆愈来愈少,而满眼的绿意也变得苍白起来,一切改变都意味着我们已经接近高原地区。

我们在黑格停下来加油,顺便问问有没有路可以通过俾斯麦[1]和莫布里奇之间的密苏里河。服务生并不清楚。现在热起来了,约翰和思薇雅到一边把秋衣脱下来。摩托车需要换油,链条也要润滑一下。我做这些的时候,克里斯在旁边看着,但是他有一点不耐烦,这不是个好现象。

他说:"我的眼睛疼。"

"为什么啊?"

"风吹的。"

"我们去买护目镜。"

---

[1] Bismarck,北达科他州首府,以德意志帝国"铁血总理"俾斯麦命名。——编者注

我们走进一间店铺买咖啡和面包,这里陈列的东西花样繁复,所以我们都不说话,只忙着看。偶尔听到有些人在谈话,他们似乎彼此认识,间或也会看看我们这些陌生人。之后,我们到街上买了一个温度计放在袋子里,又买了一副护目镜给克里斯。

店主也不知道如何渡过密苏里河。约翰和我一起研究地图,我本希望能够找到私人的渡船,或者是人行桥,或者其他什么都好,但是很明显,那儿什么也没有。这主要是因为对岸没什么去的价值,那儿整片都是印第安人保留区。于是我们决定往南走到莫布里奇,然后从那儿渡河。

往南走的路糟透了,崎岖狭窄,颠簸难行。我们一路顶着风,向着太阳驶去。大拖车迎面驶过。因为山势陡峭,所以下坡时它们呼啸而下,上坡时它们缓慢爬行,而我们的视线被坡道挡住,与它们会车时,神经不禁紧绷。第一次会车时,我有一点恐慌,因为我还没准备好。这一次我紧紧地握住摩托车的把手迎上前去,一点危险也没有,不过是一股气浪的冲击。现在天气更热了,也更加干燥。

到赫里德之后,约翰独自走开去喝一杯,而思薇雅、克里斯和我走到公园里找了个阴凉的地方想要休息一下。我觉得有些不安,因为冥冥之中似乎有一些变化。这个小镇的路非常宽,宽得不切实际。空中飘浮着灰尘,房屋之间有许多空旷的土地,野草丛生,一片荒芜。铁皮做的遮阳板和水塔跟前面城镇里的一样,但是分布的范围要大多了。这里的一切都像是已被人抛弃,外观十分机械化，同时杂乱无章地四散着。我逐渐明白是什么事不对劲了。这里的人不再精打细算地利用土地，因为地皮不值钱了。我们现在是在一座西部的小镇。

我们在莫布里奇的餐厅里吃了汉堡，喝了点麦乳精，然后悠闲地穿过一条繁忙的街道，来到了山脚下。那儿就是密苏里河。奔涌的河流很奇怪，两岸长满了野草，土壤却十分干燥。我转身看看克里斯，但他似乎对这并不感什么兴趣。

我们沿着河岸骑下山，找到了桥。我们在桥上看着河水有节奏地流淌着，然后过了河。

我们攀上了一条长长的山路，来到另外一种乡村。

这里完全没有篱笆，没有灌木，更没有树。山势绵延，壮阔无比。远远看去，约翰的摩托车就像一只小蚂蚁，在草地上慢慢地爬行，在山坡上方，有一些岩石在断崖顶上探出头来。

这里一派天然的景象。如果是已经荒废的土地，应该有许多破败之处，再加上不少老旧的建筑，还有上过油漆的碎片、电线、被野草侵占的荒园……然而这里却完全没有这种景象。不能说它保持得好，只是从来没有被破坏过。它本来就应该是这样，这就是保留区。

在岩石的另外一边没有摩托车修理店，我在想我们准备妥当没有，如果路上出了什么问题，那可就麻烦了。

我用手去试发动机的温度，没有问题。我发动了一下，想听听它空转的声音，但是我听到了一种很有趣的声响，于是又发动了一次。过了一阵儿我才明白，那根本不是发动机的声音，而是从山谷里传来的回声。真有意思，我又发动了两三次。克里斯问我出了什么问题，我叫他听回声，他却什么都没有说。

这部旧车子的发动机有些金属声，仿佛里面有许多松散的叶片在噼啪作响，听起来很难听。其实这是气门正常的声音，一旦你习惯了这种声音，并且学会期待它的出现，那么当发动机的声音有所不同时，你很自然地就能听出来。如果你什么都听不到，那就最好。

我想让约翰对那个声音感兴趣，但是根本不成，他所听到的只是噪音；他所看到的只是摩托车和我手中沾满油污的工具，此外别无他物。这样当然引不起他的兴趣。

他不了解发生了什么事，而且也没有兴趣去研究。他对事情的表象比较感兴趣，对于内涵就不然了。这一点很重要，因为这就是他看事情的方法。我花了好长时间才发现我们之间的这种不同，所以在这次旅程当中，很重要的一件事就是要明确这种不同。

我对他回避的态度真是无可奈何，想尽所有办法，试图引起他对机械的兴趣，但是始终不知从何开始。

我本来想或许等到他的摩托车出毛病的时候，我帮他去修理，这样他就可能会感兴趣。但是我完全错了，因为我没想到他看事情的方法和我不同。

他的把手变松了，问题并不严重，他说，只是在用力拧的时候才有一点儿松。我提醒他在上紧螺栓的时候不要用活动扳手，因为很可能会伤到表面，然后就会生锈，他同意用我的公制套筒和套筒扳手。

他把车子骑过来的时候，我拿出扳手，但是发现怎么拧都没有用，因为夹圈根本没有松开。

我说："你应该用垫片垫一下。"

"什么垫片？"

"就是一片扁平条状的薄铁片，把它塞在把手和夹圈的缝隙里，撑开夹圈之后你再拧。修理各种机器的时候都会用到它。"

"喔，"他有点感兴趣，"很好，那么要到哪儿去买呢？"

"我这儿有。"我高兴地说，拿起了一个啤酒罐。

他一时明白不过来，然后说："什么？就是这个啤酒罐？"

"没错，"我说，"世界上最好用的垫片。"

我自认为这一点很聪明，省得他到处去找卖垫片的地方，也节省了他的时间和金钱。

但是让我惊讶的是，他竟然没有发现它的妙用。事实上他对这件事的态度一直很傲慢，找各种理由来搪塞我，后来我才发现他真正的态度，最后我们决定不修车把了。

据我所知把手如今仍然会松。我也知道当时他的确很生气，我竟敢用啤酒罐的薄片去修理他花一千八百美金买来的全新的宝马车！这辆车代表的是半个世纪以来德国人在机械上的精良水准！

Ach, du lieber! [1]

此后我们就很少提到维修摩托车的问题，现在回想起来，应该是根本就没有再谈过了。

一提话头就不欢而散，我一直不明白为什么。

我应该这样向他解释：这个啤酒罐是铝做的，不但材质很软，而且附着性很好，在这种情况中最适合使用，而且它不会受潮氧化；说得更详细一点，它的表面有一层氧化物，可以防止进一步的氧化。

换句话说，任何一位拥有精良的机械技术、真正优秀的德国技师，都会认为这个解决办法最好不过。

后来我想了一下，我应该偷偷地走到工作台前，切下一块啤酒罐，把上面的印刷内容除掉，然后回来告诉他，我们很幸运，只剩下一片了，还是由德国进口的。这样就行了。要是再告诉他，这是从阿尔弗雷德·克虏伯[2]伯爵的私人库存中以超低价买来的，他肯定会乐不可支地拿走装上。

这个念头让我乐了一阵子，但是我很快就乐不起来了，我感觉这个念头里有一股报复的快意。我再一次产生了以前曾经提过的那种感觉，这件事所牵涉到的问题比看到的要严重得多。一旦你仔细研究彼此之间的小分歧，就会有重要的发现。这只是我的

---

1 德语，"噢，老天！"——校注

2 Alfred Krupp，德国钢铁制造大亨。——校注

感觉，我要像以往一样继续思考其中的因果关系，了解究竟是什么造成了约翰和我之间这样大的差异。在从事机械方面的工作时，常常会有这种情况出现，一旦遇到瓶颈，你只好停下来，仔细思考一番，四处看看是否有新的启发，然后出去逛逛，等你再回来时，原先隐而未显的原因就会浮现出来。

这个逐渐浮现出来的原因就是：我从理性、知识的角度去看这个铝片，其中牵涉到金属的所有科学上的特性。而约翰却从直觉和当下的角度去看待它。我是从内涵着手，而他却是从物的表象开始。我看到的是这个铝片的意义，而他看到的却是这个铝片的外观。所以，如果你只看到铝片的外表，当然会沮丧，谁会喜欢在一部新买的摩托车上安装废铝片呢？

我想我忘了提约翰是一名演奏家，他和城里的很多乐队合作，专门负责打鼓，所以收入相当不错。我想他就是以打鼓的方式去看事情——也就是说他并没有真正地思考。他只是做了，他对用啤酒罐来修理摩托车这件事的反应，就跟有人在打鼓时忘了拍子的反应一样。对他而言，这非常不和谐，所以他不希望有这种情况发生。

一开始，这种差异似乎并不起眼，但是它逐渐、逐渐、逐渐地扩大，直到我开始注意为什么我会忽略它的存在。有些东西你忽略是因为它们非常细微，但有些却是因为它们过于庞大。我们两个人讨论相同的事，思考相同的事，然而他的出发点却和我的完全不同。

他其实也关心科技。不过是以他的视角，结果焦头烂额，四处碰壁。他试图不用逻辑分析就玩转科技，这是办不到的。于是在一次又一次的笨拙尝试之后，他终于放弃了，对着这个满是螺栓螺母的家伙发出一声咒骂。他不会或无法相信，这个世界上有些东西是用玩音乐的方法玩不转的。

这就是他的视角，一种玩音乐的视角。我一直傻乎乎地跟他大谈机械方面的知识。它是各种部件，是部件之间的关系，是分析，是组合，是查找问题……但它并不真的在此处。它总是在别处，我们都以为别处即此处，但是实际上它却远在千里之外，这就是机械的本质。

约翰这种视角上的差异也是六十年代文化变异的根基。我认为它至今仍然在影响着美国人对事情的看法，代沟就是由此而来。"垮掉的一代"和"嬉皮士"的名称也来自于此。而现在事实证明，这种视角不只流行于一时，还会一直延续下去，这种视角之所以仍然存在，是因为它是非常严肃而且重要的。它看起来似乎无法与理性、秩序和责任并存，但事实并非如此。现在我们已经接触到事情的根本。

我的腿变得很僵硬，甚至开始有些疼，于是我轮换着伸腿，同时最大限度地左右活动脚踝，拉伸一下腿部，虽然略有帮助，但一会儿支持腿伸出来的肌肉就又开始酸了。

在这里我们看到了在现实的认定上的冲突，不论科学家如何说它，你此时此刻所看到的世界，就是现实。约翰就是如此去看的。但是从科学的角度所观察到的世界，也是现实，不论它的表象如何。所以像约翰这样的人，如果要坚持己见，必然会采取一些行动，而不仅仅是不予理睬。如果约翰的断电器触点被烧了，他就会发现这一点。

这就是为什么那天他会因发动不了摩托车而生气，因为这侵犯了他的现实。这似乎是在他看事情的方式上凿了一个洞，他无法面对，因为这样很可能会威胁到他整个的生活方式。从某个角度来说，他和那种学科学的人一样，某些时候会对抽象艺术产生愤怒，因为抽象艺术也不适合他们的生活方式。

在这里，你有两种现实，一种是你当即感受到的艺术表象，另外一种是隐藏其中的科学道理，因为它们互不相融，所以彼此之间没有多少关联。情况就是如此。所以你可以说，这里有点问题。

在一条荒无人烟的路上，我们发现一间孤零零的杂货铺，于是停了下来。我们走进铺子，在后面找了个地方，坐在几个包装箱上喝罐装啤酒。

现在我觉得有些疲倦，背也开始疼了。我把箱子推到一根柱子旁边，然后靠在柱子上坐着。

克里斯表情沮丧，我一看就知道他现在心情不好。这一天的确把我们累坏了。我在明尼苏达州的时候就告诉过思薇雅，当我们走到第二天或第三天的时候，精神会突然变得很差，没想到现在就来了，明尼苏达州——那是什么时候呢？

一辆车停在路边，一个喝得烂醉的女人走下来，想替别人买啤酒，但她不知道买哪个牌子的。店主的太太等得火冒三丈，但她还是没办法决定。这时她看到了我们，就东倒西歪地走过来，问我们是不是摩托车的车主，我们点了点头。然后她就说，希望我们能够载她一程。我走开了，让约翰去处理这件事。

他很圆滑地把她给打发了，但是她一次又一次地回来，请求我们载她一程，还给了约翰一块钱。我跟约翰开了几个玩笑，但是并不好笑，只是让气氛更加凝重。我们从杂货铺出来，又一次置身于枯黄的草坡上。这时阳光笼罩大地。

我们到达莱蒙的时候真是累坏了。在一家酒吧里，我们听说往南走有一个露营地。约翰想在莱蒙中心的一个公园里露营，这个建议很奇怪，让克里斯十分气恼。

我已经许久没有这样疲劳过了，其他人也是一样。但是我们仍然拖着疲惫的身躯到超市胡乱买了些东西，然后费力地放到车上。太阳只剩下了最后的余晖，天色在一个钟头之内就会完全暗下来。我们似乎无法再往前行。我想，我们在拖延吗？

我说："克里斯，我们走。"

"不要对我吼，我已经准备好了。"

我们从莱蒙骑上一条乡间小路，似乎骑了好久好久，人已经累瘫了，但是实际上并没走多远，因为太阳还没有下山。这个露营地已经很久没人来过了，这倒不错。但是还有不到半个钟头，太阳就会完全下山，而且我们的精力已经耗尽了，这是最大的问题。

我用最快的速度把东西卸下来，但是我太疲惫了，以至于犯了一个大错：我把所有的东西都卸在了路边，没有注意这个地点有多糟糕。后来我发现这里风太大，就是那种高原的风。这里似乎是半沙漠地带，所有的东西都被烧掉了，而且十分干旱，只有一个湖在我们下方，它只能算是个大蓄水池。风从天边吹向湖面，吹过来，吹向我们，凌厉如刀。已经很冷了。离路二十码远的地方，有一些矮小的松树，我要克里斯把东西都搬到那儿去。

他没有照我的话做，而是走到湖边去了。我只好独自搬行李。

这时候我看到思薇雅拖着疲惫的身子，很专心地在准备煮饭的用具。

太阳完全下山了。

约翰找来一些木柴，但是都太大，而且风吹得这样急，很难点火，我们需要把它们劈开才能点着。我走到松树丛边，在暮色中摸索我那把弯刀，可是树林里实在太暗了，我找不到。我需要手电筒，于是又找手电筒，同样因为太暗没找到。

于是我去把摩托车骑过来，把头灯打开，这样就可以找到手电筒了。我一样一样地翻，想找到手电筒，过了很长时间我才突然意识到，我不需要手电筒，我需要的是弯刀，而弯刀就在我眼前。拿着弯刀回来的时候，约翰已经把火点好了，于是我就用刀劈了一些较大的木柴。

克里斯又出现了，他手里拿着手电筒。

他抱怨地说："我们什么时候才可以吃饭？"

我告诉他："我们很快就会做好了。把手电筒放在这儿。"

他又带着手电筒不见了。

风太大了，吹得火呼呼作响，左摇右摆，我们没有办法做好牛排。于是我们从路旁找来大石头，想堆在火旁边把风挡住，但是天色实在太暗了，我们无法看清自己的动作，于是就把两辆摩托车都骑过来，打开头灯，照着火堆。这时候我们看到火堆里冒出许多火花，然后消散在风中。

身后突然传来一声巨响，我听到克里斯在一旁咯咯地笑着。

思薇雅很生气。

克里斯说："我找到一些鞭炮。"

我及时控制怒气，然后严肃地告诉他："该吃饭了。"

"我要一些火柴。"

"坐下来吃。"

"先给我一些火柴。"

"坐下来吃。"

他坐了下来，我想用军用刀切牛排，但是牛排实在太硬了，于是我就找出一把猎刀来切。摩托车的灯直射向我，在阴影中完全看不见刀子的落点。

克里斯说他也切不动他的牛排，于是我把我的刀子给他。伸手来接的时候，他把盘子打翻了。

没有人说话。

我并不是气他把盘子打翻了,我气的是毡布被弄得油腻腻的,要一直忍耐到回家的时候。

"还有吗?"他问。

我说:"把那个吃掉。它只是掉到了毡布上。"

"太脏了。"他说。

"只有这些了。"

这时候大家都有些闷闷不乐,我只想去睡觉,但是克里斯生气了,我估计他又要上演那套耍性子的把戏了。我等着,果然,很快就开始了。

他说:"我不喜欢这个味道。"

"没错,克里斯,味道不是很好。"

"没有一样我喜欢的,我一点儿也不喜欢在这里露营。"

思薇雅说:"这是你出的主意,是你想要露营的啊!"

她不该这样讲的,但是她当然不知道。一旦你上了他的钩,他就会给你另外一个饵,然后再来一个,直到最后你想打他,这才是他要的。

他说:"我不管。"

思薇雅说:"你应该明白这一点。"

"我不。"

火爆的场面就要出现了,思薇雅和约翰看了看我,但是我仍然面无表情。对这种情形我感到很抱歉,但是我现在无能为力,任何争执只会把事情弄得更糟。

克里斯接着说："我不饿了。"

没有人回答他。

"我的胃很痛。"克里斯的话锋一转,就走到林子里去了,即将出现的火爆场面因而平息下来。

用完餐之后,我帮思薇雅清理了一下,然后又坐了一会儿,我们把车灯关掉以节省电力,而且灯也太刺眼了。风小了一些,火里仍然有几点微光。过了一会儿,我的眼睛对黑暗就习惯多了,刚才生的气和吃的东西赶走了一部分倦意。克里斯还没有回来。

思薇雅问我:"你想他会不会是故意在和我们过不去?"

我说:"我想,虽然可能我说的不完全对,有个儿童心理学术语可以描述这种情况,不过我不喜欢它。就当他是一个讨厌的家伙吧。"

约翰笑了笑。

我说:"反正晚餐吃得不错,我很抱歉,他竟然表现这样。"

"噢,没事,"约翰说,"但他什么都没吃,我有点担心。"

"饿不坏他。"

"你想他会不会在里面迷路了呢?"

"不会,如果他迷路了会大声喊。"

这时克里斯还没有回来,我们也没有别的事情可做。我开始观察四周的环境,周遭听不到一点声音,这真是一片孤寂的草原。

思薇雅说:"你认为他真的胃痛吗?"

我确定地说:"是的。"我很不愿意继续讨论这个问题,但是似乎需要作进一步的解释,因为他们肯定感觉事情比看到的要复杂。所以最后我说:"我想他一定是真的痛,他检查过许多次,有一次甚至严重到我们以为是盲肠炎……那个时候我们正向北旅行,我刚处理完一份价值五百万美元的机械合约,真是够折磨人的,我要在一个礼拜之内赶出一份六百页的资料,真想杀人,所以我们想,最好到森林里走一遭。

"我不记得去了哪里,当时脑子里塞满了工程方面的资料,而克里斯在一旁大声哭号,后来我才发现必须尽快把他送到医院,究竟是哪所医院我记不得了,但是他们什么也没有发现。"

"什么都没有发现吗?"

"是啊,后来又出现过一次同样的情形。"

"难道没有一个医生知道是怎么回事吗?"思薇雅问我。

"今年春天,他们诊断后认为是精神疾病的征兆。"

"什么?"约翰说。

现在天色已经完全暗下来了,我看不见约翰和思薇雅的身影,甚至连山的线条也看不清;我想听听远方的声音,但是什么也听不见;我不知道该怎么回答,所以就沉默了下来。

我努力观察的时候,可以辨认出天上的星星,但是眼前的营火却使它们黯然失色,夜色越来越浓了,烟已快抽完,所以我干脆把它熄了。

思薇雅说:"我不知道有这么回事。"她所有的怒气都消了,"我们都觉得奇怪,你为什么不带你太太来,而要带他来。"她说,"还好你告诉了我们这一点。"

约翰拿了一些没有烧过的木头丢到火里。

思薇雅说:"你认为原因是什么呢?"

约翰喉咙里嘟哝了一声,好像不想让她问下去,但是我回答:"我也不知道,因果似乎无法解释他的状况。因果逻辑是思想上的产物,我认为精神疾病先于人的思想。"我想他们并不懂我所说的。对我来说,也是如此,现在我已经太累了,不想动脑筋,所以就任它去吧。

约翰问我:"精神医生怎么说呢?"

"什么也没有说,我决定不找他们治疗。"

"没有治疗?"

"是的。"

"这样做好吗?"

"我不知道,我没有充分的理由认定治疗不好,只是我自己有心理障碍。我曾经想过去治疗,也试着找出所有应该治疗的理由,然后计划去拜访那些医生,甚至把他们的电话都找出来了,然后心里突然觉得有问题,就好像门砰地关起来了一样。"

"听起来不对劲。"

"除了我大家都不这么想,我想我也不能永远固执己见。"

"但是为什么?"思薇雅问。

"我不知道为什么……那只是……我不知道……他们不像自己

人（*kin*）。"我很惊讶，竟然用这个词，我以前从来没有用过，不像自己人……好像是穷人的说法……就是不亲切……他们对他没有真正的友好（*kind*），因为不是自己人……就是这种感觉。

这个说法如此古老，几乎已经逃逸出了现代人的脑海。几个世纪以来，变化是如此之大。现在每一个人都能够对别人友好，或者说大家认为每一个人都很友好。可是放在很久以前，友好的人都是天生如此，并且情不自禁地表现出来。而现在大部分的时候，它只是一种虚伪的态度，就像第一天上课的老师一样。但是那些不是自己人的人，又怎么会知道友好究竟是怎么回事儿呢？

这个想法不断地在我的脑海中出现……*mein Kind*[1]——我的孩子。你看，在另一种语言中也有这个词。*Meine Kinder……"Wer reitet so spät durch Nacht und Wind? Es ist der Vater mit seinem Kind."*[2]

我有一种很奇怪的感觉。

思薇雅问："你在想什么？"

"一首歌德写的诗，大约是在两百年以前写的，我很久以前读过，不知道为什么现在突然想起来了，除非是……"奇怪的感觉又回来了。

思薇雅问："诗里说了些什么？"

我努力地去回想："有一个人晚上在海边骑马，有风迎面吹

---

1 德语，"我的孩子"。——校注
2 德语，"谁在深夜的风中骑行？是位父亲和他的儿子"。——校注

来。父亲紧紧地把儿子抱在怀中,问儿子为什么看起来这样苍白,儿子回答他:'爸爸!难道你没有看到鬼吗?'爸爸尽量地安慰儿子,告诉他他所看到的只是岸边的一层薄雾,他所听到的只是树叶在风中飒飒作响,但是儿子仍然认为有鬼。父亲只好尽快在黑夜中骑回去。"

"结局呢?"

"结果孩子死了,鬼赢了。"

风把炭火吹起来了,我看到思薇雅有点吃惊地看着我。

"但是这件事发生在别的地方,而且是在很久以前。"我说,"现在我们相信人死如灯灭,根本没有鬼。我相信这一点。"我望着一片黑暗的原野,"虽然我不知道究竟是怎么回事儿……这些天来,我对许多事情都有些不确定,或许这就是为什么我话这么多。"

炭火快要熄了,我们抽完了最后一支烟,这时克里斯仍然在黑暗之中的某一个地方,不过我不打算把他找回来。约翰小心谨慎地保持着沉默,而思薇雅也是如此。突然之间,我们沉浸到了各自的世界之中,不再有任何交谈。我们在火上浇了些水,把它熄灭,然后去林子里面睡觉。

我发现我在松林里放睡袋的那一小方土地不太好,那儿既是我的避难所,也是从蓄水池那边飞过来的成千上万只蚊子的避难所。驱蚊剂根本不管用,于是我爬进睡袋,只留一个小孔用来呼吸,当克里斯回来的时候,我几乎已经睡着了。

他说:"那儿有一个大沙堆。"一边说一边用脚踩地上的松针。

我说:"好,快去睡觉。"

"你应该去看看,明天你要去看吗?"

"我们不会有时间的。"

"明天早上我可以到那儿去玩吗?"

"可以。"

他把衣服脱掉,弄出不少响声,然后才爬进睡袋里。爬进去之后,他滚了一下,没有说话,然后又滚了一下,说:"爸爸!"

"什么事?"

"你还是小孩子的时候是什么样的?"

"克里斯,赶快睡!"一个人能听进去的话是有限度的。

后来我听到一阵啜泣。我知道他在哭,虽然我已经筋疲力尽,但是却睡不着了。这个时候如果我说几句安慰的话,可能会有用,他只是想要对我表示友好,但是这些话因为某些原因就是说不出来。对陌生人或是病人需要说些安慰的话,对自己人就不是了,像这样小小的安慰,并不是他要的,我不知道他想要些什么,或是他在找些什么。

一轮圆月慢慢地从树梢升起,缓缓地行过天际,我半睡半醒地想着事情。实在是太累了。月亮、奇怪的梦、蚊子的声音、过去片段的回忆,这一切混成了一幕虚幻的迷失的风景。在这个模糊的梦里,月亮十分皎洁,但是仍然有一层薄雾,我和克里斯正骑着一匹马,它跳过海边的一条小溪,这条小溪流过沙滩,流到大海里去了。然后梦中断了……然后又开始了。

在雾中似乎出现了一个人的身影,我仔细看的时候他又不见了,当我把视线转开,他就又出现在我眼角的余光中。我想要跟他说话,叫他的名字,但是我并没有这样做,因为我一旦用任何手势或是行动去和他接触,就等于把他变成了现实。而他其实并没有实体。不过我认识他,他就是斐德洛。

他是邪灵,已经发狂了,从一个无所谓生死的世界而来。

梦里的人影逐渐消失,我的情绪也平复下来……毫不急促地……让他慢慢消逝……既不相信他,也不否定他……但是我感到毛发直竖……他在叫克里斯,是吗……是吗……

6

早上醒来的时候,已经九点钟了,天气热得无法再继续睡下去。爬出睡袋,太阳已经高高挂在天空中,空气清爽而干燥。

由于晚上睡在地上,醒来的时候眼皮有些浮肿,而且关节有些疼。

我的嘴很干,有些裂了,脸上跟手上都被蚊子咬了,昨天早上晒伤的地方也在痛。

在松树林的另外一边是晒干的野草,还有一堆堆的沙土,反射着太阳光,亮得令你无法直视。四周的热气、沉寂而荒凉的山坡地、万里无云的蓝天,这些都让我觉得十分沉闷。

天空没有一丝水汽，今天想必又是个大热天。

我走出松树林，来到草地上一块光秃秃的沙地前，看了好一会儿，径自沉思着。

我决定今天的肖陶扩从探讨斐德洛的世界开始，我原本只想重述他有关科技和价值观的思想，而不想去谈他这个人，但是昨天晚上我想到的一切却让我无法这么做，不提他这个人，似乎是在逃避不该逃避的事。

天刚蒙蒙亮的时候，我想起了克里斯的印第安朋友，他祖母提到的一些事情澄清了我的一些思绪。她说如果埋葬一个人时出了问题，他的鬼魂就会出现。的确如此，斐德洛没有得到安葬，这就是问题的根源。

后来我转过身去，看到约翰也起来了，满脸狐疑地望着我。他还没有完全清醒，于是绕着圈子走，想让脑子清醒一下。不久思薇雅也起来了，她的左眼也肿了。我问她是怎么回事，她说是被蚊子叮的。我开始收拾东西，准备装上车，约翰也开始收拾了。

收好之后，我们又生了一堆火，思薇雅打开一包包的火腿、鸡蛋和面包，准备早餐。

吃完早餐后，我过去把克里斯摇醒，他不想起来，我又叫了他一次，他还是不肯起来，于是我抓起睡袋的尾端，像抖桌布一样把他给抖了出来，结果他躺在松针上一直眨眼睛，花了好一会儿工夫才明白究竟是怎么回事，而我已经开始叠睡袋了。

他很不痛快地吃早餐，才吃了一口，就说不饿，说他的胃还在痛。我指着下面的湖让他看，在这儿出现这样的湖是一件很奇怪的事，但是他一点儿也不感兴趣，照样抱怨着。我不管他了，约翰和思薇雅也是一样。我很高兴他们已经知道了克里斯的问题，不然会引起许多摩擦。

我们静静地吃完早餐，我感到出奇地平静，大概与我决定谈谈斐德洛有关，但也可能是因为这个时候我们距离湖边大约有一百英尺，越过它可以看到广袤的西部，光秃秃的山坡地，既没有人烟，也没有声响。像这样的地方，会略略提起你的精神，让你以为情况会越来越好。

把东西装上车的时候，我突然发现后轮胎已经磨损得非常厉害，像昨天那样的车速，载那么重的东西，地上又那么热，轮胎一定会这样的。车链也松了，于是我拿出工具来修理，然后我不禁叫了起来。

"怎么回事？"约翰说。

"链条调整器的螺栓松了。"

我把调整链条的螺栓拧下来检查。"是我的错，没有松开车轴的螺母就想一次调整好。螺栓还是好的。"我指给他看，"好像是里面的螺栓松了。"

约翰盯着轮胎看了好一会儿："你认为可以骑到镇上吗？"

"当然可以，你可以一直骑下去，只不过链条会变得很难调整。"

他仔细地看着我把后车轴的螺母拧下来，然后用锤子在旁边敲，一直敲到调好链条的松紧，然后使出全身力气锁紧螺母，以防日后松脱，又换了一根开口销。摩托车的车轴螺母和汽车不同，不会影响轴承的松紧度。

"你怎么知道要这么做？"他问。

"你就是要把它想出来。"

"我不知道要从哪里开始想。"他说。

我想了一下，那的确是个问题，好吧！要从哪里开始呢？为了让他明白我的想法，就必须向前追溯，越向前追溯，你就越需要继续追溯下去，直到原本只是沟通上的一个小问题，最后变成哲学上的大问题。我想这就是为什么要有肖陶扩的原因。

我把工具箱收拾好，然后合上侧盖。我想了一下，还是值得向他解释的。

上路之后，刚才工作时所流的一点汗被蒸发了，所以觉得很舒服。然后就觉得天气炎热，很可能有26.8℃以上。

路上没有其他的车子，我们一路前行，这真是出门旅行的好天气。

现在我想履行一个责任，我想提到一个人，他已经离开这个世界了，他有一些思想曾经公之于世，可是没有人相信他，也没有人真正了解他，他已经被世人遗忘。我宁可他继续被人遗忘，个中原因很快就会明了。但我别无选择，只有将他再次提起。

我并不完全了解斐德洛的一生,不会有人知道的,除了他自己。但是他早已作古,我们从他的著作、别人对他的谈论以及我片段的回忆中,或许可以拼凑出他的思想的一些概要。由于这次旅程的中心思想源自于他,所以这么做并不会偏离这次旅程的主旨,而是使这次肖陶扩的含义更明白易懂,这比完全抽象的讨论好多了。我们的目的并不是为他辩解,当然,也不是歌颂他,我们主要的目的就是希望能让他永远地安息。

在明尼苏达州的时候,我们曾经路过一些沼泽地,我曾经提到约翰夫妇逃避科技的力量,现在我要沿相反的方向,从约翰开始,进入科技,最终进入科技的核心。沿着这条路,我们将进入斐德洛的世界,他唯一熟知的世界,其中的一切都要从基本的形式去理解。

基本的形式是不同寻常的讨论题材,因为它本身就是一种讨论的模式。比如说,你从事情的表象来讨论,或是从它们基本的形式来讨论,当你想要讨论这些讨论的模式时,你所要面临的问题就是所谓的平台的问题。因为除了这些模式自身,你将没有平台可依。

前面我曾经谈论过他的基本形式世界,或者从外部角度来说,谈论过基本形式的表象——科技。现在我想应该从基本形式本身的角度来看他的基本形式世界,我想要谈的是基本形式世界的基本形式。

要谈论这个,我们首先要使用二分法,但是在使用之前,我必须先说明二分法究竟是什么和它的含义。这是一个很长的故事,而我现在只想先用二分法,然后再解释。我想把人类的知识分成两种——古典的认知和浪漫的认知。从终极的真理来看,这种二分法没有多大的意义,但是如果我们想用古典的方式去研究基本形式世界,势必要用到这种方法,而斐德洛认为古典和浪漫的意义如下:

古典的认知认为这个世界是由一些基本形式组成的,而浪漫的认知则是从它的表象来观察。如果你拿一部发动机或是一张机械图,或是一张电路图给浪漫的人看,他一定不感兴趣,因为他所看到的只是表象,枯燥无味,只是列出一大堆复杂的专有名词、线条和数字,并没让他觉得有趣。但是如果你把这些东西拿给一个倾向于古典思想的人看,他会仔细地观察,然后就会着迷,因为他看到在这些线条和符号背后是丰富的基本形式。

浪漫的模式主要有丰富的灵感、想象力、创造力和直觉。最主要的是情感而非事实。和科学相对的艺术往往就是浪漫的,它的存在不依赖于理性或是法则,而是依赖于情感、直觉和美学。在北欧的文化当中,浪漫往往和女性有关,但这并不是必然的关系。

相对的,古典的思想往往依赖于理性和法则——它们是思想和行为的基本形式,在欧洲的文化当中主要与男性有关,同时科学、法律、医药等各学科都受到了古典思想的影响,因此对大部分的女性来说毫无吸引力。所以虽然骑摩托车旅行是件浪漫的事,但是维修摩托车却全然是古典的行为。修理车子的时候,必然会弄脏手，而且弄得全身都是油污，这些基本形式往往和浪漫的精神相冲突，因而女性很不喜欢这样。

虽然在古典的认知方式当中，它的表象通常是丑陋的，但是这不是天生的。浪漫的人往往会忽略古典的美感，因为它出现得非常微妙。古典的风格往往直截了当而且完全不加修饰，不情绪化，简洁，有严谨的比例。它的目的并不是引发别人情绪上的波动，而是要从混乱中找出秩序，把未知变成已知。所以它的风格并不自由也不自然，反而要求的是规规矩矩，所有的一切都在控制之中，而它的价值标准在于控制技巧的高低。

对于一个浪漫的人来说，这种古典的方式往往显得沉闷、呆滞而且丑陋。就像维修车子一样，车子的一切都可以分解成零部件和它们之间的关系。不用计算机算上十几次都搞不清，所有的一切都必须经过测量和证明，这就给人一种沉重的压迫感，一种永无止境的灰暗，这就是死亡的势力。

对于一个古典的人来说，浪漫的人轻浮而没有理性，心情起伏不定，不值得信任，只对享乐感兴趣，是一种肤浅的人，就像寄生虫一样没有内涵，无法养活自己，是社会的负担。从这里我们就差不多可以看出他们之间的冲突了。

这就是问题的根源，人在思考和感觉的时候往往会偏向于某一种形式，而且会误解和看轻另一种形式。然而没有人会放弃自己所看到的真理，就我所知，目前还没有人可以真正融合两者，因为这两者之间根本就找不到交会点。

所以在当前的时代，我们看到古典的文化和浪漫的反主流文化之间，产生了日渐严重的冲突——这两个世界逐渐分离，互相仇视，所有的人都在怀疑是否要继续这样发展下去。事实上没有人希望如此——不论他的敌手如何想。

在这种情况之下，斐德洛的思想和言论才显得重要，然而在他的时代，没有人会注意他的言论，一开始只觉得他很古怪，然后有些讨厌他，然后认为他有一些疯狂，最后干脆当他完全是个疯子。毫无疑问，他的确是疯了。但是我们从他当时的著作中可以看出，使他发疯的正是这些对他充满敌意的看法。他古怪的行为往往使他与人疏离，然而这样一来就会造成他更古怪的行为，从而恶性循环，一直到濒临某一点，直到最后被法院派来的警察逮捕，然后永远与社会隔绝。

我们正准备左转上12号国道时，约翰停下来加油，我在他的旁边停下来。

加油站门口的温度计显示现在是33.3℃，我说："今天又要很难熬了。"

油加好了。我们穿过街道去喝咖啡。当然克里斯也已经很饿了。

我告诉他我等这顿饭已经等了很久，他要么跟我们一起吃，要么就别吃。我并没有生气，只是在述说事实。他虽然在抱怨，但是知道自己该怎么做。

我从思薇雅的脸上看出她松了一口气，很明显她以为这个问题还没有结束。

喝完咖啡出来的时候，外面酷热无比，于是我们赶快骑摩托车离开。我们都觉得突然又有一阵凉爽，但是立刻就消失了。太阳照着枯草和沙地，一切都泛出白色，我必须眯着眼睛才不会觉得刺眼。12号国道已经很老了，路况非常差，柏油路面遍布坑洞，高低不平。我们看到了路标，知道前面必须绕道。道路两旁经常会出现破旧的房舍和木板屋，路边有不少小摊子。现在交通拥堵，我正好可以仔细想想斐德洛那个注重理性和分析的古典世界。

自古希腊以来，他这种理性就成为人类用以超越周遭环境的琐碎和压迫的工具。人们难以意识到这一点，是因为这种超越大获全胜，终于重塑了整个世界，转而成为今天的浪漫者试图超越的东西。而他的世界不容易为人观察清楚，并不是因为它太特别，反而是因为它太平凡了。熟悉往往也会使人视而不见。

他看事情的方法可以被称为注重分析的描述方式，这是古典方法的另一个名字，即使用事物的基本形式展开讨论。他是一个完全信奉古典精神的人。为了更完整地解释这一方法，我想将其运用到其自身之上，也就是分析"分析"本身。首先我要提出一个分析的例子，然后再作进一步的分析。摩托车就是一个最好的例子，因为它就是由古典的人发明的，所以：

为了古典、理性的分析，可以从摩托车的组件以及功能来讨论。

如果从组件来说,可以分成两种,其一是动力总成,其二是行走总成。

动力总成可以分为发动机和传动系统。首先我们来看发动机。

发动机的机箱里包含动力系统、配气系统、点火系统、反馈系统和润滑系统。

动力系统包括汽缸、活塞、连杆、曲轴和飞轮。

配气系统是发动机的一部分,包括油箱、汽油过滤器、空气滤清器、化油器、进气阀和排气管。

点火系统包括交流发电机、整流器、蓄电池、高压线圈和火花塞。

反馈系统包括凸轮链、凸轮轴、梃杆以及配电盘。

润滑系统包括机油泵、油槽——输送机油到各个部位。

传动系统可以辅助发动机,它包括离合器、变速器和链条。

行走总成提供支持,包括车架,其中有踏板、座位和挡泥板;转向装置;前后防震器和轮子、控制杠杆以及传动钢绳、车灯、喇叭、时速表以及里程表,等等。

这是从组件来看一辆摩托车,要了解这些组件的作用,必须进一步地解释它的功能。

摩托车可以分成一般发动机的运转功能和特别控制功能,一般的运转功能可以分成进气冲程、压缩冲程、做功冲程和排气冲程。

我可以介绍这四个冲程各自的运作方式,然后再介绍特别控制功能运作的情况，但这只是提纲挈领地介绍一下摩托车的基本形式，就像前面所介绍的一样简短和基本。这里提到的几乎任何一个组件都可以无限地讨论下去。我曾经看过一本书，整本书专门讨论触点，它是配电盘中非常小而重要的一部分，而除了我们这里所讨论的单汽缸的奥托发动机之外，还有二冲程的发动机、多汽缸的发动机、柴油发动机、转子发动机，等等——但是这个例子已经够了。

从这个简短的描述中，我们知道了摩托车都有哪些组件，以及它们如何运作。在这里我们还需要借助于一个图表，知道它们都在哪儿，甚至需要从机械运作原理的角度来了解它们为什么如此运作。但是我的目的并不是要详细分析摩托车，而是以其作为一个开始，提出一个认知上的模式，作为我们分析的目标。

初次听到我的介绍，谁都不觉得有什么好奇怪的，就像求学的第一堂课，读教科书的开头或者第一天工作时的介绍。但是其中特别之处在于，不是用它作为讨论的模式，而是作为讨论的对象。如此，其中就有一些值得我们玩味之处。

首先我们发现，前面所记述的这段文字有一个特点，你必须耐住性子，否则你就无法读下去，它是一个比沟里的死水还要沉闷的东西，你会读到化油器、齿轮、压缩机，等等，以及活塞、火花塞、进气，等等，如果从浪漫的角度来看，就会觉得非常沉闷、丑陋而且十分笨拙，浪漫的人很少能突破这一点。

但是一旦你能耐住性子读完这些沉闷的描述，就会发现其他的内涵。

第一，如果单凭上面这段描述，你完全无法了解摩托车，除非你已经知道它怎样运作。对于了解来说十分必要的即时表面印象已经消失，只有基本的形式仍然存在。

第二，其中不包括观察者。我的描写并没有说，你要打开汽缸的上盖，才能够看到活塞。我并没有提到你。甚至操控者就好像机器人一样，操作完全机械化。在这一段描述当中，完全没有任何主观的字眼，只有客观的存在。

第三，其中完全没有好与坏的价值判断，只有事实。

第四，这里有一把刀子在舞动，一把非常锋利的刀子。它是知识的利器，敏捷、锋利，以至于有的时候你几乎看不到它的运作。你认为这些组件就是这样的，而且各有命名，但是它们也可以有完全不同的名字或是完全不同的组织形式，这就看如何运用这把刀子了。

比如说，反馈系统包括凸轮链、凸轮轴、梃杆和配电盘，之所以会这样划分，就是因为这把分析的小刀。如果你到一家摩托车用品店购买摩托车的反馈系统，他们根本就不知道你在说什么，因为他们不是这样分类的。没有任何两家制造商的分类完全相同，而每一位修理师傅都常遇到这种问题，有的零件你到处买不到，因为你的摩托车厂商把这个零件用不同的方式分类了。

所以了解这把小刀是非常重要的，不要因为它把摩托车划归某一类型，你就完全相信，因而受到愚弄，把精力集中在这把小刀的本身才重要。后面我会继续介绍如何创造性地、高效地运用这把刀子,作为解决古典和浪漫冲突的依据。

斐德洛就非常善于使用这把刀子,他不但使用得很灵巧,而且能够产生莫大的力量。他根据自己的想法,把这个世界分成许多部分,然后把这些部分再细分下去,然后越分越细,一直分到他理想中的程度。我们由古典和浪漫这两个词语就能了解他的功力有多深。

如果他的功夫仅止于分析,那么我宁可不去介绍它。最特殊的是,他使用这把刀子的方式很奇特,而且很有意义。没有人了解这一点,我也不相信他自己会明白,或许这是我的幻觉。但是他使用这把刀子时与其说像一个杀手,不如说更像一个无助的外科医生。也许这两者没什么区别。然而他是看到了一种病象,所以才拿起这把刀子,一刀一刀地切下去,一直切到最深处。他一直在追寻着一样东西,了解这一点很重要。他有所追求,而这把刀子是他唯一的工具,他只能使用它,但是他太过深入,最后竟把自己给牺牲了。

7

现在到处都热,我已经没有办法忽视热的存在。风就像由火炉里吹来的一样。由于戴了护目镜,所以眼睛才比脸上其他部位觉得清凉一点儿。我的手倒没觉得很热,但手套的表面已经被汗水洇湿了好几块,而且上面还有许多条汗水干掉后留下的白色痕迹。

前面的路上有一只乌鸦，正拖着一块腐烂的肉。随着我们逐渐接近，它慢慢地飞了起来。那肉看起来好像是一只蜥蜴，已经干掉了，粘在沥青上面。

地平线上出现了建筑物的影子，远远看过去有些闪动，我看着地图，心想那一定是鲍曼，这让我想起了冰水和冷气。

鲍曼的街道上几乎看不到人影，虽然路上停了许多车子，告诉我们的确有人在这儿，但是大家都躲在屋子里。我们把车子停好，车头向外，方便离去的时候开走。一位孤单的老人戴着一顶宽边的草帽，看着我们把车子停好，然后摘掉头盔和护目镜。

他说："很热是不是？"他的脸上毫无表情。

约翰摇摇头说："天啊！热死了。"

在帽子的阴影里，老人脸上的表情似乎快要变成笑容。

"现在几度？"约翰问。

"38.8℃，这是我刚才看到的，可能会升到40℃。"他说。

他问我们打多远的地方来，我们告诉了他，他赞赏地点点头。他说这一趟不算近，然后又问了点关于车子的事情。

虽然我们很想赶快进去喝一杯，享受一下冷气，但我们并没有离开他，而是在38℃的烈日底下和他说着话。他经营过一家牧场，已经退休了。他告诉我们许多年前他有一辆汉德森的摩托车。在这种大太阳底下他竟然想谈他的车子，这让我很高兴，我们谈了一会儿，约翰、思薇雅和克里斯都越来越不耐烦。最后我们互道再见的时候，他说他很高兴认识我们，虽然仍然面无表情，但是我们觉得他说的是真心话。在大太阳底下，他踏着凝重的步伐走开了。

在餐厅里我试图提起这件事，但是没有人感兴趣，约翰和思薇雅呆呆地坐在那儿吹冷气，一动也不动，女招待过来问我们要点什么，这才使他们恢复了一点生气。但是他们还没想好，她又走开了。

思薇雅说："我不想离开这儿。"

我又想起外面那位戴宽边帽子的老人，我说："想想这里没有冷气的时候是个什么样子。"

她说："我会的。"

"路上这么热，而且我的后轮胎又不行了，我们不能超过六十英里每小时。"

他们没有任何反应。

和他们比起来，克里斯似乎恢复了正常，机警地四处观望。吃的东西刚一端上来，他就狼吞虎咽了一番，我们还没吃到一半，他就已经把他的那份吃完了。于是我们又叫了一些，他在那儿吃，我们等他。

后来路上的热浪更凶猛了，太阳眼镜和护目镜都无济于事，你需要戴焊接工戴的面罩。

高原因被侵蚀而变成了有峡谷的山坡，远远看去是淡褐色的，一片荒凉，只有四处散布的野草、岩石和沙地。看看高速公路的黑色路面，对眼睛来说是一种松弛，所以我定睛看着它。我看见左边的排气管冒出比以往更蓝的烟，于是我在手套的尖端吐了一点口水，一碰排气管，竟然咝咝作响，这不是好现象。

这时候重要的是学着忍耐，不要想去克服它……我在学习控制自己。

现在我该谈谈斐德洛的那把刀了，这样有助于理解我们所谈论的一些东西。

他用这把刀划分这个世界，架构自己的理念。几乎每一个人都在使用自己的刀子。我们观察周遭成千上万的事物——这些不断变化的形状、被太阳照得灼热的山坡、发动机的声音、节流阀的运作，每一块岩石、野草和篱笆，还有路旁的碎片——你知道有这些东西存在，但是你并没有全部注意到它们，除非出现某些奇特的或是我们想要观察到的事物。我们几乎不可能全部意识到这些东西，而且把它们记住。那样的话，我们的心里就会充满太多无用的细枝末节，从而无法思考。从这些观察当中，我们必须加以选择，而我们所选择的和所观察到的，永远不一样，因为经由选择而产生了变化。我们从所观察到的无穷景致当中选出一把沙子，然后称这把沙子为世界。

一旦我们手中握着这把沙子，也就是我们选择出来认知的世界，接下来就要开始分辨。这就是那把刀子。我们把沙子分成许多部分：此地、彼岸；这里、那里；黑、白；现在、过去——也就是把我们所认知的宇宙划分成许多部分。

但是我们看得越久，就越会发现它的不同。没有两粒沙是一样的，有一些在某些方面相同，有一些在另外一方面相似，而我们可以根据彼此之间的类似和差异，堆成不同的沙堆。我们也可以按照不同的颜色、颗粒，不同的大小、形状或者是否透明来分。你认为这种划分一定会有尽头，但实际则不然，你可以一直分下去。

古典的认知法就是针对这些不同的沙堆以及分类法还有彼此之间的关系，而浪漫的认知法则是针对分类之前的那把沙子。它们互不相容，但都是观察世界的方法。

现在有一件很重要的事，就是如何把这两者融合为一，却不伤害彼此，这种认知法不会拒绝分类，也不会拒绝不分类。这种认知法就是直接把重点放在沙子的来源，也就是无穷的景致之中，这就是我们这位无助的外科医生斐德洛想做的。

想要了解他究竟做的是什么，就需要观察风景当中的那个他，他无法从整个风景中分离出来。他正站在沙中，把沙分成不同的沙堆。要看风景而没有看到他，那简直就等于没有看到风景。对摩托车分析解剖也是佛性的体现，排斥这一面，就没有看到真正的佛性。

然而有一个一直存在的古典问题，就是摩托车的哪一部分、沙堆中的哪一粒沙才是佛陀呢？很明显，问这个问题是找错了方向，因为佛是无所不在的；但是同样很明显，问这个问题也没错，因为佛是无所不在的。对于佛独立于任何分析的思想之外而存在，前人已经说得很多了——有些人说得太多了，所以我怀疑根本不需要再多说什么，但是关于佛存在于分析的思想之内并指引着它的方向，很显然，还没有人讨论过。其中有历史的因素，但是历史不断地在演进，在这方面进一步地研究，似乎对我们的历史宝藏并没有什么坏处，反而有些好处。

一旦我们把这种分析的思想，也就是那把刀应用到生活中，总会丢掉一些东西。我们都明白这一点。最起码从艺术的角度观察是如此。这使我想起马克·吐温的经验，马克·吐温在掌握通过密西西比河所必需的分析性知识之后，发现这条河已经失去了它的美丽——总会丢掉一些东西，但是从艺术的角度鲜有人注意到——新东西同时也被创造出来了。让我们不要再注意丢掉了什么，而要注意获得了什么。让我们把这种过程当作再生的方式，既不好，也不坏，事实就是如此。

我们经过了一座叫马马斯的城镇，约翰不肯停下来休息，所以我们继续往前骑，酷热依旧当头，我们骑进了一片荒地，现在我们刚刚经过了州界，进入了蒙大拿州，路旁有指示牌告诉我们这一点。

思薇雅上下挥动手臂，我按喇叭回应她，但是当我看到指示牌时，却一点也不高兴，因为它给我深深的震撼，而他们却毫无感觉，他们不知道我们现在是在斐德洛曾经住过的地方。

我们通过讨论古典和浪漫的认知来介绍斐德洛，这似乎是个奇怪的方法，但又是唯一的。如果描写他的长相，或是他生活的种种情状，似乎太过肤浅，而直接去面对他，那更是一场灾难。

他是一个疯子，如果你直接面对疯子，你所看到的只是你对疯子的固有印象，这等于根本没有观察他本身。要了解他，你就必须从他的角度看事情；如果你想要从疯子的角度来看事情，那么崎岖的路是唯一一条去了解他的路，不然你自己的看法会阻挡你的视线。所以我认为只有一条路可以通到他那里，而且幸好还有这条路可以走。

我一直在谈论这些分析、定义还有系统，并不是为了它们本身，而是为了解斐德洛而做的铺路工作。

我曾经告诉克里斯，斐德洛花费了一生的时间去追寻鬼魂，这是千真万确的。他所探索的就是隐身在一切科技的背后，所有现代科学、所有西方思想背后的鬼魂——也就是理性本身。我告诉克里斯他找到了，而且当他找到的时候，狠狠地把它痛打了一顿。从比喻的角度来看，这么说没有错。我想要讨论的就是他的发现，这个时代或许终究会有一些人发现其中的价值。过去没有人看见斐德洛追寻的鬼魂，但是现在我想有越来越多的人看见了，或者在人生低潮的时候瞥见了它，它就是所谓的理性。它的表象很可能并不连贯，而且毫无意义，更使得每天最平常的举止因为和其他的一切疏离而显得有些不正常。这个日常生活背后的鬼魂，告诉我们人生最终的目的就是活着。人终有一死，然而毕竟活着就是人生最终的目的。所以人类中最聪明的头脑就努力攻克各种疾病，希望人可以活得长一点。只有疯子才会追问为何如此。一个人追求长寿，就是为了活得更久。人生没有别的目的，这就是斐德洛追寻的鬼魂所说的。

我们在贝克停下来，在有树荫的地方，温度计显示为42.2℃。我摘下手套，但是油箱太热了，我的手根本不能碰它，而发动机因为过热，出现了有问题的声音，情况非常糟，后车轮已经严重磨损，我用手去摸，它几乎和油箱一样热。

我说："我们一定得慢下来。"

"什么？"

"我们不应该超过每小时五十英里。"我说。

约翰看了看思薇雅，她也看了看他。看起来他们已经谈过我慢下来的情况。

约翰说："我们只想赶快到那儿。"他们两个向一间餐厅走去。

链条也十分烫手，而且很干涩，我在右边的行李袋中找出一罐润滑剂，然后启动发动机，把润滑剂喷在转动的链条上。链条非常热，润滑剂一喷上去立刻就蒸发掉了，于是我就把一点机油涂了上去，让它运转一会儿，然后再关掉发动机。克里斯在旁边耐心地等候，然后跟我走进了餐厅。

"我记得你说过，第二天情绪会很低落。"思薇雅在我们走近卡座的时候跟我讲。

"第二天或第三天。"我说。

"还是第四、第五天?"

"都有可能。"

她和约翰又互相看了一眼,和先前的表情一样,似乎在说他们想单独上路,也可能他们想骑快一点,然后在前面的小镇等我。我自己也这么希望,但是如果他们骑得太快,很可能不是在小镇等我,而是在路边。

思薇雅说:"我真不知道这里的人怎么能够忍受这一切。"

我有点不耐烦地说:"这里的确很糟糕,在他们来之前就已经知道这里很糟糕了,所以他们是有备而来的。"

我又说:"如果一个人老是抱怨,只会让别人更难过。他们很有活力,知道该怎样活下去。"

约翰和思薇雅没有说什么。约翰很快喝完了他的可乐,又去喝一大杯啤酒。我出来又检查了一下车子上的行李,才发现刚绑好的行李有一些松脱,于是重新绑了一次。

克里斯指着阳光下的一个温度计,我们看到它的读数已经超过了48.8℃。

还没离开小镇,我就又开始流汗了,凉快干爽的时间不超过半分钟。

我们几乎被这片迎面袭来的热浪扑倒,即使戴着墨镜,我仍然得把眼睛眯成一条缝。一路上只有炙热的沙土和白晃晃的天空，所以根本没有东西可看，到处是一片白热，就像地狱一样。

约翰在前面骑得越来越快，我放弃跟上他的打算，然后放慢到时速五十五英里。除非你存心自找麻烦，否则在这种天气之下，你是不会骑到八十五英里的，因为很容易就会爆胎。

我想他们或许会认为我刚刚说的话有点是在责怪他们，其实我的意思并非如此。我和他们一样，在这么炎热的天气里也很难过，但是实在没有必要总是把注意力放在天气上。我整天都在想着说着斐德洛，而他们则一直在想这样的天气真难过，我想这才是真正使他们疲惫不堪的原因。那些令人不快的思想。

至于斐德洛本人，也有一些事值得一提：

他研究逻辑，这是关于系统的古典系统，主要是描述系统思想的法则和过程，依靠系统思想，分析性的知识才得以架构，并互相联系。他非常擅长此道，在斯坦福–比奈智商测试（其实就是考察分析技能）中，得分高达一百七十，在五万人当中只有一个。

他是一个很讲求系统的人，但如果我们说他的思想和行为像机器一样，那就是误解他了。不像活塞、轮子还有齿轮一样整体运作，彼此支援，我想到的反而是激光，它的能量强到足以照射到月球，然后再折返地球。斐德洛并没有把他的精力用在启发大众的思想上，他选定一个遥远的目标，先瞄准，然后击中了它，这就是他所做的事情，而用他击中的目标来启发大众的工作却留给我来做。

就和他的智慧一样,他非常孤独。从各项记载看来,他没有亲密的朋友,总是一个人去旅行,即使有别人在场,他也常常落单,所以别人总觉得被他排斥,因此不喜欢他。然而别人的厌恶对他来说一点也不重要。

他太太和家庭受到的创伤最深。他太太说,那些想要打破他的孤独的人,终将发现他们面对着一片空白。在我的印象中,他们极其渴望得到亲情,但是斐德洛从来不曾给予。

没有人真正地了解他,这就是他想要的结果。而事实上也是如此,或许他的聪明智慧造成了他的孤独,或许他因孤独而聪明智慧。这两者总是同时出现。谜一样孤独的智慧。

然而这样描述他仍然不够完整,因为激光的比喻会让人以为他十分冷酷,没有感情。事实并非如此,在对于我所谓的理性的鬼魂的追寻之中,他是一个狂热的猎人。

太阳已经下山半个钟头了,天上出现了些微星光,远远地望去,原本是蓝色、黑色、灰色、褐色的树和岩石颜色都加深了。那里让我想起一段往事。斐德洛曾经待在那儿三天没有进食。他的粮食吃完了,但是他为了沉思、观察而不愿意离开。他离回去的路并不远,但是他不赶时间。

在黄昏幽暗的天色当中,他看到什么东西在动,似乎是一条狗沿着小径走了过来,那是一条非常大的牧羊犬,或者更像哈士奇,他很奇怪为什么一条这样的狗在这个时候来到这里。他不喜欢狗，但是这条狗的动作没有使他产生厌恶的情绪。它似乎正在对他进行观察、判断。斐德洛凝视它的眼睛好长一段时间，有一阵子他觉得自己认出了它，然后它就不见了。

很久以后他才知道那是一匹狼，这件事在他脑海中徘徊了好久，我想那是因为他在狼身上看到了自己的影子。

我们可以从一张照片上看到一刹那静止的情景，也可以由镜子中看到瞬间的动作，但是我想他在山上所看到的影像完全是另一种，没有实体，在时间中根本不存在。这就是为什么他会觉得有一点熟悉。现在对于我来说，这影像非常鲜明，因为昨天晚上，我就是在这种影像中看到了斐德洛本人。

他和山上的那匹狼一样，有一种属于动物的神气，他自顾自地走自己的路，不计较结果，即使有的时候结果让别人大吃一惊，而我现在听到这样的事，也是同样的反应。我发现他不会经常摇摆不定，这种勇气并不是来自于任何自我牺牲的理想，而是因为他过于热切追求，所以无所谓什么高贵的情操。

我想他之所以会对理性的鬼魂穷追不舍，是因为他想要在理性身上泄恨，是因为他觉得自己就是由理性塑造出来的。他想要把自己从这样的形象当中解放出来。他要把理性给毁了，因为他自己就是那个鬼魂的化身。他的自我已经成了他的桎梏，而他想获得自由。他用出人意料的方式实现了他的目标。

他这种行为听起来似乎不可理喻，但是最不可理喻的还不是这个，而是我与他的关系，此前我一直在回避，但是现在必须提出来了。

多年以前，经历了一连串奇怪事件之后，我通过推理知道了他的存在。有一个礼拜五我去上班，赶在周末前完成了许多工作，所以心情很愉快，下班以后就去参加一个派对。由于跟大家说话说得太多，声音太大，酒也喝得太多，于是我就到后面的房间里躺了一会儿。

当我醒过来的时候，我发现我已经睡了一个晚上，因为天已经亮了。所以我想："天啊！我甚至连主人的名字都不知道！"这是多么令人困窘的事情。这个房间并不像我休息的那间，但是我进来的时候，四周一片黑暗，而且我想当时我一定喝得烂醉，所以也没准。

我站起身来，看见我身上的衣服都已经换过了，并不是昨天晚上我穿的那套。我走出来，立刻吓了一跳，外面并非其他的房间，而是一条长廊。

我走过这条长廊，发现每一个人都在看我，我被陌生人拦住三次，问我觉得如何，我想他们是指我喝醉的事情，就回答他我没有宿醉，其中一个人笑出声来，然而立刻止住了。

在走廊的尽头有一个房间，我看到里面正在进行某种活动，于是进去在旁边坐下来，希望没有人注意我，然后我就可以想出这究竟是怎么回事。但是有一个穿白色衣服的女人朝我走来，问我是否知道她的名字，我看到她的衬衫上有一个小小的名牌，就照着念，她并不知道我看见了这个，所以惊讶地赶忙走开了。

当她回来的时候，带了一个人来，他一直瞪着我看，然后在我的旁边坐下来，问我是否知道他的名字，我照着名牌告诉了他，但是他们很惊讶我竟然知道。

他说："他恢复得相当快。"

我说："这里好像是医院。"

他们点点头。

"我怎么会来这儿呢？"我问道，脑中想到昨天晚上的那个派对。这个人什么也没有说，而那个女人低下头来，没有再解释什么。

我几乎花了一个多礼拜才从周围的事情推论出，在我醒来之前发生的是一场梦，醒来之后所发生的才是现实，我无从判断两者之间的差异，只是不断发生的新事情告诉我，喝醉酒的事似乎并不存在。有一些小事，像是门上锁了，外面是我从来没看过的景色；而从遗嘱检验庭来的一份文件告诉我有人疯了，他们是在说我吗？

最后有人告诉我："现在你拥有一个全新的自己。"然而这种解释等于没有解释，因为它使我比以前更困惑了，我不记得以前的那个我，如果他们说，你现在是个新人了，这样似乎有意义得多。他们错以为人格是一种物品，就好像一套衣服，可以让人换穿，但是，一个人除了人格之外，还有什么呢？只有一些骨和肉罢了，或许还有一些统计数字，但是肯定没有人在其中，因此人只是人格穿上骨肉和一些统计数字罢了，而不是别的。

但谁又是那个以前的我呢，那个他们认识，而且认为是我的前身？

这是我许多年前第一次隐约地知道斐德洛的存在，在往后的岁月里，我又知道了更多。

他已经死了，他被法院的判决给毁了。向他的脑部导入交流高压电，连续二十八次，每次0.5到1.5秒，用的大约是0.8安培的电力，就这样通过一种科学仪器，完全不着痕迹地把他给消灭了，从而也产生了我们之间的关系。我从来没见过他，永远不可能见到了。

然而有一些他记忆的碎屑突然出现了，比如说这条路，还有岩石、白热的沙地、我们周围的一切，我知道他也看过这些，他曾经在这里，否则我不会知道的。他必定来过这里，我知道，因为我看到了这些突然发生的巧合，又想起了一些奇怪的片段，这些片段的由来我也不知道。我好像有超自然的能力，像灵媒一样能够接收另外一个世界的信息。情形就是这样，我用自己的眼睛观察事情，也用他的眼睛观察，那是他曾经拥有过的。

这双眼睛！恐怖就在这里，这双我正在通过它注视着我戴了手套的手,注视着我正在行进着的摩托车的眼睛,曾经是他的。如果你能够了解我这种感觉,你就能了解真正的恐惧是什么——恐惧来自于你知道自己无处可逃。

我们进入一座不太深的峡谷,路边出现了我期待已久的休息站,那儿有几张椅子、一栋小屋和几株翠绿的小树,旁边有几条浇水的管子。约翰正在另外一个出口,准备骑车上公路。

我自顾自地在小屋前停下,克里斯跳下来,我们支起车子的脚架,发动机散出一股热气,好像着了火一样,透过热雾,旁边的事物看上去都变了形。我从眼角看到另外一辆车子骑回来了,他们两个人都看着我。

思薇雅说:"我们只是很……生气!"

我耸了耸肩,走到水管旁边。

约翰说:"你跟我们说过的活力都跑到哪儿去了?!"

我看了他一下,知道他是真的生气了。"我想你太认真了。"我说,然后就走开了。我喝了一口水,觉得很咸,好像肥皂水一样,不过还是得喝下去。

约翰走进屋里把衣服弄湿,我检查了一下油表,虽然我戴了手套,油箱的盖子还是差点烫到我的手。发动机还有不少油,后轮又磨损了一些，但是还可以用，而链条仍然很紧，但是有一点干涩，所以为了保险起见，我就又涂了一点油上去，而重要部位的螺栓，仍然上得很紧。

约翰身上滴着水走过来说："这一次让你走前面，我们走后面。"

我说："我不会骑得很快。"

他说："没有关系，我们总归会到的。"

于是我走前面，但是我们慢慢地骑。峡谷里的路不直，而且出乎我们的意料，它开始向上盘旋。

路迂回而上，一忽儿向前，一忽儿回转，很快升高了，然后又升得更高。我们行进的路线呈Z字形，每一次都有些许上升。我们呈直角驶入一道狭窄的岩缝，然后地势渐渐升高。

一些矮树丛出现了，之后是小树，然后是围着篱笆的草地。

头顶上出现了一小朵云，或许会下雨吧？有可能，有草地就有雨，而这些草地里还有花朵，这一切改变得多么奇怪，在地图上完全看不到。回忆也消失了，斐德洛一定没来过这里，但是又没有其他的路，真奇怪。路还是继续不断地向上盘旋。

这个时候太阳和云之间成了一个斜角，云已经下降到我们上方的地平线，在我们四周有灌木、松树，还有阵阵的冷风，夹杂着松树的气味。草地上的花在风中摇曳，车身有一些倾斜，我们突然觉得凉爽起来。

我看了看克里斯，他对我微笑，于是我也笑了一下。

然后大雨下来了，地面浮起了一阵泥土的气息，仿佛已经等了太久，而路旁的泥土被雨滴打得坑坑洼洼。

这一切都来得那么新鲜而且正是时候，这是一场新雨。我的衣服湿了，护目镜上也溅了一些水，我感到一丝寒意，但是滋味很甜美。云从太阳底下经过，松树上和草地上的雨珠经太阳一照便闪闪发亮。

我们到达山顶，空气又干燥了，但是现在已经很凉爽，所以就停了下来，脚下是大峡谷和河流。

"我想我们已到了。"约翰说。

思薇雅和克里斯走到草地上，走到松树下的花丛里，透过松树，我可以看到山谷的另一端，迂回于我们之下，那么遥远。

现在我是一个开拓之人，正望着应许之地。

PART 2

第 二 部

8

现在大约是早上十点,我正坐在车子旁边一块冰凉而有树荫遮阳的石头上。这里是蒙大拿州迈尔斯市的一家酒店后面。思薇雅带着克里斯到洗衣店去替我们一行人洗衣服了;约翰出去找一种鸭嘴兽的雕刻,好放在头盔上。他记得昨天我们刚到城里的时候,在一间修理店看到过一只;而我则要去调试一下发动机。

现在我们觉得很舒服,昨天来到这里的时候已经是下午了,于是就好好地睡了一觉。停下来是对的,我们真笨,竟然不知道自己究竟有多累,约翰甚至累到订房间的时候都不记得我的名字。前台小姐问外面那些帅气的摩托车是不是我们的,我们两个不禁大笑起来,她感到很奇怪,不知自己说错了什么,其实只是因为我们实在太累了,所以想借着大笑提提神。现在我们更愿意把这些帅气的摩托车丢到一边,活动活动筋骨。

于是我们去洗了一个痛快的澡。浴室的大理石地面上有一个非常精致的旧浴缸,它上了釉,并且雕成狮子的形状,洗在身上的水是这样滑润,好像打上去的肥皂一直没有冲净。后来我们又在街道上散步,像是一家人一样。

我已经修理过这辆车不知道多少次了,以至于几乎变成了一种仪式,不需要费多少脑筋,只要检查一下就知道哪里不对劲。发动机出现了一些杂音,好像是挺杆松了。但也可能是更严重的问题。所以我现在就要处理，看看是否能够解决这个问题。要调整梃杆必须得等发动机冷却下来，这就意味着如果在晚上停下来，你得到第二天早上才能修理它。这也就是为什么我要坐在蒙大拿州迈尔斯市这家酒店后面树荫下的石头上。现在树荫下面十分凉爽，大约还有一个钟头像这样的凉爽时间，然后太阳就会爬上树梢晒过来了。这时正适合修理车子。有一件事情很重要，就是不要在大太阳底下直接修理车子，也不要在你累了一整天脑筋不清楚的时候修理，因为即使你已经修理过上百遍，也应该保持机警的头脑，找出其中的问题。

并不是每一个人都了解修理车子是一种多么理性的过程，他们认为这只需要熟练的技术，或者对机械的偏好。他们这么说也对，但是熟练的技术往往也是一连串推理的过程，而大部分的问题往往是在像以前的广播员所说的"两耳之间短路了"后所产生的。所谓两耳之间的短路也就是无法正常思考。摩托车的运作完全依照推理的过程，研究维修摩托车的艺术，就是研究理性艺术的缩影。那天我说过，斐德洛追求的就是理性，因而才导致他的疯狂，但是在深入了解之前，最重要的是先有理性的例子，这样才不会迷失在没有其他人能理解的抽象之中。谈论理性非常容易让人迷惑，除非你能够举出融合了理性的例子。

现在我们来到了古典和浪漫的分界，在这边我们看到车子的外观，这是一种重要的观察方式；然而在另外一边，我们就好像修理师傅一样，看到它的基本形式，这也是一种重要的观察方式。比如说：这些工具的外形就有某种浪漫的美在其中，然而它的功用却是全然的古典，因为它的目的就是要改变车子的基本形式。

第一个火花塞的内缘瓷已经非常脏了。从古典和浪漫的角度来说，这都是很糟糕的现象，因为这表示汽缸里的汽油太多，空气不足，没有足够的氧分子和汽油里的碳分子结合，因而碳分子只能堆积在火花塞上。昨天进城的时候，发动机的运转已经开始变慢，就表示有这个问题了。

为了看看是否只有一个汽缸有积碳，我又检查另外一个汽缸，两个都一样，于是我就拿出一把小刀，随手从排水沟里捡来一根木棍，然后用刀子把木棍的一端削薄了，用来消除积碳。一边做着一边想究竟是什么原因，不可能是连杆或是阀门造成的，化油器一般不出问题。主喷嘴的口径太大，在高速时总会造成这种积碳的现象，然而以前也是同样的喷嘴，为什么火花塞却干净得多呢？这真是一件奇怪的事，你总会碰到这种现象，如果你想要把它们一次解决，就永远没有办法修好机器。由于一时找不到答案，我只好让问题悬着。

第一个梃杆没有问题，不需要任何调整，所以我就去看第二个梃杆，太阳还有许久才会从树后升起来……在我修理的时候，我总觉得像在教堂里，测量仪就好像一尊神像，而我正在进行一场神圣的仪式。它是一种所谓的"精度测量仪"，从古典的角度来看，它的意义深长。

就摩托车而言，保持这种精准并不是为了追求浪漫或是完美，而是因为发动机内部极大的热能和爆炸性的压力，只有这种精密仪器才能控制。每一次爆炸发生后，都会推动连杆和曲轴，曲轴表面的压力达到每平方英寸好几吨。如果由连杆到曲轴的结合很精确，燃烧爆炸的力量就会传送得很平顺，曲轴就能承受传来的力；但是如果有千分之一英寸的误差，那么连杆就会像锤子一样撞击到曲轴上，连杆、轴承和曲轴的接触面很快就会撞平，因而就会产生杂音。这杂音刚开始很像梃杆松掉了——这也就是为什么现在我要检查一下的原因，如果是连杆松动，而我却硬要骑上山，那么声音就会越来越大，最后连连杆都会断裂，而撞击到运转的曲轴上，把整个发动机都给毁了。有的时候断裂的轴杆会打穿曲轴箱，让油漏出来，这个时候你就只能走着上山了。

而要避免千分之一英寸的误差只有靠高度精密的仪器测量，那也就是古典美的所在——不是你眼睛能看见的，而是它们所代表的意义——也就是它们能够控制基本形式的能力。

第二个梃杆是好的，我又转到摩托车临街的一面，看看另外一个汽缸。

精确的仪器是为了追求一种理念而设计的，如果你想在空间上达到完美的境界是不可能的。因为摩托车没有任何一部分能够达到完美，但是如果你很接近完美，就会有令你惊讶的事发生，你可以在乡村田野上飞驰而过，犹如获得魔力一般，这"魔力"完完全全是理性的产物。所以最基本的就是要了解这种理念。约翰看到摩托车的时候，只看到各种形状的金属，于是就厌恶它，然后拒绝进一步的接触。但是我却看到设计者的理念。约翰认为我接触的是各种零件，实际我接触的是各种观念。

昨天我曾经谈到过这些观念，我说一辆摩托车可以根据它的组件和功能分成两大部分，当我这么说的时候，我就是在列下面的表：

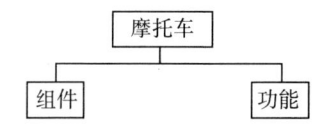

```
        摩托车
        /    \
     组件    功能
```

然后我提到组件又可以细分为动力总成和行走总成，这个表就变成这样：

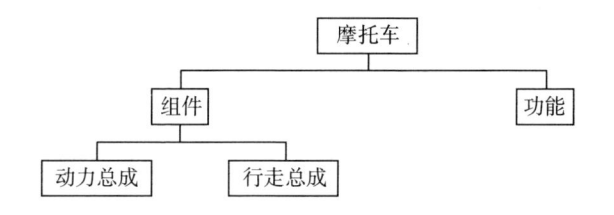

```
              摩托车
            /       \
         组件        功能
        /    \
   动力总成  行走总成
```

这样你就会明白，我每划分一次，就会在此前的基础上产生更多的枝节，最后变成一座巨大的金字塔。最后你看到，通过越来越细的划分，我建立了一种结构。

这种观念的结构称为层次结构，自古即为所有西方知识的基本结构。王权、帝国、教会、军队，所有这一切都是一种层次结构。现代的企业也是这样架构的。参考资料的内容、机械的组装、电脑的软件、所有科学和技术的知识都运用了这种结构，所以像生物这样的知识领域就产生了门纲目属种的层次结构。

比如上面的图表中，摩托车"包含"组件和功能，组件又"包含"动力总成和行走总成，等等，如果把"包含"换作其他动词，还会生成许多其他类型的结构，比如换成"导致"，就会生成链式结构，类似这样的形式："A导致B，B导致C，C导致D……"我们介绍摩托车的功能时就是用这种结构。这些结构互相联系，模式及路径十分复杂，一个人往往穷毕生之力也无法了解其中的哪怕仅仅一小部分。所有这些互相联系的结构整体地被称为系统，而"包含"结构或"导致"结构只是系统中的一个特定类别。摩托车便是一个系统，一个真正的系统。

说政府或机构也是一个系统，是正确的。因为这些组织的结构就如同摩托车一样，即使它们已经丧失了其他的意义和目标，仍然维持这样的结构。人们从早上八点到下午五点，到工厂做一些完全没有意义的事，也不去问为什么，因为这就是整个结构的要求。没有任何流氓或是坏蛋要他们这样。整个结构就是如此，它所要求的就是这样，没有人愿意因为它没有意义就承担改革整个组织结构的沉重工作。

但是如果因为它们是系统，就要拆毁一座工厂或是反抗政府，或是不去修理摩托车，那只是攻击它的结果而非它的原因。如果只触及问题的结果，而不知道原因在何处，是不可能有任何改变的。真正的系统、现实的系统，就是我们当前的系统观，也就是理性自身。如果把整个工厂拆毁了，而架构它的理性仍然存在，那么靠着这个理性很容易就可以建造另一座工厂。如果革命能够摧毁一个政府，但是政府背后的理性仍然完整地保存着，那么很快又可以建立同样的政府。我们谈论了这么多有关系统的事，然而对系统了解得仍然不够。

这就是所谓的摩托车，它是由一套钢铁制的零件所组成的观念的系统，其中任何一部分、任何一种形状都是由人所设计出来的……第三个梃杆也没有问题。还剩下一个，希望就是它的问题……我注意到，从来没有接触过机器的人，对这一点可能不甚了解——那就是摩托车基本上是精神的产物。他们看到的是各种形状的金属——管子、杆子、桁梁、工具、零件——这些金属各就各位，不可变动，形成摩托车这种物质实体。然而从事机械铸造、打铁或是焊接的人则不认为钢铁有任何形状，如果你有很好的技巧，钢铁就能变化出任何形状，如果你技巧不够的话，就做不出来了。比如这个梃杆，它的形状是你在技巧足够的情况下赋予钢铁的。钢铁本身并不比我的发动机上这一撮尘土有更多形状，形状完全是头脑的产物。这一点很重要。钢铁？甚至钢铁本身也是人造的，因为在自然界之中并没有钢铁的存在，在远古的铜器时代，就有人能告诉你这个。自然界所有的，只是可以做钢铁的原料。但什么又是原料呢？同样，这也是人想出来的……鬼魂！

这正是斐德洛所说的，这一切都存在于人的心中，如果不举出像发动机这样的例子来，听起来就好像是疯言疯语，一旦举出特定的实际例子，就不会觉得我的想法很古怪了。这样一来，你就会明白，他也说过一些重要的事情。

第四个梃杆太松了，这正是我希望看到的，于是我把它调整好，并且运转了一下，它仍然固定得好好的，触点未见磨损，不用动它们。我把进气阀拧上，换了个火花塞，点火启动。

梃杆的杂音不见了，但是这并不意味着什么，因为汽油还没有热起来，于是我让它空转了一会儿。我把工具收好，又骑上车去找修理店。之前街上有一位骑手告诉了我们在哪儿可以买到链条扣和脚踏板的胶皮。克里斯的双脚一定很不安分，否则脚踏板的胶皮不会这样容易磨损。

又过了好几个路口，仍然没有听到梃杆的杂音，这样就对了，我想毛病总算修好了，不过除非我们骑了三十英里以上，否则我不会下任何判断。但是在此之前，此时此刻，头顶上是明亮的太阳，空气凉爽宜人，我的头脑也很清醒，眼前还有整整一天，我们已经快到山区了，这一天值得好好享用。这一切都是稀薄的空气带来的。当你来到海拔较高的地区时，总会有这样的感觉。

高度的改变！这就是发动机积碳的原因了，当然，这一定就是原因。现在我们已经在两千五百英尺的高度，我最好切换到标准喷嘴，只要花几分钟的时间，就可以将怠速调快，这样就不容易熄火了，而且可以爬得更高。

在树荫底下，我找到了比尔的摩托车店，但是比尔并不在店里。有一位路人说："他很可能去钓鱼了。"可是大门却敞开着。我们的确是在西部了。在芝加哥或纽约，不可能有人这样敞开店门而人却不在店里。

走进店里，我想他肯定是一位毕业于"照相机般的大脑"学校的技师，所有的东西都四散放置，扳手、螺丝刀、旧零件、旧的摩托车、新零件、新的摩托车、目录、管子，混乱的程度使你几乎看不见工作台在哪里。我没有过目不忘的能力，所以没有办法在这样的环境之下工作。而比尔在这么杂乱的情况之下，或许却连想都不必想就可以顺手拿起他所需要的工具。我也见过这样的师傅，你在旁边看了会觉得不可思议，但是他们却一样能把工作做好，有的时候甚至很快。如果你稍微移动过他的工具，那么他要花上好几天才能找得到。

比尔笑着走进来，笑意里似乎蕴含着什么。是的，他有我需要的喷嘴，而且对它们在哪儿心中有数，但是我必须等一会儿。他得先在后院专卖哈雷零件的部门把东西卖给别人，我跟他一起走到后面，看他卖除了骨架以外的整套哈雷旧零件——因为顾客已经有了骨架。他总共才收一百二十五块美金，相当便宜的价格。

回到前面来，我说："他要把这些零件组装起来，一定对摩托车有相当的了解。"

比尔笑着说："这也是最好的学习方式。"

他卖喷嘴和脚踏板的胶皮，但是不卖连接扣。我把胶皮和喷嘴装好之后，慢慢地骑回酒店。

回到酒店之后，思薇雅、约翰和克里斯正带着他们的东西走下楼，看他们脸上的表情，我知道他们的心情也不错。我们来到大街上找了一间餐馆吃牛排。

约翰说："这个城市实在不错，真的相当不错，我很惊讶竟然会有这样的城市存在。一早我四处闲逛，他们有专门面向牧人的酒吧，卖高筒靴，还卖像一美元银币那样的皮带扣、牛仔裤、宽边帽，许许多多有意思的东西……全都货真价实，不只是商会贩卖的商品……在路口有一间酒吧，今天早上他们跟我说话那口气，就好像我一直都住在这里。"

我们叫了不少啤酒。我从墙上的马蹄标志知道我们正在奥林匹亚啤酒[1]的售卖区域，所以就点了奥林匹亚。

"他们一定认为我也是开牧场的。"约翰继续说，"有一个老人告诉我，他不准备留给他儿子任何东西，我很喜欢听他这样讲。他准备把牧场留给女儿，因为该死的儿子把每一分钱都花在了苏茜店[2]。"约翰大声地笑了起来，"于是他又觉得自己不应该养他们，等等，我以为这种事情早在三十年前就已经没有了，但是在这里仍然存在。"

女服务生端上了牛排，我们立刻就用刀切了起来，修理摩托

1　Olympia beer，美国啤酒品牌，成立于1896年，后于1983年停业。——编者注

2　Suzie's，性用品商店。——校注

车的工作让我的胃口奇佳。

约翰又说:"还有一些事情会引起你的兴趣。他们在酒吧里还谈到博兹曼,就是我们要去的地方。他们说蒙大拿州的州长有一张博兹曼学院激进教授的黑名单,他准备解雇他们,结果他却在一次空难当中身亡了。"

我回答:"那是许久以前的事了。"这些牛排吃起来滋味真不错。

"我不知道这个州里有这么多的激进分子。"

我说:"这里有各种人,但那不过是右翼政治的结果。"

约翰倒了一点盐,又说:"有一家华盛顿报纸的专栏作家来到这里,并在昨天的专栏里写到这件事,所以他们才谈论它。校长也证实了这件事。"

"他们把名单登出来了吗?"

"我不知道。你认识他们吗?"

我说:"名单上如果有五十个人,那么我一定是其中的一个。"

他们有点惊讶地看着我,事实上我知道得并不多。当然,其实是有"他"的名字。我觉得这种说法有点不正确,于是我又解释,在蒙大拿州加拉廷县,所谓的"激进"和别的地方意义不同。

我告诉他们说:"一位美国总统夫人,因为'备受争议'就进入了这所院校的黑名单。"

"是哪一位?"

"埃莉诺·罗斯福[1]。"

约翰笑着说:"天啊!他们有没有搞错?"

他们还想多听一点,但是没有什么可说的了。然后我想起了一件事:"对一个真正的激进分子而言,这样的环境是他的最佳舞台,他几乎可以随心所欲,无所顾忌。因为他的对手们早已出尽洋相,所以无论他的言论多么激进,都会显得鹤立鸡群。"

出城的时候经过了一座公园,我昨天晚上就注意到了它,它让我突然又想起一些事。那些影像在我抬头看那些树时突然浮现,在去博兹曼的路上,斐德洛曾经在公园的椅子上睡过一晚。这就是为什么昨天我没认出这个林子,因为他是晚上去博兹曼时经过这里的。

9

现在我们沿着蒙大拿州的黄石谷往前骑,一路上一会儿出现西部才有的山艾树,一会儿又出现中西部才有的玉米田,然后反反复复地交替出现,这要看是否有河水灌溉。有的时候我们也会经过没有河流的岩石区,但是通常我们都是沿着河岸前行。这时我们看到路旁有块牌子,写了些关于刘易斯[2]和克拉克[3]的事,他

---

[1] Eleanor Roosevelt,美国第32任总统富兰克林·罗斯福的妻子。——校注

[2] Meriwether Lewis,美国探险家、军人、政治家。——校注

[3] William Clark,美国探险家、军人。——校注

们中的某人曾经在一次偏离西北航道[1]的远足中走过这条路。

听起来挺不错的,正好和肖陶扩相映成趣,因为我们的旅程也正如一条西北航道。之后,我们又经过了不少田野和沙漠,一天就这样过去了。

我现在想要追寻斐德洛曾经追寻过的鬼魂——理性,基本形式枯燥、复杂、古典的鬼魂。

今天早上我谈过思想的层次结构——系统。现在我想谈谈如何在这些层次结构当中找到自己的路——那就是逻辑。

在这里要提到两种逻辑,归纳法和演绎法。归纳法是从观察摩托车开始,然后得到普遍性的结论。比如说,如果摩托车在路上碰到坑洞,发动机就熄火了;然后又碰到了一次,发动机又熄了;然后再碰到一次,发动机仍然熄了;之后,行驶在平坦的路上,就没有熄火的情形,然后又碰到一次,发动机又熄火了。那么这个人就可以合理地推断,发动机熄火是坑洞造成的,这就是所谓的归纳法,由个别的经验归纳出普遍的原则。

演绎法正好相反,它是从一般的原则推论出特定的结果。比如说,通过了解摩托车的层次结构知识,修理人员知道喇叭是受电池的控制,所以一旦电池用完了,喇叭自然也就不会响了,这就是演绎法。

要解决常识无法解决的难题,就要通过你的观察和手册当中

---

1 Northwest Passage,沿着北美大陆北海岸,从大西洋到太平洋的海上航线。——译注

所提供的结构，不断交替运用归纳法和演绎法，如此才能找到解决之道。对这个交织过程的正确运用，正式地说就是科学方法。

事实上，我没有见过任何一个摩托车问题会用到全部的科学方法。一般需要修理的问题并没有这么困难。当我一想到这些科学方法，心里就会出现一个影像，那就是一部巨大的推土机——它的行动缓慢，它的工作枯燥乏味，走起来轰隆直响，而且动作十分笨拙，但是它所做的无人能比。和修理师傅灵活的技巧相比，它需要双倍、五倍甚至十倍的时间，但是你知道最终必能得到成功。没有任何摩托车的问题能把它难倒，一旦你遇到真正的难题，试过了所有的办法，绞尽了脑汁仍然没有任何进展，你就会知道，这回你真的和老天爷较上劲了。"好吧！老天爷，我只好来硬的了。"于是你便祭出了正式的科学方法。

你先拿出一个笔记本，把所有的状况都有条理地写下来，这样你就知道当前的进展、已经得到的信息、需要获得的信息，以及怎么得到这些信息。在科学和电子技术的领域当中需要这样做。不然的话，问题会复杂到让你摸不着头脑，然后忘记该如何解决，最后只得放弃。在维修摩托车的时候，问题并没有那么复杂，但是一旦有混淆的状况，最好的方法就是把它写下来，往往就在你写下来的时候，解决的方法就浮现出来了。

要把问题有条理地写下来，起码要兼顾六个方面：

（1）问题是什么。

（2）假设问题的原因。

（3）证实每个假设的实验方法。

（4）预测实验的结果。

（5）观察实验的结果。

（6）由实验得出结论。

这和许多大学，甚至高中的实验作业所提到的方法并没有不同，但我们不是仅仅把它当成作业而已，我们现在的目的是准确地思考，否则的话，很容易就会失败。

科学方法最主要的目的就是让你准确地知道事情的真相，而不会误入歧途。每一个维修人员、科学家或是工程师都曾经因为没有准确地思考而大伤脑筋。这就是为什么大部分科学和机械方面的资料总是显得非常沉闷而小心谨慎，如果你很草率或者面对科学材料的时候怀有浪漫的想法，那么你很快就会被它蒙蔽。即使你不给它这样的机会，仍然有可能发生。所以在和科学或机器打交道的时候，一个人必须非常谨慎，而且严守逻辑的法则。一个逻辑上的闪失，可能使整个理论大厦坍塌，对机器的一次误判，则可能要了你的命。

在科学式的思考当中，第一步就是要把问题写下来，其中主要的技巧就是只有你确实知道的东西才写下来，写的方式最好如下：

问题：你的摩托车为什么发动不了？这么问听起来似乎很呆板，但却是正确的。它要比这样写好：电路系统有什么问题？因为你尚不清楚真正的问题是否出现在电路系统，所以你应该先说摩托车出了什么问题，然后再进行第二个步骤：

假设一：问题出在电路系统。把你所能想出的假设都写下来，之后再运用实验测试出哪些是正确的，哪些又是错误的。

对第一步的问题审慎思考，能避免方向性错误，免得你浪费可能数周的工作，甚至彻底卡住。所以科学问题从表面上看来往往非常枯燥，为的就是避免将来可能产生的错误。

第三个步骤是实验，浪漫的人往往以为实验就等于科学，因为这是眼睛所看到的。他们看到不少的试管和奇怪的设备，研究人员走来走去，不断有新的发现。他们不认为实验只是更大规模的知识进程的一部分，因而常常把貌似相同的实验和展示混为一谈。一个人操作着价值五万美金的弗兰肯斯坦[1]仪器进行炫目的科学演示，如果他事先就知道结果，那么整件事就毫无科学可言。然而修理摩托车的人如果为了检查电池是否有电而按喇叭，却是一种真正的科学实验，因为他是用实际的行动去证实他的假设。那些电视上的所谓科学家如果悲哀地说："这个实验失败了，我们没有达到预期的结果。"这其实是写剧本的人不懂科学，因为一个实验并不会因为没有达到预期的结果就被称为失败了，只有它的结果无法检验假设的真假时才会被称为失败了。

这里的技术要点是仅仅检验针对问题的假设，检验不充分不行，检验超出目标也不行。如果喇叭响了，修理人员就认为整个

1　Frankenstein，同名科幻小说的主人公，制造人的疯狂科学家。——校注

电路系统都没有问题，那么他的问题可就大了，因为他的推论不合理，喇叭会响只表示电池和喇叭没有问题。为了设计合适的实验，他必须仔细推想导致结果的直接原因。这个可以通过摩托车的结构看出来。喇叭并不会使摩托车前进，电池也不会，除非使用非常间接的方法。电路系统直接点火的部位在火花塞，如果你不检查这部分电路系统的输出情况，你就永远不知道是不是因为它才出了问题。

为了正确地做检查，修理人员将火花塞拔起，平放到发动机上，这样火花塞基座就接地了。然后给车子打火，观察火花塞的放电间隙是否闪出蓝色的火花。如果看不到小火花，他将会得出以下两点结论之一：（a）电路有问题。（b）他的实验很差劲。如果他很有经验，就会多试几次，检查一下触点，想尽办法将火花塞点燃，如果无法点燃，他才会认为电路系统出了问题，实验就到此结束。这样他就证明了自己的假设是正确的。

最后一部分就是做结论。做结论的时候最重要的就是把实验的结果写下来，既不可多写也不可少写。实验并没有证明他修好电路系统的时候摩托车必然能发动，因为还有其他的部位可能出了问题。他所知道的就是不把电路系统修好，摩托车就一定发动不了。所以他的问题是：电路系统出了什么问题呢？

于是他又写下假设，然后进行实验。所以问题要问对，也要选择对的实验，然后才能得到正确的结论。修理人员就借着这个方法，在摩托车的整个结构当中来回穿梭，直到他找出真正的原因，只有把机器的问题解决了，摩托车才能够继续行驶。一名没有受过训练的旁观者只看到修理人员所付出的劳力，就以为他最主要的工作在于劳力。事实上，这是他最轻松也是他最小的一部分工作，他最重要的工作在于仔细观察和精确思考，这就是为什么技术人员在做实验的时候往往显得沉默寡言，甚至有些畏缩。他们不喜欢在做实验的时候讲话，那样就无法专心地思考问题了。他们借助实验获取待检修摩托车的结构模型，并不断与他们头脑中正确运转的结构模型反复比较，他们看到的是基本形式。

一辆后面连着拖车的汽车打算超车，迎面驶进了我们的车道，然而又无法回到他的车道。我一直闪头灯，想确定他能看到我们。他虽然看到了，但还是无法并回去。路肩非常窄，而且高低不平，如果我们开上去一定会翻下去。我一边刹车、按喇叭，一边闪灯，天啊，他紧张地朝我们的侧面驶来！我只好紧紧地贴在路边。他来了！结果在最后一刻他驶回自己的车道，和我们只相距几英寸而已。

我们前面有一个纸箱掉到了地上，还在不停翻滚着，我们接近之前盯着它看了好一阵子，很明显是从别人的卡车上掉下来的。

我不禁后怕。如果我们开着汽车，一定会正面相撞，或是滚到水沟里去。

我们来到一座小镇，有点像在爱荷华州中部。四周种的玉米已经长得很高了，而且能闻到很浓的肥料味。我们从停车的地方来到一家高大宽敞的老餐厅。为了配啤酒，我叫了他们卖的所有小吃，大家这才共进一顿逾时已久的午餐。吃的有：花生米、爆米花、椒盐脆饼、薯片、小鱼干、有小刺的熏鱼……啤酒坚果、火腿肠、炸猪肉皮，以及几块芝麻饼干（里面还掺了一些我辨不出味道的作料）。

思薇雅说："我还是觉得很虚弱。"

或许她在脑海中看到我们的摩托车就好像那个纸箱子一样，在高速公路上一直不断地翻滚着。

10

出来以后，我们仍然在河谷中继续前进，头上的天空仍然因为两壁岩石的夹峙而显得狭窄，可是要比今天早上离我们近多了。我们越来越接近河流的源头，而峡谷也越来越窄。

同时，我们也走到了我们要讨论的话题的开端，在这里终于可以探讨斐德洛是如何离开理性思想的主流，去追寻理性的鬼魂了。

他曾经读过一段话，并反复说给自己听，因此如今我能原原本本地复述出来，开头是这样的：

在科学的殿堂里有许多深宅大院……有各种人住在其中，而他们住在这儿的动机也是形形色色，五花八门。

有些人倾心于科学是因为有优越的智力，科学成了他们独有的活动，在其中他们得到了生动的经验，也满足了他们的野心。有一些人则完全是为了实用的目的，而将自己思考的产物献在祭坛上。如果上帝派来的天使将上面两种人从殿里驱逐出去，那么殿里显然会空旷许多，但是里面仍然会住着一批古今人物……如果殿里本来只住着前述两种人，那么如今的它就只不过是一座空木屋，只有四处攀爬的蔓草……那些得到天使青睐的人……有些古怪、沉默和孤独，除了同是不受欢迎的人之外，彼此之间少有相似之处。

是什么把他们带进殿堂里的……答案不一而足……逃避平凡生活的芜杂和无可救药的厌倦；逃离自己欲望的束缚。一个脾气好的人想要逃离喧闹、令人紧张的环境，而来到寂静的高山，在这里你极目远眺，透过静谧清新的空气，愉快地描摹永恒宁静的山色。

这段话出自年轻的科学家爱因斯坦在1918年的演讲。

斐德洛在十五岁的时候就已经读完大一的科学课程，他主要研究的是生物化学，而他想专攻生物和非生物之间的界面，现在这被称为分子生物学。他并未把这个当作自己进取的手段，当时他还很年轻，还有一种高贵的理想。

一个人会做这样的工作，必然有接近教徒和爱人的奉献情操，他每天的努力不是靠刻意的筹划，而是来自于内心的动力。

如果斐德洛研究科学为的是自己的野心,或是实用的目的,那么他就永远都不会把科学假设本身当成一个研究对象,去追问它的本质。然而他的确跨入了这个领域,却对答案不满意。

在科学方法的各个步骤里面,最神秘的就是假设的形成。没有人知道它们的来处。一个人坐在那儿沉思,突然之间——一闪而过——他顿悟了。直到经过实验,才能够证明假设的真伪。然而实验并不是它的源头,它的源头在别的地方。

爱因斯坦曾经说过:

> 人类用最适合自己的方式,描绘了一幅最简洁、最容易了解的世界图像。然后在一定程度上用他的世界图像替换掉经验世界,并由此掌控经验世界……他把这个宇宙模型和对这个模型的构建作为人生情感的依托,这样才能找到安宁,而这安宁是无法从个人狭窄的经验当中获得的……最崇高的工作……就是要建立那些普世的基本法则,这些法则经过演绎就能创造出整个宇宙。然而这些法则无法通过逻辑推理获得,唯有通过建立在对经验的深切理解之上的自觉,才可以达到……

直觉?深切?用来形容科学的源头是很奇怪的字眼。

一位不如爱因斯坦那么深刻的科学家可能会说："科学知识来自于自然,而自然也提供了假设。"但是爱因斯坦知道,自然并没有提供假设,自然只提供了实验的材料。

一位更浅薄的科学家可能会认为:那么是人想出来的假设。但爱因斯坦仍然不认为是如此。他说:"任何真正触及这一问题实质的人都不会否认,实际上,只有现象的世界能决定理论上的系统,尽管在现象和理论之间并没有一座合乎理论的桥。"

从这里,斐德洛走上了不归路。经历了一段实验室中的观察思索之后,他开始对假设本身作为一个对象产生了莫大的兴趣。在工作中他注意到,一般认为,假设可以说是科学工作中最难的一部分,他却认为是最简单的。正式地把一切都精确地记下来,这一行为就为假设作了提示。首先,在他实验假设是否正确的时候,其他的假设不断地涌现出来;之后在进行其他的实验时,又会涌现更多的假设。在他继续研究下去的时候,仍然会涌现出更多的假设,直到最后他才非常痛苦地发现,在他作了这么多研究之后,不论是否定或是肯定原先的假设,假设并没有减少,反而不断在增加。

一开始他觉得很有趣,所以就模仿帕金森定理[1]写了另外一个定理:能够解释任何既有现象的理性假设有无穷个。用不完的假设让他很高兴,即使在他的研究工作似乎到了尽头时,他也知

---

[1] Parkinson's law,工作会自动增长,填满所有空闲时间。——校注

道,如果坐下来好好地思考一番,那么另外一个假设就会出现。屡试不爽。不过,就在他写下这条定理之后几个月,他开始对它的幽默和好处怀疑了起来。

如果这条定理属实,那么它在科学推理中就不只是一个小瑕疵了,这条定理完全摧毁一切,因为它否认所有科学方法的效用。

如果科学方法的目的就是要从一大堆的假设当中选出正确的,但是假设出现的速度远远超过实验所能处理的速度,那么很明显就来不及证明所有的假设。如果不能够证明所有的假设,那么任何实验的结果便都变得很不可靠。这样一来,整个科学方法就会缺乏建立实证知识这一目标。

关于这一点,爱因斯坦说过:"根据进化所显示的,在任何一刻,所有可以想见的存在,总有一个会证明它比其他的一切都要优越。"这个答案在斐德洛看来脆弱无比,然而"在任何一刻"倒给他深深的震撼。难道爱因斯坦认为真理是一种时间函数?这种论点会把所有科学的最基本假设都毁掉。

但是从整个科学的历史来看,你会发现过去的事实不断被新的解释取代,每一项研究的时效也长短不一,完全没有规律,有些科学真理似乎能够持续几个世纪,有些甚至不到一年,科学真理不像教义一样能永远存在,它像所有的一切一样可以被研究。

研究过科学真理之后,他对它们出现一瞬就消失的情况很懊恼,因为科学真理的时效是科研投入的反比函数。所以在20世纪,科学研究成果的寿命似乎比19世纪要短得多,就是因为科学研究的规模现在大多了。如果下一个世纪科学研究的速度是现在的十倍，那么任何科学研究成果的寿命，很可能只有现在的十分之一。是什么缩短了它的寿命？最主要的就是假设的增加，假设越多，研究成果的寿命就越短。近几十年来假设大量增加的原因似乎源于科学方法本身。你看得越多，知道得就越多。你不是从一大堆假设当中筛选出一项真理，你是不断地提供大量的假设。这也就是说，你想借着科学方法接近永恒的科学真理，实际上你根本没有任何进展，甚至离它越来越远，这是你所运用的科学方法造成的。

斐德洛的独立研究，发现了科学史一个深藏已久的特性。人们期望从科学研究当中得到的结果和实际上所得到的结果，在相反的方向上渐行渐远。然而似乎没有多少人正视这个问题。运用科学方法的目的，就是要从许多假设当中找出正确的一个，这就是科学的目的。然而我们从科学的历史来看，事实恰恰相反。各种资料、史料、理论和假设不断地大量增加，科学把人从唯一绝对的真理，引向多元、摇摆不定、相对的世界，是造成社会混乱、思想价值混淆的主要元凶。而这一切现象原本是科学要消灭的。许多年前斐德洛在实验室中已经觉察到的结果，如今在这个科学世界中随处可见。科学反而制造出反科学的混乱。

让我们再回过头来看为什么研究这个人如此重要，以及我们前面提过的古典和浪漫的差异，还有两者之间的冲突。心存浪漫的人认为科学和科技使得人的心灵更加混乱，而斐德洛和他们不同，他受过严谨的科学训练，他所能做的不只是愁眉苦脸地搓着手或者逃避，或是站在一边诅咒，而提不出任何解决方法。

我曾经讲过，他最后的确提出了一些解决方法，然而由于问题非常深奥而复杂，没有人真正了解解决这个问题的重要性，所以不理解甚至误解他所说的。

他认为，引起我们目前社会种种危机的原因是理性天生的一种缺陷。除非这种缺陷能得到弥补，否则危机会一直存在。我们目前所谓的理性模式并没有把社会带向更美好的世界，反而离它越来越远。自从文艺复兴以来，这些模式就一直存在。只要人们主要的需求还在于衣食住行，这些模式就会存在下去，而且还会继续运作。但是对现在大部分的人来说，这些基本的需要已不再是主要的问题，因而从古代流传下来的理性结构已经不符合所需，从而显露出它真正的面目——在情感上是空虚的，在美学上没有任何表现，而在灵性上更是一片空白。这就是它的现状，而且还会持续很长的一段时间。

对于这种持续扩大的社会危机，没人了解究竟有多严重，更不要说有任何解决之道了。我看到像约翰和思薇雅这样的人，在整个文明的理性结构下，活得盲目而疏离。他们想从这个结构之外寻找答案，但是却找不到持久而令人满意的。于是我就想到斐德洛和他在实验室里独立想出来的解决方法——虽然关心的是同样的危机，却从不同的角度出发，而且是朝着相反的方向——我在这里所做的就是要把它整理到一起。非常庞杂——这就是为什么我有时候会失去方向。

斐德洛从没遇到过一个人真正关心这个困扰他的问题,他们似乎都这样说:"我们知道科学方法很有效,为什么要这样问呢?"

斐德洛不理解这种态度,也不知道该怎么办。由于他研究科学并不是为了个人或是实用的目的,所以这使他完全停顿了下来。这就如同他在观赏爱因斯坦曾经描述过的那座澄静的山,突然在山与山之间裂开了一道沟,里面什么也没有。然后你得缓慢地、十分困难地解释它的由来。他不得不承认,他原先以为会永远矗立的山岭,其实却可能是别的东西……很可能只是他自己的幻想,他被困住了。

因此,在十五岁的时候就已经读完了大一课程的斐德洛,在十七岁的时候,却因为不及格而被开除了。他们认为他很不成熟,而且上课不专心。

别人都无能为力,既没有办法避免,也没有办法改变,除非学校修改校规,否则他一定得退学。

在这种情况之下,不知所措的斐德洛开始了一连串心灵上的流浪和探索,但是最后他沿着我们现在所依循的这条路线,回到了大学。明天我会试着开始这条路线。

在劳雷尔,终于看到山了,于是我们就留在那儿过夜。晚风徐徐吹来,颇为凉爽,因为它是从山上的积雪那里吹下来的。虽然太阳在一个钟头之前就已经西沉了,天空却仍然残留着一线光亮。

思薇雅、约翰、我，以及克里斯，在渐渐浓重的暮霭当中，走在那条长长的大街上，我们可以感觉到，虽然我们在谈论其他的事情，山依然存在。我很高兴来到这里，但也有一点哀伤。有的时候，到达目的地还不如在旅途中。

11

我醒来的时候在想，是否是回忆或是空气里某些东西的关系，我才知道自己已经靠近山了。我们住在酒店中一个美丽的老木头房间里，太阳透过百叶窗照射在黑漆漆的木头上，不过虽然有百叶窗遮着，我仍然可以感觉出，我们已经离山不远了。因为在房里可以嗅到山的气息，那是一种清爽、湿润而且带着芳香的空气。我深吸了一口气，接着又吸进了另外一口，然后又一口，一直到吸足了。我跳下床，拉起百叶窗，让所有的阳光——那些灿烂、清凉、明亮、耀眼的阳光都照进来。

我有一种冲动，想去把克里斯拽起来，让他起来看看这种景象。但或许是由于我很尊重他，便让他继续睡了一会儿。我拿起刮胡刀和香皂，走到长廊尽头一间同样是木板搭建的盥洗室。一路走来，地板嘎吱作响。浴室里的水非常热，没办法刮胡子，但是混了冷水之后就好多了。

透过镜子上面的窗户，我看到后面有一个天井，于是洗漱完之后就走出去站在那儿。天井和酒店四周的树梢一般高。那些树和我一样在迎接早晨清新的空气。树枝和叶子轻轻地摇摆着，似乎也在期盼这一刻的来临。

克里斯很快就起来了,思薇雅从房里出来,说她和约翰已经吃过早餐,约翰到外面去散步了,但是她会陪我们去吃早餐。

今天早上我们爱上了周遭的一切,去餐厅的一路也都谈着美好的事物,连早餐的蛋、煎饼和咖啡也好像从天而降的一般。思薇雅和克里斯亲密地谈着他的学校、朋友和个人的事,而我在一旁静静地听着,然后透过餐厅前面宽大的玻璃窗,看看外面路上发生的事。此刻所看到的,和在南达科他州那个孤寂的夜晚所看到的是多么不同!在这些建筑之外,就是绵延不断的山脉和雪地。

思薇雅说约翰已经在城里向别人打听过,有另外一条路可以去博兹曼,从南边走黄石公园。

"南边?"我说,"你的意思是说,雷德洛奇?"

"我想是吧!"

于是我想起来,那儿的六月依然是一片皑皑的白雪:"那条路的高度远在雪线之上。"

思薇雅问:"有那么糟吗?"

"一定会很冷,"在我脑海里出现我们骑着摩托车经过雪地的情形,"但是一定非常壮观。"

我和约翰碰头,然后就把事情决定了。穿过一条铁路桥,没多久我们就上了一条弯曲的柏油路,朝着前面的山前进。斐德洛一直走这条路,到处都可以看见他的影子。前面横亘的是黑色的阿布萨罗卡岭。

我们正在沿着一条溪流朝源头前进，溪水在一个钟头之前可能还是白雪。溪流和小路穿过一片片岩石密布的绿色田野，不断地向上攀升。在这样的阳光之下，周遭一切的颜色都显得非常浓重。黑色的影子、耀眼的阳光、湛蓝的天空。太阳照过来的时候，刺眼而酷热，一旦我们来到树荫底下，又突然变冷了。

晚上我们和一辆蓝色的保时捷比赛，超过他们的时候我们吹口哨，被超过的时候也吹口哨，就这样互相追逐了好几次，而四周是白杨、青草，还有树丛。这一切都被牢记。

斐德洛也是走这条路到山上去的，然后离开道路宿营三四天或者四五天，之后下来补充食物又回到山上，他几乎从生理上产生了对这座山的需要。他抽象的思路变得这样绵长和深入，必须要在一个非常安静的地方，才能够保持思路的清晰。稍有分心或是有其他思想及责任在身，都很可能破坏思想的进展。在他发疯之前，他和别人的思考方式便非常不同。在他的思想之中，一切都在不断地迅速改变，而社会的价值标准和理论都消失了，只剩下自我的精神在不断前进。退学的经历解放了他的心灵，他完全摆脱了常规思考模式，达到了常人难以企及的独立思考水平。他认为像学校、教会、政府和政治组织这种机构，都是想用某种特定的目标而非真理来引导别人的思考，以使他们的机构能够存活下去，好控制别人来继续为这些机构服务。因而，他认为早年的失败，其实对他来说是一种福气，在偶然之间使自己从为他所设下的陷阱中逃了出来。下半生当中,他对于这些机构所谓的真理警戒性变得非常高。当然一开始,他并没有这样想,只是后来逐渐演变成这样。

斐德洛原本追寻的真理是侧面的真理,而不是科学正面的真理。想要研究这些正面的真理,必须受过相当的训练,但如果是从侧面去了解真理,就要从你的眼角去观察。在实验室里,一旦你的研究开始混乱,所有的一切都不对劲,而且你掌握不住重心,甚至被意料之外的结果困住,你便会觉得没有任何进展,只能开始从侧面的角度去思考。他后来使用侧面这个词,以区别于像箭矢一般直奔目标的学习过程,侧面是曲线迂回的过程,这支箭不是向前冲,而是在空间中延展膨胀来接近目标。他像一个非同寻常的射手,只消躺在床上,玩味从窗口透入的阳光,箭便已正中靶心,帮他赢得了奖金。侧面知识来自完全不可预知的方向,甚至在它出现之前,你都无法想象它的由来之处可能产生知识。侧面知识击中了正统思维的软肋,打破了人们对如何获得真知的预设。

从外表来看,他似乎是在飘浮,事实上也是如此。想要从侧面了解真理的时候,你只有飘浮,而没有办法从任何已知的方法和过程当中去了解真相,因为正是这些方法和过程从一开始就把他局限住了。所以他只有任凭自己四处飘荡,他所能做的只有这些。

他飘到了军队里,军队把他送往韩国。关于这里,他有着一段美妙的记忆。那是一面墙的画面,他站在船头,透过海港里层层的浓雾，看到那面墙闪烁着光芒，仿佛是天国的门。他一定很珍惜这片段的回忆，因而反复思考了许久。虽然它和其他事物并不相关，但是令他印象十分深刻，深刻到我自己也回忆了许多次，它似乎象征了某些非常重要的事，可以算是一个转折点。

他在韩国时所写的信件和早期的完全不同，也印证了这个转折。信散发出浓烈的情感，他把观察到的一切事物巨细靡遗地写了下来：菜市场、玻璃门会滑动的商家、石板瓦的屋顶、马路、用稻草铺的小屋，还有他所看到的其他一切。有的时候充满了狂野的热情，有的时候十分沮丧，有的时候又十分愤怒，有的时候甚至有些幽默。他就像有些人或者动物，身处囚笼中而不自知，直到突然发现了囚笼的出口，然后在田野间四处游荡，狼吞虎咽着所看到的一切。

后来他和一些韩国工人做朋友，这些人会说一些英语，但是想学更多去当翻译。下班之后，他就和这些人在一起待着，作为回报，周末的时候他们带着他穿过山野，回家去看他们的朋友和亲人，然后做他的翻译，为他讲解韩国文化中的生活方式和思考方式。

他坐在美丽的山脚下，眺望着远处的黄海，山脚下的梯田里稻米已经成熟了，黄澄澄的。他的一位朋友和他一起看海，看见离岸边很远的地方有一些小岛。吃过午餐之后，他们聊了一会儿，所谈的内容是象形文字和世界的关系。他认为，宇宙间的一切事物竟然都能够用英语的二十六个字母来描述，真是不可思议。那位朋友点头微笑，吃着他们自己带来的罐头食物，然后很高兴地说"不"。

他常常被他们点头表示拒绝搞晕，于是把话重复了一遍，得到的还是点着头回答的"不"。这就是这个回忆片段的终点，但是就像刚才那面墙一样，他曾经回忆过许多次。

最后一个值得他回忆的片段是军舰上的一个房间，当时他正在回家的路上，这个房间还没有人住过，他一个人躺在床铺上。床铺是帆布做的，然后缝在一个钢架上，就好像马戏团的跳床一样。五个铺连成一排，一排一排地占满了整个房间。

这个房间在船的最前面，当船起伏的时候，床的帆布也跟着起伏不定，随之而来的是，他觉得胃里的东西在翻搅。他沉思着，四周的钢板突然发出一阵沉重的巨响，这时他才意识到，除了这些信号，他根本无法得知整个房间正一次次地被高高举起又重重地拍下。他以为是因为这些起伏他才无法专心阅读手中的书，后来才知道是书太艰深了。这是一本有关东方哲学的书，是他读过的最难的一本，他很高兴能够独自一人在空旷的船舱里读这本书，否则他永远不可能读进去。

这本书提到，西方文化主要从理论角度理解人的存在（这就呼应了斐德洛过去在实验室当中的经验），东方文化则从美感的角度理解人的存在（这呼应了斐德洛在韩国的经验），而这两者似乎不曾碰过面。书中提到的理论和美感与斐德洛后来称为古典和浪漫的用法相当，并且似乎暗暗影响了斐德洛日后使用那两个词。两者主要的差异在于，古典的现实主要是理论的，但是也有它自己的美学，而浪漫的现实主要是审美的，但是也有它自己的理论。理论的和审美的是同一个世界的不同组成成分之间的对立，而古典的和浪漫的则是两个不同世界的对立。这本哲学书的名字叫《当东方遇到西方》(*The Meeting of East and West*)，F.S.C. 诺斯罗普[1]著，书中重视对于"未区分的审美连续体（*undifferentiated aesthetic continuum*）"的认识，认为理论应建立在对"未区分的审美连续体"的觉悟之上。

斐德洛不明白这些道理。回到西雅图之后，他从军队里退伍，坐在酒店的房间里整整两个礼拜，啃着硕大的华盛顿苹果不断地思考，然后再吃些苹果继续思考。最后的结果是，他想回学校去读哲学。他飘荡不定的时期结束了。现在他积极地追寻着某个目标。

接近雷德洛奇的时候，一阵冷风带着松香不断向我们吹来，吹得我几乎发抖。

在雷德洛奇，马路几乎延伸到山脚下，而山庞大的身影几乎遮住了街道两旁的屋顶。我们停好车子，把沉重的行李卸下来，脱掉厚实的衣服。我们走过一间间滑雪店，走进餐厅，餐厅的墙上挂着许多巨大的照片，上面是我们将要走的山路。山路盘旋向上，直到超过世界上最高的柏油路之一。我有些担心，但我知道

---

[1] Filmer Stuart Cuckow Northrop（1893—1992），美国哲学家。——编者注

这种不安没有来由，所以就想通过和别人谈论路况来把它忘掉。对摩托车来说，不可能坠落山谷，不会有任何危险，使你不安的是你的记忆，你曾在某些地方丢下一块石头，石头要下落几千英尺才抵达谷底。你很自然地就会把那块石头和摩托车以及骑手联想到一起。

喝完咖啡之后，我们又穿上厚重的衣服，再把行李放好，然后很快开始沿着攀升的弯道往上骑。

柏油路比印象中的要宽，也安全许多。坐在摩托车上，你会拥有最大限度的空间。约翰和思薇雅顺着U形的山路向前骑去，然后面带微笑回到了我们上方。不一会儿，我们也到了他们的位置，然后看到了他们的后背。之后又到了另外一个转弯，我们再度相逢，大家都哈哈大笑起来。事先想象这种情景并不容易，但是如果你去做，就会变得很容易了。

我曾提到过斐德洛的飘荡时期，最后他开始接受哲学思想的训练。他认为哲学是所有知识里面最高级的，所有的哲学家都这么认为，所以它几乎已经变成了一种陈词滥调。但是对他而言却是一种启示，他发现他一度认为的世界上唯一的知识——科学，其实只是哲学的一支，哲学比科学宽广许多，甚至更基本。他所问的有关无限假设的问题，科学家并不感兴趣，因为这不是科学问题。用科学的方法来研究科学方法本身，就像抓着自己的头发把自己提起来，所得的结论都是无效的循环论证。所以他问的问题比科学的层次要高。于是，斐德洛在哲学当中发现了引领他走向科学那个问题的自然延伸。这一切究竟意味着什么呢？这一切的目的又是什么？

我们在路边停下来，拍了一些照片作纪念，然后从小路走到悬崖边。在我们这条路的正下方有一辆摩托车，车子小得几乎都快看不见了。我们把自己裹得更紧，以抵挡迎面而来的寒风，然后继续向上骑。

阔叶林早已消失了，只剩下一些小松树，它们枝干扭曲，形状怪异。

不久这样的松树林也完全消失了，我们置身在高山草原之上，四下没有一棵树，只有一些粉红色、蓝色和白色的小花点缀在草丛中。哇！到处都是野花！只有这些野花、野草、苔藓和地衣才能在这里生存下去，我们已经到了高山地区，在林木线之上了。

我回过头去最后看了一眼峡谷，就好像看海底一样。有些人一辈子都生活在山底下，从来不知道有这么高的地方存在。

路转向深山，我们离开峡谷，进入了雪区。

发动机因为缺氧而回火，威胁着随时会熄火，但是幸亏一直没有发生。现在我们两边都是雪墙，看起来就像早春融解过后的样子。淙淙流水四处奔窜，弄得地上一摊烂泥，然后流入才长了一个礼拜的草里，又流进小野花里。这些小小的、粉红色、蓝色、黄色和白色的野花，在黑色的阴影之中，闪烁着太阳一样的光芒。到处都是这样的风景。一束小小的、彩色的光向我射来，而它的背景却是一片沉郁的绿色和黑色。这时天空涌起一团乌云，在它的阴影中十分寒冷，而有阳光照到的地方就不一样了。我的手臂、腿和夹克在有阳光照射的一侧很热，照不到的一侧就非常凉。

现在雪变厚了，我们从地上的深沟知道除雪机开到过这里，雪堆几乎有四英尺高，然后是六英尺、十二英尺，我们在两边的雪墙之间前进，几乎是走在一条用雪堆成的隧道里。隧道的上方，天空一片阴暗，等到我们钻出来的时候，才发现已经到山顶了。

在山的那一边是另外一个城镇，我们的脚下是高山湖、松树，还有雪地。在它们之上和之外，我们所看到的是更远的山脉，覆盖着终年的积雪。这就是高山地区的景象。

我们停下来，把车停在一个转弯处，那儿有一些游客在拍照。我们四下看了看风景，又看了看对方。约翰从他的背包里拿出相机，而我则把工具箱拿出来，在椅垫上打开，拿出螺丝刀，发动车子，然后调整汽化器，一直到怠速的声音从非常缓慢的速度逐渐加快。我实在惊讶，这一路它不断地出现回火的声音，还噼啪作响，每一次我都以为它会熄火，但是一直都没有发生。当时我没有去调整它，想知道在一万一千英尺的高度它会怎么样。现在，我让发动机保持较高的空燃比，声音糟糕点也无妨，因为我们将朝黄石公园前进，高度多少都会下降些，如果现在空燃比不高一点，到时候就会太低，反而更加危险，因为会使发动机过热。

下山的路上，回火还是有点严重，发动机在第二挡上动力也不足，当我们到达海拔比较低的地区时，这些声音就逐渐消失了。我们周围又出现了森林。我们在岩石、湖泊和树木之间前进，不时来一个美妙的转弯。

我现在想要谈谈思想上的高山地区，最起码对我而言，和到这里的感觉很接近，所以称它为心灵的高山地区。

如果人类所有已知的知识是一个巨大的层次结构，那么心灵的高山地区就出现在这个结构的最高处，它是所有思想当中最抽象也最普遍的。

很少有人到此一游，因为你不能从这一趟旅程当中获得任何实质上的利益。但是就像我们周遭的这一片高山地区，它有它自己庄严的美感，所以对某些人来说，即使费尽九牛二虎之力到此一游也是值得的。

来到心灵的高山地区，一个人必须习惯不确定的稀薄空气、大量的问题，以及各种假设的答案。它们席卷而来，越来越大，直到这个人几乎无法控制，从而迟疑是否要接近它，因为他害怕很可能会在其中迷失，并且永远找不到出路。

真理究竟是什么？你怎样知道自己拥有它？我们究竟如何才能拥有真正的认知？是由一个我或者是灵魂去认知的吗？或者这个灵魂仅仅等于另外一种感官？现实是在不断地改变吗？或者是永远不变的？当你说某个东西意味着什么的时候，这又意味着什么呢？

自从开天辟地以来，在这座高山上，已经有许多前人所走过的路径，但是都被世人遗忘了。虽然他们都声称自己带回的答案是永存的，而且放之四海皆准，然而不同的文化选择各不相同的路径，又各自不断地发生着改变，使我们对于同样的问题有着截然不同的答案。这些答案在他们自己的语境之内可说是正确的，但即使在同样的文化之内，旧的思想仍然会被新的思想取代。

所以有人认为，人类并没有任何进步，因为在所谓的文明中，大量的人口在战争中死亡，大地和海洋被污染，漂浮着碎屑，人们的自尊被剥夺，被迫服从于体制机器，这样的文明比史前时代的渔猎和农牧时期不见得进步多少。这种看法较为浪漫，但是并不能成立。因为原始部落给予个人的自由远较现代社会为少。古代人发起战争的正义性远不如现代人。现代科技虽然制造了不少废物，但是它有办法处置这些废物，而不至于造成生态的倾覆。学校里的教科书常常会省略原始时代不那么吸引人的一面：痛苦、疾病、饥荒、维持生存所需的劳苦。所以我们可以清醒地说，以前为了生存需要承受不少痛苦，现代人与之相比，无疑了有进步，而产生这种进步的唯一来源就是理性。

我们可以看到，很多个世纪以来，在假设、实验、结论各方面不断出现新的材料，带来正式或非正式的进步，逐渐地建立起思想的层次结构，因而消除了那些对原始人不利的因素。从某个角度来看，浪漫的人对于理性的诅咒，主要是因为理性以极高的效率把人类从原始的状态当中提升起来，它是这样有力地主宰了文明世界，因而排除了其他一切，完全控制了人自己，这就是抱怨的来由。

斐德洛开始在这高山地区流浪的时候，没有任何目标，只要有路就去探索。有时候他反省起来，觉得的确是有些进步，然而展望前程，却没有人告诉他该走哪一条路。

文明时代的诸多伟大人物曾经从堆积成山的现实和知识的问题中间走过，其中类似苏格拉底、亚里士多德、牛顿和爱因斯坦的一些已众所周知，但是还有更多的不为人知。有许多他从来没有听过的名字。而他对这些人的思想和整个思考的方式非常着迷。他小心地跟随着他们的脚步，直到他们逐渐丧失活力才放弃。这个时期他写的东西几乎达不到学院的标准，这并不表示他没有工作或是思考，而是因为他殚精竭虑地思考。在这思想的高山地区，你想得越用力，走得就越慢。他以科学的方法来阅读，不只读字面的意思，而且把每个句子都拿来实验，同时记下问题，以待日后解决。我的运气不错，我有他大量的笔记。

最让人震惊的是，许多年后他所发表的言论，早就出现在了笔记里。所以，看到他完全没有意识到自己当时言论的重要性，实在是一件很可惜的事。就好像你看到一个人手上拿着一片片的拼图，你知道拼凑的方法，想告诉他：“看，这块放在这儿，那块放在那儿。”但是你不能说，只能看着他胡乱地拼凑。当他拼错的时候，你不禁会咬牙切齿，直到他拼对的时候，才松了一口气。有的时候他自己会很沮丧，于是你想告诉他："不要担心，继续拼下去。"

可他实在不是一个好学生，一定是老师同情他，他才能够及格。他对于所研究的每一位哲学家都有成见，往往把自己的看法强加在他所研究的材料上，这是非常不公平的。他十分偏心，他想要每一位哲学家都按着他的方式走，一旦结果不符合他的期望，他就会非常愤怒。

我想起来，有一天，早上三四点钟的时候，他坐在房间里看康德最著名的一本书，《纯粹理性批判》。他就像棋手在研究国际象棋大师的开局一样，要用自己的判断力和技巧检验其中的思想脉络，找出里面的矛盾和前后不连贯的地方。

和20世纪的中西部美国人比起来，斐德洛可以算是一个古怪的人，但是在他研究康德的时候，就不会有这种感觉了。他很尊敬这位18世纪的德国哲学家，并不是同意他的看法，而是欣赏他为自己的思想构筑的极为坚固的逻辑堡垒。在研究白雪皑皑的思想高山时，康德总是有条不紊、前后一致、行文规范、态度审慎，对于头脑中已知和未知的界限，他有着清醒的认识。对于现代的爬山者来说，他的思想可算是最高峰。现在我想把康德的形象放大，同时谈一点他的思想方式以及斐德洛对他的评价，以便呈现高山地区的心灵风貌，同时也为了解斐德洛的思想而铺路。

在这个心灵的高山地区，斐德洛开始解决古典和浪漫之间的全部问题。除非一个人了解这一地区和其周遭的关系，否则他在这儿所说的一切，就很容易被低估或是误解。

想了解康德的人必须知道苏格兰哲学家大卫·休谟。休谟认为，一个人如果能够立足于经验，通过最严格的归纳和演绎去探寻世界的真正本质，就能得到某种结论。他的论点来源于下面这个问题的答案。假如婴儿生下来的时候没有所有的感觉器官，他看不见、听不到，没有触觉、嗅觉和味觉，他完全无法接收外界任何感官上的信息，如果我们通过静脉注射供给这个小孩营养，十八年后他的大脑里会有任何思想吗？如果有，这些思想是从哪里来的呢？他又是怎样得到的呢？

休谟认为这个孩子不会有任何思想，他这种看法我们认为属于经验主义，也就是他相信所有的认知来自于人的感官经验。科学上的实验方法就是以经验主义为指导的一系列精心操作。今日大部分的常识都属于经验主义的范畴，因此绝大部分的人都会同意休谟的看法。然而在另一种文化和时代之中，很可能有不少人会有不同的看法。

经验主义的第一个问题和本体的性质有关。如果我们所有的知识都来自于感官，那么给予这些感官信息的本体又是什么呢？如果想要脱离感官感受到的信息去了解这个本体究竟是什么，你将会一无所获。

由于所有的知识都是来自于感官的印象，而又没有对本体本身的感官印象，所以就很自然地推论：关于本体的知识并不存在，它只是我们想象出来的，完全出自于我们的内心。所以如果我们认为自己所观察到的事物来自于某个本体，就像孩童认为地球是平的、平行的两条线永远不会交叉一样，不过是一种根基薄弱的常识。

经验主义的第二个问题是，如果一个人假设我们所有的知识都来自于感官，那么哪一个感官接收了因果关系的知识？换句话说，科学中的因果关系的经验基础是什么？

休谟的答案是没有任何感官接收得到，在我们的感官世界中，没有所谓的因果关系，就像本体一样，它只是许多前后相继的事件不断重复发生时，我们所想象出来的法则而已。它在我们生存的世界当中，并不是真实的存在。一个人如果接受所有的知识都来自于感官这一前提，休谟认为，那么他必然会合理地认为自然和所谓自然的法则只不过是我们想象的产物。

如果休谟只是推论说整个世界出自于人的想象，这个想法很可能因为听起来荒诞而被忽略，但是他的理论结构却异常严密。

我们必须拒绝休谟的结论，但不巧的是，休谟的理论如此严密，看起来毫无漏洞，除非我们拒绝经验论的理性本身，然后退回到中世纪的经验理性，否则便没有办法拒绝他的理论。康德不愿意这样做，所以康德说是休谟"把我从独断论的睡梦中唤醒"，因而促使他写出最伟大的哲学作品之一——《纯粹理性批判》，这一本书往往可以作为大学四年学习的课程。

康德企图使科学的经验主义逃离被自身逻辑吞噬的命运。一开始他沿着休谟为他铺好的路前行，他认为："毫无疑问地，我们所有的知识开始于经验。"但是他很快就否认在感官信息被获取的那一刻，所有的知识就能因之建立起来，他说："虽然所有的知识开始于经验，但是知识的累积并非完全出自于经验。"

一开始他的言论似乎是在鸡蛋里挑骨头，其实并不是这样。正是从这一细微的差异出发，康德绕过休谟的理论所导致的唯我主义的深渊，走出了一条完全不同的、属于自己的路。

康德认为，现实的很多方面都不是通过感官直接认识的，他把这些方面称为"先验"。

其中一个例子就是时间。你看不到时间，也听不到、闻不到、尝不到或者是接触不到时间，所以它并不存在于感官的世界当中。康德称时间为一种直觉，当人心接收外界的讯息时，时间必然已经存在于心中。

空间也是一样。除非我们能赋予所接收的讯息以时间和空间，否则这整个世界将无法让人理解，而只是一大堆混杂的颜色、图形、噪音、气味、痛苦和味道，没有任何意义。我们之所以能通过某种特定的方式认知世界，就是因为我们应用了这样的先验直觉，比如空间和时间，而且这些并非如某些纯粹的唯心主义哲学家所认为的那样，来自于我们的想象。当对象产生的信息被感知到时，空间和时间的先验直觉就会应用于其上。这种先验直觉早已存在于人性之中，它既不是感觉经验造成的，也不是感觉经验的创造者。当我们接收外界的讯息时，它提供一种审查的作用，选择哪些信息可以被接受。比如说，当我们闭眼睛的时候，我们的感官告知我们世界消失了，但我们的意识不会接受，因为我们的心中有关于世界连续性的先验概念。所以我们认为的现实，其实是由这种先验的观念与感官不断接收到的各种讯息融合而成。

现在让我们暂且打住，把康德的观念运用到摩托车上，运用到这部载着我们穿越时间和空间的奇特机器上，看看我们和它之间的关系如何。

事实上，休谟认为我对这辆摩托车的了解完全来自于我的感官系统——一定是这样，没有别的方法。如果我说它是由金属和其他物质制造的，他就会问："什么是金属？"如果我说金属摸起来坚硬、光滑而且冰冷，如果用一种更坚硬的材料来撞击它，并不会断裂，休谟就会认为这些都是眼睛、耳朵和手所感受到的，并没有实体存在。除了这些感觉之外，金属究竟是什么？当然，这时候，我无言以对。

但是如果没有实体，我们又怎么解释接收到的讯息呢？如果我看向左下方，能看到车把手、前轮、地图架和油箱，我从感官得到一种印象；如果我往右下方看，又得到另外一种稍有不同的感官形象。这两种印象不一样，平面的角度和金属的曲线也不一样，太阳照射的角度也不一样。如果没有实体，那么我无法证明这两种印象得自于同一辆摩托车。

现在我们来到了一条知识上真正的死胡同，你的理性原本要让事情更容易理解，但是事实上正好相反。如果理性已经摧毁了自己的目的，那么它本身的结构势必要有所改变。

这个时候康德的说法救我们脱离了险境。他说，不能从感官感知的颜色和形状中立即感知到一部摩托车，并不能证明摩托车不存在。在我们心中有一部由先验直觉认知的摩托车，它在时间和空间上有一种连续性，当一个人转头的时候，摩托车的形象即使改变也不影响它，所以它和我们在感官上所接收到的讯息并不冲突。

我们前面提到的那个躺在床上十八年毫无知觉的病人，如果有一天突然给他一秒钟的时间，让他感知到一部摩托车，然后再去除他的感官知觉，那么我想在他的心中就会有休谟式的摩托车，一部毫无意义的感官碎片，不会提供任何诸如因果关系这样的概念。

但是正如康德所说，我们并不是那个人，在我们心中有一部直觉的摩托车，我们不需要怀疑它，我们能够随时证实它的存在。

由于多年来感官累积的资料，我们已经在心目中建立起这样一部直觉的摩托车。随着新的讯息进来，这部摩托车会不断改变。就拿我所骑的这部车子来说，由于路况的关系，它的变化非常迅速而短暂。这一路上，我一直都在注意而且不断修正，一旦所得的资料没有价值，我就会把它忘掉，因为还有更多新的讯息要进来。这部先验摩托车的其他变化则比较缓慢（比如说，油箱的油逐渐减少，轮胎的橡胶逐渐磨损，螺栓和螺母逐渐松脱，制动蹄和制动鼓的间距逐渐改变）。这部摩托车还有一些方面变化极其缓慢，看起来几乎像是永远不变一样——比如说，油漆、轮子的轴承、控制的线缆——而这些其实也一直在改变。如果我们从足够长的时间段来看，由于路面的震动、温度的改变，以及内部零件的耗损，车子的整个骨架都会改变。

它是一部相当不错的机器，一部"先验"的摩托车。如果你停下来仔细地想一想，终究会发现它才是主体。你的感官所得到的讯息只能证实它的存在，但是这些讯息并不等于它。我通过直觉所了解到的摩托车，就像我存在银行里面的钱。如果我到银行要求看我的钱，他们一定会奇怪地看着我。因为我的钱并没有放在他们的抽屉里，没法拿出来给我看，我的钱其实只是电脑档案里面的一个数字，在一卷磁带的某一个被磁化的区域上。但是这样就够了，因为我相信如果我需要钱的时候，银行会通过他们的系统让我取到钱。同样的，即使我的感官不能给我任何可以被称为"实体"的东西，我仍相信我可以从我的感官信息中获取实体能提供给我的东西，这就够了，而且感觉到的信息和我心灵中的先验摩托车始终是吻合的。只是为了方便，我说我在银行里有钱，同样是出于方便，我说我骑的这部摩托车是实体构成的。康德的《纯粹理性批判》就是探讨我们如何得到这种先验的知识，以及如何运用它。

康德认为这种直觉的思想和感官的认知是分开的，它能够认知"哥白尼的革命"。他提到，哥白尼认为地球绕着太阳公转。这种革命性的认识似乎没有改变任何自然现象，但是却改变了人类所有的观念。照康德的说法，就是客观的世界完全没有改变，但是我们主观的认知却彻底改变了。正是因为接受了"哥白尼的革命"，现代人才与中世纪的前辈有了明显的区别。

哥白尼所做的就是，打破了人们心中原本对世界的认知——以为地球是平的，而且在天地之中是不动的。他提出另外一种世界观，认为地球是圆的，而且绕着太阳运行，并且他证明了这两种认知是符合现存世界的。

康德认为，他在形而上学上也做了同样的事，如果你假定我们脑海中的直觉观念与我们所看到的是两回事，同时能过滤我们所看到的，这就表示你和古代亚里士多德学派的观念一样，认为研究科学的人只是被动的观察者，是一块空白的平板，这样就真正误解了这个观念。康德和他数以百万计的跟随者都认为，经过这样的革命，你对于我们如何认知有了更令人满意的理解。

我之所以深入地探讨这个例子，部分原因是要以近景观察心灵的高山地区，但是更重要的是要为斐德洛之后所做的铺路。他也带来了一场哥白尼式的革命，因而解决了古典和浪漫之间的争端。对我而言，它使我对这个世界有了更满意的理解。

一开始斐德洛对康德的哲学感到非常震惊，但是后来他觉得它很拖沓，他不知道为什么。思考之后，他认为很可能与他在东方的经验有关。他以为自己已经从知识的监狱里逃了出来，但现在仿佛又到了另一座监狱。他读了康德的美学之后很失望，甚至有些愤怒，因为康德思想中所谓的美感对他而言非常丑陋。这种丑陋非常深入而且非常广泛，以至于他无从加以攻击或者躲避——似乎它早已存在于康德的整个世界之中。它不是十八世纪的或者科技的丑陋，他读过的所有哲学作品都让他有这种感觉。他在大学里也嗅到了同样的气息，在教室里、在书本里，甚至在他的身上，都有这种气息。但是他不知道原因，也不知道是如何产生的。因为那是属于理性自身的丑陋，无法摆脱。

12

在库克市，约翰和思薇雅十分快活，比过去几年我所见过的他们都要快活。我们开怀地大口嚼着刚买来的热乎乎的牛肉三明治。我高兴地听他们讲述在高山地区的丰富收获。不过我没说什么，只是一直吃。

从窗子看出去，马路对面是高耸的松树林。许多车子从它们脚下经过，开向公园。现在我们早已离开林木线，天气变得暖和许多，但是偶尔还会出现低云，很可能会下雨。

我想如果我是一个小说家，而不是肖陶扩的主讲者，我很可能会试着去"塑造"约翰、思薇雅以及克里斯这几个角色。通过他们不同的举动同样可以反映禅，或者艺术，甚至摩托车维修的"内在意义"。那会是一部相当不错的小说，但是为了某个原因，我不想这样做。他们是我的朋友，并不是书中的人物，就像思薇雅有一次说的，"我不想被当成物体"，所以我知道的许多事情都没有写出来。并不是因为有什么不可告人的事情，而是因为它们和肖陶扩没有多大关系，这样才是对待朋友之道。

同时我想你能够了解，在我前面的叙述当中，为什么我总是对他们持保留的态度并且维持相当的距离。他们曾经一直问我究竟在想什么，想要我进一步地解释，但是，如果我据实以告，比如说，摩托车每一秒钟都是具有连续性的先验假设，对肖陶扩并没有真正的助益。他们只会很惊讶，而且奇怪我究竟出了什么问题。而我对这个连续性真的非常感兴趣，也喜欢这种边讨论边思考的方式，所以不想与其他人共进午餐，因而在态度上有些冷淡。这是个问题。

这是我们这个时代的问题。如今，由于人类知识的范围太过复杂，结果每一个人都变成了专家，专业分化越来越严重。如果有人想在各种学问之间自由地游荡，势必会和周围的人疏远。毕竟，连午餐交际都是一门学问。

克里斯似乎比他们更理解我的冷淡，或许是因为他习惯了，而且他和我是这样的关系，所以需要更关心我。有的时候，我会在他脸上看到一丝忧虑，至少是不安，我想知道为什么，然后发现是因为我生气了。如果不看他的表情，我可能都不知道。还有一些时候，他到处跑跑跳跳，我又想知道为什么，然后发现是因为我的心情不错。现在，我看到他有点紧张。他正在回答约翰的一个问题，而这问题明显是针对我的。它和明天我们要见的朋友有关，那就是狄威斯夫妇。

我不太确定约翰问了什么，但还是补充说："他是一位画家，在那儿的学校教艺术，他的画应该是属于抽象派的印象主义。"

他们问我是怎么认识他的，我回答我不记得了，印象有些模糊。我只记得一些片段，因为他们夫妇是斐德洛朋友的朋友，所以我们就这样认识了。他们很奇怪，像我这样一个机械手册的作者竟然会认识一位抽象派的画家。我只好说我自己也不知道。我不断地回想过去，却找不到任何答案。

他们的个性截然不同，这个时期斐德洛的照片看上去冷淡而激进——班上的同学半开玩笑地称之为破坏分子的表情——而狄威斯同时期的照片表情则非常呆板，几乎可以说是毫无表情，除了眼神中的一点点疑问。

我曾经看过一部关于第一次世界大战中的一个间谍的影片，这个间谍用一面单向镜研究一名被俘的德国军官（两个人长得一模一样），几个月之后，他可以模仿对方所有的手势和说话的腔调，然后打算假冒那名军官，以成功脱逃的名义潜返德国军队司令部。我还记得，第一次面对那名被俘德国军官的老朋友时，这个间谍十分紧张和兴奋，想看看他们是否会看穿他的伪装。现在我对狄威斯也有同样的感觉。他会很自然地认为我是他的老朋友。

屋外起了一阵薄雾，把摩托车弄湿了。我从袋子中拿出面罩，接在头盔上。我们很快就要进入黄石公园了。

前面的路上雾气蒙蒙，好像云层降到山谷里了，其实不能算是山谷，只能说是山里面的通道。

我不知道狄威斯对斐德洛的了解有多深，也不知道他希望共同回忆哪些过去。我以前有过这样的经验，所以尚能处理一些尴尬的时刻。每一次，都让我对斐德洛有更深的认识。这些年来通过这种方式，我已经积累了不少资料，都已经写出来了。

在我的记忆中，斐德洛相当敬重狄威斯，因为他不了解他。对斐德洛来说，不了解就会产生极大的兴趣，而狄威斯的态度则很有意思。他们看上去都疯了。斐德洛会说一些他觉得很好玩的事，但是狄威斯会困惑地看着他，或是严肃地对待他。有时候斐德洛谈起非常严肃的事或是他深深关心的事，狄威斯反而会大笑一场，仿佛听了一个很精彩的笑话。

比如说，我记得他家的餐桌封边条脱落了，斐德洛就用胶水把它粘起来，他扶着封边条，用一大团线绕着桌子一圈一圈地固定住新粘的封边条。

狄威斯看到线，不知道是怎么回事。

斐德洛说："这是我最新的雕塑，你不认为很有创意吗？"

狄威斯没有笑，而是惊讶地看着他，研究了许久才说："你从哪儿学来的？"

斐德洛以为他在开玩笑，但是看他的表情又很严肃。

又有一次，斐德洛为某些不及格的学生感到难过，在回家途中和狄威斯一道经过树下时，他谈起这件事，狄威斯觉得很奇怪,他为什么会有这样的反应。

斐德洛说:"我自己也觉得很奇怪。"然后困惑地说:"我想,或许每个老师都会给最像他的人最高的分数。如果你很看重字迹,那么字写得好的学生就会得到高分;如果你爱用大词,你就会喜欢有这种写作风格的学生。"

"当然是这样,有什么不对呢?"狄威斯说。

"奇怪的地方就在这里,"斐德洛说,"因为我觉得自己最喜欢的学生,也就是最认同的,竟然是成绩不及格的学生。"

狄威斯不禁大笑起来,斐德洛非常恼怒,他认为这是一种科学现象,可能是增加更多新知识的线索,然而狄威斯只是一个劲儿地大笑。

开始他以为狄威斯只是觉得他不经意地贬低自己很好笑,但是情形并非如此,因为狄威斯并不是一个喜欢损人的人。后来他认为狄威斯的笑中含有极为深刻的道理。最好的学生往往都不及格。每一位好老师都知道这一点。狄威斯的笑解除了斐德洛谈话中隐含的紧张,因为他对这件事实在太严肃了。

狄威斯这种谜一样的反应,让斐德洛认为他隐藏了很多。狄威斯总是把某些东西隐藏起来,不让斐德洛知道,而斐德洛猜不透究竟是什么事。

我清楚地记得,有一次他发现狄威斯似乎对他也有同样迷惑的感觉。

狄威斯工作室里的电灯开关坏了,他问斐德洛是否知道出了什么问题，他有些不好意思，就像赞助艺术的人在和画家谈话，有些羞怯地想要掩饰自己知道得太少，脸上却又带着笑容，希望能学到更多。他不像约翰夫妇一样仇视科技，他从来不觉得科技对他有任何特殊的威胁。其实他是支持科技的。虽然他不了解科技，但是他知道自己喜欢什么，而且总是以学习为乐。

他以为问题是出在灯泡附近的电线，因为只要一扳开关，灯就灭了。他觉得，如果问题是出在开关，那么会有一个短暂的延迟，灯泡才会熄灭。斐德洛不想和他争辩这个，只到对街的五金行买了一个开关，几分钟就把它装好了。当然灯立刻就亮了，这让狄威斯感到困惑而沮丧。"你怎么知道问题出在开关？"他问。

"因为我轻摇开关的时候灯光时断时续。"

"难道不可能是摇动电线引起的吗？"

"不可能。"

斐德洛自信的态度激怒了狄威斯，于是他开始争辩。"你怎么知道的？"他说。

"很明显啊！"

"那么，为什么我没看见呢？"

"你得有经验才行。"

"那么就不是很明显了，对不对？"

狄威斯总是从一个非常奇怪的角度和人争辩，因而往往让人无法回答。就是这种角度，让斐德洛认为狄威斯对他隐瞒了些什么。直到待在博兹曼的最后一天，他才以他分析的和有条理的方式，弄懂了狄威斯的视角。

在公园的入口，我们停下来付钱给一位戴着护林熊[1]帽子的男士，他递给我们一张当天适用的通行证。我看见前面有一位上了年纪的游客在给我们录影，于是就朝着他笑了一下。他穿着一条短裤，露出两截没有血色的小腿，穿着长筒袜和皮鞋。他太太在一旁看，小腿也和他一样。走的时候我向他们挥挥手，他们也向我们挥手道再见。这个时刻会保存在他的胶片里很多年。

斐德洛很讨厌这个公园，不知道为什么——可能因为不是他发现的，或者不是这个原因，而是别的什么原因。引导人员要你一切听从指挥的那种态度激怒了他，那些游客脸上参观布朗克斯动物园[2]的表情更使他厌恶。周围的一切和高山地区是如此不同。这里好像一座巨型的博物馆，里面的展览都经过小心的修饰，让人误以为真，但是又用铁链围了起来，以免被孩童破坏。来到公园里的人都变得礼貌而贴心，甚至有些虚伪，是公园里面的气氛使他们变成这样的。所以，虽然他的住处离这儿不到一百英里，但他只来过一两次。

噢，顺序错乱了，中间丢了大约十年。他并不是从康德直接跳到了蒙大拿的博兹曼。在那十年里，他住在印度，在贝拿勒斯

---

1 Smokey Bear，美国森林防火公益广告标志。——校注

2 Bronx Zoo，位于纽约。——校注

印度大学研究东方哲学。

就我所知,他并没有在那里学到任何奥秘,除了不断地学习,什么事都没有发生。他听哲学家的演讲,拜访虔诚的人士,一面吸收一面思考,情形就是这样。你可以从他的信件当中发现,他原本通过观察事物所归纳出的原则,此刻出现了极大的混乱、矛盾、分歧。他去印度的时候,是一个经验主义的科学家,离开印度的时候仍然如此,并未比他刚来的时候更有智慧。不过,他接触到了许多,并且获得了一种潜在的影像,直到日后才与许多其他潜在影像一同显现出来。

这些潜在的东西中有一些应该略加叙述,因为后来它们变得非常重要。他发现印度教、佛教和道教教义上的不同,与基督教、伊斯兰教和犹太教在教义上的不同完全不一样。东方不曾出现圣战,因为他们口中的现实永远不被认为是现实本身。

在所有东方的宗教当中,梵文教义"*tat tvam asi*"被推崇备至,"彼即汝",它宣称,你认为你所是的与你认为你所感的是不可分割的。完全认识到它们是一个整体,就是开悟。

逻辑就是把主客观分开,所以逻辑不是最高的智慧,想要消除这种因划分主客观所产生的幻觉,最好的方法就是减少生理、精神和情感上的活动。为了达到这个目的,有许多修炼的方法,其中最重要的一种方法,就是所谓的"禅"了。斐德洛从来没有打坐的经验,因为他不认为这有任何意义。他在印度时,一直坚持逻辑自洽才有意义,他找不到任何可以信服的理由抛弃这种信仰。我想他这么做是值得称赞的。

但是，有一天在教室里，哲学教授愉快地解说世界的虚幻本质，这似乎是第五十次了。斐德洛举起手来，冷冷地问他是否相信落在广岛和长崎的原子弹是一场幻觉。教授笑了笑说是的。于是斐德洛的游学就到此终止。

就印度哲学的传统来说，这个回答很可能是正确的。但是对斐德洛以及任何经常阅读报纸，并且关心人类大量被摧毁一事的人来说，这个回答实在令人无法接受。于是他就离开了教室，离开了印度，放弃继续研究下去。

他回到美国中西部念了一个实用的新闻学位，结了婚，先后住在内华达州和新墨西哥州，做一些奇怪的工作，比如记者、科学作家以及工业广告的撰稿人。他有两个孩子，买了一个农场、一匹马、两辆车，然后逐渐步入中年，身体开始发胖。他对理性的追求似乎已放弃了，这点非常重要，一定要了解，他放弃了。

由于他放弃了，所以生活对他来说很容易打发。他工作得很勤奋，也很好相处，通过当时他所写的短篇小说，我们偶尔会发现他内心的空虚，他的日子过得非常平淡。

至于究竟是什么再次激起他的追寻并不确定。连他太太也不清楚。我猜很可能是他内在的挫折感，以及希望再度追寻下去的意愿。他变得成熟多了，似乎在放弃内心的目标之后，他成熟得更快了。

我们在加德纳走出了黄石公园。当地的雨下得似乎不多，因为在星光下，山坡上只有青草和鼠尾草。我们决定在这里过夜。

这座城镇建在一条河流高耸的两岸，河上架了一座桥，河水从平滑而干净的大卵石上流过。过了桥之后，前面汽车旅馆的灯已经亮起来了。窗户里透出灯光，我看见每一间小屋前都细心地种了许多花，于是我便慢慢地走，以免踩到它们。

我还注意到关于小屋的其他一些现象，就指给克里斯看。窗户是上下推拉的。关门的时候，听声音就知道没有任何松脱的迹象。所有的嵌线都接合严密。虽然这一切称不上艺术，但是做工很细，直觉告诉我，它们出自一人之手。

当我们从餐厅走回汽车旅馆的时候，有一对上了年纪的老夫妇坐在外面的一个小花园里，享受着夜晚的习习凉风。老先生承认这些小木屋都是他盖的，而且他很高兴有人注意到这件事。他的太太请我们坐下。

我们不赶时间，于是慢慢聊着。这是公园最早的出入口，早在摩托车诞生之前就有了。他们告诉我们这些年来的种种变化，从而让我们对周遭的一切有了更深刻的认识。同时也让这座小城因为这对夫妻以及过去的岁月，而蒙上了美丽的色彩。约翰挽着思薇雅的手臂，我听到河水淙淙流过的声音，还嗅到晚风中阵阵的香气。那位老妇人对这香气很熟悉，她说这是金银花散发出来的。我们沉默了一会儿，我觉得有些倦意。在我们决定回房的时候，克里斯几乎已经睡着了。

13

约翰和思薇雅早餐吃煎饼喝咖啡,他们似乎沉醉在昨天晚上的气氛当中,但是我发现食物似乎很难下咽。

今天我们会抵达那所学校。在这里发生过许多事,而我已经开始紧张了。

我记得曾经读过一个考古学家在中东进行挖掘的故事,知道他第一次打开封了好几千年的坟墓的感觉。现在我觉得自己有一点像考古学家。

脚下的峡谷通往利文斯顿,峡谷里的鼠尾草和从这儿一路到墨西哥的鼠尾草并没什么不同。

今天早上的阳光和昨天的一样,甚至更温暖更柔和。现在我们的海拔比较低了。

一切都很正常。

只是这种考古的情绪让我觉得周围的宁静里似乎掩藏了什么。这是一个鬼魂经常出没的地方。

我实在不想去那里,我巴不得赶快转身往回走。

我想大概是紧张在作怪吧!

这和我记忆的片段颇为吻合。不知道有多少个早晨,在去教室之前,斐德洛紧张得几乎把所有东西都吐了出来。他讨厌站在学生面前讲话,因为这完全违拗了他孤独的生活方式。他所感受到的就是站在别人面前的恐惧。在学生面前,他所有的举动都显得十分紧张。学生曾经告诉他太太,那好像空气中的电流,当他一走进教室,所有的眼睛都会盯着他看,一直跟着他走到教室前面。即使还有几分钟才到上课时间,但只要他一进来,喧哗的教室立刻变得一片肃静,整堂课下来,所有的眼光都没有从他身上离开过。

于是斐德洛成了颇受争议的人物。大部分学生都像避开黑死病一样避开他,因为他们听到了太多有关他的故事。

这个学校可以称得上是"上课学院",在这里你不断地上课、上课、上课,完全没有研究的时间,也没有思考的时间,更没有参加校外活动的时间。只是不断地上课、上课、上课,一直上到你的心灵枯竭,创造力也消失了。而你成了一部机器,不断地对那些如潮水般涌来的天真学生重复同样枯燥乏味的教材。他们不了解为什么你变得这么乏味,因而对你失去了尊敬,还使你恶名昭彰。你不断上课、上课、上课的原因是,这是经营一所学校最经济的方法,会让外界的人误以为学生得到了真正的教育。

然而斐德洛给了这所学校一个与之并不相符的称呼。事实上,和它真正的特质比起来有些荒谬。但是这个名字对他却有莫大的意义。他牢牢地记着,要在他离开之前,把这些观念深深地植入学生的心中。这个名字就是"理性教堂",如果人们了解了这个名字的意思,就不会觉得他很神秘了。

在这个时候,蒙大拿州的极右势力甚嚣尘上,就像在得克萨斯的达拉斯[1]发生的一样,正好在肯尼迪总统遇刺之前。在米苏拉的蒙大拿州立大学,有一位全国知名的教授被禁止在校园里演说,因为他很可能制造纷乱。学校当局告诉教授,他所有公开发表的言论都必须经过学校公关组的审核。

学校的认证标准被破坏了,本州曾经立法,禁止学校拒收二十一岁以上的学生,不论他是否有高中文凭。现在他们又通过了一项法律,如有学生不及格,就要罚学校八千美金,也就是说要让所有的学生都通过。

刚当选的州长为了个人和政治上的理由想解聘校长,因为校长不但对他个人有敌意,同时也是民主党人,而州长并不只是个普通的共和党党员,他的竞选委员会负责人也是约翰·柏奇会[2]的州际联络员,就是这位州长提供了几天前我们听说的那个五十人的黑名单。

在这种你来我往的对抗中,学校的经费被削减了,继而校长把其中极大的一部分压在了英语系肩上,因为英语系的教员一向鼓吹学术自由。斐德洛也是其中之一。

斐德洛无计可施,便求助于西北地区认证协会[3],希望他们能

---

[1] Dallas,肯尼迪遇刺地点。——校注

[2] John Birch Society,美国极右翼组织。——校注

[3] the Northwest Regional Accrediting Association,美国高等教育实行认证制度,认证由非政府的、自愿参加的院校协会或专门职业协会下的独立认证机构进行,主要工作包括评估学校和专业的质量,并向公众公布所有获得认证的院校和专业的名单。如某大学没有通过认证,其所颁发的学位将不被美国政府认可。——编者注

够阻止对学校资格认证要求的践踏。除了私下联络该协会之外，他还公开呼吁调查整个学校的情形。

这时，斐德洛班上有一些学生不怀好意地问他，他这么努力地想阻止学校认证，是不是不想让他们得到受教育的机会。

斐德洛说他并无此意。

然后，一个明显属于州长一派的学生愤怒地说，州议会将会出面阻止学校失去它的认证。

斐德洛问他要如何进行。

那个学生说他们会通知警方来处理。

斐德洛思考了一阵子，然后意识到这个学生对于学校资格认证的误解有多深。

当天晚上他为自己的行为写了一篇辩护词，准备在第二天的讲座上宣读，这就是理性教堂的讲稿，和他平常粗略的讲稿比起来，长了很多，而且叙述得很详尽。

讲稿一开始就提到报纸上的一篇文章，说乡间有一座教堂，在入口处挂了一块电子啤酒招牌，因为教堂卖给人开酒吧了。你可以想象，这个时候教室里有人笑了起来。这所大学素以举行饮酒派对而闻名，因此两者的形象有些隐隐相合。报上说，有一些人向教堂的神职人员抱怨此事。这是一座天主教教堂，奉命处理这些抱怨的神父对整件事情颇为不耐烦。对他来说，这些人对于何谓真正的教堂无知到了令人咋舌的地步。难道他们认为那些砖墙和彩色玻璃就代表教堂吗？还是屋顶的形状代表教堂呢？这种虚伪的虔诚正是教堂大力反对的物质主义。这幢建筑本身并非圣地，既然移作他用就算结束了作为一间教堂的使命。所以电子啤酒招牌是挂在一间酒吧前，而不是教堂前。因此，没有办法察觉这种差异的人，只是表现出了他们自己的无知罢了。

斐德洛认为学校就存在这种混淆不清的状况。这就是为什么失去认证会令人难以理解了。真正的大学本质上并不是物质的，也不是警察所能保护的一些建筑。他解释说，一所大学如果失去了它的认证，没有人会封锁学校，不会有法律的制裁，也没有罚款，更不会被判决入狱。学校不会停课，一切还是照常进行，学生就像学校没有失去认证一样接受教育，所发生的只是撤销了对这所学校的官方承认而已，这和开除教籍颇为类似。真正的大学并不听命于任何民意机关，也不是由任何建筑物所构成的，只要它自己宣布这个地方已不再是圣所，真正的大学就已经消失，所遗留下来的只是一些砖墙、藏书和种种物质的结构罢了。

对于所有的学生来说，这一定是个奇怪的观念，我想象得到他已经期待很久了，希望将这个观念灌输给学生，或许也在期待他们提出这个问题——你认为什么才是真正的大学？

为了回答这个问题，斐德洛所做的笔记是这样写的：真正的大学并没有特定的地点，也没有校产；既不支付薪水，也不接受物质的报酬。真正的大学是心灵的世界，是多少世纪以来流传给我们的理性思想，它不存在于任何特定的建筑物之内。这种心灵的世界，许多世纪以来都是通过一群所谓的教授所传递的，而教授这个头衔并不是真正大学的一部分，大学的本质在于流传下来的理性自身。

除了这种心灵的世界之外，不幸也有一种合法的机构拥有同样的名称，却完全是两码事。它是非营利性的组织，隶属于州政府，并且坐落在特定的地方，它不但拥有校产，还能发薪水，收学费，还要受法律的约束。

然而这种大学，也就是合法的组织，却没有办法提供任何真正的教导，它不但无法激发新知识的产生，也无法衡量学问的价值。它根本就不是真正的大学，它只像教堂的建筑一样，坐落在某个特定的地点，给真正的教堂提供各种有利于生存的环境。

斐德洛认为，没有办法觉察这种差异的人，就会误以为掌握了教堂的建筑就等于掌握了教堂。他们认为，学校的教授既然领了薪水，一旦得到上面的指示，就应该抛弃自己的见解，毫无异议地接受学校的指挥，就像受雇于一般公司，处处要为老板说话一样。

他们看到的是虚假的大学，而没看到真正的大学。

我第一次读到这样的言论时，就注意到了斐德洛采用的分析手法。他避免把大学分成不同的科系，然后进行分析；同时他也不像传统的划分法一样，把学校分成学生、教授和行政部门。不论你用哪一种分类法，你所得到的都只不过是一堆乏味的资料，对你并没有什么帮助，而且也跳脱不出传统的范围。但是斐德洛却把"教堂"和"地点"分开来谈，因此得到前所未见的真相。

以此为基础，他对大学生活中一些使人迷惑却又常见的现象作了一番解释。

解释之后，斐德洛又回到教堂这个主题上。出钱兴建教堂的人可能会认为，他们这样做是为了全体着想。一次好的布道可以让信徒带着良好的信念面对未来的这个礼拜。主日学校[1]能够帮助小孩健康成长，布道和主管主日学校的牧师了解了这些目标，一般都会尽力配合。但是同时他也知道，他最主要的目标并不是为信徒服务。他最主要的目标是服务于上帝。通常这两个目标并不冲突，但某些情况下，资助者会反对传道人的布道，而且威胁要削减传道人的开销。这种事情发生过。

面对这种状况，一位真正的牧师必须表现出他没有听到这些威胁，因为他最主要的目标并不是服务于信徒，而是服务于上帝。

斐德洛认为，理性教堂追求的最主要目标，就是苏格拉底一向认为的真理。只不过随着理性的发展，它不断以不同的面貌出现在历史中，其他的一切都隶属于它。平时，这个目标和提高市民的水准不相冲突，但是在某种情况下就会出现对立，和出现在苏格拉底身上的情形一样。每当贡献了大量时间金钱的执事人员和立法者，与教授的言论以及公开的看法有出入时，他们就会借着行政力量，威胁要削减预算，强迫教授听命于他们。

---

[1] Sunday School，基督教教会为了向儿童灌输宗教思想，在周日开办的儿童班。——译注

真正的理性教堂的宣道者在这时就应当表现出他们没有听到这些威胁，因为他们的目标并不是把服务大众放在第一位，他们的首要目标是通过理性服务于真理。

这就是他所谓的理性教堂。毫无疑问，这是他长久以来发自内心的感想。我们发现，他并没有因为自己所引起的轩然大波而受到责难。他之所以能够避开周遭的指责，一方面是因为他们不愿意去支持学校的敌人；另外一方面，他们只能暗自嫉妒他这种自己不能拥有的动力：勇于说出真理的使命感。

从他的讲稿当中，我们几乎可以了解他这样做的全部原因，但是有一点没有得到解释——他那狂热的态度。一个人可以信仰真理，也可以通过理性去追寻真理，或者和当局对抗，但是为什么会像他这样夜以继日地燃烧自己？

心理的解释我认为并不够，怯场无法支持那种经年累月的努力。另外一种说法似乎也不正确，那就是他想弥补早年的失败。因为他并不认为被学校驱逐是一种失败，只是一个谜而已。最终我发现，他对实验室里的科学理性缺乏信心，而对理性教堂又狂热地信任，正是这二者的差异为我提供了一个合理的解释。有一天我思考着这种差异，突然，我明白了，这两者原来互为因果而非对立。由于他对理性这样缺乏信心，所以才会有这么狂热的研究态度。

如果你对事情有完全的信心，就不太可能产生狂热的态度。就拿太阳来说吧，没有人会为了它明天会升起而兴奋不已，因为这是必然的现象。如果有人对政治或是宗教狂热，那是因为他对这些目标或是教义没有完全的信心。

他曾以耶稣会士的狂热精神为例阐述自己的观点。我们从历史中可以看见，他们的热忱并非因为天主教会势力庞大，而是因为面对新教时，天主教会显出了自己的弱点。所以，斐德洛正是因为对理性缺乏信心，才成了狂热的研究者。这种说法比较合理，同时也让其他许多事件更有说服力。

很可能这就是为什么斐德洛对教室里坐在后排表现差劲的学生有着深切的认同感。他们脸上的轻蔑神情，就和他对整个理性知识的教育所持有的态度一样，两者的差异在于，他们是因为不了解所以轻视，而他则是因为了解所以轻视。他们因为不了解，所以没有解决的办法，于是必然失败，而余生将永远记得这场痛苦的经验。而他则相反，产生了狂热的使命感，觉得自己必须贡献力量做点什么，这就是他为什么会十分严谨地准备理性教堂的讲稿。他告诉学生，你必须对理性有信心，因为除此之外，没有什么值得信奉，但是这种信仰连他自己都没有。

我们要记得，当时是二十世纪五十年代，而不是七十年代。"垮掉的一代"和最早的嬉皮士正对整个体制和一丝不苟的理性主义大加攻击，几乎没有人知道整个问题牵涉得有多么深广。所以当斐德洛近乎狂热地替理性教堂进行辩护时，还没有人，特别是在蒙大拿州的博兹曼，没有任何人能理解他在辩护什么，他仿佛宗教改革前夕的罗耀拉[1]，向每一个人保证，明天太阳依旧会升起。而事实上，没有人会担心这一点，他们对他这个人感到费解。

但是现在他和我们相距的这十年是本世纪最混乱的年代，理性被强烈批判的程度，远远超过五十年代的人所能想象的。我想，在这一次以他的发现为根基的肖陶扩之中，我们多少能进一步了解他的思想……整个问题的解决……如果他说的是真的……但是他的言论大部分已经散失了，究竟有多少，我们无从得知。

或许这就是为什么我觉得自己好像考古学家一样，同时心里还有些焦虑。因为我只有这些片段的回忆，以及别人告诉我的零星事件。随着我们越走越近，我心里想，有些坟墓最好还是不要挖开吧！

我突然想起坐在我后面的克里斯，我不知道他究竟知道多少，又记得多少。

我们来到一个交叉路口，从公园来的路在这儿汇入了东西主高速公路干线。我们停下来，转上高速公路。从这里开始，我们骑过了一条低洼的山坳通道，然后进入了博兹曼。现在又变成朝西去的上坡路了。突然间，我有些好奇，不知前面会是什么。

---

[1] Ignatius Loyola，罗马天主教耶稣会创始人，反对新教宗教改革。——校注

14

我们现在骑到了一片绿意盎然的小平原。向南望去,山顶的松树林上仍然留着去年的残雪。周围其他的山都很低矮,而且都有相当一段距离,不过边缘都很清晰、陡峭。这里就像明信片中的风景,同我隐隐约约的记忆片段很是相似,但是并不完全吻合。这条州际公路当时一定还没有建好。

这时候,我又想起了那句话:到达目的地还不如在旅途中。我们已经旅行了好一阵子,现在即将到达目的地。当我达成一个短期目标时,继之而来的会是空虚的感觉。我必须调整自己,以适应下一个目标。一两天之内约翰和思薇雅就要离开,克里斯和我必须决定接下来做些什么。一切必须重新计划。

我对城里的大街有一点模糊的印象,但是现在我感觉自己就像游客一样,看到招牌的时候就有这种感觉。这里其实并不小,人流动的速度很快,因而彼此之间都不怎么认识。这儿的人口在一万五到三万之间,不能算是一个小镇,也算不上是一个城市——其实什么都不算。

我们在一间窗明几净的餐厅里用过午餐。但是我一点也不记得这间餐厅,似乎斐德洛离开这里之后它才盖好,它和大街上的其他景物一样缺乏特色。

我走到一本电话簿旁,想找罗伯特·狄威斯的电话号码,但是没有找到。我拨给接线生,她都没听说过这家人,也没有办法告诉我号码。我简直无法相信，难道他们是他想象出来的吗？接线生的回答让我惊讶了一会儿，但是我想起他们给我的回信，我曾写信告诉他们我很快就会来拜访，所以就安心了。幻想出来的人是不会写信的。

约翰建议我打电话到艺术系或是其他朋友那儿，我抽了一会儿烟，然后又喝了一杯咖啡。等心情放松之后再拨电话。我终于打听到了地址。其实不是电话这项科技使人提心吊胆，而是通过用电话所产生的人际关系，比如像拨电话的人和接线生之间，才会发生这种情况。

从城里到山里必须经过溪谷，一共不到十英里。一路行来，烟尘满布，溪谷里长满了高高的绿色紫花苜蓿，正在等待牧民收割。草很密实，看起来似乎很难通过。田野向四面铺展开来，缓缓向山脚攀升，然后，一片绿意深浓的松树林突然拔地而起。狄威斯夫妇就住在那儿。住在淡绿色和墨绿色的交接处。我从风里嗅出刚刚收割的青草气息，还有家畜的气味，走了不久又变成松树林的味道，然后恢复了暖洋洋的气息。放眼望去，是一片阳光和草地，还有近在眼前的山色。

正当我们接近松树林的时候，路上出现厚厚的一层沙石。于是我换到低速挡，每小时十英里，然后两只脚离开踏板，让车子自然滑行。接着我们转了一个弯，突然进入松树林里。眼前是一个非常深的V形峡谷，路边有一座灰色的大房子，房子的一边紧挨着一座巨大的铁制抽象雕塑，雕塑下坐着狄威斯，他手上拿着一罐啤酒，正在向我们招手。这种情形简直就像旧照片里的情景一样。

我正忙着向上骑,不能松手,所以就踢踢腿作为回应。狄威斯朝我们微笑。

他说:"你找到了。"然后一脸的轻松,眼中带着笑意。

我说:"好久不见。"我也觉得很高兴,虽然突然看见影像活动并和他说话有一点奇怪。

我们下了车,摘下面罩和手套。我看见他和宾客站在上面的门廊里,地板尚未完工。狄威斯朝下望,离我们只有几英尺的距离,但是峡谷的坡度非常陡,在屋子的另外一边,门廊离地面就有十五英尺以上,而到下面的河水又有五十英尺远。在树木和草丛的深处,有一匹马隐约藏身其中,悠闲自在地吃草,头也不抬一下。现在我们得仰起脸才能看到天空。我们四周就是刚才一路上看到的墨绿色的森林。

"这里真美!"思薇雅说。

狄威斯笑了笑说:"谢谢,很高兴你喜欢这里。"他的声音显得十分自在。我知道尽管说话的就是狄威斯本人,但他如今是一个全新的人物,因为他一直在不断地更新自己,所以我得重新认识他才行。

我们踏上门廊的地板,在木板与木板之间有很大的空隙,像栅栏一样,由上面可以看到地板下的地面。狄威斯一面微笑着说:"我实在不知道该怎么介绍。"一面把他的朋友介绍给我。但是我左耳进右耳出,永远记不住别人的名字。他的朋友在学校里教艺术，戴了一副牛角边的眼镜，他太太有点腼腆地笑着。他们一定是新来的。

我们谈了一会儿，狄威斯主要是向他们介绍我是谁，然后珍妮·狄威斯从门廊的转角处捧了一盘啤酒过来。她也是一位画家，而且善解人意。艺术家从盘子里抓起一罐啤酒，没有与她握手寒暄，她赞同地笑了，并且说："邻居正好送来一堆鳟鱼当晚餐。真是棒极了。"我实在很想挤出一些适当的话来回答，但是却只能点点头。

我们坐下来了，我坐在阳光里，很难看清楚门廊遮阴的那一端。

狄威斯看着我，想把话题转到我的外表上。当然我的外表对他来说已经有了相当大的改变。但是不巧有人打岔，所以他转而和约翰聊起这次旅行。

约翰告诉他这次真是棒极了，正是他们夫妇长久以来想要做的事。

思薇雅补充道："就是想出来到空旷的地方走走。"

狄威斯说："蒙大拿州空旷得很。"他和约翰还有那位艺术家朋友，热络地谈起蒙大拿和明尼苏达之间的差异。

在我们的下方有一匹马，正安静地吃草。再过去有一条湍急的小溪。他们又开始谈狄威斯在峡谷里的家园，狄威斯已经住了多久，还有教艺术的工作是怎样的，等等。约翰实在很有本领闲聊，而这正是我最不擅长的。所以我只是静静地听着。

过了一会儿，太阳太大了，于是我就把毛衣脱掉，把衬衫解开。为了不用再眯着眼睛，我拿出太阳镜戴上，这样子就好多了。可是又觉得太暗了，完全看不清别人的脸，让我感觉自己仿佛与周遭的事物都隔绝了，只看得见太阳和向阳的山坡。我想到应该把行李卸下来，但还是决定先不提这件事。他们知道我们要住下，就让事情自然地发生吧。先轻松一下，然后再把行李卸下来，这有什么好着急的呢？啤酒和阳光令我微醺，非常惬意。

不知多久之后，我听到约翰说："哪儿来的电影明星？"我知道他指的是我和我戴的太阳眼镜。我从眼镜上方看到狄威斯和约翰还有他的朋友正对着我微笑，他们一定希望我也能一起聊聊旅途上的事情。

约翰说："他们想知道万一路上机械方面出了问题该怎么办。"

于是我告诉他们那次暴风雨中克里斯和我被困住，连发动机也坏掉了的事。这的确是个不错的题材，但是我讲的时候才意识到有点答非所问。最后提到抛锚是因为没有油的时候，引起他们一阵意料之中的嗟叹。

克里斯说："我都告诉他要去检查油箱了。"

狄威斯和珍妮谈到克里斯的身材，他有点害羞，脸也红了起来。他们也问起克里斯的妈妈和兄弟，我们尽可能地回答他们的问题。

最后我觉得太阳太大了，就把椅子搬到阴凉的地方，突然间我不禁打了一个寒战,于是就把扣子扣上。珍妮注意到这一点,说:"等到太阳下山,那才真的冷呢。"

虽然太阳和山脊之间的距离已经很近了,但目前仍然是下午。不出半个钟头太阳就不会直射了。约翰问他们,冬天的时候山上的生活如何。他们谈了一会儿,还谈到雪鞋使用的情形,我只能一直静静地坐着。

思薇雅、珍妮,还有教艺术的朋友的太太在一边聊房屋的情形,不久珍妮邀她们进去看看。

接着我又想起他们说克里斯长得真快,突然间考古挖坟墓的感觉又回来了,我听到他们在谈克里斯住在这儿时的情形,似乎他们从来不觉得克里斯离开过。我们仿佛完全活在不同的时空中。

他们又谈起艺术、音乐还有戏剧方面的现状,我很惊讶,约翰在这方面很能聊。我对这方面并不是非常感兴趣,他很可能知道这一点,所以从来不曾和我聊过这些。正和摩托车维修的情形相反。我在想,是否现在的我就和谈起连杆和活塞时的他一样目光呆滞。

但事实上,他和狄威斯真正相通的话题是克里斯和我,但是自从他们提到我好像电影明星一样坐在那儿,就产生了一种很可笑的现象。约翰对他的老酒友和摩托伴的善意嘲讽,在狄威斯眼中却颇为不敬,对我说话的语气反而更加尊重。约翰只好自我消遣,挖苦得更起劲了。他们两个人都意识到了这一点,所以自然想把话题从我身上转到更愉快的话题上,但是不一会儿又回到同样的话题上，就这样转来转去。

约翰说："坐在这里的家伙告诉我们，来到这里之后会很失望。但是到现在为止，我们一点都不觉得。"

我笑了起来，并不想改变他的看法，狄威斯也笑了起来。但是约翰转过身来对我说："喂！你一定是疯了，竟然要离开这种地方。我不管学校里的情形怎样，作出这个决定真是神志不清。"

我看到狄威斯十分震惊地看着他，继而生起气来。狄威斯看了看我，我挥挥手叫他不要计较。我们之间有一些僵持不下的气氛，但是我不知道该怎样处理。我淡淡地说了一句："这里的风景的确很好。"

狄威斯有些防备地说道："如果你在这儿多待一会儿，就会看到它的另外一面。"他的朋友同意地点点头。

刚才僵持不下的气氛带来一阵沉默。这是很难化解的。约翰并不是要故意伤人，他比别人都心软。只是约翰和狄威斯所认识的我截然不同。现在的我只是一个普通的中年中产阶级而已，心里所记挂的只有克里斯，除此之外，没有任何特殊之处。

约翰不知道而狄威斯知道的是，过去曾经有过这样的一个人住在这里，他的内心燃烧着一股熊熊的创作欲望，他有一种前所未闻的思想，但是后来发生了一些无法解释的不幸，狄威斯既不知道情形，也不知道原因，就连我也不知道。至于气氛僵持不下的原因，是狄威斯觉得那个人又回来了，而我无从向他解释，现在的我并不是那个人。

有那么短暂的一刻，山脊上的太阳透过树林散出光晕，落在所有人的身上，当然也落在我身上。

"他当时看到的太多了。"我说，心里仍然在想刚才僵持的气氛，但是狄威斯不解地看着我，约翰则毫无表情。当我发现说得不妥时已经太晚了。远处有一只鸟在悲鸣。

突然间太阳落下山头，整个峡谷变得一片漆黑。

我认为刚才那样说是多余的，我根本不需要这样。你离开医院的时候，就明白自己不需要这样说。

这时珍妮和思薇雅出来了，建议我们把行李卸下来。我们站起身来，珍妮带我们到房间去。我看到床上有厚厚的棉被，再也不用怕今天晚上的寒冷。好美的房间。

搬了三趟，终于把东西卸完，然后我就走到克里斯的房间，看看他需不需要帮忙，但是他兴高采烈，而且也长大了，不需要任何协助。

我看着他："你喜欢这里吗？"

他说："不错啊！一点都不像你昨天晚上说的那样。"

"什么时候？"

"就是我们睡前，在那个小屋里。"

我不知道他指的是什么。

他又说："你说这里很寂寞。"

"我为什么会这样说呢？"

"我不知道。"我的问题使他无法回答，所以就不再继续问下去，他一定是在做梦。

当我们下来到客厅的时候，我能够闻到厨房里煎鳟鱼的香味。在房子的一角，狄威斯正点燃报纸，预备把炉火生起来，我们看了他一会儿。

他说："我们整个夏天都要用火炉。"

我问："有这么冷吗？"

克里斯说他也觉得很冷，我叫他回去拿我们的毛衣。

狄威斯说："这里的晚风是从峡谷上方吹下来的，那儿才真正冷呢。"

炉子里的火忽明忽灭，我想一定是风大，我从落地窗望出去，看到林子里的树正剧烈地摇晃着。

"没错，"狄威斯说，"你知道上面有多冷，你过去一直喜欢待在那儿。"

我说："这又让我想起许多事。"

我想起有一个晚上，我在山顶上生起营火，火苗比现在的这个要小，用岩石围起来挡风，因为四面都没有树木。火旁边是烧饭的用具，还有背包帮忙挡风，饭锅里是融化的雪水。收集这些雪水要趁早，因为在林木线以上，太阳一下山，雪就不再融化了。

狄威斯说："你变了好多。"他观察着我，由他的表情我知道，他正在迟疑是否可以继续谈这个话题。他知道我无意再谈下去，就说："我想我们都变了。"

我回答他："我和以前完全不同了。"我这样说可能让他轻松许多，但如果他明白我的话并非只是感叹，就绝对无法轻松了。接着我又说："发生了不少事，现在必须开始慢慢地解决一些，至少在我心里面解决，这就是我来这儿的一个原因。"

他看着我，希望我能多说一些，但是他那位艺术家朋友和他太太加入了谈话，于是我们就停下来了。

他的朋友说："听风声今天晚上好像有暴风雨。"

狄威斯说："我想不会。"

克里斯拿了毛衣回来，而且问我们峡谷里是否有鬼。

狄威斯逗他说："没有鬼，但是有野狼。"

克里斯听了又问："它们做些什么？"

狄威斯说："它们会破坏牧场。"他皱皱眉头，"它们会吃小牛和小羊。"

"它们会追人吗？"

"没听过，"狄威斯说，发现克里斯很失望，又补了一句，"但是也可能会哦。"

晚饭是夏布利白葡萄酒配鳟鱼，我们随意地坐在客厅的椅子和沙发上。客厅里有整面玻璃墙可以俯视峡谷，然而因为现在外面一片漆黑，落地窗只映着火炉里熊熊的火光，正好和我们因为喝酒吃鱼而燃起的兴奋情绪交相辉映。我们说得不多，只低声地称赞晚餐的美味。

思薇雅低声要约翰注意房间里那些大花瓶。

约翰说："我已经注意到了，棒极了！"

"它们是彼得·沃克斯[1]的作品。"思薇雅接着说。

"是吗?"

"他是狄威斯先生的学生。"

"天啊!我那会儿差点踢倒了一只。"

狄威斯在一旁笑。

后来约翰又喃喃自语了好几次,并且抬起头来看了看,然后说:"这里太棒了……所有这一切,真让我们不虚此行……现在我们准备好了,可以回到城里再挨上八年。"

思薇雅幽幽地说:"现在不要提那个。"

约翰看了我一会儿。"我想能够提供这样一个夜晚的人,他的朋友一定不坏。"他缓缓地点点头,"我想收回对你的所有看法。"

我问他:"所有的吗?"

"至少是一些。"

狄威斯和他的朋友笑了起来,刚才的僵持气氛有一些消散了。

吃完晚饭以后,杰克和维拉夫妇来了,更多的影像活了。在我回忆的片段中,杰克是一个好人,在学校里教英语,而且自己也写作。接着又来了一个朋友,是位雕刻家,他从蒙大拿州的北部来,以养羊为生,我从狄威斯介绍的方式中知道,我可能没有

---

[1] Peter Voulkos(1924—2002),本名Panagiotis Voulkos,希腊裔美国艺术家,以抽象表现主义陶瓷雕塑而知名。——编者注

见过他。

狄威斯说他正想说服这位雕刻家到学校教课，我说："那么我要先说服他不要去。"于是我就在他旁边坐下来，但是谈话一直无法展开，因为对方很严肃，而且说话很谨慎。很明显，是因为我并不是一个艺术家。他表现得好像我是个侦探，想要从他身上挖出什么。直到知道我会焊接，他才对我放心不少。摩托车维修倒是个不错的话题。他说他和我一样，有的时候也自己焊接。因为一旦你掌握了技术，焊接会让你非常有成就感，而且你能掌握金属的形状。你可以做任何事情。他拿出一些照片，是他焊接的作品。是由一些表面非常光滑的金属焊接而成的鸟和动物，造型非常独特。

后来我过去跟杰克和维拉聊天，杰克正准备去爱达荷州的波斯大学英语系当主任。他对这儿英语系的态度十分谨慎，但是有些消极，他们的确令人失望，否则他不会离开。我现在似乎想起他是一位小说家，在英语系任教，而不是以研究为主的普通学者。在英语系里一直存在这种分裂，这是激发斐德洛的狂野思想的部分原因，至少是加剧了他的思想，而杰克很支持斐德洛的看法，虽然他不完全了解斐德洛在说些什么，但是他认为小说家比语言学家更容易接纳斐德洛的思想。这种分裂由来已久，就像艺术和艺术史之间的分裂一样。一个是创作者，而另外一个则研究创作的过程，两者之间从来没有和平相处过。

狄威斯拿出户外烤肉架的组装说明书，希望我能从专业科技作者的角度加以评估。他花了整个下午也没能把烤肉架组装起来，所以想让我好好批评一番。

对于我来说，它们和一般的说明手册一样，所以一时间不知道哪里出了问题。我不想明说，所以就尽可能地找毛病，其实你无法判断一份说明书是否正确，除非能把实物拿来操作一番。然后我发现有一部分设计得非常不妥，必须把手册翻来翻去才能对照上下文和图片。我针对这一点进行严厉的批评，而狄威斯则在一旁附和。于是克里斯便把手册拿去，想看看是怎么回事。

我批评这种糟糕的交叉引用带来的恼人的混乱，但同时有一种感觉：这并不是狄威斯感到难以理解的真正原因。真正的原因是它缺乏整体性和顺畅的描述。工程技术人员常使用这种僵硬、破碎又突兀的语言风格，却令狄威斯很难消化。科学工作的内涵是把一个整体分解成条条块块加以研究，而狄威斯的工作则是把本不相关的这一条那一块组合成有意义的整体。他真正希望我批评的是其中缺乏艺术性的连贯，这一向是工程人员最不关心的东西。它和其他与科技相关的事物一样，经常出现在古典和浪漫的对立中。

但是克里斯把说明书拿去折了一下，竟然让图、文同时呈现。我没想到这一点。我就好像卡通片里的人物，冲出了悬崖，但一时还没有落下去，因为尚未发现自己的困境。我点点头，大家沉默不语，然后我意识到自己的困境，于是拍了拍克里斯的头，而大家笑了起来，笑声一直传到谷底。当笑声停歇的时候，我说:"反正……"于是大家又笑了起来。

后来我说:"我想说的是,我家里有一份说明书,它为科技方面写作的水准提升开拓了一个伟大的领域。手册一开头就写,组合日本自行车需要内心平静。"

这又引来一些笑声,但是思薇雅、珍妮和雕刻家都露出赞同的表情。

"那本说明书倒不错。"雕刻家说,珍妮点头表示同意。

"那就是我保留它的原因,"我说,"起初我笑了,因为我想起我组合过的那些自行车,当然,还有对日本制造的无意识的嘲讽,但是这句话其实隐含了许多智慧。"

约翰会心地对我一笑,说:"教授要开讲了。"

"事实上,要内心平静并不简单。"我进一步解释说,"那是整件事情的灵魂。维修的好坏就取决于你是否有这种态度。我们所谓的机器运转正常正是内心平静的具体表现。最后考验的往往是你的定力。如果你控制不住,在维修机器的时候,很可能就会把你个人的问题导入机器之中。"

他们只是看着我,思考我的看法。

"这是一种新观念,"我说,"但是它的来源却很传统。客观的物质,比如说,自行车或是烤肉架,本身无所谓对错,分子仍然是分子。机器没有感受力,除了人施加给它们的东西。要想测试机器的好坏,全看它给你的感受,没有别的测试方法。如果你面对机器时心静如水,机器一定是好的,如果你心烦意乱,那就表示机器有问题,除非你或机器任一方有所改变。所以测试机器也是对你的一种测试。没有别的测试。"

狄威斯问我:"如果机器出了问题,而我觉得很平静,又该怎么办呢?"

大家笑了起来。

我回答:"这是自相矛盾的。如果你真的不关心,就不会发现它出问题了。所以发现它出问题就表示你关心它。"

接着我又说:"比较常见的情形是,即使它已经恢复正常了,你仍然忐忑不安。我想这才是现在的状况。现在,如果你担心,就表示它有问题。这意味着你没有彻底检查过它。在工厂里,任何一台机器没有彻底被检查过,就不能上线运转,即使它可能会运转良好。你对烤肉架的忧虑也是一样。你还没有完成让你内心平静的必需步骤,因为你觉得说明书太复杂了,很可能无法正确理解。"

狄威斯问:"要怎样做才会内心平静呢?"

"需要做比我现在说的更多的研究。这件事很深奥。每一份说明书说明的对象都是特定的机种。但是我所说的方法并没有这么狭窄。说明书真正让人气愤的是,它们限定你只使用一种方法组合,也就是工厂设定的方法,这个出发点抹杀了所有的创意。其实组合烤肉架有几百种方式,但是他们不让你了解整个状况,只让你亦步亦趋地照做,因而只要你出一点错,就组装不成了。于是你很快就失去了兴趣。不只这样,他们告诉你的方法,还可能不是最好的。"

约翰说："但是它们是从工厂来的。"

我说："我也来自工厂，我知道这些说明书是怎样写成的。你只要带着一台录音机走到生产线上，主管会找一个他最不需要的人陪你，而他正好逮到打发时间的最好方法。于是这个人说的，就成了这份说明书上的指示。下一个人很可能告诉你完全不同的内容，或是更好的方法，但是他太忙了。"

他们都很吃惊。

"我早该知道的。"狄威斯说。

我说："情况就是这样，没有作者抵制这种做法，因为科技原本就假定只有一种正确的方法。然而情况完全不是这样。所以一旦你有这样的假设，说明书当然就只限定于说明烤肉架。但是一旦你需要从几百种组装的方法中作出选择，就要同时考虑到你和机器之间的关系，还有你和你的机器与外界的关系。这样一来，工作的艺术便不仅依赖于机器的物质层面，还依赖于你自己的思想和心灵。这就是为什么你需要内心平静。"

我接着说："其实这种想法并不奇怪，有时候你只要把新手或蹩脚的人和高手作比较，就会发现其中的差异。老手根本就不会照着指示去做，他边做边取舍，因此必须全神贯注于手上的工作，即使他没有刻意这样做，他的动作和机器之间也自然地有一种和谐感。他不需要遵照任何书面的指示，因为手中物质的本质决定了他的思路和动作，同时他的思路和动作也在不断改变他手中物质的本质。所以物质和他的思想一同不断地改变，直到他的内心与物质同时达到正常与平静。"

教艺术的朋友说："听起来好像艺术一样。"

我说："的确就是艺术，把艺术和科学分离是完全违反自然的，两者分离太久了。你必须像考古学家一样，追溯到两者最初分离之处。其实组装烤肉架是雕刻艺术早已失传的一支，多少世纪以来，由于知识错误的分野，造成两者的分隔，因而如今一旦把它们连接起来，就会显得有些荒谬。"

他们不知道我是不是在开玩笑。

狄威斯问我："你的意思是，当我在组装烤肉架的时候，实际上我是在雕刻它？"

"没错，就是这样。"

他想了一想，脸上的笑意越来越深。"真希望我当时能明白这个道理。"有人笑了起来。

克里斯说他不明白我在说什么。

杰克说："克里斯，没关系，我们也不明白。"他这么说引来更多的笑声。

雕刻家朋友说："我想，我还是研究一般的雕刻就可以了。"

狄威斯说："我想我还是研究绘画。"

约翰说："我想我还是研究打鼓。"

克里斯问道："你要研究什么？"

我说："枪，孩子，当然是枪！这里可是西部！"

大家听到又笑了起来，好像已把我的长篇大论抛诸脑后。一旦你只想到肖陶扩，就很难不在不知情的人面前大放厥词。

于是大家散开各自聊天，剩下的时间，我一直在和杰克和维拉聊英语系的发展情况。

聚会结束之后，约翰夫妇和克里斯都回房睡觉了。狄威斯却认真地和我讨论刚才我发表的见解："你刚刚提到的有关烤肉架说明书的事很有意思。"

珍妮也很认真地说："你似乎已经思考了好长一段时间。"

"我已经在这些事物背后的观念上花了整整二十年。"我说。

外面的风吹得很强劲，炉火不断地爆出火星，冲上烟囱，越烧越旺。

我几乎是在告诉自己："你如果一直向前看，或者只看到目前的状况，对你并没有任何意义。一旦你回顾以往，就会看到一种模式隐隐出现。如果你从这个模式出发，那么很可能会迸发出一些东西。刚才有关科学和艺术的见解，来自从我自己的人生中浮现出的模式，它代表了一种超越，我想那是别的许多人也想超越的。"

"是什么呢？"

"并不只是艺术和科学，而是想超越理性和感觉的对立。科学的问题在于它并没有和人的心灵连在一起，所以盲目地表露出它丑陋的一面，因此必然引起人们的厌恶。然而过去人们并没有注意到这一点，因为大家最关心的是衣食住行的问题，而科学正好能满足人们这方面的需要。

"但是现在物质条件好了，人们越来越注意到科学的丑陋，因而怀疑我们是否必须牺牲灵性和美感上的需要，以满足物质方面的欲望。这一点最近已经引起全体美国人的注意，大家开始反对工业所带来的污染，反对一切科技化，等等。"

狄威斯和珍妮早已了解这一点，所以不需要我作任何解释，于是我又继续说："然而通过我自己的人生经历，我又相信，这种情形主要是因为现存的思想无法解决当前的问题，因为理性的方法不可能解决理性自己所产生的问题。有些人解决的方法比较偏重于个人的方式，就是直接抛弃一丝不苟的理性，然后跟着感觉走，像约翰和思薇雅，而且有数百万的人都和他们一样。但这似乎也不是解决问题的方法，所以我想说的是，解决的方法不是抛弃或否定理性，而是拓展理性的内涵，使它能够找到解决的方法。"

珍妮说："我想我不明白你的意思。"

"这有点像抓着自己的头发把自己拎起来。就好像牛顿当年尝试解答'瞬时变化速率'的问题时所面临的困扰。在他那个时代里，无人能想象出物体如何在瞬时发生变化。虽然那时的人已经在数学上颇能处理与零有关的物理量，例如时间和空间中的点，大家都认为那是合理的，瞬时实际上和这个并没有什么差别。所以，牛顿曾说：'我们首先假定存在一个瞬时改变量，然后考察在各种应用场景中怎么确定它的值。'微积分即是根据这个假定所发展出来的数学原理，至今仍为工程师所广泛运用。牛顿据此发明了一种新的理性思考模式。他将理性扩展至物体极细微的变化上，而我认为我们也应该将理性扩展，以消除科技丛生的丑陋面。困难在于，一定要从根本做起，而不是光在枝枝节节的地方扩展理性，这正是这种变革的必要性不易为人们觉察的原因。

"我们活在一个价值混淆的时代，我想造成这种现象的最主要原因就是，过去的思维模式已经无法应付新的状况。曾经有人这么说，不愤不启，在你冥思苦想而不可得的时候，不要沿着原有的思路继续走下去，你应该停下脚步，放松一段时间，发散自己的思想，直到碰到一些事，能够让你拓展原先知识的根基，才继续前进。每一个人都熟悉这种经验，我想一旦整个文化的根基需要拓展的时候，就会出现相同的状况。

"当你回顾过去三千年的历史，会后知后觉地以为发现了事情的因果关系，但是一旦你去追溯特定时期的原始史料，就会发现这些原因在当时往往并不明显。每到拓展根基的时候，世事就会变得像现在一样混淆不清，而且目标不明。哥伦布发现新大陆之后，在社会上引起了价值观的混乱，因而出现了文艺复兴。他的发现极大地震撼了当时人类的思想。从各种记录中都可以发现这种价值混淆的现象。《圣经》的新旧约并不认为地球是圆的，而且也没有预言到这一点，但是人们又无法否定这个事实。他们所能采取的行动，就是抛弃中世纪的价值观，接受被扩展的理性新世界。

"于是哥伦布成了学校教科书的主角，我们很难把他作为一个血肉之躯来想象。如果你暂时停止思考他发现新大陆所带来的影响，进入他当时的世界，那么可能会发现我们目前登陆月球和他当时的壮举相比，简直就是小巫见大巫。登陆月球并没有在思想的基础上产生变革，我们知道，现有的思考模式就足以解决这个问题，它只是哥伦布发现新大陆的一个分支。要想出现一个真正前无古人的像哥伦布一样的发现，必须有全新的方向。"

"比如说？"

"比如说，进入超越理性的领域。我认为目前的理性就好像中世纪认为地球是平的一样，如果你走到尽头，很可能就会掉进深渊里变成疯子，而人们对这一点非常恐惧。我认为这种对疯狂的恐惧，就好像中世纪的人恐惧掉到世界尽头之外，或者就像恐惧异教徒一样，两者之间非常相似。

"而现在的状况是，每一年我们都发现，传统的理性越来越无法处理现有的经验，因而造成目前世界上价值观十分混乱的现象，结果越来越多的人开始进入非理性的世界。比如占星术、神秘主义、吸食毒品，等等，因为他们觉得古典的理性无法处理真实的经验。"

"我不太了解你所谓古典的理性。"

"就是分析式的、辩证式的理性。这种理性，有时在大学里被认为是学会知识的唯一方式，你从来不曾真正地了解它。但一谈到抽象艺术，理性就完全派不上用场了，艺术的不可言传正是我所谓的对根基的体验之一。有一些人很可能会诅咒抽象艺术，因为它毫无道理可言。但是错不在于艺术本身，而是所谓的道理——它来自于古典的理性，无法掌握艺术的现象。大家一直想从理性的枝节进展当中，找到能够涵盖抽象艺术的理论，但是答案并不在理性的枝节当中，而在根本。"

这时候从山上吹下来的寒风越来越强劲，我说："古典的理性来自于古代的希腊人。他们不仅仅会使用理性，还擅长预测未来。他们听到风的声音，就能从中听出未来的样子，听起来有些不可思议，但是为什么创造了理性的人，却去做不理性的事呢？"

狄威斯眯着眼问我："他们怎么能听到风声就预测未来呢？"

"我也不知道，很可能就像画家盯着画布看就能预测自己的未来一样。我们整个的知识体系都源自于他们思考的结果。然而我们尚未了解产生这些结果的方法是什么。"

我想了一下，然后说："我以前在这儿的时候，曾经谈过理性教堂吗？"

"你谈过很多。"

"我提过一个叫斐德洛的人吗？"

"没有。"

"他是谁？"珍妮问我。

"他是古希腊的……一位修辞学者……这相当于他所在时代的'写作专业'，他生活在理性被创造出来的时代。"

"你从来没有提到过。"

"那应该是我后来才想到的。这些古希腊的修辞学者是西方世界中最早的教师。柏拉图在他所有的作品中通过贬斥他们来宣扬自己的主张。对他们的了解，几乎完全来自柏拉图的作品。因而在历史上，他们并没有得到辩白的机会。而我提到的理性教堂，就是建在他们的坟墓之上，到今天还依靠他们的墓基支撑，如果你掘得够深，很可能会碰到他们的鬼魂。"

我看了看手表，已经两点多了。我说："这是一个很长的故事。"

珍妮说："你应该把这些都写下来。"

我同意地点点头："我正在构思一连串的演讲文章———一种肖陶扩。在我们离开这儿之后，我打算把它写出来……这就是为什么我会在这方面讲出这么一大堆想法，整个问题非常庞大而又艰难，就好像想要徒步越过这些山脉。

"但问题是，文章总有一股上帝般的口气，好像谈论的东西能够永垂不朽。然而情况不是这样的，人们应该了解，这只不过是一个人在特定的时空和环境背景下发表的看法，仅止于此，但是你无法在文章当中使人明白这一点。"

珍妮说："反正你应该写下来，但是不要想做得很完美。"

我说："我想是的。"

狄威斯问我："这和你研究'良质'[1]有关吗？"

---

[1] Quality，原指品质、特性、高级、素养等，但作者赋予其新的含义，此含义非三言两语所能涵盖，必须由读者根据上下文加以揣摩，因为任何定义终将破坏其不可言说性。———译注

"这是它直接的结果。"我说。

我想起一些事情，然后看了看狄威斯。"你不是劝我放弃它吗？"

"我是说像你这种研究没有人成功过。"

"你认为可能成功吗？"

"我不知道，谁晓得呢？"从他的表情，我知道他说这些话的态度是认真的，"不过现在有很多人能听进你的话了，特别是孩子们。他们真的在听……不只是听到而已，而是认真地聆听，这完全是两码事。"

从积雪的山顶吹下来阵阵狂风，风声已经在整栋房子里回荡了好久，声音越来越大，仿佛要把整座房子吹倒，连我们一起吹向远方，恢复这座峡谷的本来面貌。但是房子仍然直挺挺地站立着，于是风逐渐退却，仿佛被打败了一般。接着它又回来了，在远处先吹起一阵小风，然后到了我们这里，突然变成一道狂风。

我说："我一直在听风的声音。"

接着我又说："我想约翰夫妇回去之后，克里斯和我应该爬到山顶上。我想是让他好好看看那个地方的时候了。"

狄威斯说："你可以从这里开始走，然后掉头回去从峡谷往上爬。有七十五英里完全没有路。"

"那么我们就从这儿开始。"我说。

上楼之后，我很高兴看到床上铺着厚厚的棉被，现在寒气逼人，很需要这样的棉被。我赶快脱掉衣服，钻进棉被里，在温暖的被窝中，我又想了好一阵子山顶的雪和风，还有哥伦布。

15

接下来的两天，约翰、思薇雅、克里斯和我四处闲逛，聊天，还骑车去了一座古老的矿城。然后约翰和思薇雅要告别回家了。此刻我们从峡谷骑到博兹曼，这是我们最后一次一起骑车。

思薇雅在前面已经回头三次，显然是要看看我们是否无恙。过去两天来，她话都不多。昨天我看见她的眼神显得很忧虑，又有些害怕，她太担心克里斯和我了。

在博兹曼的酒吧里，我们喝完最后一杯啤酒，然后我和约翰讨论骑回去的路线，又说了一些例行的话。比如说，这一路上相处的时间有多好，我们很快就会再见。突然间我觉得这样说让人很伤感。因为这样反倒像普通的朋友一样。

来到街上，思薇雅转过身来，面对我和克里斯停下来，说："你们不会有事的，不要担心。"

我说："当然。"

她的眼里再度出现恐惧的神色。

约翰已经发动了摩托车等她上路，我说："我相信你说的。"

她转过身骑上去，约翰看着路上的车流，准备找机会骑进去，我说："再见了！"

她又看了我们一眼，这次脸上没有特殊的表情，约翰找到机会就骑进车流里面去了，然后思薇雅朝着我们挥挥手，就好像电影中的情节一样。克里斯和我也向她挥手再见。他们的摩托车很快就消失在州际公路上拥挤的车流里，然后我又看了好一阵子。

我看了看克里斯，克里斯也看了看我，他没有说什么。

我们先是坐在公园里的老年人专座上，接着吃早餐，然后到修理店去换轮胎和链条，链条必须额外加工，我们等待的时候就出去逛，但没有去主街。我们在教堂前的草地上坐下来，克里斯躺下，用夹克盖着眼睛。

我问他："你累了吗？"

"没有。"

从这儿到北边群山的山脚下，空气中热浪滚滚。有一只翅膀透明的小甲虫，因为受了热气的影响，停在克里斯脚旁的一根草上。我看着它伸缩翅膀，倦意越来越重，我也躺下来想小睡一会儿，但是又睡不着，反而有点不安，于是就站了起来。

我说："我们起来走一走。"

"去哪里？"

"去学校。"

"好吧。"

我们走在树荫里，人行道非常整洁，两旁的房子也很清爽。走在街上，让我想起过去的许多事。斐德洛也常在这些街道上行走，在流动中准备他的讲稿，把这些街道当作他的学校。

斐德洛到这儿来教的是修辞学和写作，三大基础课的第二门[1]。他教过一些技术性写作的高级课程,以及大一英语。

我问克里斯:"你记得这条街吗?"

他四下望了望,然后说:"我们以前常常开车出来找你。"他指着对街,"我记得那栋房子,屋顶很有趣……谁先发现你,就可以得五分钱,然后我们就会停下来让你坐在后座,你都不和我们讲话。"

"那个时候我正在努力思考。"

"妈妈也这么说。"

斐德洛当时确实思考得很努力。教书的压力已经够沉重了,然而使他更痛苦的是,以他精确的分析能力,他知道他所要教的题材,毫无疑问是整个理性教堂最无法分析、最不精确的一部分。这就是为什么他会思考得这么努力。对一个受过方法和实验训练的人来说,修辞学简直无可救药,像一片吞噬逻辑的汪洋大海。

在大一修辞学的课堂上,只需要读一小段论文或是短篇故事,然后讨论作者为了产生某种效果所运用的技巧,然后让学生运用同样的技巧模仿着写论文和短篇故事,看看他们是否做得到。斐德洛不断试着这样做,但还是无法让学生真正学到什么。经过这种精心设置的模仿,学生写出来的东西和原作往往相去甚远,甚至在更多情况下,他们的写作能力变得更糟,因为在这些

---

1 所谓的三大基础课为3R:Reading(阅读)、wRiting(写作)、aRithmetic(算术)。——校注

规则之中，总是充满了各种例外、矛盾、混淆不清以及限定好的条件，以至于他希望一开始就不曾谈过这些规则。

有一个学生，总是喜欢问在某种特定的情况下该如何运用这些规则。斐德洛这时候就必须作出选择，是编造一套如何运用的解释，还是坦白地告诉对方他真正的想法。而他真正的想法是，这些规则是作品写好之后才归纳出来的，作者不是依照这些原则来写作的。他最后终于确信，这些学生想模仿的作家，根本就没有所谓的原则，只是把他们认为对的东西写下来，然后再回头看看是否有问题，如果修辞不妥，可以再修正。的确有些作者经过精心构思后才动笔，这从他们的作品中显而易见。但在斐德洛看来，这种写作风格十分糟糕，就如格特鲁德·斯泰因[1]所说：其中的确有点蜜汁，却无法汹涌而出。但是你又如何教学生那些无法事先周密策划的东西呢？这似乎是不可能达到的要求。于是他就拿起教科书随兴评论，希望学生能够由此得到一些东西，但是情形并不令人满意。

它就在前面了。随着我们越走越近，我的胃又开始紧张起来。

"你记得那栋建筑吗？"

"那是你过去教书的地方……为什么我们要来这里呢？"

---

1 Gertrude Stein（1874—1946），美国小说家、诗人、剧作家、艺术收藏家，曾资助了大批现代主义画家。——编者注

"我也不知道，我只是想看看它。"

周围似乎并没有多少人。当然，现在正在放暑假，所以肯定不会有多少人。建筑物巨大的屋顶呈人字形，墙壁是深褐色的砖墙，这是一座优美的建筑，有仅属于这里的风格。通往大门的阶梯是石头铺成的。不知道有多少人走过，每一个石阶都凹进去一个浅浅的窝。

"我们为什么要进去呢？"

"嘘——现在不要说话。"

我打开沉重的大门走进去，里面长长的木制楼梯很陈旧，走在脚下嘎吱作响，而且透出上百年来打扫和上蜡的气味。走到一半，我停下来听了听，没有任何声音。

克里斯小声地问："我们为什么要来这里？"

我只是摇摇头，我听到门外好像有车子经过的声音。

克里斯又低声说："我不喜欢这里，这里好恐怖。"

我说："那么你就到外面去吧！"

"你也跟我一起来。"

"等一下。"

"不要，就现在。"他看着我，发现我没有要跟他走的迹象。他看起来吓坏了，我几乎要改变心意。但是突然他脸色一变，转身跑下楼梯，径直跑出门去，我来不及追上他。

外面传来沉重的关门声，现在我在这里单独一个人，我仔细听，有一些声音……是谁呢……是他吗……我听了好一阵子……

当我走到门廊的时候，地板嘎吱作响，我想斐德洛真的来了。在这个地方他才是现实，而我是鬼魂。在某一间教室的门把手上，我看见他的手停留了一阵子，然后慢慢地转动把手，推门进去。

教室里面和以前斐德洛在的时候一样，好像正在等待他。现在他来了，他看到所有我看到的东西，这一切激起了我鲜活的回忆。

墨绿色的黑板两边都已经剥落了，需要整修，情形就跟以前一样。黑板槽里的粉笔永远都不是完整的一支，而是一小段一小段的。在黑板的另外一侧是一排窗户，斐德洛可以透过窗户看到户外的山色。在学生写作的时候，他就沉浸其中。他坐在暖气旁边，手上拿着一支粉笔，两眼望着窗外的山景，不时有学生打断他："我们是不是应该……"他只好转过身来回答学生的问题。这个时候，他感到内心前所未有地宁静。此时此刻，他就是他自己，而不是被他或别人所期待成为的什么人，方寸之地，包容如许……你听。他在这里付出了一切。这里不是一间教室，而是一千间教室。每天都有不同的风、雨、雪，还有山上的云，班级不同，学生不同，教室就有不同的气氛，不曾有相同的两个钟头，所以对他来说，接下来会发生什么事情，总是一个谜。

我对时间的感觉几乎丧失了，然而我听到大厅里的脚步声越来越大，我听到它停在这间教室的门口，门把手慢慢地转动，门打开了，有一名女子向里面观望。

从表情上看，仿佛她是在这儿逮到了什么人。看上去她已经快三十岁了，长得并不很美。她说："你好像有点面熟，你好像是……"她的脸上有不解的表情。

她走进房间向我走来，希望看得更仔细点。于是她脸上急切的表情消失了，慢慢地变成惊奇的眼光，然后她完全惊呆了。

"我的天，是你吗？"她说。

我完全不记得她。

她说出我的名字，然后我点点头说："没错，是我。"

"你回来了！"

我摇摇头说："只待几分钟而已。"

她一直盯着我看，气氛有点尴尬，她突然察觉到自己有点失礼，问道："我能坐一会儿吗？"她这样羞怯地问话，表示她过去很可能是斐德洛的学生。

她在前面的椅子上坐下来，没有戴戒指的手在颤抖。我真的是个鬼魂啰！

这个时候，她反而变得不好意思起来："你要待多久？不是，我问的是你……"

我接着说："我准备在狄威斯家住几天，然后继续向西走，在城里还有一点时间，所以想过来看看。"

她说："哦！我很高兴你回来，学校变了……我们都变了……自从你离开之后，变了好多……"接下来又是一阵令人尴尬的沉默。

"我们听说你住院了……"

我说:"没错。"

更尴尬的沉默。她没有继续追问下去,这表示她很可能知道原因。她又犹豫了一阵,想要找话说,然而这样子令人很不好受。

"你现在在哪儿教书呢?"最后她又问道。

"我不再教书了,"我说,"我放弃了。"

她不相信地望着我:"你放弃了?"她皱了皱眉,又看了看我,仿佛要确定她说话的对象的确是那个人,"你不可以这样。"

"可以的。"

她不能接受地摇着头说:"但你不可以。"

"可以。"

"为什么?"

"对我来说,一切都已经结束了。我现在在做别的事情。"

我一直在想,她究竟是谁?而她的表情看起来十分羞涩。"但是那……"句子中断了,但她想继续说下去,"你已经完全……"但是这句话仍然没有说完。

她想说的是"疯了",但是她两次都不让自己脱口而出。她意识到一些事,咬了咬嘴唇,然后有些伤感的样子。我一直想说些什么,但是不知道从哪里说起。

我正想告诉她我不认识她,但是她站起来说:"我应该走了。"我想她一定看出了我不认识她。

她走到门口,飞速地用僵硬的口吻跟我道再见。等到门一关起来,她走得更快了,几乎是小跑着走出了大厅。

外面的大门关上了，教室里一片沉寂。除了她走后所留下的精神涡流，教室里的氛围完全改变了。而原本我要来看的东西已经消失了。

我想这样也好，站了起来，我很高兴回到这里，但是我想我不会再想回到这里了。我还是去看看摩托车吧，克里斯还在外面等我。

往外走的时候，一股不由自主的力量使我又推开一扇门，在那个房间的墙上，我看到一样东西，使我如遭电击。

那是一幅油画，我早已忘了有这幅画，但是现在我知道，是斐德洛买来挂在这里的。突然间我想起它不是原画，而是他从纽约邮购的一幅印刷复制品。狄威斯看到它的时候皱皱眉，因为这只是一幅印刷品，印刷品复制了艺术，却不是艺术，当时他并不明白二者的区别。这是法宁格[1]所作的《少数派的教堂》（*Church of the Minorities*）的印刷复制品，对他有一种强烈的吸引力。吸引他的并不是它的艺术性，而是它的题材。半抽象的线条、块面、色彩、阴影，呈现出一座哥特式教堂，这正画出了他脑中理性教堂的景象，这就是他把它挂在这儿的原因。完全想起来了。这里是他的办公室，找到了！这就是我在寻找的房间。

由于刚才那幅画的震动，我一走进房间，过去的回忆突然间全都涌上心头。照到画上的光线是透过旁边墙壁上狭长的窗户射

---

[1] Lyonel Feininger（1871—1956），德裔美国画家，表现主义的代表画家之一。——编者注

进来的，当时斐德洛正从这个窗子往外看，越过河谷，看着麦迪逊山脉，也看着暴风雨袭来，看着眼前的这个山谷，就在这个窗户旁边……整件事都回来了，当时就是在这里发狂的，就是这个地点！

而那扇门通向莎拉的办公室，莎拉！我想起来了，她手上拿着浇花的水壶，快步地从走廊走到她的办公室，然后用一种哼唱般的语调说："我希望你把所谓的良质教给学生。"这位女士即将退休，正要去浇她的花草，就是这一刻引发了后来的一切。它就是晶种[1]。

晶种。我又回想起一段更清楚的画面。实验室、有机化学。当时斐德洛正在研究一种高浓度过饱和溶液，这时有一些类似的事情发生了。

过饱和溶液就是溶质超过了它的饱和点，达到饱和点后，物质不会进一步溶解，要得到过饱和溶液，需要利用饱和点随温度升高而升高的原理。如果你在高温下溶解物质，然后冷却溶液，这些物质有时不会结晶，因为分子不知道如何开始，它们需要一些物质去启动结晶的过程，而晶种或是一小粒灰尘，或者是在烧杯的外面轻敲和刮动，都可能促使结晶开始。

斐德洛想走到水龙头那儿去冷却溶液，但是始终都没有走过去。在他走动的时候，眼前的溶液突然开始结晶。然后刹那间，结

---

1 Seed Crystal，结晶法中加入溶液的不溶添加物，能形成晶核，加快结晶。——编者注

晶充满了整个容器,他清楚地看见,结晶之前还是清澈的液体,现在却是一团固体。他可以把容器倒置,什么都不会流出来。

然而就在那句"我希望你把所谓的良质教给学生"之后的几个月,你几乎看得见它成长的速度,它引发出一套庞大、精密而且复杂的思想体系,仿佛是用魔术变出来的。

我不知道她说这句话的时候,斐德洛是怎样回答的,很可能什么都没有说。她每天要从他的背后走到自己的办公室许多次,有的时候她会停下来说一两句很抱歉打扰他的话;有的时候又会提到一些片段的消息。作为办公室生活的一部分,他已经习惯了。我知道她又来过一次,问道:"这个学期你真的要教良质?"他点点头,坐在自己的椅子上回头看了她一眼,然后说:"当然。"于是她又走开了。这个时候他正在准备讲稿,心情处于极度的沮丧之中。

斐德洛沮丧的原因是,那本教科书是所有修辞学的教材里面最具理性的一本。他曾经去找这本书的作者,他们是系里的同事,就书上的问题向他们请教和讨论,也耐心地听他们的回答。理性上毫无异议,然而他却总无法满意。

这本教科书的前提是,如果要在大学里面教修辞学,就必须把它当作理性的一支,而不是神秘的艺术。因此要了解修辞学,就要强调掌握沟通的理性基础。必须介绍基本的逻辑学,以及基本的刺激和反应理论,接着就要谈谈如何撰写一篇论文。

第一年教的时候,斐德洛对这种结构尚算满意,然而他总觉得哪里不对劲,问题并不在于把理性运用到修辞上,而在于他梦中的鬼魂——理性本身。他发现这正是困扰他许多年的问题,然而对于这个问题,他并没有解决的方法。他只是觉得,没有任何一位作家是依照这种严谨、有条理、客观而又讲究方法的步骤在写作。而这却是理性所要求的。除了非理性,毫无对抗这些理性教条的办法。而斐德洛在这座理性教堂中的首要使命就是贯彻理性,所以对这个问题只好听之任之。

几天之后,莎拉从后面快步走过时又停下来说:"我很高兴你这学期要教良质,这个时代很少有人会做这样的事了。"

斐德洛说:"我就是这样的人,我一定要让学生彻底了解它的意义。"

"很好。"她说,然后又走开了。

斐德洛又回到自己的笔记上,但是不一会儿他就想起莎拉刚才奇怪的言论,她究竟在说什么?良质。他教的当然是良质。谁不是呢?于是他又继续写他自己的笔记。

另外一件让斐德洛沮丧的事是僵化的文法。这一部分早该作废,但是仍然存在,都是那种"主语错置打手心"的东西。你必须要有正确的拼写、正确的标点以及正确的用词。有数以百计的各种规则为那些喜欢零零碎碎的人而设立。没有人在写作时还会记得那些。这就好像餐桌上的繁文缛节一样,不是从真正的礼貌和人性出发,而是为了满足自己像绅士和淑女一样表现的欲望。绅士淑女般良好的餐桌礼仪以及说话、写作的合乎文法,被认为是挤进上流社会的晋身阶。

然而在蒙大拿，这一套根本不管用。这么做反而会被讥笑为"自以为是的东部佬"。系里对于这方面有一个最低要求，但和其他老师一样，除了执行学院要求，他们对文法是否正确睁一只眼闭一只眼。

不一会儿斐德洛又想起所谓的良质，对这个问题他有点坐立难安，甚至生起气来。他想了一阵，然后继续想，接着望向窗外，又回头再想一阵子。良质？

四个钟头之后，斐德洛仍然坐在那儿，他的脚架在窗台上，双眼呆呆看着窗外，天色早已暗下来了。这时电话铃响了，是他太太打来的，想知道发生了什么事情。他告诉她很快就会回去，然而不一会儿他又忘记了，连其他的一切都忘了。直到凌晨三点，他才疲倦地承认他实在不知道良质是什么意思，然后拿起公文包回家去了。

大部分人在这个时候就会放弃研究什么是良质，或者让问题悬在那儿，因为他们实在想不出来，况且还有别的事要做。但是斐德洛对自己无法教学生自己所信仰的东西感到十分气馁。他对其他的一切都不管不顾了。第二天一早醒来，良质就进入他的脑袋。由于只睡了三个钟头，所以他十分疲惫。他知道自己今天无法上课，而且笔记还没有写完，所以他在黑板上写道："请写出三百五十字的短文，回答这个问题：在思想和言论上，良质是何意？"他坐在暖气旁边，学生奋笔疾书的时候，他也在想这个问题。

这堂课结束的时候，似乎没有人写得出来，所以斐德洛就让学生带回去写。下一堂课是在两天之后，他还有时间进一步想这个问题。在此期间，他碰到课堂上的学生，向他们点头的时候，看到他们脸上有愤怒和害怕的表情。他想他们一定和他碰到了一样的问题。

良质……你知道它是什么，然而你又不知道它是什么。这是自相矛盾的。如果有一些事情比其他的要好，那就是说它们的品质更优良。但是一旦你想解说良质，而不提拥有这种特质的东西，那么就完全无法解释清楚了。因为所说的根本就没有内容，但是如果你无法说出良质究竟是什么，你又如何知道它是什么呢？或者你怎样才知道它存在呢？如果不知道它究竟是什么，那么从实用的角度来说，它根本就不存在，而从实用的角度它的确存在。否则比较的基础又在哪里呢？否则为什么有些人愿意花更多钱去买这些东西，而把另外一些东西丢到垃圾桶里呢？很明显，有些东西的确比其他东西要好，但是什么又是比较好呢？……你的思想一直在打转，找不到出路。究竟良质是什么呢？它是什么呢？

PART 3

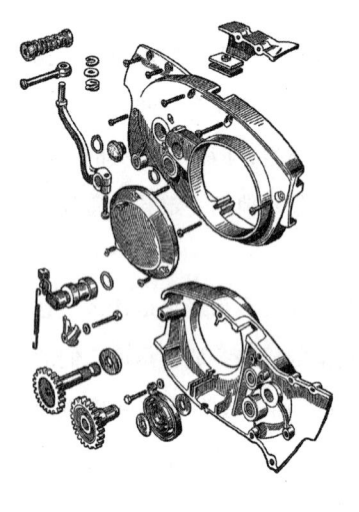

第 三 部

16

克里斯和我睡了一晚好觉，第二天一早，仔细地把用品装进背包。现在我们已经爬了一个钟头山了。谷底种的大部分是松树，还有一些白杨，以及阔叶灌木。就在我们两旁，高耸的岩壁陡直而上，偶尔眼前会出现一片阳光和草地，绿草沿着峡谷中的溪岸生长，但是很快又被松树的阴影遮蔽。一路上，地面都铺着一层松软的松针，四周一片宁静。

在许多禅学的书以及世界各大宗教的记载当中，我们都会发现这样的山岭和登山的旅人，以及发生在他们身上的种种故事。而实体的山往往能象征人们灵性成长的路。就好像我们身后山谷里的那些人，大部分望着灵性的高峰，但是一生从来不曾攀上去过，只是听听别人的经验就已经满足，而自己不愿意花费任何心血。另一些人则是靠着有经验的向导，他们知道最安全的路，因而能够顺利到达他们的目的地。但是还有另外一批人，不但没有经验，而且不太相信别人的经验，想要走出自己的路。其中很少有人能成功，但是总有一些靠着自己的意志、运气，还有上天的恩典而做到了。那些成功的人要比别人明白，其实登山并没有唯一或是固定的路线，有多少这样的人就有多少条路。

现在我想谈谈斐德洛对良质的意义的追寻，对他来说，这就好比开拓出一条到达灵性高峰的路径。就我努力研究所得的结论，它有两个阶段。

第一个阶段，他尚未建立一种严格而系统的定义，所以良质的这一面是快乐的、充满成就的和富有创意的。他在我们身后山谷里的学校教书的时候，大部分的时光都处在这个阶段。

第二个阶段则是因为一般人批评他对于自己所探讨的内容缺乏定义，于是他提出了对于良质的系统而严格的定义，从而建立起一个庞大的思想的层次结构。他付出了开天辟地般的勇气与力量方取得这一成就，完成这一切时，他感到自己对于存在与意识的解释达到了前所未有的高度。

如果这真是一条通往山顶的新路，那么它正是我们需要的。因为三百年来，旧的路已因为自然的侵蚀塌陷或消失，而科学的研究也改变了山的形状。早期登山者开辟出来的路似乎能让所有的人都上山，但是今天在西方世界，这些路面对着社会不断的变动，都因为教条的僵化而封闭了。如果你怀疑耶稣或摩西所传讲的讯息，必然会招致大部分人的厌弃。然而如果耶稣或是摩西生在今日，不被人认出他们的身份，仍然传讲当初的讯息，他们的想法一定会受到质疑。这并不是因为耶稣或是摩西所说的不是真的，或者现代的社会出了问题，只是他们表达的方式已经和这个社会脱节，因而一般人无从理解。在这个太空时代，天堂在上的意义已经逐渐消失。哪里才是上呢？然而，虽然因为语言上的僵化，这些旧路即将丧失它们的日常意义，甚至封闭了，但这并不表示山已经消失了，它仍然在那儿，只要人有意识，它就存在。

然而斐德洛的第二个形而上学的阶段完全是一场灾难。在接受电击之前,他已经丧失了一切:金钱、财产、孩子。法院甚至下令剥夺他的公民权。他所剩下的只是对良质的疯狂梦想,一张通往山顶的地图。为了这张地图,他牺牲了一切。然而被电击之后,他连这个也丧失了。

我想我永远不可能知道当时他脑海里在想什么,而且也不会有其他人知道。他留下来的只是一些断简残篇,还有四散的笔记。虽然可以拼凑成文,但是仍然有许多无从解释的地方。

第一次发现这些资料时,我觉得自己好像是雅典郊外的农夫,偶然挖出了许多石头,上面有些奇怪的图案。我知道过去这里曾有一个更大的整体图案出现过,它们是其中的一部分,但是它远远超越了我的理解能力。一开始,我刻意避开这些资料,不想去深入研究。因为我知道,这些石头会引起某些麻烦,我应该避开。但是那个时候,我已经知道它们是一套巨大的思想结构的一部分,而我也有无法言明的好奇。

后来,等我更有信心能对他的影响产生免疫力时,我对这些资料就更感兴趣。于是我开始把许多片段按照它们显现给我的次序记下来,而不是按一定的形式。其中有许多是朋友提供的,已经有几千条了。虽然只有一小部分适合这一次的肖陶扩,但是这次肖陶扩主要的根基就是它们。

想完全了解他的思想要走一条漫长的路。在试着从这些断简残篇中再现当初的整个结构时,我一定会犯错,而且会搁置暂时解决不了的矛盾，为此我希望得到读者的原谅。在许多情况之下，这些片段都模糊不清，可能会产生许多不同的结论。如果有问题出现，就表示是我重建的结构出了问题，而不是他的思想，以后我会进行更好的重建。

我听到一阵翅膀拍打的声音，有一只鹧鸪消失在树林里。

克里斯说："你看到了吗？"

"噢！"我回他，"看到了。"

"那是什么？"

"鹧鸪。"

"你怎么知道？"

"它们飞起来的时候，就是那样拍打翅膀的，"我说，我不太肯定，但似乎没错，"而且它们很接近地面。"

克里斯说了一声"噢"。然后我们继续爬山，阳光透过松树林照下来，有如教堂里那圣洁的光芒。

今天我想先谈谈斐德洛探索的良质的第一阶段，属于非形而上学的一面。这一面会让人颇为愉快。开始旅行总是令人愉快的，即使你知道结束时的情形不见得会这样。我想通过他上课的笔记指出，在他教修辞学的时候，良质对他来说是一个活生生的观念。他的第二个阶段，形而上学的阶段，有种缥缈玄思的色彩，但这第一个阶段，他只教修辞学的这个阶段，完全接近生活且具有实效,即使不论及第二个阶段,或许也值得因其自身的效用而单独讨论。

他这个人创意很多,所以他对脑袋中一无所有的学生十分头痛。刚开始他以为是学生懒惰,后来才发现情形并不是这样。他们就是怎么也想不出可以表达的东西。

其中有一个女孩子,戴了一副很厚的眼镜,想写一篇有关美国的五百字短文,他一听到这样的题材就知道会有问题,所以就建议她把题材缩小,只谈博兹曼。

要交稿的时候,她交不出来,于是十分难过,她已经试过一切方法,就是想不出要写些什么。

斐德洛和她以前的老师谈起这事,他们的说法跟他的印象一样。她很认真,也很努力,受过良好的训练,却是个非常乏味的人。从她身上找不出一丝创意。她厚厚的镜片底下,无神的双眼好像做苦工的人一样。她没有骗他,她真的想不出任何东西来,因而对于她自己的无能十分难过。

这一点令他大吃一惊,现在换成他说不出话来。两个人沉默了一阵,他突然产生一个奇怪的想法,那么就写博兹曼的大街吧!这真是灵光一闪的洞见。

她认真地点点头就出去了。但是上下一堂课之前,她来找他,变得更加沮丧,甚至流下泪来。显然,她已经好长一段时间都非常沮丧了。她仍然想不出有什么可写,她不明白为什么会这样,如果她想不出博兹曼有何可写之处,她应该想得出来大街上有何可写才对。

当时斐德洛颇为震怒。他说:"你根本没有去观察。"这时他突然想起自己因为意见太多而被学校开除的事。每件事都有无穷的假设,你观察得越多,你看到的就越多。她还没有开始观察,然而她并不明白这一点。

他生气地说:"那么就把主题缩小到博兹曼主街上一栋建筑物的正面墙壁。就写歌剧院吧,从左手边上面的砖块开始写。"

她厚厚的镜片底下,眼睛睁得好大。

下一堂课她不解地交给他五千字的文章。"我坐在对街的汉堡摊旁,"她说道,"开始写第一块砖,然后是第二块砖。在写第三块砖的时候,突然间,我再也停不下来了。别人以为我疯了,不时嘲笑我。但是我写出来了,我自己也不明白为何会这样。"

斐德洛也不明白。但是他在散步的时候仔细想了一阵,终于得到了结论。很明显,她就像自己第一天教书的时候,思想一时阻塞,反应不过来。她之所以会卡住,是因为她只想重复听过的事,就像他的第一天,只想重复早已决定要说的内容。她之所以写不出有关博兹曼的事,是因为她想不出博兹曼有什么值得重复写下来的地方。很奇怪,她竟然不知道自己可以从不同的角度观察,而不要在乎别人说过什么。而把题材缩减到一块砖就突破了她的瓶颈。因为很明显,她必须直接地、不受任何阻碍地观察这块砖。

他又进一步实验。在课堂上,他要所有的人花一个钟头描写他大拇指的背面。一开始大家觉得很滑稽，但是每一个人都照着做了，没有任何人抱怨不知从何下笔。

在另外一个班，他把题材改为钱币，每一个学生整个钟头都在奋笔疾书。而在另外一个班也是同样的情形。有的人会问："需要写两面吗？"一旦他们能自己直接观察，就会明白有无穷的题材值得写，这是一种培养信心的训练，虽然他们所写的看似微不足道，但是终究是自己的作品，而不是模仿别人之作。做过这种练习的班级，学生所写出来的文章都流畅得多而且有意思多了。

斐德洛经过实验得出结论，模仿是一种真正的罪恶。在他开始教修辞学之前，必须先清除这种习惯。模仿似乎是一种外界的压迫，小孩子从来不会这样，似乎是后来附加上去的，也很可能是学校教育的结果。

这种见解听起来似乎正确，他越想越觉得错不了。学校教你去模仿，如果你不模仿，老师就给你很差的分数。而在大学里，情况就复杂多了，你必须要让老师觉得，虽然你实际是在模仿，但是表面上并没有模仿。你只是吸收老师指示的重点，然后再走自己的路，这样你就能得到高分。而原创的学生则可能从最高分到最低分都有，整个学校的评分制度都对原创不利。

他曾经和住在隔壁的心理学教授讨论过这个问题。对方是一位非常有想象力的老师，他说："没错，只有把学位和评分制度取消，你才能得到真正的教育。"

斐德洛思考着他的话。几个礼拜之后，有一名非常聪慧的学生想不出学期报告的题目。由于他还在想这件事，索性就把这个题目给她当主题。一开始她并不喜欢这个题目，但还是勉强接下来了。

在一个礼拜之内，她和每一个人都谈论这个题目。两个礼拜之后，她交出了一篇非常精彩的报告。当她向同学讲解的时候，因为大家并没有花两个礼拜的时间思索过，所以对于取消分数和学位的看法极力反对。然而这一点并没有使她放慢脚步。她陈述时的声调听起来好像古代热情宣扬教义的传教士，她恳请其他的学生听她的讲述，了解她所说的才是正确的。她说："我所说的这些，不是为了他，"然后看了斐德洛一眼，"而是为了你们。"

她恳求的声调、宗教的热忱，深深地打动了他。而他也知道，在大学入学考试的时候，她的成绩十分优秀，所以算是班上前几名的学生。在下学期教如何写具有说服力的文章时，他又以这个题目作示范。他在学生面前，通过学生的帮助，自己写了一篇文章。

斐德洛拿这篇文章当作范例，避免去谈作文的种种规则，这些规则的作用，连他自己都十分怀疑。他认为直接把自己的写作过程展示给学生看，伴随着歧义、卡壳和删减，才能让学生更明白真正的写作是怎么回事，而不必浪费课堂时间去挑学生作文里的错，或者拿大师的作品让他们模仿。于是他进一步研究取消整个分数和学位制度的可能，为了让学生有真正的参与感，他决定这个学期不给学生打任何分数。

现在可以看到山顶的积雪了，尽管从山脚看上去，似乎需要几天的时间才能爬到山顶。山顶的岩石非常陡峭，很难直接爬上去，尤其是我们身上的行李又十分沉重，而且克里斯还太小，不能用登山绳和岩钉爬上去。我们必须先穿越眼前山脊上的树林，进入另外一座峡谷，然后走到尽头，再转回头爬上山脊。三天之内要爬上去可能赶了些，四天会比较轻松。如果我们第九天还没有回去，狄威斯就会开始找我们。

我们停下来休息，靠着一棵树坐下，这样才不会因为重心不稳而向后摔倒。过了一会儿，我把手伸到背后，从背包里拿出一把弯刀给克里斯。

"你能看到那里有两棵白杨树吗？直直的两棵，在边上。"我指着它们说，"把它们从离地面一英尺的地方砍断。"

"为什么？"

"爬山的时候我们可能需要它们，也可以做帐篷的柱子。"

克里斯拿了弯刀要去砍树，又转了回来，说："你去砍吧！"

于是我拿起弯刀，走过去把树砍下来，只要一刀就可以把树砍得十分整齐，只差把树皮扯掉。走到岩石地区需要拐杖才能保持平衡，而上面的松树并不适合做拐杖，这两棵白杨是能见到的最后两棵了。不过我有点担心，克里斯不愿意帮忙，在山上这不是个好现象。

休息了一会儿，我们继续前行，过了好一阵子才习惯身上的重量。现在我们对所有重量都会有消极的反应，继续前行下去就会逐渐习惯了……

斐德洛想要废除分数和学位制度的讨论，使学生们十分困惑，开始反抗。有一些学生认为他想摧毁整个学校制度。有一个学生开门见山地说："你当然不可能废除分数和学位制度，毕竟这是我们来这里的目的。"

她说得没错。虽然每一个人都不喜欢暴露自己的真实想法，但是如果说大部分学生来学校受教育不是为了学位和分数，实在有点虚伪。当然，确实有些学生只是单纯为了受教育而来的学校，但是学校里机械化的教学方式很快就使他们放弃了自己的理想。

斐德洛在范文当中认为，取消分数和学位制度可以消除这种虚伪的现象。不过他不是泛泛而论，而是虚构出一个学生，把他的经历作为研究典型。这个学生或多或少有这个班级学生的影子——他来学校就是为了分数，而非真正的知识。

根据范文中的假设，这样的学生上学之后就开始准备交报告，很可能出于惯性，第二个、第三个报告一直做下去，然后这门课的新鲜感逐渐消失，由于求学并不是他生活中唯一的目标，还有其他的任务和需求给他压力，他很可能就无法再交报告了。

由于没有评分和学位制度，他不会受到处罚，本应在提交作业之后才能领会的后续课程现在对他来说有些困难了。接下来，这些困难就减弱了他对这门课的兴趣。这种恶性循环之下，他很可能会根本交不出报告，然后他又不会受到任何惩罚。

在他越来越跟不上学校的进度时，他也可能越来越无法集中精神，最后他发现自己什么也没有学到，却要不断面对外界的各种压力，于是他只好停止上学，同时对自己的这种行为感到惭愧。这个时候，学校仍然没有给他任何惩罚。

但是会发生什么事呢？这个学生在不伤及任何人的情况下会自动离开学校。这样最好，这正是应该有的现象，因为他最初就不是为了求取真正的知识而来，因而在班上也无所作为，这样就省下不少时间、金钱还有精力。在他心目中也不会认为自己曾经失败，从而影响他的后半生。他还有许多选择。

这个学生最大的问题就是，因为多年来胡萝卜和鞭子的教育方式，造成了他思考上的惰性。就好像一头驴子："如果你不打我，我就不工作。"如果没有人鞭打他，他就不会努力工作。而训练他去拉的文明的车子，很可能就会因此而走慢了一点。

然而如果你认为人类文明之车的前进是靠驴子拉的，那真悲哀。这是一般人的看法，却不是教会的态度。

教会的态度是：文明、制度或是社会，不论你如何称呼它，最好是由有自由意志的人而非驴子来维系。废除分数和学位的目的，并不是要去处罚驴子或者抛弃它们，而是给这些驴子适当的环境，让它变成自由的人。

这名像驴子一样、假设出来的学生会继续游荡一阵子，他可能得到另外一个像他抛弃的教育一样珍贵的学习机会，就是所谓的"社会大学",不再浪费时间和金钱去做一头高级的驴子。他可能找到一份工作,安然地做一头低级的驴子,比如,一名技工。然而事实上他真正的地位会提高,因为这样才可能有所贡献而带来改变。可能他终身就做这份工作,也可能他达到一定的水平,然而并不满足于此。

短则六个月,长则五年,很可能会发生变化,他对自己每天机械化的工作越来越不感兴趣,过去被学校的理论和分数所压抑的创造本能,现在很可能因为工作的无聊而被唤醒了。他花了数千个钟头去解决机械方面的问题,因而对机械设计越来越有兴趣。他可能想要自己设计机器,因为他相信自己会做得更好,于是尝试改造一些发动机。成功之后,就想要更大的成功。然而这个时候,他可能会遇到瓶颈,因为他没有理论基础。于是,他就会发现以前自己丝毫不感兴趣并觉得一无是处的理论,现在变得有了一些值得敬重之处。

于是他就会回到没有分数也没有学位的学校里,这时他变了,不再为分数而来,而是为了追求真正的知识。他不需要别人强迫他去学习,他的动力来自于内在。这个时候,他就是一个自由的人,他不需要许多规章制度的督促。事实上,如果老师上课的态度松懈,他倒可能会唐突地问许多问题去督促老师。他来这儿是要学东西的,并且付了钱,那么老师们最好也不要懈怠。

一旦转变成这种学习动机,就会产生强大的爆发力,在没有分数和学位的教育机构里,学生找到了自己。他不会止步于工程学浅层的操作知识，物理和数学自然会成为他的兴趣，因为他清楚自己需要这些深层的知识。而冶金和电子工程也会得到他的青睐。他对这些抽象的学问熟悉后，就去研究其他的理论，虽然和机械不直接相关，但是也会成为他更大的目标的一部分。这个更大的目标可不是今天的大学所鼓吹的教育目标，在那里，虽然你得到了分数和学位，让人以为你有很高深的知识，然而事实上，只有你自己知道内在空空如也。

这就是斐德洛提出的范例，也是他不受欢迎的讨论。他整个学期不断地删改，反复地研究。学生交来的报告，他只给评语，没有任何分数，然而在另外一本小册子里，却记下学生的分数。

就像我以前说过的，一开始几乎每个人都有些茫然不解，大部分学生以为他们碰到了一个理想主义者，认为取消分数可能会让学生快乐一点，因此更努力地研究学问。

事实上，没有分数，每一个人都会很茫然。上学期得到甲等的学生一开始非常愤怒，而且轻视这种做法。然而由于他们本身具有良好的自律能力，所以仍然会做作业，至于得到乙等以及丙上的学生，就会漏掉部分报告，即使交来也很应付，而许多丙下和丁的学生甚至不来上课。这时别的老师就会来问他，面对这种消极的反应该怎么办。

他说："慢慢等下去就知道了。"

刚开始，他对学生放松的态度令他们颇为不解，继而就怀疑起来。有些学生开始暗暗地问一些讽刺性的问题，然而他都用很温和的口吻回答他们。上课照常进行，只是老师不再给任何分数。

然后希望出现了。在第三四个礼拜的时候，甲等学生开始有些紧张，于是交来非常精彩的报告，下课之后也围着他问问题，希望得知他们究竟做得如何。乙等和丙上的学生开始注意这个现象，于是也交了一些符合他们程度的报告。至于丙下和丁甚至戊的学生也开始来上课，看看究竟发生了什么事。

期中之后，甚至出现另外一种更令人振奋的现象，甲等学生不再紧张，而变得积极参与课堂上的活动，态度也十分友善，这在原先注重分数的班级是少有的现象。这个时候，乙等和丙等的学生开始紧张了，由交来的报告就可以看出，他们花了不少心血。至于丁等和戊等的学生，也都交出了令人满意的作业。

一般在学期的最后几个礼拜，大家都知道了自己的分数，然后就心不在焉地歪坐着上课。然而斐德洛却令学生仍然愿意积极参与课堂活动，这引起了其他老师的注意。乙等和丙等学生开始参加甲等学生自由自在的讨论，让整个课堂像在举办一场很成功的聚会，只有丁等和戊等的学生呆呆地坐在位子上，显得十分焦虑。

后来有两个学生告诉他产生这种轻松友好的气氛的原因："有很多人下了课就动脑筋，思考怎么才能通过这场无分的考试。每一个人都相信，最好的方法就是假定你可能会被留级，然后尽量做好，这样就会觉得很轻松，否则你可能会发疯。"

另外一些学生补充说："一旦你习惯了，其实也不坏，你会对老师教的更感兴趣。"但是他们重复一点："要习惯并不容易。"

期末的时候,老师要求他们写一篇评估这种做法的文章。这个时候没有人知道他们的分数如何,百分之五十四的人反对这种做法,百分之三十七的人赞成,百分之九的人保持中立。

若是按一个人一票算,这种做法并不受欢迎,大部分的学生仍然想要分数,在得到调查结果之后,斐德洛根据他小册子里的分数对投票进行分组,发现小册子的分数与这些学生的平时和入学成绩仍然一致。他还发现一个现象,甲等的学生赞成与反对的比例是二比一,而乙等和丙等的学生则是一半一半,至于丁等和戊等的学生则一致反对。

这种结果让他证实了一个长久以来的直觉:越聪明越认真的学生越不需要分数,很可能是因为他们对学问的本身比较感兴趣。而越懒惰越愚笨的学生则越需要分数,因为可以让他们知道自己是否及格了。

正如狄威斯说的,从这里往正南方走有七十五英里长的森林和积雪,了无一物,也无路可走,东西向的道路倒是很多。我的安排是,如果第二天路上的情况不妙,我们可以走最近的一条路及时脱身。克里斯并不知道这一点,我怕告诉他会伤到他青年会夏令营冒险的感觉。当你在深山中越走越远时,冒险的渴望会逐渐被安全的需要所取代,大山是危险的,哪怕走错一步,扭了脚踝,你都会感受到自己孤立于文明世界之外。

这么高的地方,显然少有人来,又走了一个钟头之后,我们发现人迹几乎已经消失了。

斐德洛认为不评分是一个不错的做法，但是他并没有从科学的角度评估它的价值。在真正的实验当中，你会提出各种假设，保持其他，只改变其中一项，看看会产生什么效果。然而在教室里你不可能这样做，学生的知识、学习的态度、老师的态度都可能受各种无法控制的因素和不可知的力量影响。观察者也是假设之一，如果不改变自身，他就不可能对效果作客观的判断。所以他并不想作任何严谨的推论，他只想按照自己的喜好进行。

正是这个实验，暴露出评分制度的缺陷，引发了斐德洛对良质的追问。评分制度会掩盖教学的失败。如果老师很差劲，很可能一整个学期都没有教学生任何东西，而是根据一些没有多大意义的测验编排出分数，然后让人以为有些人学得好，有些人学得不好。但是一旦取消了分数，学生会每天被迫思考到底学到了什么，老师教了什么，目标是什么，作业如何达到目标，等等。因此，取消分数之后，就产生了一个非常令人恐惧而又庞大的真空地带。

然而斐德洛想怎么做呢？这个问题变得越来越重要。他开始做之后，发现原本认为对的答案似乎越来越走样。本来他希望学生发挥创造力，自己决定什么是好文章，而不要一直问他。因为取消分数的真正目的，就是让他们深切地自我反省，从他们自身中找到对的答案。

然而现在这样说不通，如果他们已知道好坏之分，就没有必要来修这门课。他们之所以来学，就是假定他们无法分辨好坏。而他身为老师，就有必要告诉他们好坏的差异在哪里。所以发掘个人的创造力，以及训练学生在课堂上的表达力，基本上和学校之所以存在的出发点是互相抵触的。

对许多学生来说，分数取消无异于一场噩梦。他们必须做些什么，以免除失败的惩罚，然而没人告诉他们应该做什么。他们一再反省也不明白，看看斐德洛也没有答案，只好无助地坐在那里，不知道该做些什么。目标缺失是致命的，一个女生甚至精神崩溃。你不能取消分数，这会让学生变得毫无目标，你必须让学生有一个努力的目标。然而他并没有这样做。

他不能这样做，因为一旦他告诉他们怎么做之后，就已经成为权威、教条式的教法。可是你又该如何把每一个独立个体的内在神秘的目标写在黑板上呢？

第二个学期，他放弃了这种做法，恢复打分数。然而他觉得很沮丧也很苦恼，因为他觉得自己那样做是对的，而结果却完全不是那么回事儿。班上依然会出现积极的探讨、独立的见解和极具原创性的想法，但这些并非来自外部的指导，这种指导不伤害他们已是万幸。看起来，就是这么回事。他准备辞职了。让学生厌烦地听他讲那些枯燥的教条，这不是他想做的。

他听说俄勒冈州的瑞德大学一直到毕业才会公布分数。暑假的时候，他到那儿去了一趟，不过得知教授也分成两派，但没有人真正喜欢这种做法。在剩余的假期当中，他变得沮丧而懒散。他和太太在山里露营了许久，她问他为什么一直这么沉默，他也说不出原因。他只是停下来，等待，等待那颗缺失的思想的晶种，能够突然让一切都清晰呈现。

17

克里斯心情似乎很不好，有一阵子他远远地走在我前头，现在坐在树下休息，看也不看我一眼，所以我知道有问题了。

我在他旁边坐下来，他的表情很冷淡，脸也涨红了。我知道他已经筋疲力尽，于是就静静地坐着，听风吹过松树林的声音。

我知道最后他仍然会站起来继续向上爬，但是他自己不知道，所以害怕不能继续爬了。我记得斐德洛写过有关这些山的事，所以就告诉克里斯：

"许多年前，你妈妈和我爬到过离这儿不远的林木线以上，我们在一座湖边露营，旁边有一个沼泽。"

他没有抬起头来看我，但是他在听。

"大约在天亮的时候，我们听到落石的声音，以为是山中的动物，虽然动物一般不在附近游荡。然后我听到有东西掉进沼泽里，我们就彻底清醒了。我从睡袋里慢慢爬出来，从夹克里拿出手枪，蹲在一棵树旁。"

这个时候，克里斯忘记了自己的问题。

"这时又传来什么掉进沼泽的声音，我以为有人骑马经过，但是不会在这个时候啊！声音又来了。接着是轰隆轰隆的声音。这不是骑马。轰隆隆的声音越来越大，在微微的晨曦中，我看到一只身形非常大的鹿，它的角有一个人那样宽，长得又高又壮，可说是山上仅次于灰熊的危险动物，也有人认为它才是最可怕的。"

克里斯睁大了眼睛。

"又是一阵响声，我扣上了扳机，心想这把点三八手枪可能对付不了这只鹿。但是它没有看到我，然后又是一声巨响。我没办法躲开它，你妈妈的睡袋正好在它要经过的路上。然后又是一声响，它只有十码远了。于是我站起来瞄准目标。它又向前跳、跳、跳，然后停下来，离我们只有三码，然后看着我……我用准星瞄准它的两眼之间……我们都一动也不动。"

我把手伸到背包里，拿出一些奶酪。

克里斯问我："然后呢？"

"让我先切点奶酪。"

我拿出小刀，抓好奶酪纸，以免手沾到，然后切下一片给他。

克里斯接过去又问："然后呢？"

我一直到他吃了第一口，才继续说下去："那只公鹿大约看了我五秒钟，然后看了看你妈妈，然后又看了看我，然后看了看我手中的枪，就微笑着慢慢走开了。"

克里斯说："哦！"他有点失望。

"通常它们碰到这样的状况都会攻击，但是它觉得这么好的早上，我们又比它先到，为什么要惹麻烦呢？这就是它为什么会笑。"

"它们会笑吗？"

"不会，但是看起来好像在笑。"

我放下奶酪，然后说："后来我们下山的时候，在一块块大圆石头上跳来跳去。我正要蹦到一块棕色的大石头上，突然之间，它跳了起来，跑到树林里去了，原来就是刚才那只公鹿，我想它那天对我们一定很没办法。"

我扶克里斯站起来，说："你走得有点太快了，现在山路越来越陡峭，我们必须慢慢地走。如果你走得太快，就会喘气，喘气太严重就会头昏，精神也会变得很差，然后你就会以为自己没办法再爬下去了。所以，慢慢地走一会儿吧。"

他说："那么我跟在你后面。"

"好啊！"

我们离开原先沿着走的小溪，顺着峡谷旁边坡度最小的路走。

爬山必须尽可能地少费力，不要着急，而要以自身的状况决定速度。如果你已经觉得很不耐烦，那就加快速度，如果有点气喘就慢下来，要在这两者之间保持平衡。当你的思想不再集中于行动的目标，每爬一步不是为了爬上山顶，你会发现，这里有一片锯齿状的叶子；这块岩石有点松动；从这儿不太容易看见山顶上的雪，即使越来越接近山顶。这些都是你应该注意的事。只为了未来的某个目标而生活是肤浅的，生命萃聚在山的四面，而不是在山顶，我们脚下才是万物生长之地。

当然，没有山顶，就不会有山的四面，是山顶界定了四面。于是我们继续向上爬……我们还有好长一段路……所以不必急躁……只要一步接着一步慢慢地爬，偶尔来一段肖陶扩点缀……精神活动远比看电视有趣多了。大部分人只看电视，这真是很丢脸的事。他们可能认为用耳朵听到的一点也不重要，但是情形完全不是这样。

斐德洛的记载中有很大一段，写一次他要班上的学生写一篇《何为思想和陈述中的良质？》。学生们的情绪逐渐不安起来，几乎每一个人都像他过去一样，对这个问题既挫败又愤怒。

他们说："我们怎么可能知道良质是什么呢？应该是你来告诉我们。"

然后他告诉他们，他也不知道，而且很想知道答案。他提出这个问题，就是希望有人能够找到答案。

他这样说就更加点燃了大家愤怒的情绪，教室里掀起了一阵骚动，有一位老师甚至探头进来，看究竟发生了什么事。

斐德洛说："没事，我们只是碰上一个难题，一时有点不知所措。"有一些学生看上去很好奇，吵闹声逐渐平息下来了。

他抓住机会重提理性教堂的话题——"理性教堂的朽坏与没落"。他说，学生在受命探索真理时表现出愤怒，是理性教堂朽坏的标志。他们在教室里追求真知不过是做做样子，实则依样画葫芦而已。他们才不愿承担追求真理的重任，反而会发出咒骂。

事实上，斐德洛说，他真心想听到大家对这个问题的思考，不是为了打分数，而是因为他真的想知道。

他们的脸上充满了不解。

有一个学生说："我坐着想了一整晚。"

有一个坐在窗户旁边的女孩子说："我要哭了，我快疯了。"

第三个同学说："你应该事先提醒我们。"

"我该怎样提醒你们呢？我也不知道你们会有怎样的反应。"

有一个十分不解的学生看着他，终于明白了一点——他真的不是在玩弄他们，他真的是想知道答案。

他真是一个奇怪的人。

然后有一个人问："你的想法呢？"

他回答："我不知道。"

"但是你究竟怎么想呢？"

他沉默了好一阵子："我知道有所谓的良质存在，但是一旦你想去定义它，情况就会变得很混乱，因而无法做到这一点。"

大家都十分同意。

"为什么会有这种现象，我不知道。我想或许能从你们的报告中得到一点概念，我真的不知道。"

这一次轮到同学们沉默了。

在当天接下来的其他课堂上，也出现了同样的情况。但是每一个班都多少有一些学生会自动地作出一些善意的回应，于是他明白，第一个班上发生的事情在午饭期间已经传开了。

过了几天,他自己想出一个定义,于是把它写在黑板上让学生们抄下来,定义是这样的:"良质是一种思想和陈述的特质,我们不能经由思考的方式了解它,因为下定义是一种严格而规范的思考过程,所以良质无法被定义。"

这个定义其实就是拒绝给它定义,并没有引起学生的评论,因为这些学生没有受过正式的训练,不知道他写下来的句子其实是完全不合理的。如果你不能为某件事下定义,你就没有办法用理性的方法确知它的存在。当然你也无法告诉别人它究竟是什么。因而事实上,在无法定义和愚蠢之间就没有正式的差别了。当我说我无法定义良质时,我其实就是在说,我在谈论良质这件事上很愚蠢。

幸而学生们不知道这一点,如果当时他们对这一点有意见,他很可能就无法回答他们了。

然而在黑板上的定义下面,他又写道:"但是即使良质无法定义,你仍然知道它是什么。"这又引起学生们一阵骚动。

"噢!我们不知道。"

"你们知道的。"

"噢!我们不知道。"

"你们知道的!"他已经准备了一些资料要拿给他们看。

于是他选出学生的两篇文章作例子。第一篇写得十分凌乱,有一些很有趣的想法,然而没有形成完整的主题。第二篇写得非常好,但是这个学生自己也搞不清楚是怎么做到的。斐德洛把两篇都读给大家听，然后要大家举手表决，谁认为第一篇比较好，有两个人举手；他又问有多少人认为第二篇比较好，有二十八名同学举手。

他说："有二十八名同学举手认为第二篇比较好，这种价值判断就是我所谓的良质。所以你们知道良质是什么。"

大家沉默了许久，重新思考他的话，这是他乐于看到的沉默。

他能够理解，学生们的心智正受到冲击。他现在不是在传授知识，而是在启发灵性。他树立了一个虚幻的标靶，通过它无法被定义来定义它，又在一片反对声中向学生们证实他们都看到了这个标靶。可他证实的手段和这个标靶一样，在逻辑上模棱两可。不过也没人反驳他，因为以学生们的才智还不足以看透其中的逻辑问题。接下来几天，他一直准备着迎接学生们的反驳，但是没有人站出来。于是他又花样翻新。

为了让学生们完全相信他们已经知道良质是什么，他创造出一套课堂机制，他在班上读四名学生的报告，然后让每一名学生按照其对文章质量的评估进行排序，他自己也和学生们一样，然后在黑板上统计出全班的意见，他的排序和平均的排序结果通常十分接近，甚至一模一样。略有出入的情况，往往是因为两篇文章的质量不相上下。然后他会公布自己的排序。一开始班上对这种练习很感兴趣，但是过一阵子就觉得没意思了。他所谓的良质非常明显，他们早已知道究竟是怎么回事了，所以没有兴趣继续听下去。现在他们的问题变成："好吧！既然我们知道良质是什么，我们该怎样得到它呢？"

现在，正统的修辞学教科书终于以富有意义的面目回到学生的视野中，里面的原则不再是令人反感的教条，更不是目的本身，不过是些技巧、手法，但它们有助于达成真正重要的目标——良质。原本不见容于传统修辞学的良质，现在却成为通向修辞学的美妙开端。

他把良质的各个层面列出来，比如说：统一、生动、可信、简洁、敏锐、清晰、强调、流畅、悬疑、出色、准确、比例适当、有深度，等等。由于这些抽象名词都很难定义，所以他就利用刚才的比较手法介绍给学生们。比如说文章的统一，也就是故事如何前后连贯，可以借撰写大纲改进自己的技巧。而要提高文章的可信性，则可以增加注释，因为注释能够提供更多权威性的参考。在大一的课程里面都会提到大纲和注释，但现在却被作为提高良质的方法。如果学生交来的报告中罗列一堆凑数的注释或是大纲松散，就表示他只是敷衍了事，没有达到报告应有的良质，所以毫无价值可言。

然而要回答学生的问题："我怎样才能得到良质？"这几乎使他想要辞职。他认为："这和你要如何得到它完全无关。它就是这样好的东西。"有一名不满意的学生在课堂上问："但是我们要怎样才知道什么是好呢？"但是几乎还没问出口，他就明白已经有答案了。其他学生经常会告诉他："你已经看到了。"如果他说："我没有。"他们就会说："你看到了。他已经证明了这一点。"学生终于完全可以自己评断良质了——就是这样，他教会了他们写作。

在此之前，根据学院规定，斐德洛必须对学生讲明他的要求，但他认为这样强迫学生接受定式，会摧毁他们的创造力。完全按照他的规则写作的学生注定要丧失创造力，或者写不出能够反映自己真正水准的文章。

现在好了，虽然有一条基本规定要求所有被讲授的东西必须有明确的定义，他却反其道而行之，跳出了这个框框。他没有指出任何规则，也没有指出任何理论，然而他指出的东西非常真实，他们无法否认它的存在。因为取消分数所造成的真空，突然之间被良质的正面效应所充满，两者完全结合在了一起。学生十分惊奇地到他办公室来告诉他："我过去真的很恨英语，但现在我在上面所花的时间比其他科目都要多。"不是只有一两个学生来告诉他，而是许多学生。这个良质的概念非常棒，它发挥作用了。它就是那个应该被写在黑板上的，每一个创造主体都拥有的神秘莫测的内在目标。

我转过身来看克里斯在做什么，他脸上的表情显得很疲惫。

我问他："你觉得怎么样了？"

他说："还好。"但是他的口气有些冲。

"我们可以随时停下来扎营。"我说。

他瞪了我一眼，于是我没有再说什么。很快，我看见他在我旁边努力地向上爬，渐渐超过了我。我们继续前行。

斐德洛之所以能将良质的概念拓展到目前这个地步，是因为他刻意专注于班上同学的反应，而忽视其他的一切。克伦威尔[1]曾经说过："一个没有目标的人才能爬到最高。"这话颇为适合这种状况。他不知道自己要往哪里去，他知道的只是这么做有效。

然而就在他已经知道这种做法是非理性的之后，他在想为什么它很有效。为什么所有理性的方法都一无所成的时候，这种非理性的方法反而有效呢？他有一种直觉，越来越强烈，他这套做法并不仅仅是教学技巧那么简单，背后有着深奥的道理。至于这个道理究竟有多么深奥，他并不晓得。

这就是我前面提过的结晶的开始，别人这时都很惊讶为什么他对良质这么感兴趣。他们只看到这个词和它在修辞学上的含义，并不知他对存在自身曾进行过的形而上的探求和溃败后的绝望。

如果有人问"什么是良质呢"，这只不过是一个问题而已。但是如果由他来问，因为他有过去的经验，这个问题就会像向四面八方散开的波浪，并不是一层一层的结构，而是像一个同心圆，在中间激起波浪的，是良质。当这些思想的波浪向四面八方散开的时候，我确信他衷心期望它们能够到达某些思想的彼岸，

---

[1] Oliver Cromwell（1599—1658），英国政治家、军事家、宗教领袖。十七世纪英国资产阶级革命中，资产阶级新贵族集团代表人物、独立派首领。——编者注

这样他就能与这些思想结构连接在一起。但是如果真的有任何彼岸存在，那么一直到最终，他也未能到达彼岸。对他来说，只有不断向四面八方结晶的波浪。我现在就是要尽力追随这些结晶的波浪，也就是他研究良质的第二个阶段。

克里斯在我前面，从他的动作看得出，他已经十分疲倦了，而且火气也大。他不时踢到东西，或者被树枝刮到身体却不拨开。

看到他这样我很难过，这要归咎于我们出发前他曾参加了两个礼拜的青年会夏令营。听他的讲述，整个户外活动都在强化一种个人野心——证明自己的男子汉气概。一开始，他被编在有些残酷的底层阵营（真是原罪啊），然后，他需要通过一长串考验来证明自己，游泳、结绳之类的……他提过十几种，但是我都忘了。

因为有强烈的个人目标，所以夏令营里的同学在参与这些活动的时候，都非常合作而且非常热忱，但是这种动机却会有不良的结果。任何追求个人荣誉的目标，结局都非常悲惨。现在我们就开始付出代价了。如果你想通过爬上山顶来证明你有多么伟大，那你就几乎不可能登顶。即使你做到了，那也是一种虚幻的胜利。为了维持这种成功的形象，你必须在其他方面一再地证明自己，结果始终处于虚荣心的驱使之下，而内心则常常恐惧别人会发现这种形象是虚幻的。所以这么做是错的。

斐德洛曾经从印度写过一封信，提到和一位圣者以及他的信徒们去神山冈仁波齐[1]的朝圣之旅，它是恒河的源头，也是湿婆[2]的住所。

他一直都没有爬到山顶，到了第三天晚上他就放弃了，因为他已经筋疲力尽，于是其他人继续前行，而他留下了。他知道自己还有些体力，但这些体力不够。他也有动力，但是也不够。他并不认为自己有傲慢轻视的心，但是他想通过这一趟朝圣来拓展自己的生活经验，以进一步地了解自己。他把自我作为行动的中心，高山和朝圣只是他用来服务于个人目的的手段。这是本末倒置，发心已经错了。他想其他的朝圣者之所以能够到达山顶，是因为充分领受到了山的神圣，以至于每一步都是一种奉献的行为，是对这种神圣的心悦诚服。山神圣的一面融入了他们的心灵，因而使他们的耐力远远超过了体力所能负荷的。

对没有辨识力的人来说，自我的爬山和无我的爬山看上去可能都一样，都是一步一步地向上爬；呼吸的速度也一样；疲惫的时候都会停下来；休息够了又会继续前行。但是事实上两者多么不同啊！自我的爬山者就像一支失调的乐器，步伐不是太快就是太慢，也可能失去欣赏树梢上的美丽阳光的机会。在他步履蹒跚

---

[1] Holy Mount Kailas，冈底斯山脉的主峰，是多个宗教中的神山，又写作"岗仁波齐""冈仁波钦"等。——编者注

[2] Shiva，印度教三大神明之一，象征毁灭之后的再生。另外两大神明为大梵天（Brahma）及毗湿奴（Vishnu）。——译注

的时候却不休息，仍然继续前进。有的时候，刚刚观察过前面的情况，他会再看一遍。所以，他对周围环境的反应不是太快就是太慢。他谈论的话题永远是别的事和别的地方。他的人虽然在此地，他的心却不在。因为他拒绝活在此地，他想赶快爬到山顶，但是即使爬上去了，他却仍然不会快乐，因为那样的话，山顶就变成了"此地"。他追寻的、他想要的，都已经围绕在他的身边，但是他并不要这一切，因为这些"就在他身边"。于是在体力和精神上，他所跨出的每一步都很吃力，因为他总认为自己的目标在远方。

克里斯现在似乎就遇到了这个问题。

18

在哲学上有一个分支专门讨论良质的定义，就是所谓的美学，它提出来的问题就是何谓美感。这个问题要追溯到古代。但是以前斐德洛在哲学系念书的时候曾经极力避免接触这门学问。他故意让自己这门课不及格，而且写的报告对老师和教材充满攻击。他憎恨这门学问，几乎无一处不批评。

并不是具体的某一位美学家激起了他这种反应，而是所有美学家。并不是具体的某一个观点触怒了他，而是把良质归于某个观点之下这个想法。这一知识化的过程使良质成了知识的奴隶，使良质堕落。我想这就是他生气的原因。

他在一篇报告中写道："这些美学家认为他们研究的是一支

薄荷棒棒糖，可以光明正大地用肥厚的嘴唇去舔舐，或是狼吞虎咽。他们用知识的刀子，小心地把良质切成一块块，用刀叉慢慢地送进嘴里，这让我恶心。他们舔的是早就被他们扼杀而且已经腐烂的东西。"

在结晶的第一个阶段，他看到，如果不去定义良质，那么整个美学也就不存在了……就像被剥夺公民权的人一样……彻底完蛋。如果拒绝定义良质，那么它就脱离了分析的过程。如果你无法定义良质，那么你就无法让它隶属于任何知识的领域，美学家也就无话可说了。他们的整个领域，良质的定义，也就消失了。

这种想法让他非常激动，就好像发现了治疗癌症的方法。不再需要解释艺术是什么，不再需要那些高高在上的艺术评论家理性地去分析哪一位作曲家是成功的，哪一位是失败的。所有这些自命学问广博的人都必须闭嘴。这不仅是一种有趣的念头，更是一种梦想。

我想一开始没有人知道他准备做什么。他们看见他作为一个知识分子，运用理性分析对教学情况发表见解，但他们没有看到，他的目的却与其他知识分子相反。他不是要发挥理性，而是要限制它。他借用理性的方法去攻击它自己，去攻击他自己的同类，从而保护一种非理性的概念，也就是一个无法定义的实体——良质。

他这样写道：

（1）每一位作文老师都知道良质是什么（如果有人不知道，他就该小心地隐瞒这一点，因为这只会证明他自己的无能）。

（2）如果有老师认为写作的良质能够先定义也应该先定义清楚，那么就去定义吧！

（3）那些认为写作的良质的确存在但是无法定义，但尽管如此，仍应把良质教给学生的人，可以从下面的方法中得到益处。我们不去定义它，而只教给学生纯粹的良质。

然后他继续介绍了一些曾在课堂上采用的比较方法。

我相信他的确希望有人能向他挑战，试着替他定义良质，但是没有人这样做。

然而，他在括号里的话，把是否知道良质作为判定一位教师是否称职的标准，在系里引发了不快。毕竟他只是个初级教员，没有资格像资深教授一样给别人定标准。

他有自由发表意见的权利，这点得到了大家的重视。系里的老教授甚至很欣赏他的特立特行，将他视为有共同信仰的同僚。但与那些反对学术自由的人所以为的不同，对学术自由的信仰并不意味着一个老师可以不顾正确性，想到什么就说什么，而仅仅意味着，他的正确性必须接受理性这位上帝的审判，而不是听从于某种政治权力。他侮辱别人的事实和他言论的真假无关，因此他的理论不会被击垮。不过他们想要打击他的是，他并没有说出一番道理来。他可以随心所欲地去做，前提是得用理性的方法去证实他的理论。

但是你如何用理性去证实拒绝被定义的事物呢？定义是理性

的基础。没有定义就无法推理,他可以利用辩证法的战术和无能与否的侮辱暂时压制住别人的攻击,但是迟早他得提出一些更实在的理论,引导结晶继续进行,超越传统修辞学的范畴,而进入哲学的领域。

克里斯回头看了我一眼,神情显得十分痛苦。不会很久了。在我们动身之前就有迹象会发生这种事。狄威斯告诉邻居,我对爬山很有经验,那时候克里斯闪过一丝崇拜的神情,他认为那是很伟大的事。很快他就会支撑不住,那么我们今天就可以休息了。

噢!他倒下来了,他爬不起来了。不像突然摔倒,而是结结实实地倒下来了。他用一种委屈又愤恨的眼神看着我,准备迎接我的责骂,但是我十分平静。我在他旁边坐下来,看着他几乎快崩溃的样子。

我说:"那么我们是在这儿停下来,还是要继续向前走?或者我们也可以往回走,你想怎么办呢?"

他说:"我不管,我不要……"

"你不要什么?"

"我不管!"他很生气地说。

"既然你不管,那我们就要继续走下去。"我说。

他说:"我不喜欢这次爬山,一点意思也没有,我以为会很好玩。"

这时我也有些生气,就说:"你说的或许对,但是你不应该把它说出来。"

他站起来的时候,我看到他的眼睛里闪过一丝恐慌。

我们继续向前走。

峡谷另一边的天空已经暗下来了,而在我们周围的松树林里,风变得阴冷起来。

不过,至少冷风让我们爬起来比较舒服……

我正要谈到因为斐德洛拒绝替良质下定义,从而在修辞学的范畴之外产生的第一波结晶。他必须回答这个问题。如果你无法定义它,你又如何肯定它存在呢?

他的答案,在哲学上可被称为实在论。他说:"要证明一个东西的存在,可以把它从环境中抽离出来,如果原先的环境无法正常运作,那么它就存在。如果我们能证明没有良质的世界运作不正常,那么我们就能证明良质是存在的。不论有没有给它定义。"接着他把良质从我们所知道的这个世界中抽离出来。

第一个受伤的就是艺术。如果艺术没有好坏之分,那么艺术也就不存在了。既然墙上挂不挂画也无所谓好坏,那就没有必要去挂了。接下来,交响乐也是同样的情形。如果刮擦唱片的声音或者录音机的嗡嗡声和演奏的音乐一样好的话,那就没有演奏交响乐的必要了。

诗也会消失。因为它通常晦涩难解,也没有实用的价值。很有意思的是喜剧也会消失。没有人了解何谓笑话,因为幽默与不幽默的区别完全在于良质。

接下来消失的是运动。足球、棒球，各种比赛都会消失，因为分数已经丧失了意义，只是空洞的统计，就好像是在数石头一样。还有谁会来参加呢？

接下来他把良质从市场抽离，他预测市场也会发生改变，因为口味变得毫无意义。市场上只会卖最基本的食品，像稻米、燕麦、黄豆还有面粉；或者一些没有分级的肉，给断奶婴儿准备的牛奶；还有维生素、矿物质补剂，以避免营养不良，而酒类、茶、咖啡和烟草也都会消失。电影、舞蹈、戏剧以及宴会也是一样。所有人都会改乘大众交通工具，然后穿着像美国大兵一样的鞋子。

有许多人将会失业，但这可能是短暂的现象，因为我们以后会在基本而无关良质的事物中找到工作。应用科学和技术都会急剧地改变，但是纯粹的科学、数学、哲学，特别是逻辑不会变动。

斐德洛觉得最后一条非常有意思。纯粹的知识最不受影响。如果抽离了良质，只有理性仍然不变。这是很奇怪的一点，为什么会这样呢？

他不知道。但是他知道，如果现存的世界没有了良质，就会发现良质原来这样重要。这个世界缺少它仍然能运作，但是人生变得非常呆滞，几乎不值得活下去。事实上的确是不值得活下去的。"值得"就是一个良质的字眼，人生将不再有任何价值或是目标。

他重新审视自己的思考过程，认为他证明了自己的看法。一旦这个世界被抽离了良质就不能正常地运作，所以良质是存在的，不论它是否有定义。

他想象着一个缺乏良质的世界，突然想起有一些社会就是这样的，像古代的斯巴达人，赫胥黎的《美丽新世界》和奥威尔的《1984》。他又想起，在自己的生活中，有一些人就欣赏这种缺乏良质的世界。有一些朋友想说服他戒烟，要他说出抽烟的理由，结果他说不出来，于是他们就表现出很优越的样子，仿佛他做了很丢脸的事，因为这些人对所有的事情都要求理由、计划和解决的方法。他们曾经和他是一类人，但现在他们是他攻击的对象。他想了很久，想找出一个能够形容他们的总称，以便于抓住这种缺乏良质的世界的特质。

这种世界以知识为主，但它的基本原则并不仅仅是知识。对这种世界运作方式的基本态度是，假设这种世界的运行要倚靠法则——理性——人类的进步就在于发现这些法则，并且为了满足自我的欲望而应用这些法则。正是这种信念造就了这种世界。他思考了一会儿这种缺乏良质的世界，接着想出更多的细节，然后又反反复复地想了一阵子，最后终于绕回了他自己也曾身处其中的状态。

朴质[1]。

---

[1] Squareness，原意是指方正拘谨而且一丝不苟、不要花哨的个性。作者用以表示因这样的态度所带来的平淡无奇的生活形态。——译注

就是这个样子,就是这个词。朴质。一旦你把良质抽离出来,你就得到了朴质。缺乏良质就是朴质的精髓。

他想起曾和一些朋友一起旅行,横跨美国大陆。那是一些黑人艺术家,一直抱怨如今他所描述的这种朴质现象太乏味。他们就是用的这个字眼。早在大众传媒使这个词在白人中间众所周知以前,他们就用它来形容关于知识的东西了,一点都不想跟它有任何关联。在他与他们聊天时,以及他们对待彼此的态度上,都存在极大的错位,因为他恰好是他们说的朴质的典型。他越想弄明白他们说的是什么,他们就说得越混乱。而现在提到良质,他似乎跟他们当时一样说得含糊不清。虽然良质和他以前接触过的一切能用理性定义的实体一样明明白白、实实在在地存在着。

良质。那正是他们一直谈论的。"嗨!朋友,是不是请你弄明白一点儿,"他记得有一个人这样说,"请不要再问那些听不懂的问题。如果你一直问那是什么,就永远没有时间去了解了。"灵魂乐和良质,相通吗?

结晶继续进行下去。他同时看到两个世界。在知识这一边,也就是朴质这一边,他看见良质是一个分裂的字眼,也就是每一个有知识的分析者所寻求的。拿起你分析的刀子,把它放在良质这个字眼上,轻轻地敲它,不需要费多大的劲,整个世界就会一分为二——嬉皮式的和严谨的,古典的和浪漫的,科技的和人性的——分得十分清楚,不会乱成一团,也不会有任何遗漏。切割得不但很有技巧,而且很有运气。有时候,最优秀的分析者,即使面对最明显的分裂线，一敲之下，也可能什么都得不到，只有一堆垃圾。而良质，就像是我们宇宙这个概念中一条不合逻辑的线，微小得几乎注意不到，但如果你轻敲剖析它的刀子，整个宇宙就会裂开，利落之至，简直无法置信。他真希望康德仍然活着，康德会欣赏这种做法的。他将发现那把超级的钻石刀——而不要给良质下任何定义，就是关键之处。

斐德洛写道，他意识到自己似乎有些反智的倾向："在从学术的角度严格定义朴质之前，也就是用语言将其拆解之前，你可以简洁地将它定义为：无法察觉良质的存在……我们已经证实，良质虽然没有定义，但是的确存在。我们可以从教室里的实验中知道它的存在，也可以通过把它抽离现存的世界，在世界无法正常运作时发现它的地位。需要被了解并加以分析的不是良质，而是被称为'朴质'的思维模式，朴质往往阻碍我们与良质的接触。"

于是他攻击的矛头转过来指向分析，躺在床上的病人不再是良质而是分析本身。良质很健康并且状态很好，然而分析似乎出了问题，导致它无法认识良质。

我回头看，发现克里斯落后了好长一段距离。"加油！"我大声喊道。

他没有回答我。

"加油啊！"我又喊道。

然后我看见他跌坐在了草地上。我放下行李，走到他那儿，山坡非常陡峭,我必须先踏稳一步,才可以踏下一步。当我走到他那儿的时候他正在哭。

"我的脚踝受伤了。"他说着,也不抬头看我。

当自我型登山者想要刻意保护自己的形象时,通常都会撒谎。但是这种情形很惹人讨厌,我竟然让这种事发生,真是可耻。这时,受他的眼泪和挫败感的影响,我继续攀登的意志也被消磨了一些。我静静地和他对坐了一会儿,然后,我没有不管不顾,而是拿起他的背包,对他说:"我会轮流来背我们的背包。先把这个背到上面去,和我的放在一起,然后你停下来帮我看着它们,不要丢了。然后我会把我的背包再往上背一段,接着再回来拿你的,这样你就能休息个够。我们会慢一点儿到山顶,但还是会到的。"

可是我说得太快了,所以他听得出我语气上的厌恶,很是羞愧。他露出了怒色,但是什么也没有说,因为他害怕再背行李,于是紧皱着眉。在我轮流往上背包的时候,他故意不看我。我在来回奔走中放下心中的恼怒,我知道,和他比起来,这些辛苦不算什么。如果你把登上山顶作为目标,你会辛苦得多,而这只是名义上的目标,真正的目标,是体验登山的每一分钟,同样是到达山顶,却要愉悦得多。我们慢慢往上爬,不把怨怒背在身上。

接下来的一个钟头,我们前进的速度很慢。我把背包搬上去,放在一条小溪的源头。我叫克里斯拿容器去舀水,他回来之后问:"我们为什么要在这儿停下来呢?我们继续走吧。"

"接下来可能会有好一阵子再也看不到任何小溪，克里斯，我累了。"

"你为什么会这么累呢？"

他是不是想把我激怒？如果是，那他就做到了。

"克里斯，我累了，因为背包都是我在背，如果你要赶时间。那么就背上你自己的背包往上爬。我会跟上来的。"

他有些恐惧地看着我，然后坐下来，几乎要哭了，说："我讨厌这一切，我真后悔跑来这里，我们为什么来这里呢？"他大声地哭了出来。

我回答他说："你也让我很后悔，你最好吃点儿东西当午餐。"

"我不要吃，我的胃在痛。"

"随便你。"

他走到一边儿，摘下一根草放进嘴里，然后把脸埋在手心里。我独自吃过了午餐，然后又休息了一会儿。

当我醒过来的时候他仍然在哭，我们两个都没有别的选择，只是必须面对眼前的情况，而我不知道眼前究竟发生了什么事。

最后我说："克里斯。"

他没有回答我。

我又叫他："克里斯。"

他仍然没有回答，最后他火气很大地说："什么事？"

"克里斯，我要说的是，你不必向我证明任何事。你知道吗?"

他的脸上闪过一阵恐惧的神情,生气地把头转开。

"你不明白我的意思是不是?"我说。

他仍然没有转过头来,也不回答我,风在松林里低喃。

我真的不知道究竟是怎么回事,不只是青年会的自我主义让他这么难过,还有一些其他的事,让他仿佛面临世界末日,每当他想做什么却又做不成的时候,总是会大发脾气或是大哭一场。

我又在草地上休息起来。也许正是没有答案使我们俩都灰心丧气。我不想往前走了,因为前方看不到答案,回头看,也看不到答案。只能迂回游荡,这就是我俩现在的状态,游荡,等待答案出现。

后来我听到他在背包里找东西,我转过身,只见他正看着我,他问我:"奶酪呢?"他的口气好像仍然在生气。

但是我不打算松口,我说:"你自己找吧!我不必服侍你。"

他翻了一会儿,找到了一些奶酪和饼干,我给他一把小刀子去切奶酪,我跟他说:"我想我准备这样做,克里斯,就是把所有重的东西都放在我的背包里,轻的东西放在你的背包里,这样我就不必来来回回地走了。"

他也同意这么做,心情好些了。这似乎替他解决了什么。

我的背包现在有四十到四十五磅重。我们爬了一会儿之后,呼吸调节到了每踏一步呼吸一次。

崎岖的地方就要每踏一步呼吸两次,有些地方要一步呼吸四次。很大的一步一步，几乎是垂直的，这时就要抓着树枝和树根。我觉得自己没有绕道走有些失算。现在，用白杨树做成的拐杖十分称手，克里斯也对使用这根棍子很感兴趣。背包使你上重下轻，但有拐杖就不会跌倒了。你先踏出一步，然后利用拐杖支住自己，再踏出下一步，将身子靠上去，向上一爬，呼吸三次，然后再踏下一步，再把拐杖支住，然后再靠上去……

我不知道今天是不是还要继续肖陶扩。下午的时候，我的思考已经有些模糊了，或许我可以做个综述，然后今天就到此为止。

在我们开始这趟旅程之前，我提到约翰和思薇雅对于科技给人的窒息避之唯恐不及。事实上，有很多人都像他们一样。我提到有些从事这方面工作的人，也有同样的反应。产生这种现象最主要的原因就是他们只看事情的表面，而我则看事情的内部。我称约翰的观点为浪漫的，而我的则是古典的。用六十年代的俗语来说，他的是嬉皮式的，而我的则是朴质的。然后我们了解了朴质的世界如何运行，我们讨论过它的数据、分类、层次结构、因果关系，还有分析，等等。然后我提到从我们周遭的无尽景色中取来的一把沙，那就是我们意识到的世界。我提到给这把沙分类的步骤。古典的理解涉及沙滩、沙粒的性质，以及分类和连接它们的基础。

斐德洛拒绝给良质下定义，用前面的比喻，就是要打破古典的筛沙般的理解模式，想在古典和浪漫的世界之间找到一个平衡点。而良质似乎就是关键所在。两个世界都用到了这个词，两个世界都知道它究竟是什么。浪漫的人欣赏良质本身，古典的人则试图把它切成一些认知模块以作他用。现在由于没有下任何定义，古典的人被迫要从浪漫的角度去看它，而不会因思想的结构而失真。

我想联结古典和浪漫这两个世界，但是斐德洛的目的不同。他对于融合这两者并不感兴趣，他追求的是他自己的鬼魂，因而他要探索良质更宽广的含义，这最终导致了他一步步走向尽头。和他不同的是，我无意往尽头走。他只是经过这片领地，并且打开了它，而我想要留下来耕耘，看看是否能种出些东西。

我认为，如果一个词能够把世界分成两半，那么它也势必能将其重新合而为一。真正了解良质，不单单能服务于系统，或是击败它甚至逃脱它。真正了解良质之后就能掌握系统，将它驯服，然后使其为个人所用，让人拥有完全的自由，从而实现他内在的目标。

现在，我们已经在峡谷这一侧爬了很高，回头看看，目光可以从谷底一直延伸到峡谷的另一侧，那一侧和这一侧同样陡峭。墨绿的松林像一条黑毯直铺上山脊。我们可以通过平视对面峡谷，看目光落在哪里，来估算我们身处的高度。

关于良质的话题，今天就说到这儿，感谢老天，终于说完了。我并不关注良质，只是所有古典的讨论都歪曲了它的含义。良质是知识的枢纽，围绕着它，知识可以排列出各种样式。

我们停下来一边休息一边向下望,克里斯的精神显然好多了。但我害怕是他的自我又在作怪。

"你看我们已经爬了多远。"他说。

"我们还有许多路要走。"

后来,克里斯朝山谷大叫,想要听自己的回声,然后把石头丢下去,看看会落到哪里。他几乎开始骄傲起来,于是我加快速度,大概有以前的一倍半。这让他清醒了一些,我们继续往上爬。

大约在下午三点的时候,我的步伐变得沉重起来,到该停下来的时候了。而且我的状态不太好,在这种状况下继续爬,很容易拉伤肌肉,第二天就会很惨。

我们来到一个平坦的地方,一个大圆丘在山坡上拱了起来,我告诉克里斯今天就到这里为止。他似乎很满意,很高兴,或许,他终究有了一些进步。

我想小睡一会儿,但是看山谷里的积云仿佛要下雨了。由于云层很厚,我们看不到谷底,只看得到另外一座山峰的山脊。

我把背包打开,拿出帐篷和军用斗篷,把它们用按扣接在一起。我拿出一根绳子,把它绑在两棵树之间,然后把帐篷挂上去。我用一把弯刀砍了一些灌木当棍子,把它们用力砸进地面,然后用弯刀柄在帐篷周围挖了一条小沟,让雨水可以流走。当雨落下来的时候,我们已经把所有的东西都搬进帐篷里了。

克里斯看到雨势这么大,反而十分兴奋。我们躺在睡袋上,看雨落下来，听它叮叮咚咚地敲打着帐篷。由于森林里弥漫着浓雾，我们两个都变得不爱说话，只是静静地看着雨打在灌木丛的叶片上。打雷的时候，我们不禁吓了一跳，但心里还是很高兴，周围全都被雨淋湿了，而我们却不受影响。

过了一会儿，我把手伸到背包里去找那本梭罗的平装书，在昏暗之中，有点费力地读给克里斯听。我想我说过，我也读其他的书给他听，都是他不懂的书。步骤是这样的，我先读一个句子，然后他提出许多相关的问题，等到他对我的回答满意了，再读下一句。

我们就这样读了一会儿梭罗的书，但是大约半个钟头之后，我惊讶又失望的是，梭罗并没有起作用。克里斯跟我都有一些不安。句子的结构与我们身处的高山森林不太搭配，至少这是我的感觉。这本书读起来有些消沉，我从来没想过梭罗是这样的。但实际情形就是这样。他谈的是另外一个时空的事情，那时科技的丑恶刚刚显露，还谈不上解决之道。所以他并不是在对我们说话。于是我很不情愿地放下书，我们两个都沉默下来，各自思索。只剩下克里斯和我，还有一片树林和雨水。没有任何一本书能指引我们的路了。

我们放在帐篷旁边的平底锅已经贮满了水，于是我们把水倒进一个圆锅里，然后加了一点浓缩鸡汤，在一个酒精炉上煮起来。爬山爬得筋疲力尽的时候，吃任何食物，喝任何汤都会觉得非常美味，这锅汤也不例外。

克里斯说："和约翰夫妇比起来，我更喜欢和你一起露营。"

"环境不同。"我说。

鸡汤煮好之后，我又拿出一罐猪肉青豆倒进锅里。需要好久才能变热，但是我们并不赶时间。

克里斯说："闻起来真香。"

雨已经停了，只是偶尔有雨滴打在帐篷上。

"我想明天会是晴天。"我说。

我们把这锅猪肉青豆传来传去，两个人从不同的方向吃。

"爸爸！你一路上在想什么？你总是在思考。"

"嗯……各种事情。"

"什么样的事呢？"

"像是下雨，还有会出现什么问题，还有别的事。"

"什么事？"

"比如你长大了会是什么样。"

他很感兴趣："会是什么样呢？"

我看到他的眼中有一丝自大的神情，所以我的回答自然有所保留："我不知道！那正是我在想的。"

"你认为我们明天会爬到山顶吗？"

"会啊！我们离山顶不远了。"

"早上吗？"

"我想是吧！"

不一会儿他睡着了。从山脊上吹来一阵潮湿的晚风，吹得松树林响起一阵仿佛叹息的声音。树的影子缓缓地随风摇动，一会儿直起身来，一会儿又被吹弯了。它们受到外力的影响，无法稳定下来。帐篷被风吹得有点晃动，我起身把它钉好，然后在圆丘潮湿的草地上走了会儿，就爬进帐篷，静静地等着睡意到来。

19

阳光透过松针洒到我的脸上，让我渐渐知道身在何处，驱走了我的睡意。

刚才我做了一个梦，梦见我在一个有着白色墙壁的房间里，看着一扇玻璃门，门外是克里斯和他弟弟，还有他们的母亲。克里斯向我挥手，他弟弟在旁边笑，而他母亲却在一旁流泪，然后我看到克里斯脸上的笑容很僵硬，事实上，相当恐惧。

我向门靠近，他笑得开朗些了，示意我把门打开，我想打开它，但是又没去开。他脸上又出现恐惧的表情，但是我转身走开了。

我以前常常做这个梦，它的含义很明显，而且和我昨天晚上提到的事情颇为契合。他一直想和我亲近，但是又怕永远没有这个机会。事情越来越清楚。

帐篷外，地上的松针被太阳晒得冒起了腾腾的蒸气，空气有些潮湿，而且十分清凉。克里斯仍然睡得很熟，于是我小心翼翼地爬出帐篷，站起身来，伸展四肢。

我的腿和背很僵硬，但是并不痛，于是我就做了几分钟柔软体操，把全身放松，然后快步从圆丘跑到树林里，这样才觉得好多了。

今天早上松树的气味十分湿重，我蹲下来，在晨曦当中瞭望下面的峡谷。

后来我回到帐篷旁边，听到里面有声音，知道克里斯醒过来了。我探头进去看他，他正静静地躺着。他一向醒来很慢，在他开口之前，几乎需要五分钟的缓冲时间。这时，他正眯着眼睛看太阳。

"早啊！"我说。

他没有回答我，从松树上落下几滴雨来。

"你睡得好吗？"

"不好。"

"那可不妙了。"

他问我："你怎么会这么早就起来呢？"

"不早了。"

"什么时候了？"

"九点了。"我说。

"我敢打赌，我们一直到凌晨三点才睡。"

三点吗？如果他一直到凌晨三点还醒着，那么今天他就要尝到苦头了。

我说："但是我先睡了。"

他奇怪地看着我说："是你害我睡不着。"

"我?"

"你一直在说话。"

"你是指我说梦话?"

"不是,你提到山的事!"

这就奇怪了。"克里斯,我一点儿也不知道这件事。"

"你昨天整晚都在说,你说,在山顶我们可以看到一切,你说你会在那儿和我相会。"

我想他在做梦。"我现在和你在一起,怎么可能和你在那儿相会呢?"

"我不知道,这是你说的,"他看起来十分不舒服,"你听起来好像是喝醉了。"

他还没有完全醒过来,我最好让他自己慢慢起来,但是现在我很渴。想到我没有把水壶带上来,以为路上能找到足够的水喝,真是笨透了。要等到爬过山脊,下到另外一边,才能找到一条小溪,然后才有早餐吃。于是我说:"我们赶快收拾好上路吧!这样才能找到水做早餐。"外面已经暖和起来了,下午可能会很热。

帐篷很容易就折起来了,我很高兴东西都保持了干燥。半个钟头之后,我们收拾好了。现在除了倒下的小草之外,就像没有人来过这里一样。

我们仍然有好长的路要走,但是感觉比昨天容易爬多了。我们逐渐接近圆圆的山顶,而山坡也不像昨天那样陡峭。四周的松树似乎从来没被砍伐过，地面上完全看不到阳光，所以也没有任何灌木生长。只有一整片颇有弹性的松针，很适合走路……

现在又该进行肖陶扩了，要继续第二波结晶，也就是形而上学的部分。

在听了斐德洛关于良质的奇谈怪论之后，被冠以"朴质"之名的博兹曼的英语系教授提出这样的问题："没有被定义的良质是否存在于我们观察到的事物之中？还是只主观地存在于当事者的心中？"这是一个简单而又正常的问题，不需要急着回答。

哈！不需要急着回答，其实它是一个钓饵，是致命的一击——是让你一旦被击倒就再难爬起的问题。

如果良质是一种客观的存在，那你就必须解释为什么科学仪器无法侦测到它的存在；或者你必须提出能够探测到它存在的科学仪器。如果仪器无法探测出来，那么你整个良质的概念就完全是在胡说八道。

从另外一方面来说，如果良质是主观的感受，完全存在于当事者心中，那么你所谓的良质只不过是给你心里面随便什么东西自封的美名。

蒙大拿州立大学英语系教授提出来的问题其实是一个古老的问题，就是让你落入两难的境地。两难在希腊语里，是指一只凶猛的、正准备攻击人的野牛头上的两只角。

如果他认为良质是客观的存在，那么他就被野牛的一只角刺中了；如果他认为良质是主观的，那么他又被另外一只角刺中了。所以不论他如何回答，他都会被牛角刺中。

他从一些教授的眼中看到善意的微笑。

然而斐德洛受过逻辑训练，他知道两难的问题并不是只有两种而是有三种经典的方法足以辩驳。同时他也知道那么几个广为人知的反击方法。所以他笑着面对他们。他可以针对左角，反驳所谓的客观就意味着可以用科学测量；或者他也可以针对右角，反驳主观就意味着可以随心所欲。或者他也可以选择两角之间，否定主观和客观是仅有的选择。当然他会从三个角度分别进行。

除了这三个符合逻辑的反驳方法之外，还有一些非逻辑性的反驳方法。斐德洛身为修辞学家当然很明白这一点。

你可以将一把沙子丢进公牛的眼里。他已经这样做了，因为他宣称，对良质的无知就是无能。有一条古老的逻辑原则，发言者的能力和他言论的真假无关，所以无能只是那把沙子而已。天底下最笨的人可说太阳正在照耀，但是这并不能使太阳熄灭。而苏格拉底，这个修辞学的老对头若是活着，会给斐德洛这样的难题："没错，我能接受你认为我对于良质无知的假设。那么现在请你告诉一位无能的老人，良质究竟是什么？否则，我该如何改进呢？"或许斐德洛会思考几分钟，然后不得不承认自己也不知道良质究竟是什么。所以以他的标准来说，他自己也是无能的。

你也可以用唱歌的方式把公牛哄睡。斐德洛可以告诉质问的人，他对这种两难的问题无法回答，因为远远超过他的能力。但是他无法回答并不能证明就没有答案。这些经验更丰富的人不是要帮助他找到答案吗？然而现在用这种方法太迟了。他们只需要这样回答："不行，我们太朴质。除非你能找到答案，否则就得按照既定的课程上课，这样下学期等你那些迷惑不解的学生到了我们班上时，我们就不用让他们因为不及格而退学了。"

而第三种解决两难问题的方法，我认为是最好的，就是远离这头牛。斐德洛可以这样说："想划分良质是主观还是客观，就是要去定义它。我已经说过，它是无法被定义的。"然后就不必去解决这个问题了。我相信狄威斯肯定这样劝过他。

为什么他没有接受这种建议，而选择用逻辑和辩证的方法回答，我不知道，但是我可以推测出来。我想他认为整个理性教堂属于逻辑的范畴，如果他拒绝接受从逻辑的角度去讨论这个问题，无异于自绝于任何学术的讨论之外。哲学上的神秘主义认为真理是无法定义的，只能通过非理性的方式了解。这种思想从人类历史早期就一直伴随着我们。这就是禅的根基，但是这并不属于学术研究的范围。而学校这座理性教堂主要研究的是那些能被定义的事物，所以一个人如果想研究神秘学，他就应该去修道院而不是去大学，大学要研究的是能够形之于文字的事物。

我想另外一个他接受这个问题的原因是他的骄傲。他知道自己在逻辑和辩证方面功力深厚，把这个两难的问题当成了一种挑战。然而现在我认为，可能正是这种自大的心态引发了他所有的问题。

在前方两百码远的地方,我看到有一只鹿在动,鹿在我们上方的松树林里,我想要指给克里斯看,但是一瞬间它就不见了。

斐德洛的第一只牛角是:如果良质的确是客观的存在,为什么科学仪器无法探测出来呢?

这只牛角非常卑鄙,一开始他就知道它的杀伤力有多强。如果起初他就假定自己是超级科学家,能够在物体中看出其他科学家探测不到的良质,那么无异于是要证明自己是疯子或是笨蛋,甚至兼而有之。因为在现今的世界里,和科学相抵触的思想是无法站住脚的。

他记得洛克[1]曾经说过,物体,无论是否是科学的,只能通过它的性质来认识。这个无法驳倒的真理似乎认为,科学家之所以无法在物体中探测出良质,是因为良质就是他们探测的对象。客观的物体就是一种知识的构造,是从许多性质当中推演出来的。如果这个答案成立,自然就粉碎了这个两难的第一只牛角。这使他兴奋了好一阵子。

但是这个答案最终证实并不成立。他和学生在教室里观察到的良质和在实验室里观察到的颜色、温度、硬度那些性质是不同的。那些物理性质都可以借用仪器测量,而他的良质——卓越、

---

[1] John Locke(1632—1704),英国唯物主义经验论哲学家。——编者注

价值、善——却不属于物理范畴，所以无法测量。他被良质这个词的模糊特性困住了。他奇怪为什么会有这种现象，于是在脑子里记下来，要研究它的历史根源，然后把它暂时搁置。两难的牛角仍然存在。

于是他转而注意另外一只有可能反驳的牛角。所谓的良质只是你的喜好吗？这么说使他十分愤怒。历史上的伟大艺术家如拉斐尔、贝多芬、米开朗基罗，只是把人们的喜好表达出来。他们的目标不过就是堂而皇之地挑逗人们的感受。是不是就是这样？这么说让他愤怒。然而更让他生气的是，他没有办法立刻推翻这种看法。所以他谨慎地研究这句话，就像以往他在出击之前一样，仔细地反复思考。

然后他找到症结了。他拿出刀，把使人愤怒的那个词挑了出来，那就是"只是"这个词。为什么良质只是你所喜好的事物呢？为什么"你所喜好的"是"只是"呢？在这种情况之下，"只是"究竟是什么意思呢？经过这样反复的思考之后，他认为，"只是"在这种状况之下并没有任何意义。"只是"是一种轻蔑的口吻，对这个句子的分量毫无贡献。如果把这个词拿掉，整句话就变成良质就是你所喜好的。它的意义完全改变了，变成了不具杀伤力的事实。

他在想为什么这句话一开始就强烈地激怒了他，听起来似乎非常自然，为什么他花了那么多时间才知道它真正的意思。这句话实际是在说："你的喜好是不好的，起码是不重要的。"在这句自以为是的假设中暗示的是，让你快乐的事是不好的，起码是不重要的。这正是他全力加以反击的朴质之精髓。大人训练小孩子不去做他们喜欢的事，但是……但是什么呢？当然！要去做别人喜欢的事。而别人是指谁呢？父母、老师、督学、警察、法官、上司、国王、独裁者，这些都是权威。一旦你被训练得轻视自己的喜好，那么当然你就会对别人更加顺服——变成好奴隶。一旦你学会不做自己喜欢的事，那么你就会为系统所接受。

但是假设你去做你喜欢的事呢？难道这就表示你会跑出去开枪杀死英雄？去抢劫银行，或是强暴老妇人吗？劝你不要做自己喜欢的事，等于这个人在作一种大胆的假设，他似乎不了解，别人考虑过抢银行的后果之后，很可能就不喜欢去抢银行了。他不明白银行存在的首要理由就是因为它是人们所喜好的，因为银行能够提供贷款。于是斐德洛开始思考，为什么社会如此自然地反对你做自己所喜好的事。

结果他有许多意外的发现。当别人说不要做你喜欢的事时，并不只是表示要顺从权威，还有其他的含义。

所谓"其他的含义"代表的是深厚的古典科学的信念：为什么你所喜好的是不重要的？因为它来自于非理性的情感。他研究了很久这个论点，然后把它切割成两部分，他称之为科学的物质主义和古典的形式主义。他说这两者往往在同一个人身上出现，但是理论上却是分开的。

科学的物质主义出现在对科学感兴趣的一般人身上的次数，

远比出现在科学家身上的为多。他们认为，能用科学仪器测量的由物质和能量构成的事物才是真实的，其他的都不真实，或者最起码不重要。你所喜欢的事是无法用科学仪器测量的，因此就不真实。你喜欢的可能是一个事实，也可能是一种幻觉，感觉无法分辨这两者。科学方法的全部目的就是要分辨真假，然后消除主观、不实、想象的因素，进而得到客观而真实的现实。当他说良质是主观的，在他们看来，就是在说良质是想象出来的，因而从严肃考量现实的角度来讲，应该予以摒弃。

另外一面则是古典的形式主义，也就是认为没有从知识角度去理解的事就根本没有被理解。良质在这种情况之下是不重要的，因为它是一种不能被理性知识因素分析的情感认知。

这就是那个轻蔑的字眼"只是"的两个主要来源。斐德洛认为，科学的物质主义很容易推翻。他从早年的教育中知道，这是一种天真的科学理念，于是他用归谬法找出它的矛盾之处。这种方法的基础在于，如果在给定的一组前提下，推导出了荒谬的结论，那么可以合理地推断出，前提中至少有一个是不能成立的。那么让我们检验一下，他说，从"不是由物质和能量构成的事物都不真实或不重要"这个前提能推论出什么。

斐德洛以数字零为例，零原是印度数字，在中世纪的时候由阿拉伯人传到西方世界，所以古希腊罗马人不知道有零的存在。这是怎么回事儿呢？他不禁怀疑是否自然界将零隐藏得这么好，以至于数以百万计的古希腊罗马人都没有发现它的存在。一般人很可能认为零原本就在那儿，所有的人都可以看到。他揭示出，试图从物质和能量构成的任何形态中找出零都是荒谬的。然后他指出，这是否就表示零是不科学的呢？如果是不科学的，那是否就表示现在完全根据零和一运算的电脑，就应该改成只用一来运算呢？很快，我们就发现了其中的矛盾。

于是他又提到其他的科学观念，一个一个地揭示，它们都无法脱离主观的考量而存在。他以万有引力法则结束，也就是在我们旅行的第一天晚上，我给约翰、思薇雅以及克里斯举的例子，如果主观被视为不重要的，那么整个科学体系也会随之瓦解。

这种对于科学的物质主义的攻击，似乎将他归入了哲学唯心主义的阵营——贝克莱、休谟、康德、费希特、谢林、黑格尔、布拉德雷、鲍桑葵[1]，全都是些伟大的人物。但是我们很难用普通的言语证明这在他对良质的辩护上是有害还是有益。唯心论的说法虽然可能在逻辑学上比较合理，但是在修辞学上却不然。对大一作文来说，这个主题实在太枯燥，而且十分困难，他们确实无法理解。

从这个角度来看，主观的难题和客观的难题几乎一样缺乏新意，古典的形式主义甚至更糟。这些论点都必须将整个理性的背景纳入考量，而不应该单单因情感的冲动而立刻作出反应。

大人教小孩："不要把所有的零用钱都拿去买泡泡糖（孩子情感

---

[1] Berkeley, Hume, Kant, Fichte, Schelling, Hegel, Bradley, Bosanquet。

的冲动），因为要留作以后之用（理性的背景）。"大人明白："这家造纸厂即使有最好的防治污染系统，依然会有恶臭（情感的反应），但是如果没有它，整座城市的经济就会崩溃（理性的背景）。"根据我们古老的二分法，上面所说的就是，在你作决定的时候，不要因为表面上浪漫的诉求而不去思考它古典而且根本的理由。这一点他算是勉强同意的。

而古典的形式主义者之所以反对"良质只是你所喜好的事物"，是因为他们认为，他所提倡的主观而无法定义的良质只是表面浪漫的诉求。在教室里，针对文章的投票可以判定这篇文章是否具有表面的吸引力，但这是否就是良质呢？是否良质就是你所看到的或者比这更微妙，所以你可能无法立刻发现它，而是在好长一段时间之后才领会到？

他越检查这个论证，它越显得可怕。看起来他好像需要用整篇论文去论述它。

它之所以显得这么可怕，和一个经常在课堂上被提出的问题有关，而斐德洛每次回答时都多少有些诡辩。这个问题是：如果每个人都知道良质是什么，为什么对它会有这么不一致的意见？

他的诡辩答法是，虽然纯粹的良质对每个人都一样，但是体现良质的本原却是人人各异的。只要他不对良质加以定义，也就无法就此争论，但是他自己知道，而他也知道学生会明白，其中有种弄虚作假的意味。它并没有真正解答问题。

现在有另外一个解释：人们对良质意见不同，是因为有些人只使用了他们当下的情绪,而其他人则应用了他们整体的知识。他心想,如果让英语教师就这两种答案投票,后面这种肯定大获全胜,因为这个解释为教师的权威性打了包票。

但是这个论证完全是毁灭性的。曾经只是一个单独的、统一的良质,现在似乎变成了两个:浪漫的一个,只是看,是学生所拥有的;而古典的那一个,全盘的了解,是老师所拥有的。一个嬉皮的和一个朴质的。朴质并非良质之阙如,而是古典的良质。嬉皮亦非良质的表象,而是浪漫的良质。他所发现的嬉皮与朴质之间的裂缝仍在那里,可是良质似乎并没有完全落在裂缝的任何一边,如他先前所假设的一样。相反,良质本身分裂成两种,裂缝两边各有一种。他的简单的、整齐的、美丽的、未加定义的良质正开始复杂起来。

他不喜欢这种进行方式。这个裂缝上的字眼本来打算用于综合古典及浪漫地看待事物的方式,但其自身已经分裂成两部分,不能再综合任何事物。它已经被分析的捣碎机俘获了。主观性和客观性的刀刃已将良质一分为二,使这个概念不再有用。如果他想挽救,就不能让那刀刃靠近它。

而事实上,他所谓的良质并不是古典的良质或是浪漫的良质。它超越两者之上,既不属于主观,也不属于客观,它超出了这两个范畴之外。事实上,把整个主观-客观、唯心-唯物的两难困境与良质扯上关系是不公平的。因为唯心、唯物的争论已经出现了几百年,他们只是用这个争论把良质拖下水。既然何为心何为物尚未明确，他又如何能够说出良质究竟是唯心的还是唯物的呢？

如此一来，他便摆脱了左角。良质不是客观的，它不存在于物质的世界。

然后他又避开了右角，良质也不是主观的，它不单单存在于人心之中。

最后，斐德洛走上了据他所知西方思想史上从未有人走过的道路，那就是径直走过主客观这两只角之间的区域，并且说良质既不属于心，也不属于物。它是独立于这两者之外的第三种实体。

有人在蒙大拿州立大学的礼堂里听到他在楼梯上和走廊里轻声地哼着："圣哉，圣哉，圣哉……三位一体的存在。"

我隐隐约约地想起，很可能记错了，也可能是我自己想象出来的，那就是他让这整个思想的结构停滞了好几个礼拜，而不再进一步探讨。

克里斯大叫："我们什么时候才会爬到山顶？"

我回答："可能还有很长一段路。"

"我们会看到很多东西吗？"

"我想会吧！去找找树木之间的蓝天。只要我们还看不到天，就还有很长一段路。爬到山顶的时候，阳光自然就会透进来。"

昨天晚上的雨把地上的松针都浸湿了，踏上去十分舒服。有时候山坡上会有一层这样的松针，如果是干的就会很滑，你必须踏稳每一步，否则就容易滑倒。

我对克里斯说:"这儿完全没有灌木丛,是不是很棒?"

"为什么没有呢?"他问我。

"我想这里的树从来没有人砍伐过,一片森林如果几百年都没人碰过,大树就会遏止所有灌木的生长。"

克里斯说:"这里就像一座公园,你向四处望都是一片空旷。"他的情绪似乎比昨天好了很多。我想接下来的一段路,他会走得很好。森林里面的寂静会让每一个人都有所进步。

根据斐德洛的见解,这个世界是由三种事物所组成的,就是心、物和良质。一开始他并没有因为没能在它们之间建立任何关联而苦恼。假如心与物之间的战争已经持续了好几百年尚且没有得到解决,为什么他要在短短的几个礼拜之中为良质骤下结论呢?所以他暂时把它搁在一边,放在心灵的架子上。在那儿有许多他一时找不到答案的问题,他知道这三者之间的关系迟早会建立起来。但是现在不用着急,他只想好好地放松一下,因为刚刚避开了那两只牛角的险境。

然而继续研究下去,他发现,虽然现在暂时没有任何理论能推翻这种说法,但是这种三位一体的状况仍很特殊。一般哲学家研究的要么是一元论,比如说上帝,将世界的本质解释为单一事物的表现;要么是二元论,比如说心与物,将世界解释为两种东西;也可能研究的是多元论,将世界解释为无限多的事物的表现。但三是一个奇怪的数字,你立刻就会想知道,为什么是三呢？它们之间的关系如何？斐德洛一旦休息够了，也对这种关系十分好奇。

他强调，虽然你可以把良质与物体联系在一起，但是良质的感觉仍然可能单独出现。这导致了一开始他认为良质是全然主观的，但是主观的快乐并不是他所谓的良质，良质反而会降低主观性。良质使你能跳出自己，让你意识到周围的世界。良质和主观是对立的。

我不知道他得出这个结论时，思考了多少，但是最后，他认为良质不会单独与主观或客观发生关系，而是只在这两者产生关系的时候才会出现，也就是说在主观和客观交会的一刹那。

听起来很顺耳。

良质并不是一种物体，它是一种事件。

更顺耳了。

它是主观意识到客观的存在时所发生的事件。

因为没有客观就无所谓主观。因为客观会让主观意识到自己的存在——所以良质就是同时意识到主客观两者时所发生的事件。

太棒了！

现在他知道就快到了。

这表示良质不仅仅是主体和客体相遇所产生的结果，实际上主体和客体的存在是由良质这个事件产生的。良质是主体和客体的因，而过去大家误以为主体和客体才是因。

现在，他扼住了两难困境这个坏家伙的喉咙。一直以来，这个困境中都有一个难以觉察的错误假定,即良质是主体和客体的果,却没有合乎逻辑的理由。事实上并非如此!他拿出他的刀子。

他写道:"良质像一个太阳,它并不是绕着我们的主体和客体运转。它不是被动地照亮它们。它也并非隶属于它们。事实上,它创造了它们,它们才是隶属于它的。"

当他写下这段话的时候,他知道,经过这么多年的努力,他终于到达了思想上的一个高峰。

克里斯大叫:"天空。"

远远的上方,树干之间有一道窄窄的蓝天。

我们走得更快了,而那道蓝天变得越来越宽,然后树越来越稀疏,我们看见了空旷的山顶。在离山顶还有五十码的时候,我说:"让我们跑过去吧!"于是我们把剩余的精力一股脑地全部释放了出来。

我奋力地跑,但是克里斯很快就追上了我,然后超过我,而且还一直不停地笑。背着这么沉重的行李,海拔又这么高,我们并不想创造任何纪录,只是尽可能地发挥出自己的能力。

克里斯先到达山顶,而我正从树林中冲出来。他举起手臂大声喊着:"我赢了!"

自我主义者。

我喘得很厉害,跑到的时候几乎不能说话。我们把背包卸下来,躺倒在岩石上。地表已经被太阳晒干了,但是下面还有昨天晚上下雨所造成的泥浆。在我们下方，离这片森林几英里远的地方是加勒廷河谷。在河谷的一角则是博兹曼。有一只蚱蜢从石头上跳起来，然后越过树梢飞走了。

克里斯说："我们成功了。"他非常高兴。我还是喘得很厉害，无法回答。我脱下靴子和袜子，流汗太多，它们已经湿了。我把它们放在一块石头上晒干，沉思着看它们冒出的水汽在阳光中蒸腾。

20

显然我睡着了，阳光炙热，再过几分钟就到十二点了。我看了看石头的另一边，克里斯睡得很熟。在他上面远远的地方，森林不见了，只有岩石和一堆堆的积雪。我们可以从山脊背面直接爬上去，但是接近山顶的时候会很危险。我看了好一会儿山顶，克里斯说我昨天晚上告诉了他什么来着？我们会在山顶见面……不是……我们会在山顶相会。

我一直和他在一起，怎么会和他在山顶相会呢？这一点真的很奇怪。他说有一天晚上我还告诉了他一些别的事，我说这里很寂寞。这和我想的完全不同，我一点也不觉得这里很寂寞。

落石的声音让我注意到山的另外一面，那儿没有任何东西在动，纯粹的寂静。

没关系，你经常会听到小落石的声音。

不过，有的时候落石并不小。雪崩之前就会先落石，如果你在雪崩之上，或是在它们旁边，那么看雪崩是一件很有意思的事。但是如果它们在你上面，那么万事休矣，你只能眼睁睁看着它们向你砸来。

人睡着的时候往往会说些奇怪的事，但是为什么我告诉他会在山顶相会呢？为什么他认为我醒着呢？这实在奇怪，让我感觉非常不安。你得先有感觉才会去思索原因。

我听到克里斯在动，转头看到他正向四周观望。

他问我："我们在哪里？"

"在山脊的顶端。"

"噢！"他说着笑了笑。

我开始用瑞士奶酪、意大利辣香肠和苏打饼干做午餐，小心地把奶酪和辣香肠切成整齐的薄片。周围的宁静可以让你把事情做得很漂亮。

他说："让我们在这儿盖座小屋吧！"

"噢！"我说，"每天都要爬上来吗？"

他开玩笑地说："当然啦！爬上来并不难！"

昨天在他的记忆中已经很遥远了。我拿了一些奶酪和饼干给他。

他问我："你一直在想什么呢？"

我回答他："各种事情。"

"什么事情？"

"大部分的事情对你来说没有任何意义。"

"比如说？"

"比如说，为什么我会告诉你我们会在山顶相会呢？"

他说了一声"噢"就低下头去。

"你说我好像喝醉了。"我告诉他。

他说："不是喝醉了。"他的头依然垂着。他这种表情让我再次怀疑他是否在说实话。

"那么是怎样了呢？"

他没有回答我。

"克里斯，到底是什么情形？"

"就是不一样嘛！"

"怎么个不一样呢？"

"这个我不知道！"他抬起头来看着我，眼睛里闪过一丝恐惧。"就像你很久以前那个样子。"他说完又低下头去。

"什么时候？"

"我们住在这里的时候。"

我不动声色，不让他知道我心里的变化。然后我小心地站起来，走到石头边，很有技巧地把袜子翻过来。它们早已经干了。当我把袜子拿回来的时候，他仍然望着我。我随意地说："我不知道我听起来和以前不一样。"

他没有回答。

我把袜子穿上，然后套上靴子。

克里斯说："我渴了。"

"下面不远就可以找到水喝，"我说着站了起来，看了一会儿山顶上的雪，然后说，"你准备好出发了吗？"

他点点头，于是我们把背包背起来。

我们沿着山脊朝着一条溪谷的源头走去，这时我们又听到一阵落石的声音，比刚才的声音大多了。我抬起头，想看看究竟是从哪里落下来的，但是毫无所获。

克里斯问我："怎么回事儿？"

"落石。"

我们停下来听了一会儿，克里斯问我："那里有人吗？"

"没有，我想只是融雪让石头松动了。在初夏的时候像这么热，经常会有一些小落石。有的时候也会落大的石块，那是山老化的过程。"

"我不知道山也会疲劳。"

"不是疲劳而是老化。它们会变得越来越圆，越来越平缓。这里的山还没有开始老化。"

现在除了山顶，我们的四周都覆盖着一层墨绿色的森林，远远望去，森林好像柔软的天鹅绒一般。

我告诉他："你看这些山，现在看起来这么宁静，仿佛会永远在那儿。但是它们其实一直在改变，而这些变化并不总是悄悄进行的。就在我们脚底下，有一股力量可以把这整座山撕开。"

"发生过吗？"

"发生过什么？"

"把整座山撕开。"

我说:"发生过。"然后我记起来了,"离这里不远,有十九个人被几百万吨岩石给活埋了。每个人都很惊讶只有十九个人。"

"是怎么回事?"

"他们是从东部来的游客,到这里露营,晚上的时候,地突然裂开了。第二天早上救助人员赶到的时候只能摇摇头,甚至连挖都没有挖。因为他们需要从几百英尺厚的岩石底下把尸体挖出来,然后还要再埋葬一次。所以干脆就让他们留在了那儿。现在他们还在那里。"

"他们怎么知道是十九个人呢?"

"根据他们的亲戚邻居报告的失踪人口知道的。"

克里斯看着我们眼前的山顶:"事前难道没有任何警告?"

"我不知道。"

"你认为会有警告吗?"

"可能有。"

脚下的山脊开始向内凹陷,我们走到了溪谷的源头。我发现可以沿着这条溪谷下去,然后就能找到水喝。我开始侧着身往下走。

从上面又落下一些石头,突然间,我害怕起来。

我叫着:"克里斯!"

"什么事?"

"你知道我在想什么吗?"

"不知道,你在想什么?"

"我想我们现在最聪明的做法是不要去爬那个山顶,换个夏天再来爬。"

他沉默下来,然后说:"为什么呢?"

"我预感情形不妙。"

他好一阵儿不说话,最后说道:"会发生什么呢?"

"我想很可能会碰到风雪,或是摔下去什么的,那么我们就真的有麻烦了。"

他又好久不说话,我抬起头来,看见他脸上失望的表情。我想他知道我有一些话没说出来。"你先想一想,"我说,"然后等我们到了水边吃午餐的时候再作决定。"

我们继续往下走。"好吗?"我说。

他终于不情愿地说:"好吧!"

现在下山容易多了。但是我知道很快就会变得更陡。这里仍然地势开阔,阳光灿烂,但是不久我们又会进入森林。

我不知道该怎么解释,晚上说的那些古怪的话给我的感觉很不好,对我们两个人都一样。似乎到了晚上,这一切,骑车、露营、肖陶扩和这所有的老地方,对我都有不好的影响,到了晚上就会发作。我想尽快离开这里。

我不认为对克里斯来说,这段时间还和以前一样。我这些天经常疑神疑鬼,我不怕承认这一点。而斐德洛从来不怕鬼,从不。这就是我们之间的区别,这就是为什么我活着,他却死了。如果是他在上面等着我,不管他是一种精神实体,还是鬼魂或者幽灵，让他等着去吧，他恐怕要等上很久了。

过了一会儿，这里的高度变得令人毛骨悚然，我想下去，远远地下去，越远越好。

一直下到海里，这样就对了。在那儿，海浪慢慢地翻滚着，你可以听到海涛的怒吼，而你不会摔落到任何地方，因为你已经在底部了。

现在我们又进了树林，山顶被树枝挡住了，我很高兴。

我想在这一次肖陶扩之中，我们已经对斐德洛的思想有了足够的了解，现在我想离开他的路。我已经忠实地把他的思想记录了下来，现在我想发展自己的想法，就是他忽略的一面。这一次肖陶扩的主题是"禅与摩托车维修艺术"，而不是"禅与爬山的艺术"。在山顶没有摩托车，也很少有禅。禅是山谷的精神，而不是山顶。你在山顶发现的禅，是你把它带上去的。让我们离开这里吧！

"下山的感觉真好，不是吗？"我对克里斯说。

他没有回答我。

我想很可能我们要吵上几句。

你千辛万苦爬到山顶，得到的却只是一块大石板，上面有一堆戒条。

对他来说，情形就是这样。

以为他自己是该死的救世主。

我可不是。我们花的时间太多,但是收获太少。让我们离开吧!离开吧……

于是我两步并作一步地跳下山去,直到听见克里斯叫我:"慢一点儿……"然后我才发现他已经在我身后几百码远的林子里。

于是我慢下来,但是过了一会儿,我发现他是故意在后面慢慢地走。当然,他很失望。

我想,在肖陶扩里我应该做的是,把斐德洛所走的方向简要地指出来,而不要加以任何的价值判断,然后再发展我自己的思想。相信我,如果我们不从二元化的角度去看事情,而是从良质、心和物三位一体的角度,那么摩托车维修的艺术以及其他的艺术都会产生前所未有的意义。约翰夫妇所逃避的科技怪物就不再面目狰狞,而成了很有意思的东西。要把这一点解释清楚,是一项漫长而有意思的工作。

但是在给这个科技怪物发解雇通知书之前,首先我要提出的是:

如果斐德洛的第二波结晶,也就是形而上学,最终在日常世界中开始结果,那么他本应走上我现在要走的路。我认为如果能够改善人们的日常生活,那么形而上学就是好的,否则就忘掉它吧。不幸的是,他的第二波结晶并没有在这个方向上开花结果,而是走向第三波神秘结晶,他再也没有从中走出来。

他曾经推演过良质与心、物之间的关系,从而确认良质是心、物的根源。如果没有经过仔细的解说,这一哥白尼式的逆转听起来会很神秘,但是他并不希望如此。他的意思只是,在认知一个物体之前,必然有一种非知识性的意识,他称之为良质的意识。在你看到一棵树之后,你才意识到你看到了一棵树。在你看到的那一刹那以及意识到的那一刹那之间,有一小段时间。我们常认为这一段时间不重要,但是并没有证据显示这一段时间不重要——情形完全不是如此。

"过去"只存在于我们的记忆之中,"未来"则存在于我们的计划之中,而只有"现在"才是唯一的现实。你从知识角度所意识到的那棵树,由于这一小段时间的关系,便属于过去,因而对你来说并不真实。任何从知识角度所意识到的总是存在于过去,因而都不真实。所以现实总是存在于你看到的那一刹那,而且是在你形成关于它的知识之前。除此之外,没有别的现实。这种先于知识的现实,就是斐德洛所谓的良质。由于所有可从知识角度定义的事物必须来自于这一先于知识的现实,所以良质是因,是所有主体以及客体的根源。

他认为知识分子最难了解这种良质,因为他们反应过快,立刻将一切化成思考的形式,又对此持有固执的自信。而最容易看见良质的是儿童以及未受过教育的人,还有被剥夺受教育权利的人。他们很少受到文化的影响,因而较少接受正规的训练,没有让文化渗透他们的心灵。他认为,这就是为什么朴质是一种独特的知识性的疾病。他发现由于学校教育在他身上的失败,使他偶然地拥有了对这种疾病的免疫力。最起码在某种程度上来说，不具有这种习惯。之后他自然就不认同知识，可以带着同情审视那些反知识的教义。

那些朴质的人，因为对知识有偏见，通常认为良质这个先于知识的现实毫不重要，只不过是客观现实和主观感知之间的一个过渡时期。由于他们早已认定它不重要，所以不会去研究它和他们对它的知识性认识是否不同。

他认为的确不同。一旦你听过良质的声音，看到那面韩国的墙，也就是非知识性的现实最纯粹的形式，你就会想把那些文字玩意儿全都忘掉，因为你已发现一片新天地。

现在他有这套三位一体的新理论支持，就阻止了浪漫与古典之间的分裂。这种分裂差一点把他给毁了。它们再也不能把良质肢解，而他可以轻松地坐在那儿，把"它们"肢解。浪漫的良质总是与瞬时的印象相结合，而古典的良质总是需要一段时间的考量。浪漫的良质是指此时此地的事情，而古典的良质则超越此刻，必须考虑现在与过去和未来的关系。从浪漫的观点来看，过去和未来都包含在此刻之中，这就是活在当下的态度，那么，如果摩托车此刻仍然正常行驶，为什么要替它操心呢？如果你从古典的角度去看，现在只不过是过去与未来之间的一瞬，忽略过去和未来对现在的影响，就是坏的良质。摩托车现在可能正常行驶，但是最近什么时候检查过油表呢？从浪漫者观点来看，这样想有些大惊小怪，但是对古典的人来说却是常识。

现在我们有两种不同的良质,但是它们不再分裂良质本身。它们只是良质的两个不同时间面,短的和长的。此前他们要求他给出的是下面这样一个形而上学的层次结构:

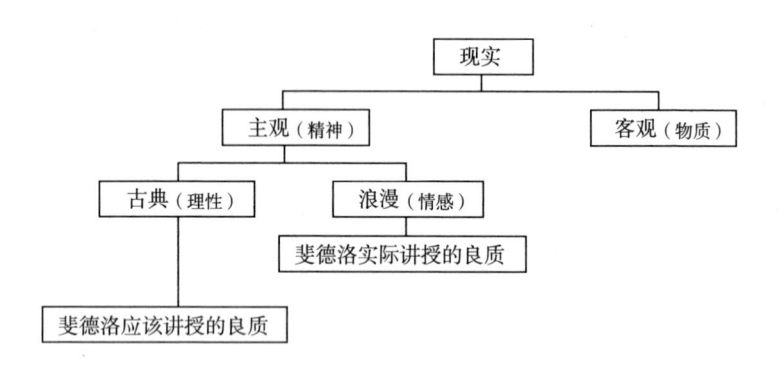

```
现实
├── 主观(精神)
│   ├── 古典(理性)
│   │   └── 斐德洛应该讲授的良质
│   └── 浪漫(情感)
│       └── 斐德洛实际讲授的良质
└── 客观(物质)
```

而他给出的形而上学的层次结构则是这样的:

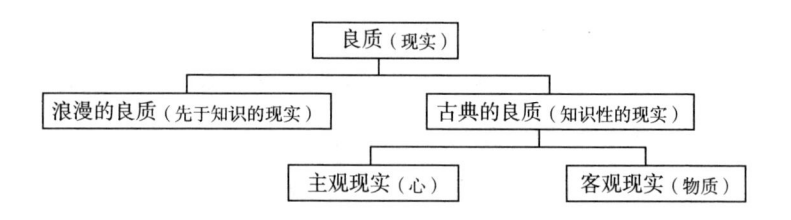

```
良质(现实)
├── 浪漫的良质(先于知识的现实)
└── 古典的良质(知识性的现实)
    ├── 主观现实(心)
    └── 客观现实(物质)
```

他所讲授的良质不只是现实的一部分,而是现实的全部。

于是他根据三位一体的概念回答这个问题。为什么每一个人所看到的良质都不同?以前这样的问题他要花极大的篇幅进行回答,而现在他这样回答:"良质无形、无状,也无法形容。去看形状和形式就是知识化。而良质是独立于形状和形式之外的。我们给良质的名字、形状和形式只有部分基于良质自身,另一部分则基于我们由经验中得出的先验的印象。我们不断地在良质事件中寻找与我们过去经验相似的东西,如果找不到就无法行动。我们正是根据这些东西建立起了我们的语言。我们正是根据这些东西建立起了我们的整个文化。"

他认为每个人看到的良质都不同的原因在于,每一个人都有不同的背景。他以语言为例,我们听印度语中 *da*、*da* 和 *dha* 的发音感觉都一样,是因为没有和他们相似的背景,所以无法分辨那些音节的差异。同理,大部分说印度语的人,也不能分辨英语中的 *da* 和 *the* 有何不同。他说,对印度村民来说,看见鬼魂是很正常的现象,而要他们明白万有引力定律却十分困难。

他认为这就说明了,为什么大一新生评判文章时有相同的标准,因为他们都有相似的背景、相似的知识。但是如果班上有一群外国学生,或者研读超出班级经验范围的古诗文,那么学生们在评判良质的等级时就可能出现极大的差异。

所以,在某种意义上,一个学生对良质的选择定义了他是谁。人们对于良质有不同的看法,并不是因为良质本身有差异,而是每一个人的经验背景不同。所以他推测,如果两个人有完全相同的背景,那么他们眼中的良质也会完全相同。然而我们无法进行这种试验,所以这仍然只是一种推测。

他是这样回答同事的：

"关于良质，任何哲学解释都既对又错，因为它是哲学解释。哲学解释的过程就是分析，把一样东西分成主语和谓语。我所说的良质（和其他人用这个词时的意思一样）是不可以被分解成主语和谓语的，这不是因为良质是神秘的，而是因为良质是非常简单、迅捷而直接的感应。

"要让我们这种背景的人了解纯粹的良质，用最简洁的语言形容就是，'良质是有机体对环境的反应（他用这种词，是因为质问他的人习惯用刺激和反应的行为理论衡量事物）'。如果你把一只阿米巴原虫放在一盘水里，然后在它附近滴一滴稀硫酸，我想它会避开。即使它不知道硫酸是什么，要是能开口说话，它也会说：'这个环境很恶劣。'如果它有神经系统，就会用非常复杂的方式去克服恶劣的环境。它会从过去的经验当中寻找相似的东西，比如影像或符号，来对这种讨厌的环境作出'定义'，从而去'理解'它。

"然而我们高度复杂的生物体在对环境作出反应时，发明了许多了不起的相似物，包括天、地、树、石头、海洋、神明、音乐、艺术、语言、哲学、工程、文化和科学，我们把这些相似物叫作现实，于是它们就成了现实。然后我们把这种现实观灌输给我们的孩子，并把不接受的人丢进疯人院。但是让我们发明出这些的正是良质。良质就是环境给我们的持续刺激，让我们创造出所居住的世界。其中的一切。其中的一点一滴。

"如果我们想用我们所创造的世界去涵盖我们创造的源头，这是不可能的。这就是为什么良质无法被定义，如果我们去定义，我们所定义的也无法涵盖良质整体。"

这段话是我记忆当中最深刻的一段，很可能是因为它最重要。他写的时候有些震惊，想把"其中的一切。其中的一点一滴"涂掉，我想他认为这是一种疯狂的念头，但是他找不到任何理由剔除这些字眼。现在已经无法后退了，他抛开内心的紧张，把这几个字眼保留了下来。

他放下铅笔……觉得仿佛有东西释放出来了。好像有些东西原先被禁锢得太痛苦，如今终于放开了。然而为时已晚。

他开始明白，他已经偏离了最初的见解，他不再讨论形而上学的三位一体，而是绝对的一元论。良质是一切的源头和本质。

这时他的心中充满了全新的哲学思潮。黑格尔在讨论"绝对理念"时也提到过这一点。"绝对理念"也独立于主体与客体之外。

然而，黑格尔说绝对理念是一切的源头，可是又把浪漫的经验从"一切"中剔除掉了。所以他的"绝对"是完全古典、理性和有序的。

良质却不是这样。

斐德洛记得黑格尔曾经被视为东西方哲学的桥梁。印度教的吠檀多、道家的思想，甚至佛陀都被视为绝对的一元论，与黑格尔的哲学相似。斐德洛当时怀疑神秘主义和一元论无法互相转换，因为神秘主义没有规则可循，而一元论却不然。而他所提出的良质是形而上学的实体，并不是神秘主义。或者也是神秘的？有什么差异呢？

他给自己的回答是，两者之间的差异在于是否可被定义。形而上学的实体都有定义，而神秘的思想却没有，因此良质是神秘的。不！实际上它两者都是。虽然他一直从哲学的角度去思考它，把它当作形而上学的问题，但是他一直拒绝去定义它，因而使它同样带有了神秘的特质。正是由于无法定义，反而使它脱离了形而上学的局限。

然后斐德洛心血来潮地走到书架旁，拿起一本蓝色的精装小书，许多年前，他亲手把这本书抄了下来，然后自己装订成册，因为在书店里根本买不到。这是两千四百年前的老子的《道德经》，他开始读里面已经读过许多遍的经文，但是这一次，他想从中找到某种替代品，于是他一边读一边解释。

他读道：

道［良质］可道［定义］，非常道［绝对的良质］。

这正是他所说的[1]。

名可名，非常名。

无名天地之始，

有名万物之母……

---

[1] 斐德洛所读的《道德经》英文原文：
The quality that can be defined is not the Absolute Quality.
The names that can be given it are not Absolute names.
It is the origin of heaven and earth.
When named it is the mother of all things...
Quality（romantic Quality）*and its manifestations*（classic Quality）*are in their nature the same. It is given different names*（subjects and objects）*when it becomes classically manifest.*
Romantic quality and classic quality together may be called the "mystic".
Reaching from mystery into deeper mystery, it is the gate to the secret of all life.
Quality is all pervading.
And its use is inexhaustible!
Fathomless!
Like the fountainhead of all things...
Yet crystal clear like water it seems to remain.
I do not know whose Son it is.
An image of what existed before God.
...Continuously, continuously it seems to remain. Draw upon it and it serves you with ease...
Looked at but cannot be seen...listened to but cannot be heard...grasped at but cannot be touched...these three elude all our inquiries and hence blend and become one.
Not by its rising is there light,
Not by its sinking is there darkness
Unceasing, continuous
It cannot be defined
And reverts again into the realm of nothingness
That is why it is called the form of the formless
The image of nothingness
That is why it is called elusive
Meet it and you do not see its face
Follow it and you do not see its back
He who holds fast to the quality of old
Is able to know the primeval beginnings
Which are the continuity of quality.

一点没错。

此两者[浪漫的良质和古典的良质]同出而异名[被古典思维命名为主观和客观]。

[浪漫良质和古典良质]同谓之玄[神秘]。

玄之又玄,众妙之门。

道[良质]冲而用之或不盈!

渊兮!

似万物之宗……

湛兮似或存。

吾不知其谁之子,

象帝之先。

……绵绵若存,用之不勤。……

视之不见……听之不闻……搏之不得……此三者不可致诘,故混而为一。

其上不皦,

其下不昧。

绳绳不可名,

复归于无物。

是谓无状之状,

无物之象,

是谓惚恍。

迎之不见其首，

随之不见其后。

执古之道[良质]，

以御今之有，

能知古始，

是谓道纪[良质的持续]。

斐德洛一句一句、一段一段地念，发现它们正符合他的意思。这就是他一直在说的，只不过他表达得很僵化，而《道德经》中却说得清楚而准确。这就是他一直在说的，只是此刻却从不同的背景，用不同的语言说了出来。他从另一座山谷看到了这一座山谷的景象，并不是陌生人所讲的故事，而是他所置身其中的山谷的一部分。他看到了一切。

他已经破解了密码。

他一行一行、一页一页地继续读下去，其中没有任何不符之处。他所提倡的良质就是这里所谓的道，是所有宗教的原创力，不管是东方的还是西方的，不管是过去的还是现在的，是所有知识的源头，是一切的源头。

然后他睁开心灵的眼睛，看见了他自己的影像，意识到了自己身在何处，意识到了自己看见了什么……我不知道究竟发生了什么事……斐德洛先前感受到的滑落，内心的崩解，突然之间积聚了动力，就像山顶滑落的岩石一样。在他能够阻止之前，突然累积起来的意识开始逐渐膨胀，一直膨胀到失去了控制，于是雪球越滚越大，远远超过它原先的体积，直到无物可以抵挡。

一切都消失了。

从他的脚下轰然崩塌。

21

克里斯说："你不是非常勇敢，对不对？"

"对。"我拿起一根意大利蒜味腊肠，用牙齿撕去外皮，"但是你若知道我有多聪明，一定会大吃一惊的。"

现在我们已经离山顶很远了，松树林和灌木丛比峡谷另外一侧高多了，也密多了。很显然，这一侧的雨水比较多。我拿起一个圆锅，喝了一大口水，是克里斯从溪边取回来的。然后我看了看他，从他的表情可以看出，他已经接受了下山的事实，所以不必再和他争论了。我们吃完午餐，又吃了一些糖果，然后又喝了一些水把它们冲下去，接着躺在地上休息了一会儿。山上的泉水是世界上最甘美的。

过了一会儿，克里斯说："我现在可以背重一点儿的东西了。"

"你确定吗？"

"当然。"他有一点骄傲地说。

我感激地把一些较重的东西装到他的背包里。我们背上背包站了起来。我可以感觉到重量变轻了。他心情好的时候也能够体谅别人。

从这儿开始坡度变缓了。很明显,这儿的树林有人砍伐过,有许多灌木,比人还高,所以走起来特别慢。我们得绕行了。

在接下来的肖陶扩中,我想摆脱对极具普遍性的本质进行的知识性的提炼,进入具体的、更具实用性的日常信息中,而我不太确定该如何进行。

很少有人提到,拓荒者在本性上,一定是麻烦制造者。他们只看见自己高远的目标,而完全忽略自己所制造的各种混乱。别人必须跟在他们屁股后面收拾。而这种工作毫无魅力,也很乏味。在做之前,你很可能会沮丧一阵子。一旦你习惯了低调之后,感觉就不会那么恶劣了。

能够在个人经验的某个山顶上发现良质和佛陀在形而上学上的关系,是一件激动人心的事,但是并不重要。如果这就是这次肖陶扩的全部主题,那么我就应该结束了。重要的是这个发现与我们眼前无穷无尽的、单调乏味的工作和岁月之间的关系。

思薇雅明白自己第一天究竟在说什么,当时她看到大家都朝着一个方向走。她称之为什么?"送葬的行列"。现在我的工作就是要以一种更宽广的理解方式进入这个行列当中。

首先我要澄清一点,我并不知道斐德洛认为良质就是道是否是正确的。我也不知道任何证明的方法。因为他所做的一切,只不过是把他对某一个神秘实体的了解与另外一个互相比较。他当然认为它们是相同的，但是他也可能不完全了解良质究竟是什么，或者他更可能不了解道。他当然并不是圣人，那本书里有许多给圣人的建言，他本应该留意到的。

因此我认为，他所有形而上学的爬山，对于我们对良质的了解以及对道的认识完全没有任何帮助。

听起来似乎是在排斥他的思想，但事实上并非如此。我想他也会同意我这样说，因为任何形容良质的方法都是一种定义，所以必然会有它的不足之处。我想他也会说，他对良质的说明，甚至比不说明还要糟。因为说明就很可能会误导别人对良质的了解。

对，他所做的对良质或道并没有什么帮助。受益的是理性。他展示的方法可以扩展理性的范围，涵盖了一直无法被理性同化而被认为是非理性的层面。我想二十世纪混乱而不连贯的精神之所以产生，就是因为这些非理性的元素在哭喊着寻求认同。我现在就想尽可能有条理地探讨这一点。

现在我们脚下踩的烂泥变得很滑，几乎站不住。我们必须抓住两旁的树枝和灌木丛，才能够稳住身体。我先踏出一步，然后探索下一步要踏在哪里，然后再踏下一步。

很快我发现灌木丛变得十分浓密，必须砍断一部分才能通过。我坐下来，让克里斯从我的背包里拿出弯刀。他把弯刀交给我，然后我就开始一路砍下去。我一头钻进灌木丛里。我们走得很慢，每走一步都必须砍断两三枝，这种情形会持续很长一段时间。

首先，斐德洛说过"良质就是佛陀"，这种断言如果是真的，就能为人类现在分裂的三种经验找到融合的理性基础，这三个方面是宗教、艺术和科学。如果能够证明这三者的中心术语就是良质，而良质只有一种而非许多种，那么这三种分裂的经验就有了互相交流的基础。

良质和艺术的关系可以通过斐德洛寻求修辞艺术中了解良质得到充分的说明，我想不需要在这里进一步分析。艺术是一种高级良质的努力，需要说的就是这些了。如果还要更深入地解释，那就是：从人们的作品中可以看到，艺术就是神。所以，我们可以由斐德洛所建立的认知了解到，这两个大大不同的境界其实就是同一个。

然而在宗教的领域，神与良质的理性关系，我想需要更完整地进行建构，我希望以后再讨论这一点。现在我们起码可以知道良质与佛陀在古英语中的字根其实是同一个（*Good* 和 *God*）。

在科学的领域，我想讨论的是最近的将来，因为这是最为急需建构关系的一个领域。认为科学和科技没有价值，换句话说，没有良质，这一看法应该终止了。在开始这次肖陶扩时我们注意到的科技丑恶力量的背后，正是它的"价值空白"。明天我想从这一点开始讨论。

下午剩下的时间里，我们一路跨过倒下的枯树，然后在陡峭的山坡上走Z字形下山。

我们走到一座悬崖处，沿着它的峭壁找到一条狭窄的路下去。就在这条小路旁边，岩石裂了一条大缝，里面有一条小溪，灌溉着不少灌木和大树。然后我们听到远处有更大的溪水声。

我们利用绳子涉过小溪，把绳子留在了原地。后来在远处的路边，我们看到其他的露营者，就请他们载我们回城。

到博兹曼的时候天已经黑了。为了不打扰狄威斯夫妇，我们没让他们来接我们，就在城里的酒店住下了。大堂里有一些游客盯着我们。我穿着旧军服，走路姿势僵硬，两天没有刮胡子，又戴了一顶黑色的鸭舌帽。我想看起来肯定像是以前的古巴革命军人在演习。

进了房间，我们非常疲劳，把所有东西都丢在地上，然后把溪流冲进靴子里的石子倒进垃圾筒，又把靴子放在窗前，让冷风慢慢把它吹干。我们什么话也没说，就瘫在床上了。

22

第二天早晨，我们精神焕发地离开酒店，跟狄威斯夫妇道过再见，沿着开阔的公路离开博兹曼，朝北边骑去。狄威斯夫妇希望我们留下来，但是我想往西走，以继续我的思索，这个特别的向往占了上风。今天我想谈一位斐德洛从未听过的人物，而我为了准备这次的肖陶扩已经广泛阅读过了他的作品。与斐德洛不同，这个人在三十五岁时已是国际名人，五十八岁时成了一个活着的传奇,伯特兰·罗素描述其为"大家公认的、那个时代最著名的科学家"。他集天文学家、物理学家、数学家、哲学家于一身。他的名字叫儒勒·昂利·庞加莱。

我猜,我始终不相信斐德洛走的是一条没有任何人走过的路。一定有某个人,在某个地方,曾经思考过这一切。而斐德洛是这么一个可怜的学者,可能他只是在复制一些老生常谈的著名哲学体系,而没有费劲去研究。

因此,我花了一年多的时间阅读冗长而且有时非常琐碎的哲学史,去探寻他所复制的观念。不过,用这种方式阅读哲学史倒也趣味盎然。我有一个发现不知该如何解释。被认为彼此完全对立的哲学体系看起来却都和斐德洛的学说非常接近,只有细微的差异。日复一日,我认为我已经发现他在复制谁,但每一次,由于看起来很细微的差异,他却走上了完全不同的方向。以黑格尔为例,我先前曾提到过他,他拒绝印度哲学体系,认为其一点都不是哲学。但是斐德洛似乎吸收了印度哲学,或者被它同化。毫无矛盾之感。

我终于读到了庞加莱,又一次发现一点复制,但实际是另一种现象。斐德洛沿着一条长而弯曲的路径,抵达了最高的抽象结论,他似乎要往回走了,却突然停住了。而庞加莱从最基本的科学真理开始,抵达同样的抽象结论后停下来。两人的路径刚好结束在彼此的尽头!在他们之间有完美的延续性。当你站在非理性的阴影下,另一个所思所谈如你所为的心灵的出现,几乎可算上天的赐福了。就如鲁滨逊·克鲁索在沙滩上发现的足迹[1]。

庞加莱从一八五四年活到一九一二年，是巴黎大学的教授。他的胡子与夹鼻眼镜使人回想起亨利·图卢兹-劳特瑞克[2]，劳特瑞克当时也住在巴黎，只比庞加莱年轻十岁。

庞加莱活着的时候，精密科学的基础中已产生了一种令人担忧的深刻危机。多年以来，科学真理已经不容许怀疑的存在；科学的逻辑是不会错误的，如果科学家有时出错了，一定是因为他们弄错了规则。所有伟大的问题都已经得到了回答。现在科学的使命只是去提炼这些答案，使其更加精确。的确仍有未经解释的现象存在，如放射性、经过"以太"[3]传播的光，以及电与磁的奇特关系。但是，从过去的辉煌战果来看，这些终将被攻克。没人能预料到，短短几十年内，绝对空间、绝对时间、绝对实体甚至绝对磁力全都不复存在了；经典物理学——数百年来的科学基石——会变成"近似的"；而最清醒的、最受尊敬的天文学家会告诉人类，如果有一个威力足够的望远镜，看得够远的话，我们所看见的会是自己的后脑勺。

相对论能动摇一切的基础，而它的基本原则只为非常少的一些人所了解，庞加莱，那个时代最杰出的数学家，是其中一个。

1　《鲁滨逊漂流记》中的一个情节。——编者注

2　Henri Toulouse-Lautrec（1864—1901），法国艺术家。——译注

3　ether，一种假想的电磁波传播媒介。——译注

在《科学的基础》(Foundations of Science)一书中,庞加莱解释说,科学基础中的危机历史已经非常久远了。他说,长久以来,人们想去推演一个著名的公理——欧几里得的第五公设,却徒劳无功,这个探求正是危机的开端。欧几里得有关平行的假设,描述了经过一个定点有且只有一条已知直线的平行线,这是我们通常会在初中几何里学到的。它是建构整个几何学建筑的基础。

所有其他的公理似乎都非常明显,以至于无法加以怀疑,但这一个并非如此。然而,你必须否定数学的很大一部分现存内容才能摆脱它,似乎没有人能够将它简化为任何更基本的事物。庞加莱说,我们真的无法想象,有多少努力被浪费在了那个荒诞不经的希望上。

终于,在十九世纪的前二十五年,而且几乎是同时,一个匈牙利人和一个俄国人——波尔约以及罗巴切夫斯基——无可辩驳地证明了欧几里得的第五公设是不可能被证明的。他们推论,如果能够以任何方式把欧几里得的假设简化为某个更确定的公理,我们一定会发现:逆转欧几里得的假设,会在几何学中产生逻辑性的矛盾。所以他们就逆转了欧几里得的假设。

罗巴切夫斯基首先假设,通过一个定点可以画出已知直线的两条平行线。他保留欧几里得的其他一切假设,从这些假设中演绎出一系列定理,而其中没能发现任何矛盾。从而他构建了一门新的几何学,它的逻辑没有任何错误,丝毫不逊于欧几里得的几何学。

因此，由于他没能发现任何矛盾，他证明了第五公设不可能简化为更简单的公理。

令人恐慌的并非这个证明本身，而是它带来的理性冲击。一个巨大的阴影迅速笼罩了它以及数学的整个领域。数学，这一科学确定性的基础突然不再确定了。

现在，不可动摇的真理在我们眼中有两个互相矛盾的形象，对各种年纪的人而言，它们都是真的，不论他们喜好如何。

对于动摇了这个镀金年代的科学自满的深刻危机来说，这正是其基础。我们怎么知道这些几何学中的哪一个是正确的？如果没有任何基本原则可去分辨，那么你就有了一整个允许逻辑性矛盾的数学。但是一个允许内在逻辑性矛盾的数学根本就不是数学。非欧几里得几何学的最终效果只不过成了魔术师莫名其妙的咒语，对它的信念全由信仰所维持。

当然，一旦门被打开，人们便无法指望这种关于无法动摇的科学真理的矛盾体系只有两个。一个叫黎曼的德国人建立了另一个不可动摇的几何体系，他不只打击了欧几里得的假设，而且也波及第一公理，即两点之间有且只有一条直线可以通过。他的几何学也没有内在矛盾，只是与罗巴切夫斯基几何学及欧几里得几何学不一致。

根据相对论，黎曼几何学最好地描述了我们所生活的世界。

在三叉镇，路拐进一座狭窄深长的白锡岩峡谷，路边有一些刘易斯与克拉克待过的洞穴。在布特的东面，我们爬上一个很长的大坡，经过大陆分水岭，然后下到一座溪谷里。后来，我们经过阿纳康达冶炼厂的一排排厂房，拐进了阿纳康达镇，找到了一家有牛排和咖啡的好餐馆。吃过饭，我们再次出发，爬上长坡，来到松树围绕的湖畔，一些渔夫正在推小舟入水。然后，路又一次经过松树林蜿蜒而下，阳光照过来，我知道早晨即将结束。

我们经过菲利普斯堡来到一片山谷中的草地。前方的风变得更加猛烈，所以我减速到了每小时五十五英里。然后我们经过了马克斯维尔。到达霍尔的时候我已经疲惫不堪，一心只想着休息。

我们在路边发现了一片教堂墓地，于是停下来休息。风吹得更猛也更刺骨了，但是阳光还算温暖。我们把夹克和头盔放在草地上，在教堂的背风侧休息。这里寂寞而空旷，但是非常美丽。当远方有座高山时，或者哪怕只是山丘，你就拥有了空间。克里斯把他的头埋在夹克中试着睡去。

没有了约翰夫妇，每一件事物都不同了——如此寂寞。如果你不介意的话，我想现在就来谈谈肖陶扩，直至寂寞消失。

庞加莱认为，要解决数学真理是什么的问题，我们应该先问问我们自己，几何公理的本质是什么。它们是康德所说的先验综合判断吗？也就是说，它们是否作为人意识的固定部分而存在，独立于经验而非由经验创造？庞加莱认为不是这样。如果是这样的话，它们会将自己强加于我们身上，力量大得使我们无法构想相反的命题，也无法以它为基础构建一栋理论大厦。就不会有非欧几里得几何学。

我们应该就此下结论，说几何学公理是实验性的真理吗？庞加莱还是认为并非如此。如果它们是，那么当新的实验资料进来时，它们会倾向于持续的变化和修正。这似乎跟几何学自身的整个本质相反。

庞加莱下结论道，几何学的公理都是人为的"约定"，我们在所有可能的约定中所作出的选择是由实验事实所指导的，但是它仍保有自由之身，仅受避免任何矛盾的必要性所限。因此，也就是说，即使实验法则只是近似的，但这些法则所选择出来的假设却可以保持严格的真实。换句话说，几何学公理不过是伪装过的定义。

然后，既然已经明确了几何学公理的本质，他转而考虑这个问题，欧几里得几何学是真的，还是黎曼几何学是真的？

他回答：这问题毫无意义。

就好像我们这么问：是否英尺制是对的而常衡制是错的？是否笛卡儿坐标是对的而极坐标是错的？一个几何学不可能比另一个更正确，它只可能是更方便。几何学与对错无关，而与先进与否有关。

然后庞加莱继续验证其他科学概念的约定本质，例如空间与时间。他告诉我们，测量这些实体时，没有任何一种方式会比其他方式更真实，通常被采纳者只是更为方便。

我们对空间与时间的概念也只是定义,是在它们处理事实的方便性基础上所作出的选择。

这种对最基础的科学概念的理解还不完全,但无论如何,时间和空间是什么的奥秘,可能通过这个解释变得更可理解了,可是现在,维持宇宙秩序的负担落在了"事实"身上。那么事实是什么呢?

庞加莱继续批判性地检查这些。他问,什么事实是你将要去观察的?它们是无穷的。与一只猴子坐在打字机前乱敲乱打以产生祈祷诗篇的机会相比,未经抉择便对事实进行观察以产生科学的机会,不会更多。

这点对于假设来说一样成立。哪些假设?庞加莱写道:"如果一个现象接受一个完全机械的解释,那么它也要接受其他无数个可以同样好地描述实验现象的解释。"这正是斐德洛在实验室里所作的陈述,正是它引发了后来迫使他退学的那个问题。

庞加莱说,如果科学家可以随心所欲地拥有无限的时间,只需要告诉他注意观察。但既然没有时间去观察每样事物,而且与其错看不如不看,对他来说,还是必须作一个选择。

庞加莱确定了一条规则:有一个事实的层次结构存在。

一个事实越普遍,越是值得珍惜。那些能够多次使用的比很难再次出现的更好。比如,如果只有个体而没有种群,也没有遗传机制使孩子像他的父母,那么生物学家就没有办法建立生物科学。

什么事实像是能够再次出现的?简单的事实。怎么认出它们？选择那些看上去简单的。要么它是真的简单，要么就是那些复杂的要素不好辨认。在第一种情况下，我们极有可能再次遇见这个简单的事实，它要么独自出现，要么作为一个复合事实的要素出现。在第二种情况下，它也有极大的可能再次出现，因为自然并不是随意构建了这些情况。

简单的事实在哪儿？科学家一直在两个极端中寻找，无限大和无限小。比如，生物学家一直本能地对细胞比对整只动物更感兴趣；而从庞加莱那个时候起，他们对蛋白质分子比对细胞更感兴趣。这个结果显示了这种方法的智慧，因为人们发现，分属不同有机体的细胞和分子要比那些有机体本身更为相像。

那么如何去选出那个一再出现的有趣事实呢？科学方法就是对事实进行选择的过程。首先，集中精力想出一个方法是必需的，因为方法并不唯一，所以有很多方法被想了出来。以有规律的事实开始是合适的，但是在一个超越所有疑问的规则被建立后，跟它相符的事实便变得枯燥乏味，因为它们不能再教给我们任何新东西了。于是例外就变得很重要。我们找寻的不是相同处而是歧异处，我们要选择最引人注意的歧异，因为它们最震撼人心，而且也最具指导意义。

我们首先去找这个规则最可能失败的那些情况。通过在空间中走得更远，在时间中走得更久，我们也许会发现我们通常的规则完全被推翻，而这些重大的翻转使我们能更清楚地看到那些也许会发生在我们周遭的小变化。但是我们的目标不是再次确认相同或是歧异，而是要在表面的不一致中识别出深层的一致性。特别的规则似乎在一开始总是不一致，但是看得更仔细一点的话，我们将看到，大体上来说它们都很相似：虽然问题不同，但是形式相似，各部分的次序也相似。当我们带着这种偏见去注视它们，就会看见它们逐渐变大而且有可能涵盖一切事物。正是这一点造就了某些事实的价值，这些事实构成了一个集合，而且告诉我们它可靠地反映了所有同类集合。

庞加莱下结论道，不！一个科学家不会随意选择他所要观察的事实。他试图将更多的经验与思考浓缩成薄薄的一册。这就是为什么这本物理学的小书包含了这么多过去的经验，以及更多的预先知道结果的可能经验。

然后庞加莱展示了一个事实是如何被发现的。他已经简略地论述了科学家是如何找到事实与理论的，但是现在，他深入地分析了自己发现富克斯函数的亲身经验。这个函数奠定了他的最初声望。

他说，有十五天之久，他努力去证明不会有这样的函数。每天坐在工作台前，待上一两个钟头，尝试过一大串组合，但是没有得到任何结果。

然后有一个晚上，他一反常态地喝了黑咖啡，结果睡不着。观念成群结队地产生。他感到它们互相撞击，直到成双成对地联结，也就是所谓的有了稳定的组合。

第二天早晨他只需要写出结果。结晶的波浪产生了。

他描述了第二波的结晶怎么发生的,通过已建立的数学类比引导,产生了他后来命名为富克斯 θ 的数学函数。他离开居住的卡昂,参加地质旅行。旅途中的变化使他忘记了数学。在上公共汽车的时候,当他把脚放上台阶的那一刻,没有任何先前的思考铺路,观念便跑向了他。这就是他曾用来定义富克斯函数的转换,与非欧几何的转换是完全相同的。他说,他并未确认这个观念,只是在公共汽车上继续交谈,但是产生了一种完美的确定感。之后,他利用闲暇验证了这个结果。

另一个发现出现在他在海边高地散步时。它带着同样简明、突然和立即的确定性出现在他的脑海中。还有一个伟大发现出现在他走在一条街上时。其他人称赞这个过程是天才的神秘工作,但是庞加莱并不满意于这样一种肤浅的解释。他试着去深入探索所发生的事。

他说数学不只是规则应用的问题,至多是门科学。它不只根据某些固定的法则去做最多可能的组合。如此得来的组合会是过量的、无用的而且累赘的。发明者的真实工作在于选择这些组合,以便减少无用者,或者设法避免制造它们的麻烦;而指引这一选择的规则是极其精美而微妙的,几乎不可能精确地描述它们,它们必须被感觉而非被陈述。

然后庞加莱假设这个选择是由他所谓的"潜意识自我"所作出的,一个跟斐德洛所谓的先于知识的阶段的意识刚好符合的实体。庞加莱说,"潜意识自我"注视着一个问题的一大串解决方案，但是只有有趣的可以闯进意识领域内。数学解答是由潜意识自我所选择的，是基于"数学之美"，数字与形式的和谐，以及几何学的优雅。庞加莱说："这是一种所有数学家都知道的真实的美感，可是世俗者对此是如此无知，以至于经常想笑。"但是这和谐、这美丽，是它整个的核心。

庞加莱清楚地说明，他不是在谈论浪漫美，那种震撼感官的外表之美。他是在谈论古典美，它从各部分的和谐秩序中所生，只有纯粹智慧才可以把握；它给浪漫美以结构，没有了它生命会变得模糊无常，和做梦一样，你甚至无法分辨它和你做的梦有何区别，因为将没有任何依据去进行分辨。正是这特别的古典美的探求，这种宇宙和谐的感觉，使我们选择了更适于贡献给这个和谐的事实。并非是这些事实，而是事物之间的关系造就了宇宙的普遍和谐，这才是唯一的客观现实。

保证了我们生活于其中这个世界的客观性的是，它是我们以及其他会思考的生物所共有的。通过跟其他人的沟通，我们接收到现成的和谐推论。我们知道这些推论并不是我们作出的，而同时因为它们的和谐，我们在它们之中辨认出了那些像我们一样的理性生物的行为。因为这些推论似乎符合我们感知的世界，我们认为我们可以推论出，这些理性的生物和我们看见过同样的事物，于是这就让我们知道，我们不是在做梦。正是这和谐，如果你愿意的话，可以说正是这良质，是我们可知的唯一现实的唯一基础。

与庞加莱同时代的人拒绝接受事实是预先选择的，因为他们认为这样做会摧毁科学方法的有效性。他们假定"预先选择的事实"就是说真理是"任何你喜欢的东西",而且称他的观念是约定主义。他们有力地忽视掉这一真相——他们自己的"客观性的原则"本身并非一个可观察的事实,因此按他们自己的准则,应该被暂时搁置。

他们感到自己必须这样做,因为如果不这样,整个科学的哲学支柱就会崩溃。庞加莱并未提供任何对这个迷惑之境的解答。他走得不够远,还没能进入他所谈论的问题的形而上学的层面,所以未能给出解决之道。他忽略未说的是,在你"观察"它们之前,你要选择的事实是"任何你喜欢的东西",只存在于一个二元的、主观-客观的形而上学的系统中。当良质作为第三个形而上学的实体进入这幅图像之中,事实的预先选择便不再是任意的。事实的预先选择并非基于主观的、反复无常的"任何你喜欢的东西",而是基于良质,即现实自身。因此,困境消失了。

这就好像斐德洛一直致力于他自己的谜题,却因为缺少时间而留下一整面还没完成。

庞加莱则一直在他自己的谜题上努力着。他判断科学家选择事实、假设和公理是基于和谐,却在这个谜题的边缘留下一块一块的空白。他在科学世界中留下了这个印象——所有科学现实的源头不过是一种主观的、反复无常的和谐。这就如同试图解决认识论的问题,却给形而上学留下了未完成的边缘,从而使得这一认识论无法被接受。

但是我们从斐德洛的形而上学中得知，庞加莱所谈论的和谐不是主观的。它是主体与客体的源头，并且存在于它们先前的关系中。它不是反复无常的，而是抗拒反复无常的力量；它是所有科学与数学思想的命令原则，它否定了反复无常，没有它就没有任何科学思想能够前进。让我流出认同的泪水的是下面这个发现，这些未完成的边缘以一种和谐的完美使斐德洛与庞加莱二人所谈论的互相吻合，由此产生了一个完整的思想结构，它能够使科学与艺术的不同语言合而为一。

我们两旁的岩壁变得十分陡峭，形成了一条狭长的山谷，一直蜿蜒到米苏拉。风迎面吹来，吹得我昏昏欲睡。克里斯拍拍我的背，指向远处一座山崖，上面漆了一个大大的M，我点头表示看到了。今天早上我们离开博兹曼的时候，也看到了一个M。我突然记起来了，每一年，每个学院的新生都要爬上去漆一遍那个M。

在一座加油站，我们加满了油，看见一个人开了一辆拖车，上面载了两匹专门供骑乘用的马，我们闲聊了一会儿。大部分骑马的人都厌恶摩托车，但是这个人不一样，他问了我许多关于摩托车的问题。而克里斯一直问我是否可以骑到那个M那里去，但是从这里我就可以看到，上去的路非常陡峭而且崎岖难行。我们的摩托车只适合在高速公路上骑，再加上沉重的行李，我不想给自己惹麻烦。我们伸展了一下四肢，在附近走走，有些疲惫地从米苏拉向洛洛山口骑去。

我想起几年以前，这条路还尘土飞扬，都是崎岖的小径，但是现在已经铺成一条宽阔的马路，就连转弯的地方也一样宽阔。很明显，刚刚跟我们同路的人都是去北面的卡利斯佩尔或是科达伦的，因为现在路上几乎已经没有车了。我们是在朝着西南方向走，风从后面吹来，让人觉得舒服多了。路开始拐进洛洛山口。

这里再也找不到一丝东部的气息，至少在我想象中是如此。这里的雨都是太平洋的气流带来的，然后河流再把它们还给太平洋。再过两三天，我们就可以看到海了。

在洛洛山口，我们看到一家餐厅，于是就在一部老哈雷旁边停了下来。它后面的行李架是自制的，里程表上显示三万六千英里。这是一位真正横跨大陆的骑手。

进了餐厅，我们点了比萨和牛奶，吃完后马上就离开了。太阳就要下山了，天黑以后不容易找到露营的地点，而且路也很不好走。

我们正要走的时候，看到那个人和他太太站在摩托车旁边，于是互相打了一声招呼。他是从密苏里来的，他太太脸上闲适的表情告诉我，他们这一趟旅程过得不错。

他问我："你们到米苏拉的时候，当地也是吹着这种风吗？"

我点点头："每小时大约三四十英里。"

他说："至少。"

我们又聊了些露营的事，他们说天气太冷了。他们做梦也没想到密苏里的夏天会这样寒冷，即使在山上也不应该这样。他们得去买衣物和毛毯。

我说:"今天晚上应该不会太冷,现在只有五千英尺。"

克里斯说:"我们要在路边露营。"

"在某一个营区吗?"

"不是,只要离路不远的地方就可以。"我说。

他们似乎无意加入我们,所以过了一会儿我就发动车子,和他们挥手道别。

一路上,树影拉得很长,大约走了五到十英里,我们看见有些通往伐木专用道的岔道,于是就骑了过去。

伐木专用道上全是沙子,所以我换到低速挡,把脚伸出去,以免栽倒。从主路上我们看到还有其他的小路,但是我仍然骑在主路上。大约骑了一英里,看到一些推土机,这表示他们仍在这里伐木,于是我们就回过头来,骑到一条小路上。大约又骑了半英里之后,有一棵树横倒在路中央——这表示这条路已经废弃了。很不错。

我跟克里斯说:"露营的地方到了。"然后他下了车。现在我们在一处斜坡上,可以看到好几英里外绵延的森林。

克里斯兴致勃勃地想要四处探险一番,但是我疲劳得只想休息。"你自己去吧!"我说。

"不行,你跟我一起去。"

"我真的很累了,克里斯,明天早上我们再去探险。"

我把背包打开,拿出睡袋铺在地上。克里斯走开了。我躺下来，把四肢伸开，感到极度的疲倦。四周一片宁静，这真是一座美丽的森林……

克里斯回来的时候，说他在拉肚子。

"哦！"我站起来，"你要换内衣吗？"

他有些不好意思地说："要。"

"内衣放在车子前面的背包里，换好之后，从背包里拿一块肥皂，我们去河边，把脏衣服洗干净。"他因为不好意思，所以乐于接受我的命令。

下坡的时候，我们的脚步听起来特别沉重。克里斯拿出在我睡着时搜集来的石头给我看。在这儿我们可以闻到浓重的松树林的气息。天变冷了，太阳也快下山了。疲劳、四周的沉寂还有西沉的太阳让我有些沮丧，但是我仍得打起精神来。

克里斯把内衣洗好之后用手拧干，我们又回到原地。向上爬的时候，我突然觉得十分沮丧：我这一生都在沿着这条伐木道努力向上爬。

"爸爸！"

"什么事？"有一只小鸟从我们眼前的树上飞了起来。

"长大以后，我会变成什么样子？"

小鸟飞到山那边去了，我不知道该怎么回答。最后我说："很诚实。"

"我是指要做什么工作？"

"任何工作都可以。"

"为什么我问你的时候,你那么生气呢?"

"我没有生气……我只是想……我不知道……我只是太疲劳了,不想动脑筋……你要做什么都没有关系。"

像这样的路越来越窄,然后就中断了。

后来我发现他并没有开心起来。

太阳已经下山了,我们在暮色中各自走回原地,然后爬进睡袋,一句话也没说就睡了。

23

长廊的尽头有一扇玻璃门,玻璃门后面站的是克里斯,他一边站的是妈妈,另一边站的是弟弟。克里斯双手抵着玻璃门,看着我,一直向我挥手,我也向他挥挥手,然后朝门走去。

一切都很安静,好像在看一部无声的电影。

克里斯抬头看了一下母亲,然后笑了笑。她也回他一个微笑。但是我看到她按捺着自己的忧伤,她很难过,但是不希望孩子们看到。

现在我看到这扇玻璃门是什么了,它是我棺材的门。

这不是普通的棺材,而是一副石棺,我躺在里面,已经死了,他们在向我道最后的再见。

他们这样做让我很感动,但是其实不必这样的。

现在克里斯要我把玻璃门打开,我看见他想跟我说话,或许他希望我告诉他死亡是怎么一回事。我想要告诉他,他来和我告别真好。我会告诉他，还不坏，只是很寂寞。

我想把门打开，但是门边有一个黑影，示意我不可以去碰它。他把手指举到唇边，我看不见他的脸，死人是不许说话的。

但是他们希望我说，可见他们仍然需要我。难道他看不到吗？一定是出了什么差错。他难道看不见他们需要我吗？我恳求那个黑影让我和他们说话，还有许多未完成的事要告诉他们。但是我发现黑影似乎并没有听到我在说什么。

我大吼一声："克里斯！"声音穿过了玻璃门，"再见！"那道黑影向我逼近，但是我听到了克里斯的声音，"我们将在哪里相会？"声音微弱而遥远。他听到我的声音了！然后那道黑影生气地把门上的布帘拉了起来。

不在山上，我想。山已经不见了。我大声地叫着："在海底！"

现在我一个人站在一座城的废墟中间，废墟包围着我，一望无际，而我得一个人慢慢地走下去。

24

太阳升起来了。

有好一阵子我不能确定自己身在何方。

我们在森林里的某一条路上。

做了一场噩梦，又是那扇玻璃门。

车子在我旁边闪闪发亮，然后我看到松树林，又想起爱达荷。

那扇玻璃门还有旁边的黑影都是我的想象。

我们在伐木专用道上,对了……这是大白天……四处都是耀眼的阳光,哇!天气真好!我们正在向太平洋前进。

我又想起刚才的梦,还有我说的"我们会在海底相会"的话。我反复地思考。但是松树林和太阳的魅力远远超过任何梦境,于是这些幻象都消失了,眼前是一片美景。

我爬出睡袋。外面的寒气很重,于是我赶快把衣服穿上。克里斯仍然在睡,我绕过他,跨过一棵倒在路旁的枯树,走到伐木专用道上。我先慢跑热身,然后沿着路飞快地跑着。好的,好的,好的,好的,好的,这个词和我慢跑的节奏刚好吻合。有几只飞鸟飞出树林,飞向太阳,我看着它们一直飞,一直飞,一直飞到不见了。好的,好的,好的,好的,好的。路上有不少的碎石子,好的,好的。太阳底下还有一片黄色的沙,好的,好的,好的,像这样的路有的时候可以伸展好几英里。好的,好的,好的。

最后我喘不过气来了,不得不停下。路升高了不少,我可以看到绵延好几英里的森林。

好的!

我喘着气,用轻快的步伐跑回来,脚下的碎石子声音小了一些,路旁的松树已经被砍走了,只剩下一些矮小的绿叶植物和灌木。

回到露营的地点,我迅速而轻巧地把行李收拾好。如今我已十分熟悉收拾的步骤,所以完全不需要动脑筋。最后要收克里斯的睡袋了。我轻轻摇了摇他，告诉他："天气很好！"

他四下看了看，还没有完全醒过来。他爬出睡袋，在我叠睡袋的时候把衣服穿好，然而神智还不十分清醒，不知道自己在做什么。

"把毛衣和夹克穿上，"我说，"这一路会很冷。"

他照着我的话去做，然后爬上车。我用低速挡沿着这条路骑下去，一直骑到它与柏油路的交会处。骑上柏油路之前，我回头看了一眼，这里的确是个露营的好地方。道路从这里绵延向远方。

今天的肖陶扩会很长，这是我在整个旅程当中最期待的一段。

二挡，然后三挡，在这些弯道上，我不能骑得太快。阳光洒在四周美丽的森林上。

截至目前，这次肖陶扩中似乎有一层薄薄的迷雾尚未驱散。第一天我曾经谈到关心，然后我发现，如果大家不了解它的另外一面——良质是什么，那么我所说的关心就没有任何意义了。我想，现在重要的就是把关心和良质联结起来，指出关心和良质其实是一体的两面。如果一个人在工作的时候，能够看到良质，而且感觉到它的存在，那么他就是一个关心工作的人。如果一个人关心自己所看到的和手中所做的，那么他一定有某些良质的特性。

所以，如果科技的根本问题在于，科技专家和反科技的人都缺乏关心之情；而且，如果关心和良质是一体的两面，那么我们就可以推论出，今天在科技上出现的根本问题，就在于科技专家和反科技的人都缺乏在科技中洞察良质的能力。斐德洛狂热地研究良质这个词在理性、分析以及科技方面的解释，其实就是要给科技的根本问题找出答案。至少在我看来是这样。

所以我深入一步，把注意力转向古典和浪漫的对立。我认为其中隐含了整个人性与科技之间的问题。而这个问题又需要深入地研究良质的意义。

想要从古典角度了解良质的意义，就需要了解形而上学以及它与日常生活的关系。要做到这一点又需要进入到与二者都有关系的广大领域——形式推理。于是我从形式推理进入形而上学，然后进入良质，然后再从良质回到形而上学和科学。

现在我们将由科学进入科技之中，而我完全相信，最终我们将实现出发时的目标。

但是，我们先来研究一些影响深远的观念。良质就是佛陀。良质就是科学的现实。良质就是艺术的目标。这些观念仍然需要融入日常生活当中来认识。而最实用又与日常息息相关的方法莫过于我一直提到的——修理摩托车。

路一直在峡谷里蜿蜒前进。我们被清晨的阳光包裹着。摩托车在寒冷的空气里、在山林里低吼。这时我们看到一个小指示牌，写着前面一英里左右有餐馆。

我大声问克里斯："你饿了吗？"

克里斯也大声回答我："饿了。"

一会儿，又一块牌子上写着"木屋"，下面有一个指向左边的箭头，我放慢车速，转向左边。这条路不太干净，我们来到树下一些漆过的小木屋旁，把车停下，熄了火，走进大厅。靴子踩在木头地板上，沉重的步伐声十分好听。我坐在一张铺了桌布的餐桌前，点了蛋、煎饼、蜂蜜糖浆、牛奶、腊肠以及橘子汁。刚才的寒风激起了我们的食欲。

克里斯说："我想写一封信给妈妈。"

我也这么想，于是就走到桌前，拿了旅馆的文具，把它们递给克里斯，然后把我的笔给了他。早晨清新的空气让他的精神好多了。他把纸放在面前，然后紧紧地抓着笔，把心思集中在眼前的白纸上。过了好一会儿，他抬起头来问我："今天是星期几？"

我告诉他，他点点头把它写下来。

然后我看着他写："亲爱的妈妈，"

然后他又看着纸发呆。

然后他抬起头来问我："我该写什么呢？"

我笑了笑，我应该也让他练习一下描写钱币的某一面。有的时候我会把他当成学生，但还不至于当成修辞学的学生。

这时煎饼端上来了。我叫他先把信放在一边，等一下我再帮他。

用过早餐，我抽着烟，刚才的煎饼、蛋和所有的一切让我舒服得一动也不想动。从窗子望出去，外面的松树下洒了一地斑驳的光影。

克里斯拿出信纸来说:"帮我写吧!"

我说:"好的。"我告诉他,"卡住"是最常碰到的一种麻烦。如果你想一下子说太多东西,往往就会这样。你要做的就是,不要强迫自己立刻写出来,因为这会使你更写不出东西。你只要先把事情一样一样地区分清楚,然后每次只写一样。如果你一边想要说什么,一边想先说什么,就太复杂了。所以要先把它们区分清楚,列出要说的事,然后再排出先后顺序。

他问我:"比如说哪些事呢?"

"你想告诉她什么呢?"

"我们这一次的旅行。"

"旅行中的哪些事呢?"

他想了一下:"我们爬的山。"

"好!那就把它写下来。"我说。

他照着做。

然后我看着他一项一项地写下来,而我在一旁喝咖啡。等我抽完烟,他已经把要写的事情列成了三张清单。

我告诉他:"把这些清单留着,以后我们还会继续写。"

他说:"我不可能把这些写成一封信。"

我笑了起来,他看见不禁皱起了眉。

我说:"只要选出最棒的事情。"然后我们走到外面,骑上摩托车。

一路穿过峡谷,我觉得高度在不断下降,耳朵里有感觉。天气越来越暖和，空气也不像之前那样稀薄了。我们和高山地区挥别，自从离开迈尔斯城之后，我们一直待在这样的地区。

今天我要说的就是"卡住"。

你应该记得，在我们离开迈尔斯城的时候，我提过如何在修理摩托车时运用标准科学方法。所谓的标准科学方法就是通过实验找出事物的因果关系并加以研究。当时的目的是要指出古典理性的含义。

现在我想提出一点，通过对良质的认知，古典的理性会有大幅度的进步，它的意义也会更加深广。在提出这一观点之前，我应该先指出传统的维修方法有哪些问题。

首先第一个问题就是，在精神上和生理上都可能被卡住——就像克里斯写不出信一样。以侧盖的螺钉取不下来为例。你翻遍了手册，想看看是否有任何说明能告诉你螺钉卡住了如何解决。但所有的说明都只用那种冷冰冰的技术腔调叫你把盖子取下来。这根本不是你想知道的。你也不是因为漏掉了任何步骤，才造成螺钉取不下来。

如果你有经验，可能会先抹上渗透力强的油，然后再用冲击钻。但是如果你经验不够，就可能会用一把自锁的水泵钳夹紧螺丝刀，用力拧，你以前成功过，但这回你却把螺钉的螺纹拧烂了。

本来你一直在想盖子拿下来之后该做什么，所以过了一会儿你才发现，原来以为螺钉被卡住了只不过是小事一桩，现在问题可大了。所有的事都得停下来。

在科学界或是科技方面这种情形最常出现。就传统的维修观点来说，这是最糟糕的一刻，在你动手前最不想碰到的就是这种事。

操作手册对你来说形同废物。科学的理性也是一样。因为你不需要做任何实验来找出问题的根源。问题很清楚，你只需要知道如何把脱扣的螺钉取下来，而科学方法在这个时候完全不管用。只有问题解决了之后，科学方法才好用。

这就是意识发挥不了作用的时候了，你被卡住了。你找不到答案。机器发生了故障。就感情方面来说，你可惨了！你不但耗费了许多时间，而且最终没能解决。你不知道自己在做什么，你应该为此而感到可耻。你应该把车子交给师傅，他知道该如何修理。

这个时候你又恐惧又愤怒，想用凿子把侧盖给敲下来。或者必要的话就用大锤子去砸。你越想越生气，甚至想干脆把车子从桥上丢下去，想不到这样一颗小小的螺钉，竟然彻底把你给击溃了。

这个时候，你面对的正是西方思想里最大的缺憾。你需要一个解决的方法，然而传统科学不曾教导你如何自己摸索着解决。它让你清楚地知道身在何处，也能够验证你拥有的知识，但是它无法告诉你该往何处去，除非你的方向只是过去方向的延续。因此创意、原创力、发明、直觉、想象——换句话说就是"不被卡住"——全在它的研究范围之外。

我们继续沿着山谷向下走，路边不时有宽阔的溪流，从陡峭的山坡流下，汇聚成湍急的河水。路上的转弯不再急剧，路面也平直多了。于是我换到最高挡。

不一会儿树变少了，而且变得又细又高，放眼望去是一片青草和灌木丛。这个时候穿着夹克和毛衣实在太热，所以我在路边停下，把它们脱了下来。

克里斯想沿着一条小径向上爬，我让他爬，自己则找到一个阴凉的地方坐下来休息。四周寂静、安宁。

一个告示牌上描述了许多年前这里发生的一场大火，虽然树木又长出来了，但是想要恢复原状，还得很长一段时间。

后来我听到碎石子的声音，知道克里斯回来了。他走得并不远。回来之后，他说："我们走吧！"我把行李捆紧，又一次上路。刚才坐在那儿流的汗迅速被冷风吹干了。

让我们仍然来讨论那颗螺钉。要想取下它，先不要用传统的科学方法去检查它，因为根本不管用。我们应该先用那颗螺钉去检查传统的科学方法。

我们一直客观地研究那颗螺钉，根据传统的科学方法，客观是首要的条件。我们对螺钉的个人喜好和正确的思考无关。我们不能评价眼前所见的，而应该保持心灵一片空白，然后公正地思考观察得来的事实。

但是，当我们停下来开始公正地思考眼前的螺钉时，就会发现这种公正的观察方式很愚蠢。事实在哪里呢？我们要公正地观察些什么呢？是损坏的螺纹吗？是打不开的侧盖吗？还是上面油漆的颜色？还是里程表？还是车座靠背？就像庞加莱所说，一辆摩托车有无数可以观察的事实，然而你该观察的不会突然自己跳出来介绍自己。所以，我们真正需要观察的事实不仅是被动的，而且根本模糊不清。我们不能只是坐着观察，我们必须把它们找出来，否则我们就得在那儿坐上好久，甚至永远都坐着。正如庞加莱指出的，对于所观察的事实，必须经过一种潜意识的选择。

技术人员的好坏，就像数学家的好坏一样，取决于他在良质的基础上选择好坏的能力。他必须懂得关心。传统的科学方法对此一无所知。很长时间以来，这种基于良质的预选择能力被全然忽视了，他们"观察"后得到越来越多的事实。现在，我们该重视这种对事实的预选择能力了。我想人们会发现，在科学研究的过程当中，接受良质的地位并不会破坏科学的实证色彩，反而能扩展它的领域，强化它的能力，使它更接近实际的科学经验。

所以，我认为"卡住"的问题底下潜藏的基本缺陷在于，传统的理性坚持要保持客观的态度，从而将现实分为主客观两种。为了得到真正的科学研究结果，必须这样划分："你是技术人员，它是摩托车。你和它永远都是独立的个体，你使用这种那种技巧，就会产生这样那样的结果。"

用这种二分法来修理摩托车，听起来似乎错不了，因为我们已经习惯它了。但是，这不是正确的态度，因为这是将人为的解释附加在现实上面，而永远不是现实自身。一旦人们完全接受这种二分法，那么原本技术人员和摩托车之间密不可分的关系，以及技术人员对工作的感情，就被摧毁了。传统的理性将世界分为主观和客观，把良质摒除在外，一旦卡住了的时候，任何主客观的事物均无法像良质一样，告诉你该往哪里去。

一旦我们恢复良质的地位，就有可能让科技工作脱离无人关心的主客观二分法，重新回到手艺人专注于自我的现实当中。一旦卡住了，我们就会看到所需要的事实。

现在我想象一列有一百二十节车厢的火车，它满载了原木和蔬菜向东走，然后又装着汽车和其他工业产品向西走。我把这列火车称为知识，然后划分为古典知识和浪漫知识。

从比喻角度来说，古典知识，也就是理性教堂所教导的知识，是指发动机以及所有的车厢，这一切和里面装满的货物。如果你把火车分解，你不会找到浪漫的知识。除非你十分小心谨慎，否则很容易就会认定火车的一切都在这儿了。其实并非浪漫的知识不存在或是不重要，而是目前给火车下的定义是静态的，而且没有目的性。这正是我在南达科他州提到的两种不同存在的意义，也就是从两个完全不同的角度来看火车。

浪漫的良质不是火车实体的任何一部分，它是发动机的前沿，除非你懂得真正的火车并不是完全静止的，否则浪漫的良质就只是一个没有真正意义的二维的表面。如果火车不能动，它根本就不算是火车。为了检查这辆火车，把它划分成各个部分，我们必须要它停下来，所以我们所检查的其实并不是真正的火车。

这就是为什么我们会被卡住了。

真正的知识火车并不是静止的状态，因此也不能叫停和分解。它总是要去某个地方，而它的铁轨就是良质。火车的发动机和一百二十节的车厢如果没有铁轨根本动不了。而浪漫的良质，发动机的前沿，推动着火车沿着铁轨往前行进。

浪漫的现实是经验的前沿，它是知识火车的前沿，推动火车沿着铁轨前进。传统的知识只是对前沿过去所在之处的一些记忆。前沿上没有主观，也没有客观，只有良质的铁轨铺展在前方，如果你没有衡量价值的方法，没有认知良质的方法，那么整列火车就不知该往何处去。因为你没有纯粹的理性——你只有全然的混乱。前沿就是一切行动所在。前沿包含着未来的全部可能性。前沿也包含着过去的全部历史。除此之外，我们还能到哪里去追寻过去与未来呢？

过去不能回忆过去，未来不能激发未来，所以此时此地的经验就是最重要的一切了。

价值，现实的前沿，不再是整个结构的一个无甚关联的分支。它是整个结构的前身，先于知识的意识才能感知它，结构化的现实是以价值为基础被预选出来的，要真正了解它，就要了解它的来源——价值。

所以，一个人在修理摩托车的时候，对车子的了解分分秒秒都在改变，因而得到了全新的认识，其中蕴含了更多的良质。修理的人不会受限于传统的做法，因为他有即刻的理性基础去拒绝它们。现实不再是静态的，它不是一大堆你不得不去反抗或者屈服的观念，而是随着你的成长而成长，随着人类的成长而成长，一个又一个世纪，它一直在改变。通过良质这个没有定义的中心，现实，从本质上说，不是静态的，而是动态的。一旦你了解了这一点，就永远不会被卡住了。它虽然有形式，但是这种形式可以改变。

或者用更形象的话来说：如果在盖一家工厂，或是修一辆摩托车，甚至治理一个国家的时候，你不想发生被卡住的情形，那么古典的二分法，虽然必要，但是不足以满足你的需要。你必须对工作的品质有某种感受，你必须能判断什么才是好的，这一点才能带你前进。这种感受力并不是人人都具备的，虽然每个人都天生就有这种能力。它是你可以发展的一种能力。它不仅仅是直觉，也不仅仅是无法解释的技巧或是天赋。它是你与基本的现实，即良质，接触之后产生的直接结果。而良质正是过去二分法的理性想要掩盖的那一面。

我这么说听起来似乎遥不可及，而且十分神秘。一旦你发现它竟是这样平凡，是你能够拥有的世界观，就会颇为惊讶。这让我想起哈里·杜鲁门提过的有关政府部门的计划："我们会尽力去尝试……如果这些不管用……那么我们就要试试别的方案。"这里并不是引用原文，而是大致的意思。

美国政府并不是静态的，他说，它是动态的。如果我们不喜欢它的现状，就可以寻求使它变得更好。所以美国政府不会受限于任何僵化的教条主义。

所以关键在于"更好"——良质。或许有人会认为，美国政府的基本结构是不变的，所以无法为了产生更好的效果而改变。但是这种论点并没有切中要害。重点是总统和从最激进到最保守的每一个百姓都同意，政府为了有更好的表现就应该改变。斐德洛认为这种不断改变的良质才是现实，整个政府都要为之改变。虽然我们没有说出来，但是所有人都有这种信念。

所以杜鲁门所说的，其实和实验室里的任何一位科学家、工程师和技术人员对工作的实际态度，也就是不采用完全客观的方式去看待它，都是一样的。

我一直在谈狂野的理论，但是有些人人皆知的、民间智慧的东西不断在往外冒。良质，对工作的这种感觉，是每一个工作坊里都知道的东西。

现在让我们回到那颗螺钉身上。

让我们从另外一个角度衡量被卡住的情形。这时你的大脑一片空白。其实它可能不是最糟糕的，而是最好的状况。毕竟这是禅宗花费了许多功夫想带给你的：经由调息、打坐，让你的心灵腾空一切杂念，产生像初学者一样谦虚的态度。这样你就处在了知识列车的前端，在现实自身的轨道上。想一想，为了改变，我们不要害怕这一刻的到来，而应该小心地加以运用。如果真能达到这种境界，那么以后你所得到的方法，远胜过你满脑子杂念时所想出来的方法。

解决的方法一开始看似不重要或是不必要，但是被卡住的那段时间让它有机会显示出真正的重要性。它之所以被认为微不足道，是因为导致你被卡住的价值观太过僵硬所造成的。

但是让我们来思考一下这个事实，不论你被卡得多严重，这种现象终将消失。你的心灵终究会自然而自由地移动，找到解决的办法，除非你是一位修行的大师，否则你便无法阻止心的移动。其实怕被卡住是不必要的，因为被卡住得越久，你就越能看清让你脱困的良质。真正让你卡住的，是你不去知识列车的前沿，而在一节节车厢中寻找解决之道。

所以不应逃避被卡住的情形，它是达到真正了解之前的心灵状态。要想了解良质，不论是在技术工作上还是其他方面，放下自我，接纳这种被卡住的现象是个关键。无师自通的技术人员就是因为常常被卡住，才比接受过学院训练的人员更了解良质。因为他们懂得如何处理突发的状况。

一般来说，螺钉非常便宜，又小又简单，所以不受重视。但是一旦你具有更强烈的良质意识，你就知道这颗小小的螺钉既不便宜也不小，它甚至十分重要。现在这颗螺钉其实与整部摩托车的价值相同，因为如果你没有办法把螺钉拿下来，那么摩托车就根本发动不了。由于重新评估了螺钉，你就会愿意进一步认识它。

我猜想，拥有更深刻的了解就会对螺钉有新的评价。如果你把注意力集中在这上面很长一段时间，那么你可能会发现，一颗螺钉并不只是属于某一类物体，它有自己独特的个性。如果你再深入研究，就会发现螺钉甚至不是一个物体，而是一组功能的集合。"卡住"帮你消除了传统理性的模式。

过去你把主客观严格区分，因此对它们的认识就变得非常呆板。你把螺钉归入一个固定的类别，它比你所看到的现实还要真实，还要不可侵犯。由于你看不到也想不到任何新的东西，所以一旦被卡住的时候，你就会束手无策。

现在为了把螺钉拿下来，你对它究竟是什么已经不感兴趣了。它不再是你观念中的一个抽象类别，而是你的直接经验。它不再在车厢里，而是来到了前沿，不断在改变。你现在感兴趣的是它造成了什么，以及何以如此。于是你会提出有关功能方面的问题，你所提出的问题，伴随着你潜意识中对良质的分辨力，正是这种分辨力引领庞加莱找到了富克斯方程。

只要其中有良质，你究竟用什么方法解决它已经不重要了。你想到螺钉不但坚硬而且牢固，再加上有螺纹，自然而然就会想到需要用冲击的方法和溶剂。这就是一种含有良质的解决方法。另外一种方法可能是到图书馆去找一本机械用具的目录，查出哪一种工具能拔出螺钉。或者你也可以打电话给了解机械的朋友。或是硬把螺钉给拔出来，甚至把它给烧出来。要么就是经过一番沉思之后，想出把螺钉拔出来的新方法，比别的方法都好，因而申请到专利，让你在五年之内变成百万富翁。所以解决的方法多得难以预估。一旦等你想出来，就会发现都很简单。但是只有在知道答案之后，才会觉得简单。

十三号公路沿着河流的另外一条分支而行,但是现在它溯流而上,经过老旧锯木厂聚集的城镇,还有令人昏昏欲睡的景致。有的时候你从国道转上州际公路,会突然发现景象完全变了。你看到美丽的山脉,清澈的河流,有些崎岖不平但是仍然不错的柏油路,老旧的建筑,站在门廊前的老人……还有许多非常奇怪、已经被废弃的建筑——工厂。你可以看到五十年前和一百年前的科技,这一切看起来总是比新的好多了。在水泥龟裂的地方长出野草和野花,原先笔直而且方正的线条变得杂乱,原先整片油漆好的墙壁,也出现点点的斑驳。大自然似乎自有一套非欧几里得的几何学,它把建筑上的客观线条软化成随兴所至的曲线,更值得建筑师去研究。

很快我们离开了河岸和那些老旧而令人昏昏欲睡的建筑,爬上一座干燥而且遍布绿草的高原。一路上有不少弯路,而且崎岖不平。所以我必须把时速降低到五十英里以下,地面上有许多坑洞,仔细一瞧还会发现更多。

我们现在已经习惯长途旅行了,过去在达科他州觉得漫长的旅程,现在感觉既轻松又惬意,骑在车上甚至比站在地上还要自在。离开熟悉的地方,置身于陌生的乡野,我却不感觉自己是个陌生人。

在爱达荷州的格兰吉维,我们在烈日底下走进了高原上一间有空调的餐厅,里面真是透心凉。等餐的时候,我注意到一名高中生坐在柜台前,和身旁的女孩子眉来眼去。那女孩子非常美,不单单只有我注意到她,柜台后面的女孩子也很生气地看着她。不过她以为没有人发现她的表情。大概是某种三角关系吧。我们总是不时地闯入别人的生活,不过却没被发现。

我们又来到烈日底下,离格兰吉维不远,发现那片看起来像草原一样的干燥高原,突然之间裂成了一道巨大的峡谷。我发现前方的路一直向下延伸,起码转上一百个急弯之后,进入了一片沙漠,到处是裂缝和岩石。我拍拍克里斯的膝盖,指给他看。转了一个弯之后,我听到他大声地喊着:"哇!"

在悬崖边缘,我换到三挡,然后关掉节流阀。发动机有些回火,我们继续往下骑去。

摩托车到达谷底的时候,已经与高原有好几千英尺的落差,我回过头来,看到远方的车子像蚂蚁一样从上面经过。现在我们必须骑过这片像火炉一样热的沙漠,不知前路将通向何方。

25

今天早上,我们已经讨论过传统理性所导致的古典痼疾,也就是"卡住"的问题。现在我们要转向与之相对的浪漫痼疾,也就是传统理性所造成的科技的丑陋。

一路上不断地转弯,驶过沙漠中的山丘,然后来到了一座狭长的绿色环绕的小镇,叫作白鸟镇,然后是一条水流丰沛的大河——萨蒙河，在峡谷高耸的两壁间奔流着。这里的温度非常高，白色岩壁反射的强光几乎使人睁不开眼睛。我们沿着狭窄的谷底蜿蜒前进，因为身旁快速的车流而感到紧张，并且被高温压得有点喘不过气来。

约翰夫妇所厌恶的丑陋并不是科技与生俱来的，只是在他们看来是如此，因为很难把科技中的丑陋单独分离出来。科技只是制造物品，而制造物品本身并不丑陋。否则艺术品就不可能产生美感了，因为艺术也是制造物品。实际上科技这个词的词根（techne）本来的意思就是艺术。在古希腊人心中，从未把艺术和制造分开过，所以二者根本就是同一个词。

在现代科技的原料当中，丑陋也不是与生俱来的——有的时候你可能会听到这样的论调。大批量生产的塑料制品与合成制品本身并不坏，它们只是引起了不好的联想。如果一个人终生都被关在监狱的石室中，他可能会认为石头天生就是丑陋的，虽然石头也是雕塑的主要材料。如果一个人终生都生活在丑陋的塑料制品之中，从他童年玩的玩具，到一生中使用的各种粗制滥造的消费品，都是塑料制的，他就可能认为塑料制品的丑陋是与生俱来的。但是现代科技真正丑陋的地方并不在于材料或者形状或者这种生产方式和产品，这些只是低品质的物品所拥有的特质。我们习惯于把良质视为人或物的特性，因此导致了这种印象。

科技的产物并非真正丑陋。若是根据斐德洛的形而上学，发明科技或使用科技的人也不丑陋，因为良质并不在主客观的事物当中。真正的丑陋在于发明科技的人与他们所制造的产品之间的关系。同样的状况也出现在使用科技的人和产品之间的关系上。

斐德洛认为，在你意识到纯粹良质的那一刹那，甚至无所谓意识的时候，也就是在纯粹的良质发生的那一刹那，既无所谓主观，也无所谓客观。先有了纯粹的良质，接着才会意识到主体、客体。所以在良质发生的那一刹那，主客体原是一体的。这正是《奥义书》[1]中"*tat tvam asi*（彼即汝）"的奥义所在。它在当代街头俚语中也有所体现，如"跟着感觉走""细细品""一起摇摆"——都反映了这种一体感，它是一切科技艺术中技艺的基础。而现代二分法的科技正缺乏这种一体感。创造者和拥有者对他们所创造和拥有的物体没有认同感，而使用者也一样。所以，根据斐德洛的定义，这就是没有良质。

斐德洛在韩国看到的那面墙就是科技的产物，而它的美并非来自于精密的策划或是科学的监造，甚或是独具风格的形式。它之所以让你觉得美，是因为建造它的人十分投入。他们并未与手中的工作疏离。所以这就是整个解决办法的核心。

要解决人类价值和科技需求之间的冲突并不需要逃避科技——这是不可能的。方法在于打破传统的二分法，进而真正了解科技的本质——并不是利用自然，而是把自然与人的精神融合

---

1 Upanishads，印度古代哲学典籍。——编者注

为一，创造出可以超越二者的产物。当这种产物出现时，就像第一架横越海洋的飞机，或是人类第一次踏上月球，全人类都会对科技的超越性有全新的认识。但是这种超越也应该发生在个人层面，发生在一个人自己的生活中，没有那么戏剧化。

现在峡谷两旁的崖壁几乎是竖直的。有许多道路都是用炸药炸出来的，但没有别的路，只能顺着河流的走向而行。我觉得河流似乎比一个钟头前窄了许多，这可能只是我的想象吧！

当然，这种个人层面的超越并不一定要接触摩托车，单纯到像磨一把菜刀、缝一件衣服或是修理一张坏掉的椅子，它们背后的问题都是一样的。你做任何一件事都可以把它做得很漂亮，或是很丑陋。而你要想有高品质的表现，做得漂亮一点儿，就必须有能力知道什么是好，并且有能力理解实现目标的方法，也就是同时具有对良质的古典和浪漫的认知。

然而如果你想得到如何进行这类工作的指导，我们的文化只会教给你古典的认知方法，也就是告诉你，磨刀的时候该如何拿刀子，或者如何使用缝纫机，或者如何混合胶水，如何抹胶水，它认为只要你照着这些步骤去做，自然会有漂亮的结果。然而，它把分辨好坏的能力给忽略了。

于是就产生了现代科技非常典型的结果，为了让人容易接受它沉闷的外表，就在外面加一层包装。然而对于那些对浪漫的良质十分敏锐的人来说，这种情形更糟，因为它不只乏味到令人沮丧，同时还有虚伪的矫饰。把这两者加起来，你就可以得到现在美国科技精确的形象：流行的汽车、流行的摩托车、流行的打字机、流行的时装。流行的冰箱里装着流行的食物，摆在流行的厨房里，房子也是流行的。流行的塑料玩具给流行的小孩。在圣诞节和过生日的时候，流行的小孩和他们流行的父母一起参加流行的聚会。你得经常跟上流行而不厌倦，所以你落入了流行的陷阱之中。有一群人从来不知道世界上有良质的存在，为了制造美感和利益，就在科技丑陋的外表上蒙了一层厚厚的浪漫的虚伪。良质并不是外加在主体和客体上的，就像圣诞树上闪亮亮的装饰品。真正的良质是主客体的源头，也就是树木的种子。

为了得到良质，需要采取和二元化的科技不同的步骤，不再是那种"步骤一、步骤二、步骤三"的介绍……这就是接下来我准备讨论的主题。

在峡谷里面转了许多弯之后，我们在一片小树和岩石旁停下来休息，树周围的青草已经被晒焦了，还有游人留下来的垃圾散落其间。

我在树荫里全身放松地休息，过了一会儿，我眯起眼睛望着天空。自从骑进峡谷以来，我还不曾真正看过天空。它高悬在峡谷的上方，似乎离我们很远。天气凉爽，天空一片蔚蓝。

克里斯并没有像平常一样忙着跑到河边看，他也和我一样，累得只想躺在树荫下休息。

过了一会儿,他说在我们和河中间好像有一个旧的铁制压水井。他指给我看,然后走过去。我看见他把水压到手上,然后泼到脸上。我走过去,帮他压水,方便他用两手洗脸。然后我也照做。水清凉极了。洗好脸之后,我们回到摩托车旁,骑上去继续赶路。

现在让我们来谈谈解决的方法。在前面所有的肖陶扩当中,我们都是从消极的角度去看科技制造出来的丑陋结果,而且我们也提过,像约翰夫妇这种对待科技的态度,是于事无益的。因为你不能只靠情绪活着,你还需要了解宇宙运行的方式,了解自然的法则。这些法则使工作负担大大减轻,使疾病减少,使饥馑几乎消失。从另外一方面来讲,基于纯粹二元理性的科技在取得物质胜利的同时,却把世界变成各种流行事物的垃圾场,因而遭人诅咒,现在是我们停止诅咒,提出解决方法的时候了。

解决之道就在斐德洛的论点当中。古典的认知不应该仅套上浪漫的外壳。古典和浪漫必须从根本上融合在一起。过去,我们的理性世界一直都在逃避,甚至拒绝史前时代人们浪漫而非理性的认知。之所以在苏格拉底之前有必要排斥热情,也就是情感,是为了解除人类理性的禁锢,进而了解当时谜一样的自然法则。现在,我们则要借着融入原先我们逃避的热情,进而深入了解自然的法则。人的热情、情感以及意识中情感的层面,其实也是自然法则的一部分，而且是它的核心。

目前，我们的科学陷入了盲目搜集资料的非理性扩张状态，因为我们对科学的创新没有理性的认知。到处充斥着流行艺术——非常贫瘠的艺术，这些艺术很少吸收或涵盖更深刻的法则。艺术家没有科学的知识，科学家也没有艺术的知识，两者都对万物的引力缺少精神的感知，结果不但十分糟糕，简直是十分恐怖。艺术和科技的重新融合早就该开始了。

在狄威斯家里的时候，我曾经谈到，工作的时候要保持内心平静，并因此被他们取笑，那是因为我当时有些唐突，他们并不了解我思考的前因后果。现在，我想回到这个主题上进一步讨论。

保持内心平静在机械工作中并不是一件小事，它是工作的核心。能够使你平静的就是好的工作，反之，则是坏的。规格说明、测量仪器、品质控制与最后阶段的品质检查，这些都是使相关工作负责人达到内心平静的手段。最后真正重要的，就是他们内心的平静，除此之外别无他物。因为只有内心平静，我们才能觉察到良质的存在，它超越了浪漫和古典的认知，将两者融合为一。无论进行任何工作，都必须具有良质。要想知道什么是好，了解它为什么好，并且在工作过程中与这种好融为一体，就要培养内心的平静。如此一来，"好"才能出现在你的心中。

我所谓的内心平静，和外界环境并没有直接的关系。出家人在打坐，士兵在隆隆的炮击声中，或者是机械人员正在做万分之一英寸的校准，都可能产生内心的平静。它指向一种无我的心境，让人与周围的环境完全融合在一起。这种融合有许多等级，而平静也有许多等级，你的功夫越深，就越了解它的深奥和困难。事实上，很多成就都是只从某一个角度发现了良质，除非进入深度的自我觉察，否则这些成就就相对没有意义，也很难得到；而自我觉察和自我意识是完全不同的两回事，它来自于内心的平静。

内心的平静有三个等级。其中生理的平静虽然有许多层次，但似乎是最容易达到的境界，印度神秘主义者就可以埋在地下好几天，却仍然活着。精神的平静，也就是消除杂念，相对来说不太容易做到，但是仍然可以达成。但是价值的平静，也就是一个人没有欲望，只是单纯地过自己的日子，这似乎是最难的。

有的时候，我认为这种内心的平静和钓鱼有些类似，这就是为什么钓鱼会受大众欢迎。你只要坐在那儿，让线垂在水里，一动也不动，不必刻意去想什么，或是担心什么。如此一来，就可以消除内心的紧张情绪和挫折感，是它们使你无法顺利地解决问题，造成你行动上和思想上的障碍。

当然，你不一定要去钓鱼，你也可以去修摩托车，或是去喝一杯咖啡，或是到附近走一走。有的时候只要放下手中的工作，然后保持五分钟的安静就够了。当你这么做的时候，你几乎可以感觉到自我正逐渐走向内心的平静。凡是背离它和它体现出来的良质的，就是坏的。凡是亲近它的，就是好的。背离和亲近的方法虽然数不胜数，但是目标却是一致的。

我想，一旦介绍了这个观念，并且将其视为机械工作的核心，之后在实际的工作当中，就能够融合古典和浪漫的良质。我说过，你能从技巧高超的技术人员身上察觉到这种融合，你也能从他们的工作中感受到。如果你不认为他们是艺术家，那就误解了艺术的本质。对于自己的工作，他们耐心、关心、专注，但是不仅如此，他们还与手中的工作融合为一，因而产生了内心的平静，能够独立处理自己的工作。工作的时候，他的思想和原料都在不断改变，直到原料呈现出它该有的样子，他的内心才会达到真正的平静。

在我们做自己真正想做的事时，就会有这种情况发生。只是很多时候，我们都会和自己的工作疏离。我提到的那种优秀的技术人员就不会如此。据说他对自己做的事情"感兴趣"，他在工作时非常"投入"，这种"投入"的原因就是，在意识的前沿，没有任何主体与客体之间的疏离。"把它放在心上""变成第二本能""手随心动"——很多俗语表达的正是我说的意思，这里没有主体与客体的二元对立，因为这在民间一直都被充分理解，早已是常识，每家工作坊都有同样的认知。然而在科学界，几乎听不到这类语言，因为科学家的头脑一直受到规范的客观性训练，他们从意识深处屏蔽了这种思想。

佛教的禅宗提倡打坐，就是要使人物我两忘。而在我所提到的摩托车维修问题上，你只要专注地修理车子，就不会出现物我对立的情况。当一个人没有与所做的工作疏离的感觉，就可以说是在关心自己的工作，这就是关心的真正意义——对自己手中的工作产生认同感。当一个人产生这种认同感的时候，他就会看到关心的另外一面——良质。

所以在维修摩托车的时候，最重要的就是要培养内心的平静，让自己不要和工作环境疏离，在做其他的工作时也是一样。这一点做到了，其他的一切就会变得很自然。内心的平静会产生正确的价值观，正确的价值观会产生正确的思想，正确的思想就会产生正确的行动，而采取了正确行动的工作，便可使别人从中看到做事人内心的平静。这就是韩国那面墙的意义，它反映出了人们精神上的状态。

我认为，如果我们想改造世界，使它更适合人类居住，方法不是从政治方面着手。因为那样，你会不可避免地涉及主体和客体这二者，以及二者之间的关系，或者你会需要计划各种活动。我认为这种改造是本末倒置。因为各种政治活动只不过是社会良质的产物。除非社会有正确的价值观，否则它的运作不会正常。而社会要有正确的价值观，首先个人要有正确的价值观。如果想要改造世界，就要先从一个人的心灵、头脑和手开始改造，然后由它们向外发展。有的人会谈论如何改变人类的命运，我却只想讨论如何维修一部摩托车，我认为我必须说的这些具有更长远的价值。

我们来到了里金斯镇，镇上有许多汽车旅馆。随后车道离开了峡谷，沿着一条小溪前进，似乎向上伸入了一片森林中。

的确如此。我们四周很快就围绕着高大的松树，阵阵凉风迎面袭来，眼前不远处出现了度假地的招牌。我们骑得越来越高，然后惊喜地进入了一片凉爽的、松林环绕的牧场。在新牧场镇我们加满了油，又买了两罐机油。直到此时，我们仍对那片林间桃源惊讶不已。

但是离开新牧场镇的时候，太阳将要西沉，傍晚沉郁的感觉渐渐袭上心头。在别的时候来到山上，总会使我的精神为之一振。但是我们骑得太久了。我们经过塔马拉克，路逐渐向低处走，绿油油的牧场又变成了干燥的沙地。

我想今天的肖陶扩就到此为止吧。这是最长的一段肖陶扩，也是最重要的一段。明天我想谈的是如何亲近良质以及如何远离良质，也就是可能面临的一些陷阱和问题。

在离家如此遥远的这片沙地里，西沉的太阳射出最后的霞光，带给我们阵阵的伤感。我不知道克里斯是否也有同样的感受。这是一种无法解释的伤怀，又一天消逝了，展现在眼前的只是逐渐沉重的暮色。

霞光逐渐晦暗，仿佛失去了白天的热忱。在那一片沙丘外，在更远处的小屋里生活着许多人，他们终生居于此处，每天忙着同样的工作，而此刻，夜幕低垂之时，他们就像我们一样，觉得日子平淡无奇。如果我们早一点儿来到这里,他们可能会好奇地问我们为什么来这儿,但是到了傍晚可就不希望我们出现了。已经工作一整天了,是大家围坐一起吃晚餐的时候。我们不想打扰他们,于是就骑过了这座以前从未来过的小镇。太阳已经下山了,我有一种强烈的寂寞感和孤独感,我的精神也随太阳西沉了。

我们来到一座废弃学校的操场,在一棵高大的白杨树下,我们把车停下来换机油。克里斯有点急躁,不知道我们为什么要休息这么久,或许他不明白,使他不安的其实是这日暮的时刻。在我换机油的时候,我把地图拿给他研究。换好之后,我们一起翻阅地图,决定一遇到好餐厅就吃晚餐,一遇到合适的地点就准备露营。这样才使他的心情好多了。

在一座名为剑桥的小镇,我们吃了晚餐。吃完时,早已夜幕低垂。我们打开大灯,沿着一条小路骑往俄勒冈。路旁有一块指示牌,写着布朗利露营区。看起来露营区在山谷里。一片漆黑之中,我们很难看出周围是怎样的环境。我们沿着林间的土路往前走,穿过灌木丛,来到露营区的停车场。这里似乎一个人也没有。我把车子熄火,卸下行李,这时我听到附近有一条小溪流过,还有小鸟嘤嘤鸣叫,除此之外,一片寂静。

克里斯说:"我喜欢这里。"

我说:"这里好静。"

"明天我们要去哪里呢?"

"去俄勒冈州。"我拿了一把手电筒给他,让他在我卸行李的时候帮我照明。

"我去过那儿吗？"

"可能，我不太确定。"

我把睡袋铺开，然后把他的放在野餐桌上，这种睡法让他十分兴奋。晚上的这一觉一定不会有问题了。很快我就听到他的鼾声，他已经沉沉入睡了。

我希望我知道该和他说些什么，或者问些什么。有的时候他似乎和我如此亲近，而这种亲近和我说什么问什么无关。有的时候他又似乎离我好远，站在一个有利的位置观察我，而我却没摸清状况。有的时候他又很幼稚，那个时候就和我完全无关了。

有的时候，想到这一点，我认为所谓一个人能够进入别人的心灵，只是言语上的幻觉，只是一种说辞，只是一种两个基本上独立的个体之间可能会有的交流而已。两者真正的关系仍是无法得知的。想要探测别人的内心只会扭曲你的观察所得。所以我想做的就是，在某些情况之下，让自己看到的不被扭曲。但是我搞不懂他问那些问题的方式。

26

我被一阵寒意冻醒了，从睡袋中望出去，天色一片灰暗，于是又缩回头，闭上眼睛继续睡。

过了一会儿，我发现天色逐渐转明，但是寒意仍然逼人。我看见自己呼出的气变成一股白雾。忽然我想到了天空中灰暗的云——很可能会下雨。但是仔细一看，那只不过是黎明前的暗淡。这么早就准备上路似乎太早也太冷了，于是我依然躺在睡袋里，而睡意早已消失了。

透过摩托车的车辐，我看见克里斯裹着睡袋躺在餐桌上，一动也没有动。

摩托车的影子覆在我身上，好像沉默的守卫等了一整晚，已准备好出发上路。

这部车是银灰色的，掺杂铬色和灰色——目前污泥满布——这是从爱达荷、蒙大拿、达科他和明尼苏达一路走过所累积下来的尘土。从下往上望，的确令人十分难忘。没有装饰，每一个部件都不可或缺。

我想我永远不会把它卖掉。没有理由卖掉，真的。它们不像汽车一样，几年之后，车身就锈蚀了。如果经常调试、定期翻修，它们就会和你一样长寿，甚至比你寿命更长。这就是所谓的良质。我们骑了这么远，它都没有出过问题。

清晨的阳光从高高的山崖顶上射下来，小溪上方出现了薄薄的晨雾，这就表示今天一定会是个温暖的好天气。

我爬出睡袋，把鞋子穿上，然后把东西打包。最后我才走到餐桌旁边，打算把克里斯摇醒。

但是他没有反应。我四下看了看，什么都做完了，只剩下把他叫起来，我有些犹豫。但是早晨清新的空气让我精神抖擞，于是我大声地喊他："醒来吧！"他突然坐了起来，两眼睁得大大的。

接着，我开始声情并茂地背诵《鲁拜集》开篇的四行诗[1]。这使我们宛如置身于波斯的沙漠之中，而头顶是高高的悬崖。但克里斯被我的朗诵搞蒙了。他抬头看看崖顶，又坐在那里睡眼惺忪地看着我。你要在特定的心境下才能接受糟糕的诗歌朗诵，特别是我背的那一首。

很快，我们就上路了，一路上依旧是大弯接着小弯。我们来到一座巨大的峡谷里，两旁是白色的断崖，吹在脸上的风寒气逼人。之后，有一些阳光照下来，晒透了我的夹克和毛衣，我觉得暖和些了，然而过了一会儿，我们又骑到背阴处，迎面而来的风又变得十分冰冷。沙漠里干燥的空气无法聚集热量。风真大，我的双唇被吹得异常干裂。

接下来，我们经过一座水坝，出了峡谷，进入半沙漠高地，这里就是俄勒冈州了。公路蜿蜒前进，眼前的景色使我想起印度的拉贾斯坦邦，那里不算是沙漠，到处是矮松、杜松和野草，但是也没有农业，只有一座山谷提供一些额外的水源。

《鲁拜集》中那些疯狂的诗句不断闪过我的脑海：

---

[1] The Rubáiyat，波斯诗人奥玛·海亚姆的四行诗集，其开篇四行诗第一句即是："醒来吧！"——校注

什么，什么，牧草地狭长经过，
一边是田原，一边是荒漠，
无论奴仆与苏丹，姓名皆失落，
可怜穆罕默德，空有黄金宝座……[1]

我仿佛看见一座显赫的古代宫殿，它的废墟在沙漠中影影绰绰，宫殿里的王透过他的眼角，瞥见一丛玫瑰怒放……

……夏日到来，催开玫瑰……然后是什么来着？我不记得了，我甚至都不喜欢诗。我注意到，自从这次旅程开始，特别是到了博兹曼之后，这些片段渐渐从他的记忆中消逝，进入了我的头脑。我不确定这意味着什么……我想……我不知道。

我记得这种半沙漠地带有个称呼，但我想不起来了。看不到其他人，路上只有我们。

克里斯大声告诉我，他又要拉肚子了。于是我们骑到一条小溪旁停下来。他很不好意思，但是我告诉他我们不急着赶路，把换洗衣服拿出来，给了他卫生纸和肥皂，告诉他上完厕所之后要彻底把手洗干净。

我坐在一块奥玛·海亚姆的岩石上，看着沙漠深思，这感觉不错。

---

[1] 引自《鲁拜集》第十一节。——校注

……夏日到来，催开玫瑰……哦，现在想起来了……

你说，清晨送来一千朵玫瑰，
可是，昨日的玫瑰如何还能再会？
夏日到来，催开玫瑰，
也催促帝王归于土灰。

……诸如此类，后面还有不少……

让我们从奥玛回到肖陶扩吧，奥玛解决问题的办法就是坐在那儿借酒浇愁，慨叹时光飞逝。相比之下，肖陶扩就好多了。特别是今天的肖陶扩，谈论的是进取心。

我看着克里斯从山坡上走回来，他脸上的表情看起来很愉快。

我喜欢"进取心（gumption）"这个词，因为它十分亲切。但是同时它又很有个性，因此不免有些孤独。其实只要有人愿意跟它做朋友，它似乎都不会拒绝。这是一个苏格兰的古词，拓荒者曾经经常用，但是它就像"自己人（kin）"这个词一样，已经过时了。我喜欢它，是因为它真切地描绘出了一个具有良质的人，他很有进取心。

希腊人称之为热忱（enthousiasmos），也就是"热情（enthusiasm）"一词的来源，它的字面意思是"被神充满（filled with theos）"，或者被上帝、良质充满，注意到它们的一致了吗？

一个具有进取心的人，不会闲散得无事可做，在一旁忧心忡忡。相反，他总是站在自我意识的火车头上，观察着铁轨，一旦发现有什么出现，便立刻迎上前去。这就是进取心。

克里斯回来说："我现在觉得好多了。"

我说："那好。"我们把肥皂和卫生纸收好，然后把毛巾和湿衣服放在一块儿，这样才不会弄湿其他东西，然后我们又上路了。

一个人如果能够保持长久的安静，看见、听见、感受到真正的宇宙，而不是一些八股的思想，他必然会充满进取心。进取心不是某种稀奇古怪的东西。这也是我喜欢这个词的原因。

钓鱼钓过好长一段时间的人，身上往往会有这种特质。通常，他们会对自己花这么多时间去从事这项看似无甚收获的活动有些防备心。因为他们不知道如何为自己辩解。然而，钓鱼回来的人通常充满了热忱，有力量去面对几个礼拜前他已经厌恶至极的事物。因此，事实上他并没有浪费时间，只是我们以世俗的眼光认为他是如此。

如果你想要修理一部摩托车，那么充足的进取心是最重要的工具。如果你还没有足够的热忱，最好收拾起工具，暂时放在一边，因为它们不会对你有任何帮助。

进取心是精神的补给品，能够推动事情的进行，如果你没有它，就不可能修理摩托车。但是如果你有了它，并懂得如何保持它，那么无论如何，一定能修好这部摩托车。事情必然是这样发展的，所以在开始之前，最重要的就是要保有这样的热忱。

进取心的重要性，解决了肖陶扩形式上的一个重要问题，那就是如何摆脱概念。如果肖陶扩只是深入研究维修某特定机种的细节，那么，它所提供的信息不仅可能对你无用，甚至可能会产生危险。因为适合修理某一机种的方法，很可能会毁损另外一种。如果想得到有关目标机型的客观详细的信息，你需要针对该品牌和型号的单独用户手册，还需要一本通用的用户手册作为补充。

但是还有另外一种细节，它从不在手册上出现，而且适用于所有的机型，我想在这里谈一下。这就是良质关系，也就是机器与人的关系。这种关系和机器一样精密。在你修理机器时，经常会出现低品质的状况：从关节生锈，到不可替换部件的意外损坏。这些都会消耗一个人的进取心，减少你的热忱，让你觉得十分沮丧，以至于想放弃。我称这些为进取心的陷阱。

这种陷阱有成千上万个，甚至百万个以上。我不知道究竟有多少。看起来似乎我已经遇到过所有能想象到的陷阱，但我知道并非如此，因为我每做一项工作，就会发现更多的陷阱。维修摩托车容易让人受挫，也容易让人愤怒，但这正是它让人觉得有趣的地方。

我看了一下地图，知道前面不远就是贝克镇了，眼前的土地比较适合发展农业，因为降雨量比较大。

我现在心里想的是一份"我所知道的进取心陷阱"的目录，我还想在学校里面开一门进取学的课。在课堂上把这些陷阱排序、分类，组织层次结构，并且建立彼此的关系，让未来的学子和人类从中受益。

进取学101——基于良质关系对兴趣、认知及精神运动障碍进行的检查——3 cr. VII，MWF。大学的课程表上印上这样的条目就太棒了。

在过去的维修工作中，热忱一直被视为与生俱来的，或者是通过良好的教育得到的。它是一种固定不变的东西，由于只有很少的人知道该如何得到它，所以我们就假定，没有进取心的人，就一定不会有远大的前程。

然而在非二元论的维修中，我们并不认为进取心是固定不变的。它是会起变化的，它所蓄积的士气会增加也会减少，它是因人类意识到良质而产生的，所以，进取心的陷阱可以定义为，因无法意识到良质，从而使人丧失做事的热忱。由这个定义可以看到，它的范畴十分宽广，因此，在这里我们只能作初步的探索。

据我所知，陷阱主要有两种：第一种是因外在的环境使你放弃了良质，我称之为挫折。第二种是你内在的因素引起的，我还没有一个确切的称呼，姑且称之为忧虑。我要先从外界引起的挫折说起。

在你刚刚开始从事一项工作时，突然出现的挫折似乎是最让你担心的，尤其是它经常会在你认为大功告成的时候出现。经过几天几夜的努力之后，你终于完成了。但是：这是什么？连杆轴承垫圈？你怎么会把这个给漏了呢？天啊！一切都必须重新来过，这个时候你似乎觉得自己已经彻底气馁了。

你只好把它拆开，然后重新组合……休息一段时间，不超过一个月吧，你才能对这次挫败释怀。

我有两个技巧可以避免这种情况发生，尤其是在拆装一套我不熟悉的复杂机件之时，我会运用这两个技巧。

在这里要先插入一点。机械圈里有一种观点认为，如果这个部件你不了解，而且又十分复杂，就不应当自行拆卸。你应该先接受训练，或者让专家去做这项工作。我真希望有一天这些自我推销的机械精英们会消失。因为就是所谓的专家把我的车给修坏了。我的工作包括编写手册培训IBM的专家，培训完成后，他们的表现不过如此。第一次拆卸部件可能会不顺利，因为你要花更多的时间和金钱去应付意外的损害。但是毫无疑问，下一次你就会远远超过专家了。带着进取心从实干中学习虽然辛苦，但是你对它的方方面面建立了良好的感觉，这是专家不可能拥有的。

言归正传，避开陷阱的第一个技巧就是拿出你的笔记本，写下拆卸的每一个步骤，关注特殊细节，它们在安装时很可能出问题。这本笔记本上面一定会沾染许多油污，但是几次下来之后，写在上面的一两个字虽然往往看似不甚重要，却使你避免了很多错误，节省了不少时间。写的时候，要特别注意各个零件在左右，以及上下朝向，电线的颜色和布线方式。而且，如果有某个零件磨损，正好记下来，以便以后一起采购。

第二个技巧就是在车库地上铺一张报纸，把所有的零件由左到右、由上到下排列整齐，和我们读书的顺序一样。这样一来，安装的时候，你就可以按照相反的次序进行，许多小螺钉、垫圈还有扣针才不会被遗漏。

即使有这样周全的准备，可能仍然会出意外，这时你就要特别注意自己的士气。一定要静下心来。如果你想加紧脚步，弥补损失的时间，可能反而会错误百出。当你意识到你必须全部拆开，从头再来一遍的时候，一定要停下来，好好休息一番。

要注意把这种环节脱漏的问题与另一种相似情况区分开。那就是因为缺少必要的知识，使整个安装过程变成一个边干边试的过程，你把它拆解开，变化一下，然后组合起来，看变化之后是否仍能运转。即使不能，这也不是我们说的"挫折"，因为你通过这一尝试得到的信息才是真正目的。

如果你只是在安装时一时疏忽犯了错，你仍然可以挽回自己的士气，你要告诉自己第二次拆卸和安装的时候会比第一次快得多，因为你已经记住不少步骤，不需要重新学习了。

从贝克开始，我们在森林间一路爬坡，通过山口之后，路开始下行，山的这一侧，森林绵延不尽。

随着海拔逐渐降低，树木也逐渐稀疏，我们又来到了沙漠中。

接下来我们要谈的是一些时断时续出现的问题，也就是说，你觉得有些问题需要修理了，但往往在动手之前又突然恢复正常。电线短路常常就是这样。摩托车发动的时候才会短路，一旦停下来又没有问题了。所以你很难修理它，只能试着发动机器看看短路是否会再次出现，如果短路消失了，就不要再管它了。

这种情形之所以是一种陷阱，是因为它让你误以为已经修好了。所以修理完一部机器之后，最好使用一段再作已修好的结论。如果毛病一再出现，的确让人沮丧，但是总比一开始就去找专家要好，事实上，要好得多。你把车一次一次送进修理店，然而问题仍然得不到满意的解决，这更加令人沮丧。如果你自己修理，就可以花时间去仔细研究，这是专家无法做到的。然后你可以随身带着自己需要的工具，一旦状况出现，立刻动手修理。

一旦毛病再次出现，要尽量把它与摩托车的使用情况联系在一起。以熄火为例，熄火是在车子颠簸、转弯或者加速的时候出现呢，还是只在天气热的时候出现？这种推测是找出因果关系的有效途径。若是迟迟无法解决某些问题，你就需要去好好地钓一次鱼。其实，不论修理有多么枯燥，远比几次三番送去店里要好得多。有的时候，我很想仔细地解说我遇到过的问题和解决的方法，但是这就像鱼经只有钓鱼的人才会感兴趣一样。钓鱼的人不懂为什么有人会听得打哈欠。他很喜欢听啊!

除此之外,我想最容易出现的陷阱在零件方面。零件问题会以好几种形式给自己动手修车的人带来困扰。刚买车的时候谁都没打算买零件。零售商不愿意积压库存;批发商又行动缓慢,而且在购买零件的旺季,总是人手不足。

零件的价格则是陷阱的另外一部分。就商业技巧来说,把原始设备的价格定得非常便宜是一种策略,不然客户会流失。而零件的价格则定得非常高,这样才能从中赚钱。而且由于你并非专业人员,零件的价格又会格外的贵。这是一种很狡猾的技巧,让许多专业人员有机会使用许多不必要的零件,从而发了大财。

还有一个问题是零件可能会不符合需要。零件清单往往会出错,零件的规格和种类也很复杂。有的时候,某些工厂因为不做上机测试,使不合格零件通过了品质控制流入市场;有的时候,你买的零件是由不具资质的加工厂生产的,他们没有办法获得相关的工程数据,生产的东西有各种缺陷;有的时候,卖零件的人在匆忙中拿错了货;有的时候,你提供了错误的信息。无论哪种情况,当你回到家里,发现新买的零件不正常之后,进取心都会大受挫折。

这方面的问题可以结合多种方法改进。如果镇上不止一家经销商,那么无论如何要选择与你最配合的人。你甚至需要知道他的名字。这样的人往往自己当过技术人员,所以能提供你需要的信息。

试试看能否砍价。有的时候，你的确能砍到合算的价钱。自助商店和邮购商店经常会囤一些常用零件，价格往往大大低于经销商。比如说，你可以直接从链条工厂买链条，价格远低于虚高的经销商。

要记得随身携带原配件，以免买错了。同时要带上游标卡尺比较尺寸。

最后，如果你和我一样吃过零件的不少苦头，而且又有投资的能力，那么你也可以学着自己制造零件。我有一个六乘十八英寸的小型铣床，还有一整套焊接工具：弧焊、氩弧焊、气焊、微型气焊。有了这套工具，你可以在磨损的表面上覆盖比原材质更耐磨的金属，然后用硬质合金工具将其打磨到原来的精度。不用熟它们，你就难以想象它们的用途有多广。有的活你无法直接做，但你可以先加工一些工具，然后再做。加工零件很耗时，有些零件，如滚珠轴承，你甚至无法加工，但是自己动手改造零件设计，并在你的机器上运行起来，一定会让你欣喜不已。而且，你花费的时间不见得比等待脸上堆笑的经销商把零件发回工厂用的时间更多，也不见得比他们更挫伤你的积极性。自己制造不但不会破坏进取心，反而会激励自己。当你骑着运转着你自己加工的零件的摩托车上路时，你会获得一种独特的感受，那是买来的标准件不可能带给你的。

我们来到了长着鼠尾草的沙漠地带，发动机开始噼啪作响。

我调到备用油箱,开始研究地图。我们在尤尼蒂加了油,然后继续沿着两旁长满鼠尾草的炙热的柏油路往前骑。

我认为以上这些就是最常出现的问题,但都是外在的环境因素造成的。现在我们要谈谈内心因素导致的陷阱。

这一部分有三个陷阱。第一个陷阱会限制情感理解,叫作"价值的陷阱";第二个则会阻碍认知理解,叫作"真理的陷阱";第三个会阻碍精神运动行为,叫作"肌肉的陷阱"。其中价值的陷阱最严重也最危险。

在价值的陷阱中,最常出现而又有害的是价值的僵化。这是指固守以前的价值观,无法从新的角度衡量事物。在维修摩托车的过程中,你必须不断评估,僵化的价值观不可能做到这一点。

最典型的状况是摩托车出了问题,原因就在那儿,你却找不到。哪怕你看着出问题的部位,它们也没有显示出值得你重视的价值。这就是斐德洛提到的状况。良质、价值创造了世界的主体和客体。有价值才有它们。如果你的价值观是僵化的,你就无法接受任何新的事实。

通常不成熟的判断就会导致这种状况。你认定了问题就在这里,但结果证明不是,你就傻了。你必须找出新的线索,但是在找到之前,你要先摒弃旧的观念。如果你一直坚持自己原来的看法,就无法找到真正的答案,即使它就在你的眼前。

发现新的事实往往是一件令人兴奋的事。我们从二元论的角度称之为"发现",是因为我们假定其一直存在,只是没有人注意到。这些事实刚刚露头时,总显得没什么价值。但由于观察者价值的松动,以及这些事实潜在的良质,或快或慢,它们的价值要么越来越高,要么越来越低,这些事实也渐渐消亡。

而在我们周围,我们的眼睛和耳朵所接触到的事物中,其实并没有良质。事实上,它们的良质是负面的。如果它们同时出现,我们的意识可能会被这些毫无意义的资讯阻塞,从而根本无法思考和行动。所以我们要根据它们的良质加以选择,或者按照斐德洛的说法,良质自身会过滤出我们需要了解的资讯,让我们的现在与未来相辅相成。

如果你的价值僵化了,你所能做的就是放慢脚步——不论你愿不愿意,你必然会慢下来——但是你要做的是刻意放慢脚步,然后重新审视过去你认为重要的事物是否仍然重要……只需要静静地注视着机器,这么做没有什么问题,静静地和它相处一阵子,用你注视鱼线的方式注视着它,不久你一定会看到鱼线在动。车子会用谦虚而微弱的声音询问你,是否对它的问题感兴趣。这是世界上到处都会发生的状况,所以要对它感兴趣。

首先要明白,这些新的事实并不一定就能解决你的问题,你的问题也未必如你以为的那么严重。从解决问题的角度说,这些事实没那么重要。但你也不要小瞧它们。它们也许不是你眼下需要的——当然,你要非常确定才能忽略它们——但是,常常在你正要忽略它们的时候,你会发现有几个它们的小伙伴正站在它们旁边，它们正盯着你，看看你是否准备对它们做点什么。在这些小伙伴中，可能就有真正需要的事实。

用不了多久你就会发现，这些问题往往比你原先所想的修理摩托车更有意思。一旦出现这种现象，你就不再只是修理摩托车的技师，同时也是研究摩托车的科学家，这时就完全跳出了价值僵化的陷阱。

我们又骑到了松树林里，从地图上看，这条路并不长。路的两边有一些广告牌，一些孩子在广告牌下面嬉戏，仿佛是广告的一部分。他们一面捡松果，一面向我们招手，结果把松果撒了一地。

我一直想回到钓鱼这个比喻上来，我可以预见，会有人沮丧地问我："没错，但是你想钓到怎样的事实呢？情况一定不只是你所说的这样。"

而我的答案是，如果你已经知道结果，你就不是在钓鱼，而是在抓鱼。我想举一个比较特别的例子……

随便举维修摩托车的各种例子都适合，但是我想到的最佳例子是南部印第安人抓猴子的故事。抓猴子的方法之所以有效，就是利用了价值僵化。首先猎人把挖空的椰子用绳子绑在一根木头上。椰子里面放了一些米，通过一个小洞就能摸到。由于洞很小，猴子只能把手伸进去。而当手中握了米，就很难拽出来。所以要抓猴子，就是靠它僵化的价值。它不会衡量自由和拥有白米孰轻孰重。现在,村民们走来了,要把它逮到笼子里带走了。他们越走越近,就要抓住它了!在这个时刻,如果能对这只可怜的猴子说些什么,不是具体怎么做,而是一个一般性的建议,你会怎么说?

我猜,你能说的恰恰正是我就价值僵化问题所说的,唯一的不同是,你得说快点。首先,这只猴子应该知道一个事实:如果它把手松开,它就自由了。但是它要怎样才能知道这个事实呢?那就是避免价值的僵化。不要再认为白米比自由重要。它要怎样才能明白这一点呢?它应该慢下来,在椰子旁边走走,看看它原先认为重要的是否仍然重要,不久它就会看到鱼线在抖动,线的那一端有一个很小的事实正试图唤起它的注意,它应该思考一下这个事实,但不是从吃饱肚子这个问题出发。这个问题可能没有它认为的那么严重,那个事实也可能并非它以为的那么无关紧要,这就是你能对它说的。

在普雷里市我们出了山区,来到一座干燥的城镇。骑在大街上,你可以从镇的这头一直望到那头的草原。我们去敲一家餐厅的门,但是没有人开门。于是我们又穿过大街去敲另外一家的门。门开了,我们进去坐下来,点了麦乳精喝。等餐的时候,我把克里斯给他母亲写的信的草稿给他。我很惊讶,他没问我多少问题就开始写了。我在卡座里静静地坐着,不想打扰他。

我总感觉,我想在克里斯身上找出来的问题,其实一直在抖动鱼线，但由于我的某种价值僵化，就是无法看清。有的时候我们似乎像两条平行线，没有交集，有的时候又会相撞。

通常他在家里惹的麻烦，都是在学我，像我对待他一样向别人发号施令，尤其是向他弟弟发号施令。别人当然不会接受他的指令，他不明白别人有不接受他摆布的权利，那个时候，他就会失控。

他似乎并不关心别人是否喜欢他，他只想得到我的欢心。从哪个角度来说，这都不是好现象。所以是让他开始学习独立的时候了。虽然过程会很艰难，我要尽可能地让他容易接受，但总该有个开始，越早开始越好。

但是现在想到这一切，我再也不这么认为了。我不知道问题究竟出在哪里。那个纠缠我的梦境一再出现，因为我无法摆脱它的暗示：我和他永远处在一道我没有打开的玻璃门两边。他想叫我打开，但是总在打开之前，我就离开了。现在又出现一个家伙要阻止我，奇怪。

过了一会儿，克里斯说他写累了。我们站起身，付了账离开了。

现在我们又上路了，可以再次开始讨论陷阱。

接下来的陷阱很重要，这个陷阱来自于自我，它和价值僵化颇有渊源，而且是造成价值僵化的原因之一。

如果你自视甚高，那么你观察新事物的能力就会降低。你的自我会让你远离良质现实。如果你把事情搞砸了，你很可能不愿意承认。如果你被蒙蔽，自以为表现得很好，你很可能会相信你确实表现得很好。所以在修理机器这方面，如果你的自我太强，就往往无法把工作做好。因为你总是会被愚弄，很容易犯错，所以修理人员自大的个性对他颇为不利。如果你认识很多技术人员，我想你会同意我的观点，他们往往相当谦虚而且安静。当然，也有例外。不过即使他们起初无法保持安静和谦虚，长久工作下来，也会变成这样的个性。同时，他们还具有高度的警戒心。专注但又警戒。但不会以自我为中心。从事机械维修，是没办法假装干得很好的，除非是去蒙蔽那些完全不懂行的人。

……我想说的是，机器会反映出你真正的个性、感受、推理和行动，而不是反映你自我吹嘘、膨胀的那一面。如果你的士气来自于你的自我，而非良质，那么这种虚假的形象很快就会完全崩塌，那你就会非常沮丧。

如果你一时无法谦虚下来，有一个方法，就是无论如何也要装出这种态度。因为如果你刻意地假设自己表现得不够好，那么一旦事实证明的确如此，你的进取心反而会提升。你会继续这样做，一直到事实证明你的假设是错误的。

焦虑是另外一个陷阱。它是自我的反面。如果你确知做什么事都做不对，那么你就会很害怕。往往就是这个因素让你迟迟不敢动手，而不是懒惰。这个陷阱来自于急于求成，往往造成各种错误，你会去修理不需要修理的东西，去担忧假想中的困扰，然后作出各种荒谬的结论。你会因为自己的紧张而认定机器出了各种问题。一旦机器真的出现某些问题，就更验证了你起初对自己的低估，因而产生了更多的错误。如此恶性循环下去，就会不断给自己各种打击。

要想打破这种恶性循环，我想你应该把自己的焦虑写下来，然后参考各种书报杂志。因为你有焦虑为动力，所以会很努力地研究。你越研究就会越平静。你要记得，你追求的是内心的平静，而不仅仅是把机器修好而已。

在开始修理之前，你可以把要做的事写在纸上，然后再组织成适当的结构。你会发现，在不断的重组过程当中，会出现更多的想法。花在这件事上的时间会在修理过程中被节省出来，还能避免你草率行事制造出新的问题。

为了减轻自己的焦虑不安，你可以告诉自己，没有哪一个技术人员不会犯错。你和他们之间的差异是，他们犯错的时候，你并不在现场，但你要为犯错的结果付出代价，就是你的账单。所以如果是你自己犯了错，你最起码还有学习的机会。

枯燥是我想到的下一个陷阱。这是焦虑的反面，通常和自我的问题连在一起。枯燥就表示你已经失去了良质的指引，丧失了从新鲜角度看事情的能力，不再有初学者的虚心。这样一来，你的摩托车可就危险了。如果你觉得无聊，就表示你的进取心很低落。在开始做任何事之前，先好好地补充一下能量吧！

当你觉得很厌倦的时候，一定要停手！放下工作去看场表演，打开电视机或者收工。随便做什么，就是别碰那台机器。如果你不停下来，接下来很可能就会出大问题。所有的枯燥和问题累积到一定程度，就会突然爆发出来，于是你就真正地动弹不得了。

而我自己医治枯燥最好的方法就是睡觉。在你觉得枯燥的时候非常容易睡着。一旦休息够了之后，就很难再觉得枯燥了。我的第二个选择是喝咖啡。通常在我工作的时候，会泡一壶咖啡放在旁边。如果这些都不管用，可能意味着更深层的良质问题，让我无法集中注意力，而枯燥提醒你去注意这些问题——在你开始修理车子之前，先解决它们。

对我而言，最枯燥的工作莫过于清洗机器。因为我总认为这是在浪费时间。好不容易洗好了，一骑上去又弄脏了。约翰总是把车子保持得干干净净，看起来的确不错，而我的总是有些肮脏。这就是因为我思考的角度不同。我更注重机器运作得是否良好，外表的脏乱与否并不重要。

要想使上油、换油、调整之类的工作不再那么枯燥，最好的方法就是把它们变成一种仪式。你可以抱着欣赏的态度做不熟悉的事，也可以抱着欣赏的态度做熟悉的事。我听说有两种焊接工：生产线上的和维修的。生产线上的焊接工不喜欢复杂的事，而喜欢重复同样的动作，而维修的焊接工却很讨厌重复相同的动作。所以有人建议，在你雇焊接工之前，一定要确定他属于哪一种，因为这两者不可互换，我属于后者。这很可能就是为什么我喜欢研究问题，而最讨厌清理的工作。当然，非得做的时候我也能做，别人也一样。所以在清洗摩托车的时候，我就像别人上教堂一样，虽然不会有什么新发现，但还是让自己再去接触一次已经熟悉的事，有的时候这种感觉也不错。

禅修也和枯燥有关，因为它最主要的活动——打坐——就是世界上最乏味的活动，只有印度教中被埋到土里的修行能与之相比。打坐的时候，你所能做的不多，既不能动，也不能思想，也不去关心外界事物，还有什么比这个更枯燥呢？然而打坐的核心却是禅学最重要的理念，它是什么呢？在枯燥的中心，你看不到的是什么呢？

烦躁和枯燥颇为接近，但是它的原因通常只有一个：低估工作所需要的时间。你不知道接下来会发生什么，没有几样工作是按照预期的进度完成的。面对这样的挫折，你的第一个反应就是烦躁。一不小心，很可能就会变成愤怒。

而摒除烦躁最好的方法，就是不设定工作时间。尤其是新的工作，需要许多不熟悉的技巧，如果要赶时间，那么把预期时间加倍，然后降低过高的期望。整体目标的重要性要降低些，具体目标则提高些。这需要我们的价值观有弹性。在改变价值观的时候，通常会丧失掉一些进取心，但是这种牺牲是必需的，这总比因为烦躁而引发很多错误，最终导致进取心丧失殆尽要好得多。

我最喜欢的收心练习是清洗螺栓、螺母、螺柱和螺孔。磨平、变形、锈蚀或积灰的螺纹会使螺母很难拧。发现这种情况，我会用一个螺纹规和卡尺测出它的尺寸，然后用丝锥和冲模重切上面的螺纹，检查没有问题之后，涂油润滑。这时，我对于耐心有了全新的感受。我喜欢的另一个练习是整理工具。用过的工具会被随手丢得到处都是，如果不能一伸手就抓到当即需要的工具，就会产生一丝失败的情绪，这是烦躁的早期预警信号，这就是这个练习的益处。你只消停下来，把工具整整齐齐摆放好，这样既不会找不到工具，又收束了自己的不耐烦，不但不会浪费时间，也不会危及自己的工作。

我们骑进了戴维尔，通过座椅的震动可以感受到，应该是骑上水泥路了。

以上所说的就是价值方面的陷阱。当然还有许许多多的陷阱，我只是点到为止。几乎任何技术人员都可以告诉你许多他所发现的陷阱，那都是我不知道的。同样，你也会在你自己的工作中发现各种陷阱。或许学习的最好方式就是一发现陷阱就停下来，仔细研究，然后再去进行手中的工作。

戴维尔的加油站旁边有几棵大树，我们在树下等待服务人员过来，但是没有人出现。我们下了车，觉得全身僵硬。因为不急着上路，所以我们就在树荫下运动。这棵树非常高大，几乎把整个路面都遮住了。在这种沙漠地区竟然会有这么大的树，真是奇怪。

服务人员仍然没有出现，对街加油站的人看到了我们，就走过来帮我们加油。他说："我不知道约翰跑到哪里去了。"

约翰回来的时候向对方道了谢，然后骄傲地说："我们总是这样互相帮忙。"

我问他这里有什么地方可以让我们休息一会儿，他说："你们可以到我家门前的草坪上去休息。"他指了指对街的房子，屋前有几棵高大的白杨树，直径都有三四英尺粗。

我们在绿草如茵的草坪上运动，路旁有一条水沟，里面有清澈的水流，用来灌溉这些草地和大树。

我们在草地上睡了大约半个钟头，醒过来之后，看见约翰在我们旁边的绿草地上，一面坐在安乐椅上摇晃着，一面和另外一张椅子上的消防队员聊天。我静静地听着。他们聊天的节奏吸引了我，就是那种哪儿也不急着去，只是在消磨时间的调调。自从三十年代起，除了听过我祖父和曾祖父，以及叔伯和他们的父亲用这种方式谈话之外，再没有听到过这样缓慢而沉稳的聊天了。两个人一直聊着，没有任何目的，只是消磨时间，就像他们坐的摇椅一样。

约翰看见我醒了，就和我说了一会儿话。他说灌溉的水来自"中国人的水沟"。他说："你不可能叫白人去挖那样的水沟。八十年前他们以为那里有黄金，所以挖了这条水沟，现在再也不可能有这样的水沟了。"他说这就是树长得这么高大的原因。

接着又聊起我们从哪里来，要往哪里去。终于要离开了，约翰说他很高兴认识我们，希望我们休息好了。我们来到大树下，准备动身。克里斯向他们挥挥手，他们也很高兴地向我们挥手说再见。

沙漠里的路在峭壁和岩石之间蜿蜒回转。这里是目前为止最干燥的地区。

接下来我想再谈谈真理的陷阱和肌肉的陷阱，然后就结束今天的肖陶扩。

真理的陷阱和知识列车车厢中的知识有关，使用传统的二元逻辑和科学方法，可以很好地理解其中大部分信息，我们在迈尔斯讨论过这种科学方法。但有一个陷阱它们处理不当——是-非逻辑的真理陷阱。

是与非……彼与此……一与零，在这种基本的二元划分基础上，我们建立了整个人类知识。电脑内存是个很好的例子，其中所有的信息都是用二进制的形式保存的。它里面只有一和零。

通常我们无法看到，除了是与非之外，还有第三种可能性，因为这不合乎思考的习惯。这第三种可能性能够拓展我们的视野，引领我们走向完全不同的方向。我找不到一个特定的形容词，所以想借用日文的"无"这个字。

"无"不是表示一无所有，"无"只是说没有等级，不是"一"，不是"零"，不是"是"，也不是"非"。它表示在回答一个问题的时候，超越了"是"与"非"的等级，因而它所强调的就是不去问问题。

如果答案不适合这个问题，就是"无"的现象。有人问禅宗的修行者，狗是否具有佛性。他的回答就是无。意思就是，回答是或否，都是不正确的，因为佛性超越了是或否的问题。

在人类每天用科学所探究的自然界中，"无"的存在是非常明显的，但是正如其他事情一样，我们的头脑被训练用传统的方式观察世界，所以对它视而不见。比如说，我们一再被灌输，电脑电路中只有两种状态，一种电平表示一，一种电平表示零。这真是可笑。

任何一位电脑工程师都知道有另外一种运算方式，当把电力关掉的时候，你的一和零在哪里呢？这时，电路系统会呈现"无"的状态。它既非一也非零，而是一种用一和零无法解释的状态。在许多场合，用电压表可以读到"接地波动"信号。工程师从中读出的根本不是电脑电路的信号，而是电表自身的波动。断电后的状态来自一个比"一零"一统天下的信息空间更广大的信息空间。这时，问是一还是零已经没有意义。除此之外，还有其他一些状态，也是无法用一和零解释的。

习惯于二元思想的人会认为，自然界中"无"的状态是一种特定场景下的"花招"，或者认为其不重要。但是在所有科学研究中都会遇到这种现象。而自然不会耍花招，自然的答案也从不会不重要。所以把自然给出的"无"的答案掩盖起来，是不诚实的行为，也是一种巨大的错误。能够认识和重新评估这种答案，才能够帮助理论更接近实验的结果。科学家对实验室中的这种情况非常熟悉,当他的实验被设计用来得到一个"一或零"的回答时,结果却是"无"。这种时候他们会认为实验设计不良,责备自己是个傻瓜,最好的情况是把这评委会给出"无"的"无用"实验视为前车之鉴,避免以后再犯同样的设计错误。

把给出"无"的实验视为"无用"是不公允的。"无"是一个重要的回答。它告诉科学家,他的提问容不下大自然的回答。他必须扩大他的提问所预设的答案空间。这是个非常重要的问答!通过这个答案,他对大自然的了解会大幅地进步,这是实验最基本的目的。我们可以断言,"无"对于科学的推动,比"是"或"否"要有力得多。是与否只是肯定或者否定某一种假设,而"无"告诉你,答案超越了你的假设,所以它能够刺激科学前进。其实这并没有任何深奥之处,只是我们的文化塑造了我们的判断,使我们对这种实验结果的评价不高而已。

在维修摩托车的时候,你提出的许多问题,往往都会得到"无"的答案,因而你就可能丧失信心。其实大可不必如此。如果你的实验结果没有回答你的问题,那么它意味着两种可能,要么你的实验过程有问题,要么你对问题的理解需要扩展到更大的层面。所以,你需要检查你的实验并且重新审视你的问题。绝不要对"无"的答案弃之不顾,它们和是与否的答案同样重要,甚至更重要,它们能够让你成长!

……摩托车似乎过热……但是我认为，这只是因为我们正骑过一个干燥酷热的地区……姑且把答案视为"无"吧……一直到它真正的问题显现出来，我们才知道是更好还是更糟……

我们在米切尔镇停了很久，喝了巧克力麦乳精，这座小镇坐落在干燥的沙丘中间。透过玻璃窗，我们能看到外面的景象。有一些孩子走下大卡车涌了进来，几乎占据了整个餐厅。虽然举止还算有礼，但是他们充沛的精力让场面显得颇为热闹。我们看到带领他们的女士对此有一点儿紧张不安。

接下来又是干燥的沙漠和沙土地区，我们骑了进去。现在太阳快要下山了。由于长时间骑车，我不但全身酸痛，而且十分疲惫。克里斯在餐厅的时候也有一点儿提不起劲，我想或许他是……算了吧……

关于真理的陷阱，这次只谈谈"无"的状况我想就够了。现在我们要来谈谈精神运动方面的陷阱，这和机器本身的问题有直接的关系。

这个陷阱最让人沮丧的就是工具不好用。没有什么比这更令人泄气了。所以要尽可能买好的工具。你永远不会后悔的。如果你想要节省，不要忘了看报纸上的旧货广告。好的工具一般来说不会磨损，而一把用过的好工具比差的新工具要好。仔细研究工具的目录，你可以从中学到许多东西。

除了不好用的工具之外，恶劣的环境也是一种陷阱。要注意，你需要足够的光线。你会很惊讶，一点点光线能避免不少的问题。

一些身体上的不适是不可避免的。但是如果身体十分不适，比如说，周围的环境太热或是太冷，就会使你在不经意之间降低判断力。比如说，你很冷的时候就会加快动作，因而容易出错。如果你太热的话，耐力就会降低，因而容易发怒。尽量避免在不合适的位置干活。在摩托车的两边各放一把小凳子，可以大幅度地增加你的耐心，你就不会那么容易出错了。

还有另外一种陷阱，就是肌肉敏感度不够。这是造成真正伤害的原因，部分是由于运动知觉的缺陷。摩托车的外表虽然粗糙，但是内部却很精密，容易因为动作不灵活而受损。这就是所谓"技术人员的感觉"。对知道的人来说，它很容易理解，但是对不知道的人来说，就很难形容。如果你看到没有这种感觉的人在修理车子，你一定会像那辆车子一样痛苦。

这种感觉来自于对材料弹性的深刻身体感受。有些材料弹性非常小，比如说陶瓷，所以给陶瓷零件加工螺纹的时候，小心不要用太大的力。而有些材料，比如说钢，就有很大的弹性，比橡胶的弹性还要大。但是除非你用极大的机械作用力干活，否则它的弹性便不是很明显。

在拧螺栓和螺母的时候，需要用到比较大的机械力，从而你应该理解，在这个力量范围内金属是有弹性的。当你拧一个螺母的时候，有一个所谓手指紧度的点，也就是螺母刚接触到螺栓那点，还谈不上任何弹性，接下来，是螺母与螺栓之间很平顺的结合，再接下来，是拧紧螺母的时候，会感受到它的弹性。每一套螺栓和螺母在达到这三点的时候，都需要不同的力道，至于上了油的螺母，情况又不同。不同的材料，比如说钢、铸铁、铜、铝、塑胶、陶瓷，所需要的力也不同。但是拥有"技术人员的感觉"的人，就知道何时已经拧紧，应该停下来。没有这种感觉的人则会继续拧下去，结果拧脱了螺纹或损坏了零件。

这种技术感觉不仅意味着理解金属的弹性，还包括理解金属的硬度。在摩托车内部的结构中，有些接合面的精确度高达万分之一英寸，如果你不小心把零件掉在地上，或者沾了灰尘，或是刮伤它们，或是拿锤子敲击过，它们就会丧失原先的精确度。很重要的是要明白，表面之下的钢铁能够承受极大的撞击，但是表面却不能。处理表面极精密的零件时，具有这种感觉的人就会避免去损伤它的表面，然后尽可能地从不怕损伤的部分着手。如果必须直接从精细的表面着手，他通常会使用更软的材质。比如说，铜锤、塑料锤、木锤、橡胶锤、铅锤，都适合这种状况。钳子可以垫上塑料、铜或铅的隔层。这样，你永远都不会后悔。如果你习惯乱敲东西，那么尽可能多给自己一点时间，学习欣赏和尊重这些精密件所体现的工艺成就。

在这片黄沙满布的地区，西沉的太阳在地面画出悠长的影子，让我们有一点儿忧伤的感觉。

或许只是因为这是傍晚时分，是个容易让人感伤的时刻。但是今天提到这些事之后，我觉得多少切中了问题的核心。有些人可能会问："如果我避开这些陷阱，那么是否就表示万无一失了呢？"

答案当然是否定的，你仍然没有克服所有的问题。你需要修身。使你避开各种陷阱的是你的生活态度，它使你看清正确的事实。你想知道怎样画一幅完美的画吗？很简单，先让自己变得完美，然后再顺其自然地画出来，这就是所有专家的方式。画画和修理摩托车一样，都同你生活的其他方面密切相关。如果一周当中有六天你都很懒散，不去照顾你的摩托车，那么有什么方法能够使你在第七天突然变得敏锐起来呢？一切都是密切相关的。

但是如果你六天当中都很懒散，而在第七天尽量变得敏锐起来，那么很可能下个礼拜就不会像这个礼拜这样懒散了。我指出这些陷阱的目的，就是提供正确生活的秘诀。

你真正在维修的车子，其实是"你自己"。外面的那部机器和里面的这个人并不是互不相干的，它们会一同亲近良质或者远离良质。

当我们到达普赖恩维尔城的时候，太阳还剩几个小时就要落山了。此刻我们位于和第九十七号高速公路交叉的地方，准备在这里往南拐。油加好之后，我疲惫地走到后面，坐在漆黄的水泥边石上，把两脚伸到碎石子里。夕阳透过树叶照到我的眼睛上，克里斯走过来，在我的旁边坐下。我们什么也没有说。不过这还不是最沮丧的时候。我提到了这么多陷阱，此刻自己就掉进了一个。或许这就是疲劳吧！我们需要休息一会儿。

我看了看高速公路上的车流，觉得它们有些孤寂。不只是这样，更糟的是空虚。就像加油站服务生脸上的表情一样。空虚的碎石地旁边空虚的路缘，在空虚的十字路口奔向空虚的目的地。

汽车司机们也和加油站服务生一样，目不斜视呆呆地往前望着。自从第一天思薇雅提过这种情形之后，我再没有注意过他们。他们看上去好像是一支送葬的行列。

有的时候会有人看我们一眼，然后又毫无表情地把头转回去想自己的事，仿佛因为怕我们发现而不好意思。我注意到这一点，是因为我们离开人群已经很久了。他们开车的方式也和我不一样。他们高速驶向城里，有特定的目的，所以就此时此地而言，他们只是短暂地路过，他们脑海中想的是要去什么地方，而不是自己目前身在何处。

我知道是怎么回事了！我们已经到了西海岸！我们又成了陌生人！朋友们，我恰恰忘了这个最大的陷阱，这送葬的行列！这自以为主宰了整个国家的歌舞升平、醉生梦死、花花绿绿、唯我独尊的现代生活,每个人都身处其中。我们离开它已经太久了,几乎忘了它的存在。

我们融入往南的车流里,我可以感受到其中蕴藏的危险。从后视镜里,我看到一个混混紧紧地跟在后面却不超车,于是我加速到七十五英里,他仍然跟在后面。我又加速到九十五英里,终于把他甩掉了。我很不喜欢这种方式。

到本德城的时候,我们停了下来,在一间时髦的餐厅吃晚餐。熙来攘往的人擦肩而过,连正眼也不瞧对方一下。服务虽然好,可是并不亲切。

我们继续往南走,抵达一片森林。里面的树木划分成许多可笑的小区域。很显然,这原是拓荒者的规划。在离高速公路有一段距离的地方,我们把睡袋铺开,这才发现松针压住了好几英尺厚的灰尘。我从来没有见过这种景象,所以十分小心,以免把松针踢起来,使灰尘四处飞扬。

我们把防潮垫铺好,再把睡袋放上去。这样似乎就没有问题了。克里斯和我聊了一会儿,聊目前身在何处以及要往何处走。我借着暮色看了看地图,然后又拿出手电筒来看,我们今天骑了三百二十五英里,不算短的一天。克里斯似乎和我一样累,我们两个都想好好地大睡一场。

PART 4

第四部

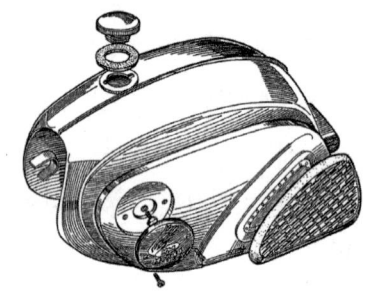

27

你为什么不从黑影里走出来？你究竟长得什么样？你是不是在害怕什么？你害怕些什么呢？

在黑影里的人后面是玻璃门。克里斯在门后，示意我把门打开，他现在大多了，但是仍然面带恳求。"我现在该怎么办？"他想知道，"我接下来要做什么呢？"他在等待我的指示。

是行动的时候了。

我仔细研究躲在黑影里的人。他不像过去那样给我不祥的感觉。我问他："你是谁？"

没有回答。

"那扇门为什么不可以打开？"

仍然没有回答。对方保持沉默，但这也表示他很怯懦，他害怕！害怕我。

"还有比躲在暗处更糟的情况是吗？这就是你不说话的原因，是吗？"

他似乎意识到我要采取行动了，所以有些害怕地颤抖，想要退缩。

我在一旁等待，然后向他靠近一点。讨厌、阴暗、邪恶的东西。我靠得更近，不去看他，而是看那扇玻璃门，以免引起他的警惕。我停下来，做好准备，然后突然将手向前伸出去。

我的手似乎是勒住了他的脖子。他越挣扎，我就勒得越紧，好像捉蟒蛇一样。我越抓越紧，想把他拖到明亮的地方。好了，让我们看看他的真面目吧！

"爸爸！爸爸！"我听到门外传来克里斯的声音。

没错！这是我第一次听到声音，"爸爸！爸爸！"

"爸爸！爸爸！"克里斯抓住我的袖子，"爸爸！醒醒！爸爸！"

他在我身旁哭着："爸爸！醒醒！不要这样！"

"克里斯，没事。"

"爸爸！醒醒！"

"我醒了。"透过薄薄的晨曦，我看出是他的脸。我们在户外的一棵树底下，旁边有一辆摩托车，我想是在俄勒冈州的某地吧。

"没关系，只是做了一场噩梦。"

他还是一直哭，我静静地陪了他一会儿。我说："没事的。"但他还是不肯停下来，他害怕极了。

我也一样。

"你梦到了什么？"

"我想去看一个人的脸。"

"你一直叫着要把我给杀了。"

"不是，不是你。"

"谁呢？那是谁呢？"

"梦里的人。"

"是谁呢?"

"我也无法确定。"

克里斯不哭了,但他还是在发抖,可能是因为天气很冷。"你看到他的脸了吗?"

"看到了。"

"他长什么样子?"

"在我大喊的时候,我看到的是自己的脸……那只是一个噩梦。"我告诉他,他在发抖,应该回睡袋去。

他回去了,说道:"天气好冷。"

"是啊!"在晨光中,我能看到我们呼出的水气。然后他爬进睡袋里,我就只能看到我自己吐的水气了。

我没有睡。

做梦的人根本就不是我。

是斐德洛。

他醒过来了。

与自己对立的分裂心灵……我……我就是那个黑影中的人,我就是那个可恶的人……

我就知道,他一定会回来的……

现在的问题是要先做准备……

从树下望向天空,是那样的灰暗,那样的绝望。

可怜的克里斯。

28

绝望的感觉逐渐增强。

就好像电影结束了,虽然你知道那不是真实的世界,但是却无法脱身。

那是十一月里寒冷的一天,没有下雪,风把肮脏的空气从老旧而破损的车窗吹进来。车窗上还有不少灰尘。克里斯当时六岁,坐在斐德洛旁边,穿着毛衣,车上的空调坏掉了。从车窗向外望出去,天空一片灰暗,两旁是灰褐色的建筑,临街的墙是砖造的,上面还有玻璃窗,但是都破了,街上到处飞舞着垃圾。

"我们在哪里?"克里斯问。斐德洛说:"我不知道。"他真的不知道。他迷路了,茫然地在灰色的街道上开着。

斐德洛说:"我们要去哪儿呢?"

"去找床。"克里斯说。

斐德洛问:"它们在哪儿呢?"

克里斯说:"我不知道,或许我们一直开就会找到它们。"

于是两个人一路开下去,边开边找卖床的。斐德洛想停下来,把头放在方向盘上,好好地休息一下。他觉得路上的标志完全一样,灰暗的建筑也没有什么差别。他们开啊开,寻找卖床的,但是斐德洛知道,他永远也找不到了。

克里斯渐渐意识到,有一件奇怪的事发生了,开车的人没办法掌握方向。船长已死,他们正在汪洋里漂流。他并不知道这一点，只是觉得很不对劲，于是就喊"停下来"，斐德洛便停下来了。

他们后面那辆汽车猛按喇叭，但是斐德洛没有开走。然后其他的车子也开始按喇叭，于是后面的车更加拼命地按。克里斯紧张地说："赶快开走！"斐德洛痛苦地把脚慢慢地放在离合器上，仿佛做梦一样，慢慢地启动了车子。

斐德洛问已经被吓坏的克里斯："我们住在哪儿？"

克里斯记得一个地址，但是不知道该怎么回去。他心想，问问别人就可以找到路了，所以就说："把车停下来。"他下了车，问别人该往哪个方向走，然后指引着精神错乱的斐德洛，走过无数的砖墙和破掉的玻璃窗。

几个小时之后他们才回到家，克里斯的妈妈非常生气，因为他们竟然回来得这么晚。她不明白为什么他们找不到卖床的。克里斯说："我们已经找遍了。"但是他带着莫名的恐惧看了一眼斐德洛。克里斯开始害怕的时刻。

再也不会发生这种事了……

我想我要做的就是骑到旧金山，然后让克里斯搭长途汽车回家。接下来把摩托车卖掉，然后住进医院里……不过最后一点似乎不太重要……我不知道要做什么……

这趟旅程终究有它的作用，至少克里斯长大以后对我会有些美好的回忆。这样想减轻了我的焦虑。这的确是一个值得好好把握的念头，于是我就一直这样想。

同时仍然要像一般的旅行一样，时刻期望情况可能有所改进。不要抛弃任何东西，永远、永远都不要再抛弃任何东西。

外面寒冷彻骨，就好像冬天一样。我们在哪里？竟然会这么冷！我们一定是在一个很高的地方。我从睡袋里望出去，看到摩托车上有霜。油箱上的露珠在晨光的照耀下正闪闪发亮。霜很快就会融化，滴到轮子上。这么冷的天气里躺在地上并不合适。

我想起松针下有积土，于是小心谨慎地踏上去，避免把灰土激起来。我把摩托车上的东西都卸下来，拿出秋衣，再穿上毛衣和夹克，但是仍然觉得很冷。

我离开松针垫，踏上公路，昨晚我们就是顺着这条路开来的，我在公路上冲刺了一百英尺，然后再慢慢地跑，最后停下来。这时感觉好多了。四周寂静无声，路面上结了一片一片的霜。经过晨曦的照射，有一些已经融化成水。然而树上的霜仍然十分洁白、晶莹，纤毫无损。我在公路上慢慢地走着，不想去打扰阳光，这正是早秋的感觉。

克里斯仍然在睡，除非等到天气暖和起来，否则不能出发。正好趁这个时候调整一下摩托车。我把空气滤清器的侧盖打开，从下面拿出一包工具，我的手因为寒冷而变得僵硬，手背有些皱纹，当然这些皱纹不是因为寒冷而产生的，人到了四十岁，难免如此。我把工具包放在车座上，然后打开它……它们都完好地躺在那儿……我好像又看到了老朋友。

我听到克里斯的声音,于是从车座上望过去,他只是翻了一个身,并没有起来。过了一会儿,阳光越来越温暖,我的手也不像刚才那样僵硬了。

我本想继续谈谈维修摩托车的心得,它们来自大量的经验累积。这不但能帮你更好地解决问题,也有助于提升你的品位。但是现在这些显得不值一提,当然,我不应该这样说。

我想转到另外一个方向,把他的故事说完。其实我从没讲完过他的故事,因为我觉得没有这个必要。但是我想,在剩下的时间里应该这样做。

工具凉得有些伤手了,但是伤手才好,这才让我有真实的感受。不是幻想出来的,而是真真实实地握在我手中。

当你在路上前进的时候,发现了一条成三十度角的岔路,过了不久又在同一侧发现一条成四十五度角的岔路,后来又有一条成九十度角的,这时你就会发现,所有的路都通往某一点,因为很多人都认为值得朝这个方向走。而你开始好奇,怀疑自己是否也应该走同样的路。

在斐德洛探索良质的路上,他不断看到各种岔路,它们都通往相同的一点。他知道大家走的就是古希腊人的路。但是现在,他开始怀疑自己是否忽略了什么。

他曾经问过莎拉——就是那位常常在他背后走来走去,手里拿着浇花水壶,同时也灌输良质观念给他的同事——在英国文学专业,哪个科目专门讲授良质?

她说:"天晓得!我不知道,我不是英国文学专家,我是研究古典文学的,我的研究范围是希腊人的著作。"

他问她:"良质是希腊人思想的一部分吗?"

她说:"良质渗入了希腊人所有的思想。"他曾经深思过这一点。有的时候从莎拉嗲嗲的口吻当中,他觉得自己仿佛嗅到了一丝深藏的睿智,就好像希腊的神谕一样。其中隐藏着特殊的意义,但是他并不确定。

古希腊人。很奇怪,良质渗入了他们所有的思想,但是在今天,要提出良质这个概念似乎都是相当困难的事。其中发生了哪些改变呢?

"什么是良质"这个问题和系统哲学对接到一起之后,突然照亮了通往古希腊的第二条道路。他曾经认为自己对古希腊的认识已经足够,但是良质又把他带回来了。

系统哲学是属于希腊人的,古希腊人首先发明的,所以永远有他们的印记在上面。怀特海[1]曾经说过:"所有的哲学都只不过

---

1 Alfred North Whitehead(1861—1947),英裔美籍数学家,哲学家,形而上学哲学体系的创立者。——编者注

是柏拉图的脚注。"此言不虚,所以有关良质现实的问题,都必须回溯到那个时代。

第三条路则是在斐德洛决定离开博兹曼,去拿个博士学位以获得继续任教资格的时候出现的。他在英语教学中触发了良质这个课题,想继续研究其内涵。但是该去哪儿研究呢?选什么专业呢?

很明显,除了哲学的范畴之外,没有任何科系在研究良质。而他过去的经验告诉他,在哲学领域深究下去,不太可能对一个明显带有神秘色彩的术语有任何新的发现。何况这个术语还来自于英文写作。

斐德洛越来越清楚,没有一个研究项目会允许他以自己理解的方式研究良质。良质不但处于所有学科之外,而且根本处于整个理性教堂的研究方法所能把握的范畴之外。如果作者拒绝给他研究的核心词语下一个定义,那么什么样的大学会接受这样的博士论文呢?

他花了好长一段时间看各大学的目录,终于发现了他希望找到的。芝加哥大学开设了一门交叉学科的研究项目,叫作"观念分析和方法研究"。其委员包括英语教授、哲学教授、中文教授,而主席是研究古希腊的专家。这门课燃起了他的希望。

现在摩托车已经调整妥当,只剩下换机油。于是我把克里斯叫醒,整理好行李就上路了。克里斯还有一丝睡意,但是路上的冷风使他清醒了过来。

路一直向上延伸,今早没有多少车。两旁松树林里的岩石黝黑,好像是火山岩。我在想,我们昨晚是否睡在火山灰上面?有所谓的火山灰吗?克里斯说他很饿,我也一样。

我们在拉派恩市的一家餐厅停下来,我叫克里斯帮我点火腿和蛋,自己到外面换机油。

我在餐厅旁边的加油站买了一夸脱机油,然后来到餐厅后面的石子路上,把机油塞子拽开,让机油流出来,然后将塞子塞回去,加进新的机油。换好之后,我看见油尺上的油滴在阳光照耀下好像清水一样干净,哈!

我把工具收拾好,走进餐厅,看见我的早餐已经在桌子上了,我赶紧到洗手间洗手。

克里斯说:"我好饿啊!"

我说:"昨天晚上很冷,为了御寒,我们耗去了不少的能量。"

蛋很好吃,火腿也一样。克里斯提起昨天晚上做的噩梦多么可怕。他看起来好像是要问我问题,但是没有问,只是看着窗外的松树发呆。过了一会儿,他转向我。

"爸爸?"

"什么事?"

"我们为什么要这样做呢?"

"做什么?"

"一直骑摩托车。"

"只是来看看乡野的风景……度假啊!"

这个回答似乎不能令他满意，可是他也说不上有什么不对。

一阵突然的悲哀袭来，就像黄昏时那样，我没有和他说真话，这就是症结所在。

他说："我们只是一直骑下去。"

"当然，不然你要做什么？"

他没有回答。

我也没有继续说下去。

上路之后，我想起一个回答，那就是我们正在做我认为最有良质的事。但是这个答案肯定跟刚才我说的一样不能令他满意。我不知道还能说什么。如果最后不得不和他分别，那么最迟在说再见之前，我们一定要好好地谈一谈。如果不让他明白过去发生的事，那么对他而言，弊大于利。他会听到我谈斐德洛，虽然有很多东西他可能永远也不会明白——尤其是结局。

斐德洛来到芝加哥大学的时候，整个思想世界已经和你我了解的完全不同。即使我记得所有的资料，也很难讲清楚。我知道，代理主席根据斐德洛过去的教学经验以及言论的深度，接受了他的申请。当时他发表的言论已经没有记录了。之后的几个礼拜他等着主席回来，希望能够拿到奖学金。主席回来之后，两人见过面，但是这场面试似乎可以总结为一个问题和一个阙如的回答。

主席问他："你实质研究的范围是什么？"

斐德洛说："英语作文。"

主席大声说："那属于方法学的范畴。"从实际上说，面试到此已经结束。然后两个人又断断续续地聊了一会儿，斐德洛有些迟疑有些结巴地说了一些很抱歉的话，然后就回到了山里。过去他离开学校就是因为他这种个性，一旦回答不出一个问题，他就再也没有别的思路了。而课堂上没有他，课依然会进行下去。这一次，他花了整个夏天思考，为什么他的研究范畴应该属于实质，或者为什么应该属于方法。整个夏天他就只做这一件事。

在林木线附近的森林里，他吃奶酪，睡树枝堆成的床铺。渴的时候就喝山里的泉水，同时思考良质、实质以及方法的问题。

实质是不会改变的，而方法则没有所谓的永久。实质和原子的形态有关，方法则和原子的功能有关。在科技的写作上，也有相似的划分：物理描述和功能描述。如果想把很复杂的机械结构描述清楚，最好先描述它的实质层面：它的次级组件和零件。然后再描述它的方法层面：按照次序执行的各项功能。如果你把实质和方法混淆了，那么读者就不可能了解你说的是什么。

然而要把这种划分的方法应用在各种知识领域，比如英语作文当中，似乎并不实际。因为所有的学院科目都包含这两种层面。而良质似乎与这两者都无关。良质没有实质，也不是一种方法，它超越这两个范畴。如果一个人盖房子的时候会用到铅垂线和水平仪，那是因为垂直的墙壁比弯曲的墙壁品质要好，不容易坍塌。所以良质不是方法，而是方法所追求的目标。

实质和实质性其实呼应于客观和客观性，而这正是非二元化思想的良质所排斥的。当所有的事物都分成实质和方法，正如所有的事物都分成主体和客体，那么良质就无处存身了。所以他的理论不属于实质的范畴。一旦接受主体和客体之分，也就否定了良质的存在。如果要让良质有生存的空间，就必须取消二元化的分法，因而必然会和委员产生争执，这是他不愿意做的。但是他很愤怒，他们用第一个问题就摧毁了他整个的思想。实质的范畴？他们想要把他捆在怎样的普罗克拉斯提斯之床[1]上？他很怀疑。

于是他决定进一步研究委员会的背景，并为此到图书馆去查资料。他觉得这个委员会的思考方式很奇怪。他看不出这种思考方式和他的思想有交会的可能。

委员会对其目的进行了解释，但关于这个解释，他特别困惑。虽然委员会的说明用的都是非常平常的字，但是却用非常难以理解的方式组合。所以解释显得比问题本身更复杂。这和他的期望颇有出入。

于是他研究了所能找到的主席的全部著作。他发现主席所用的词句也深奥难懂。艰涩的文体与他所见到的主席本人大相径庭。在和主席短短的会面当中，他认为主席心思敏捷，而且个性利落。然而他所看到的文体却高深莫测，就好像百科全书里用的词句。主语和谓语往往一前一后隔得很远，甚至常常在句子中间

---

[1] Procrustean bed，普罗克拉斯提斯（Procrustes）是古希腊神话中的强盗，他拦截路人，强迫他们上他特设的两张床之一：一张长床，一张短床。身高者上短床，并将其长出的部分砍去；身矮者上长床，并强拉其身至与床同长。——校注

的括号里面再加入一些无法解释的括号，因而使读者很难了解整个句子。

最让人惊奇的是，其中的许多抽象观念似乎有特殊的意义，但是却没有进一步说明，读者只能猜测。这样的例子有许多，让斐德洛不得不承认，他不可能了解眼前的文章，更不要说对其发表看法了。

一开始斐德洛认为，它之所以深奥难懂，是因为它超过了他的理解能力。你必须具有某些基本的学识，才能进入其中。然而他发现，其中有些文章是写给根本就不具有这种学识的人看的，因此这种推测不能成立。

他的第二个推测是，主席是那种"学术工匠"。他的意思是，作者过于投入自己的研究范围，以至于丧失了与外界沟通的能力。如果情形真是如此，那么这个委员会为什么会给这门课起这种非技术性的名称——"观念分析和方法研究"？而且主席身上看不到那种匠气。所以这个推测也站不住脚。

斐德洛干脆放弃研究主席的文章，转而研究委员会的背景，希望能对他的遭遇有所解释。结果证实这个方向是正确的，他开始看到问题是什么了。

主席的文章是防卫性的。大量错综复杂的文句编织成一个个迷宫一样的堡垒，使你几乎不可能发现其防卫的目标是什么。这种情况就像你进入了一个房间，而里面的人刚刚结束一场激烈的辩论，每一个人都静了下来，没有人说话。

我记得一个片段，斐德洛站在石砖铺成的地板上，明显是在芝加哥大学的长廊里，和委员会主席的助理交谈。他像电影里的侦探在结局公布答案似的说道："在提到委员会的时候，你们漏了一个很重要的名字。"

主席助理说："谁？"

斐德洛用很权威的语气说："亚里士多德……"

对方震惊了一下，然后像一个被逮到却毫无负罪感的罪犯一样，大声笑，笑了许久。

他说："哦！我明白了，你不知道……任何有关……"然后他想了想该怎么说，决定什么都不必说了。

我们来到通往火山口湖的岔口，然后沿着一条整洁的公路进入国家公园[1]——里面清理得非常干净，保存完好。国家公园就该是这个样子，但它也没因为拥有良质而获得什么奖金。它成了一座天然的博物馆。这里仍是白人到来之前的景象——到处流淌着美丽的熔岩，参天的树林里，看不到任何啤酒罐。白人来了之后，一切看起来都虚假多了。或许国家公园管理处应该在熔岩的中央堆起一些啤酒罐，那样可能就会显得比较有生气。没有啤酒罐仿佛缺少了什么。

我们在湖边停下来，然后下车舒展四肢，置身于一小队游客之

1　Crater Lake National Park，位于美国俄勒冈州西南部的火山口湖国家公园。——编者注

中。他们手拿照相机，抓着孩子，高喊"别靠太近！"他们是驾小汽车或野营车来的，各地的车牌都有。站在火山口湖边，感觉它就像是一张照片。我发现其他游客的脸上也是一片木然。我不是厌恶这一切，只是觉得这里的景致缺乏真实感，这个湖的良质被它所刻意强调的特色掩盖住了——如果你强调某样东西具有良质，那么良质很可能就消失不见了——良质不是刻意强调的，而是你从眼角瞄到的事物。所以我虽然望着下面的湖面，却感受到身后照来寒意逼人的阳光，吹来凝重的风，它们带来奇特的良质。

克里斯问我："我们为什么要来这里？"

"来看湖。"

他不喜欢这里，他觉得它太做作，于是皱着眉头，想要找出个准确的词来形容，最终他说："我讨厌这里。"

一位女游客惊讶地看着他，然后面露厌恶的表情。

我问他："那么我们能做什么呢，克里斯？我们必须一直走下去，一直到找出问题究竟出在哪里，或者找出为什么我们不知道问题出在哪里。你明白吗？"

他没有回答。那位女士假装不听我们的谈话，但是她站在那儿一动不动，可以看出仍然在听。我们走回摩托车旁，我想说什么，但是又想不出来。我看到他在流眼泪，但是他把头转开，不希望让我看到。

我们离开公园，朝南而行。

我刚才说到委员会的主席助理当时大吃一惊，他之所以这么惊讶，是因为他发现，斐德洛不知道自己正身处也许是本世纪最著名的学术纷争之中。一位加州大学的校长将其形容为史上为改变一座大学的课程所做的最后努力。

斐德洛的阅读挖掘出一部简明的历史，也就是在三十年代早期发生的、对实验性教育的著名反叛。"观念分析与方法研究委员会"就是那次反叛留下的痕迹。那次反叛的领导者有罗伯特·梅纳德·哈钦斯，他当时已是芝加哥大学的校长；还有莫提默·艾德勒，他的工作是在心理学背景下研究证据法则，有点类似于哈钦斯在耶鲁所完成的工作；斯科特·布坎南，一位哲学家与数学家；其中对斐德洛来说最重要的是委员会的现任主席，时为哥伦比亚大学斯宾诺莎主义者与中世纪研究者。

艾德勒将对证据的研究与对西方经典著作的阅读相结合，产生了深具说服力的信念，即人类的智慧在近代进步得相当少。他持续地追溯圣·托马斯·阿奎那的观点。阿奎那吸收柏拉图和亚里士多德的观点，使其成为自己对希腊哲学及基督教信仰的中世纪综合的一部分。阿奎那的作品及他所诠释的希腊人的作品，对艾德勒而言是西方智慧遗产的精华，因此也成为好书的准绳。

在由中世纪经院学者所诠释的亚里士多德传统中，人被视为理性的动物，能够找寻并界定优良生活，而且最终可以实践它。当这个有关人的本质的"第一原则"被芝加哥大学校长所接纳时，不可避免地，它会在教育上产生回响。芝加哥大学有名的伟大典籍计划，按照亚里士多德的思想脉络重新组织的大学结构，还有让学生从十五岁开始阅读经典著作的"学院"的建立，都是这种回响的表现。

哈钦斯拒绝这样的观念，即实验的科学教育能够自动产生一个"优良的"教育。科学是"与价值无关的"。科学抓不住良质，无法将其作为探究的对象，这使得让科学提供价值等级成为不可能的事。

艾德勒和哈钦斯基本上是关心生活的"应为"、价值、良质以及良质在理论层面的哲学基础。因此显然，他们曾跟斐德洛走过同样的方向，可是都或多或少地以亚里士多德为尽头并停在那里。

从而有了争议。

有些人即使承认哈钦斯在良质上的高见，却不承认亚里士多德传统对于定义价值拥有无可置疑的权威。他们坚持，价值不能被固定，而一个有效的现代哲学，不需要认同古代与中世纪典籍中表达过的观念。对他们中大多数人而言，这整件事情只是给那些含糊的概念起一个新的装腔作势的名字罢了。

斐德洛并不知道是什么造成了这种争议。但是它似乎的确与他想研究的领域相关。他也认为没有任何价值可以被固定，但是说价值应该被忽视，或者价值并不以实体存在是毫无道理的。他也对将亚里士多德传统作为价值的定义者存在敌意，但是他并不认为应该不考虑这个传统。这种种问题使他陷入困境，而他想知道得更多。

在创造这样一种狂热的四个人之中，委员会的现任主席是唯一仍留在这里的。大概是由于同僚的减少或其他什么原因，他在斐德洛所交流过的人中并未获得和蔼可亲的评价。没有一个人认为他和蔼可亲，却有两个人尖刻地驳斥认为他和蔼可亲的说法。其中一个是大学主要科系的系主任，他形容主席是"可怕的人"；而另一个人则持有芝加哥大学哲学学位，说这位主席只给复制他思想的学生颁发毕业证，这已经尽人皆知。这两个人没有一个是生性爱报复的，而斐德洛觉得他们说的是真的。这点后来更被他在系办公室的一个发现所证实。他想跟委员会的两名毕业生谈谈，以对委员会了解更多，而他却被告知，委员会有史以来只颁发了两个博士学位。显然，要想让良质的现实走到台面上，他必须战斗并征服委员会主席，但由于主席的亚里士多德主义世界观，这战斗甚至不可能开始，而主席的脾气也极不能容忍反对意见。所有这些加起来，就构成了一幅非常沉郁的画面。

于是他坐下来，提笔写信给芝加哥大学"观念分析与方法研究委员会"主席。这是一封只能描述为想被拒之门外的挑衅信，作者拒绝不声不响地从后门逃遁，反之，他弄出巨大的声响，使得对方不得不从前门把他轰出去。这就赋予他的挑衅原本不可能获得的重视。然后他会从大街上爬起来，朝着已确信彻底关死的门挥挥拳头，再掸掸身上的尘土说："好吧，我试过了。"如此获得解脱。

斐德洛在挑衅信中说明他现在实际研究的范围是哲学而不是

英语作文。接下来他说，把研究分成实质和方法两个范畴，是源自于亚里士多德的形式和本质的二分法，对拒绝二元论的人而言没有多大用处，因为他们认为这两者其实是一体的两面。

他说，他并不是很确定，但是支持良质就表现为反对亚里士多德。如果这是真的，他已经找到一个合适的地方发表。伟大的学校都是在黑格尔式的争辩中发展壮大的，而不能接受有悖于其基本信条的论文的学校则会一成不变。斐德洛宣称他的研究正是芝加哥大学一直等待的。

他承认这种说法有些夸大，但他自己无法完全公正地判断自己的论点，有谁能毫无成见地评价自己的论点呢？如果有人能提出一个突破东西方哲学的理论，同时还能结合宗教的神秘主义和科学的实证主义，那就具有历史性的重要意义了，这样的理论会把这所大学推到前所未有的地位。然而在芝加哥大学，没有人真正接受这种理论，除非他把某个人给赶出去——那就是亚里士多德。

他写得义愤填膺。

这已经不仅是一封自讨闭门羹吃的挑衅信了。接着他说得更夸张，充满了幻想。他失去自制，罔顾他人对这些言论的反应。因为他深陷在良质的形而上学之内，无法看清外界的事物。由于没有人了解他的内在世界，因此他完了。

我想当时他一定觉得自己说的是真的，所以他的态度或是表达方法是否恰当并没有多大关系，因为他认为自己说的太重要了，没有时间做修饰的工作。如果芝加哥大学看重言辞优雅胜过其中的理性思考，那么它就丧失了建校的原始目的。

情形就是这样，他真的这样相信，这不是另外一种需要现有理性方法考验的新思想，而是对现有理性思想的修正。一般来讲，如果你在一个学术环境中要发表新思想，你必须保持客观和冷静的态度。但良质的观念对这一基本立场提出了质疑——客观、冷静只对二元理性是一种合适的态度。二元论的杰出成就是通过保持客观取得的，但创造性的杰出成就则不然。

他深信已经解决了宇宙间一个巨大的谜团。用一个词——良质——快刀斩乱麻地解决了二元论思想的难题。他不愿意再让任何人把良质分成两半。如此一来，他就无法明白为什么别人认为他的言论难以置信。就算明白，他也不会在意。他的说法是很夸张，但假如是真的呢？如果他错了，没人会在乎。但是假如他对了呢？如果为了取悦老师，而把自己对的成果抛弃，那才是最恐怖的做法！

所以他不在乎别人的看法，而是一味狂热地投入研究。那些日子里，他活在孤独的宇宙中，没有人了解他。越多人表示无法了解他，或是对能够理解的部分也不喜欢，他就变得越狂热，越不受欢迎。

他这封信意外地得到了回应。委员会接受了他的申请。但由于他实际研究的范围是哲学，所以他应该申请哲学系，而不是这个委员会。

于是斐德洛按要求提交了申请。然后他和家人把全部家当都装进汽车和拖车，并向朋友道别，准备出发。正在他把门锁上的时候，邮差送来了一封信，是芝加哥大学寄来的。信上说，他没有得到入学许可。没有任何解释。

很明显，委员会主席在其中作梗。

斐德洛向邻居借了纸笔写信给主席，声明他既然已经被委员会接受，就应该去报到，这是合法的。但这一次，斐德洛产生了一种战斗前的警觉。偷偷摸摸地赶紧把哲学系的门关起来，似乎暗示着，出于某种原因，主席无法把他从委员会的前门踢出去。即使握着他言辞顶撞的信，主席也无法再有任何举动。这让斐德洛增加了不少信心。他们没有别的选择，要不把他从前门给轰出去，要不就接纳他。或许他们根本无法把他轰出去。这样倒好，他希望自己的论文不要欠任何人情。

我们沿着克拉马斯湖的东岸而行，那是一条三车道的公路，颇有二十年代的风味。那个时代建造的公路都是三车道。我们在路旁的餐厅吃午餐，这间餐厅也是二十年代的格调。早已需要油漆的木头窗框，窗户上闪着啤酒招牌的霓虹灯，屋前的草坪上铺着小石子，压水井滴着水。

洗手间里的马桶圈早已龟裂，洗手台上也布满了油垢。回到座位时，我又看了一眼吧台后面的老板，也是二十年代的长相，单纯，亲切，不屈服。这里仿佛是他的城堡，我们就像他的宾客，如果我们不喜欢他的汉堡，最好闭上嘴。

汉堡端上来了，里面夹着大片的生洋葱，吃起来非常美味，啤酒也不错。整顿饭的花销比那些窗口插着塑料花的地方小多了。用餐的时候，我从地图上发现我们很早就转错了弯，否则早就骑到海边了。现在的天气十分炎热，仅次于西部沙漠的酷热，西海岸黏湿的空气让人的情绪颇为低落。希望尽快到达海岸边，那儿要凉快多了。

我在克拉马斯湖的南岸想着这些事。湿热的空气，还有二十年代的恶臭……这正是那年夏天芝加哥的感觉。

斐德洛和他的家人抵达芝加哥之后，就在学校附近住了下来，由于他没有奖学金，所以必须到伊利诺伊大学任专职修辞学老师，这座大学当时坐落在市中心的海军码头，探进了湖里，不时会飘来恶臭，温度也很高。

这里的学生和蒙大拿州的不一样。优秀的高中生都去了香槟分校和厄本那分校，他所教的学生都属于丙等。由他们交上来的报告，你评判不出好坏。在其他情况之下，斐德洛还可能想些别的办法来提升他们的水平，但是由于这份工作只是谋生的差使，他不愿把创造性的精力浪费在这里。他的兴趣在南边的另一所大学。

他来到芝加哥大学的注册处，把他的名字告诉正在负责注册的哲学教授。他注意到，教授听到他的名字后，表情变得不一样了。教授表示，委员会主席已经让他去上"理念和方法"的课，由主席亲自教授。教授给他课程表，斐德洛发现上课的时间和他在伊利诺伊大学的课有冲突，所以就选择了另外一门课，理念和方法251，修辞。因为修辞是他的本行，他感到轻松不少。主讲的人不是主席，而是正替他办注册手续的哲学教授。这位教授对他的选择有些惊讶。

斐德洛回到伊利诺伊大学教课，然后准备上哲学课时该读的书。现在对他来说非常重要的，就是拿出前所未有的研究精神，去整体地研读经典的希腊书籍，尤其是亚里士多德的书。

在芝加哥大学成千上万研读古代经典的学生当中，很难找出比他更用功的。芝加哥大学的伟大典籍计划，主要目标就是对抗一种现代观念，即认为所谓经典对于二十世纪的社会已经没有多大意义。所以大部分选择这些课的学生必须刻意表现出顺从的态度。为了能充分地理解原著，他们必须接受这一信念，即这些古代经典对他们颇有意义。但是现在斐德洛无须刻意表现。他不仅仅是接受这一信念，更是带着激烈的情绪认识到这一点。他十分清楚，自己来到这里，就是要激烈地反对这些思想，然后用各种方法攻击它们。攻击并不是因为它们与二十世纪无关，反而是因为关系太密切了。研读得越多，他就越相信，没有人知道，不知不觉地接受这些思想，对世界会有多么大的危害。

在克拉马斯湖的南边，我们穿过一些似乎是郊区的地方，然后朝西海岸前进。这条路通往森林，而林中的树与之前沙漠里的树完全不同。高大的枞树耸立在路的两旁，我们骑着摩托车，抬起头，看见树干笔直向上，有好几百英尺高。克里斯想停下来到树林里走一走，于是我们就停下来了。

他到林子里去了，我小心地靠着一棵树，然后向上望，想要回忆起……

他学到了些什么都已经没有记载了，但是通过后来发生的事，我知道他吸收了大量的知识，他用照相一般的能力做到了这一点。要了解他如何责难古希腊的思想，就有必要稍微了解一下神话先于理性（*mythos over logos*）的论点。这是研究希腊的学者很熟悉的理论，也使很多人从此迷恋上这个研究领域。

理性（*logos*）是逻辑一词（*logic*）的词根，是指我们对世界理性认识的总和，而神话则是指文明早期及史前人类的世界观。神话不仅包括希腊神话，同时也包括《旧约》《吠陀经》，还有各种文化的早期传说，它们对我们现在的知识都有贡献。神话先于理性的论点认为，现代的理性都是由这些传说而来。我们今日的知识和这些传说的关系，就像大树和它原先还是小灌木时候的关系一样。我们只要研究简单的灌木结构，就能获得对大树的了解。因为它们属于同一种类，只是大小有些差异罢了。

因此在受到希腊文化影响的各种文化当中，你一定会发现强烈的主客体之别。因为在古老的希腊神话中，主语和谓语在语法上自然地一分为二，而在类似中国的文化中，主语和谓语并没有被语法严格界定，在其哲学中也相应地没有主体客体的区别。在犹太-基督文化中，《旧约》里上帝的"话语"具有内秉的神圣性，人类愿意为之生、为之死，做出种种牺牲。所以在这种文化中，法庭可以要求证人"说实话，所有的实话，除此之外，还是实话。所以请上帝帮助我"，因而能期望证人诚实。但是一旦把这样的法庭搬到印度，就像英国人过去所做的，却并不能消除伪证。因为印度神话的观点不同，人们对于文字的神圣有不同的感受。同样的问题也在印度其他文化背景的种族当中出现。所以我们能找出无数的例子，证明不同的神话有不同的行为模式。

而神话先于理性的论点认为，每一个孩子出生的时候，都像穴居人一样无知。而这个世界之所以不会一代一代退化到原始形态，是因为每一代都有属于他们自己的神话。虽然神话已经被理性取代，但是理性仍然是一种神话。整个庞大的常识体系把我们的心连在一起，就像我们的身体把细胞连在一起一样。如果认为一个人和社会并不这样相连，而且可以随意接受或拒绝神话，那就不了解神话的意义了。

斐德洛认为，只有一种人能接受或是拒绝环境中的神话，这种人就是所谓的疯子。所以摆脱神话的人就会发疯。

天啊！我明白了。我以前不知道是这样。

他知道！他一定知道会发生什么事。真相开始显露出来了。

这些片段就好像拼图一样，你把它们拼成几个大的图形，但是不论你多么努力还是无法拼成完整的图形。突然间有一块能把所有的都凑在一起，神话与疯狂之间的关系就是那块拼图。我怀疑以前是否有人说过：疯狂就是围绕在神话外围未知的领域。而他知道！他知道他研究的良质就在神话之外。

是良质酝酿了神话的诞生。那就对了。那就是他所谓的"良质就是环境给我们的持续刺激，让我们创造出所居住的世界。其中的一切。其中的一点一滴"。宗教不是由人发明的，人是由宗教发明的。而人也创造对良质的反应。通过这些反应，人进一步了解了自己。你知道某些事后，良质就会给你刺激，你就会想把良质所给你的刺激界定下来，但是你必须根据自己的所知去界定。所以你的定义是由你的知识组成的。你是用已知来比拟未知，情形必然是如此，不可能有其他状况。于是神话就这样展开了。根据已知的比拟。神话就建立在比拟之上，比拟又建立在其他的比拟之上，层层叠叠，塞满了意识列车的车厢。神话就是一整车的人类集体意识，通过它，人与人之间的交流才有可能。而良质则是引导这辆列车的铁轨，在这辆列车之外是疯狂的领域。他知道要了解良质就必须离开神话。这就是为什么他觉得会出意外。他知道有事情要发生了。

克里斯从树林里回来了，看起来十分轻松愉快。他拿了一块树皮给我看，问我是否可以留作纪念。我不喜欢留这些东西在车上，因为回到家的时候就会丢掉，但是这一次我答应他了。

过了几分钟之后，我们顺着这条路骑到了山顶，然后又笔直地往山谷下降。一路风景十分优美。我觉得这个山谷和美国其他的山谷完全不同。往南边一点就是所有葡萄美酒的产地。山坡像波浪一样起伏，呈现出优美的曲线，而路也是蜿蜒曲折。我们的身体和车子缓缓地顺着山路向下走，同时向路边倾斜过去，几乎可以碰到树叶和树枝。高山地区的岩石和枞树远远落在身后，在我们周围是平缓的山坡和葡萄树，还有许多紫色和红色的花朵。从山谷冒出了浓郁的雾气，那是森林的气息和花香融合在了一起。在遥远的那一端，则是看不到但可以微微嗅到的海洋气息……

……我如此深爱着这一切，怎么会疯了呢……
……我不相信！
是神话，是神话疯了，他对此深信不疑。这个神话认为世界的形式是真实的，而世界的良质是虚幻的，这才是疯话！

他相信在亚里士多德以及古希腊哲人之中，他找到了最初塑造这种神话的人，是他们让我们把这种疯狂视为现实。

是它了，就是它了，它把这一切都联结起来了。此时终于如释重负。要得出这种结论非常困难，得到之后就有一种筋疲力尽的感觉。有时我觉得是自己得到的结论，有时又不确定。有时我知道不是靠自己的力量，但是，神话和疯狂，以及它的重要意义——我知道，都是从他而来。

我们经过一片丘陵地，来到了梅德福城，这里有一条高速公路通往格兰茨帕斯城。这时已经夜幕低垂，迎面吹来的风非常强劲，我们向上骑的时候很吃力，甚至需要把节流阀完全打开。到达格兰茨帕斯的时候，我们听到一声巨响，于是赶紧停下车来，发现链条护罩绞进了链条里。现在护罩完全变形了，情况不太严重，但是需要费好一番工夫才能换好。其实几天后就要把车卖掉，换它可能很傻。

格兰茨帕斯似乎足够大，明早应该能找到摩托车修理店。当我们抵达的时候，我只想找个汽车旅馆休息。

从蒙大拿州的博兹曼出发后，我们还没有睡过床。

于是我们找到一家汽车旅馆，有彩色电视、温水游泳池，还有第二天早上可以用的咖啡壶、香皂、白毛巾，以及铺了瓷砖的浴室和干净的床。

我们在床上躺下来，克里斯在他的床上跳了一阵子。我记得小时候在床上跳可以缓解不少压力。

不管怎样，明天这些都会有结果，或许，但不是现在。克里斯跑下去游泳，而我静静地躺在干净的床铺上暂时把一切抛开。

29

自从离开博兹曼以来，我们把各种东西不断地从鞍囊和背包里拿进拿出，损坏了不少。在晨曦中，我把它们全都摊在地板上，看上去一团乱。塑料袋里面含油的东西破掉了，油漏出来，浸到一卷卫生纸上。衣服也被压得都是褶皱，好像很难再平整。

防晒油的软管也破了，在弯刀鞘上留下一堆白色的乳液，到处都是香气。燃油膏管也破了，弄得一团糟。我在随身的笔记上写下：要为受压易破的东西买专用盒，洗衣服，买指甲刀、防晒油、燃油膏、链条护罩、卫生纸。在结账前要做完这些事，看看还真不少。于是我把克里斯摇醒，叫他起床，我们要去洗衣服。

到了洗衣店，我教克里斯如何操作甩干机，如何启动洗衣机以及如何使用其他的功能。

所有的东西都买到了，只差链条护罩。卖零件的人说他们没有，很可能也不会进这样的货。剩下的路程不多了，但是如果没有链条护罩就会溅得满车都是污泥。这样很危险。再说，我不喜欢带着尽快结束旅程的念头前进，所以还是决定把护罩修理好。

我看到一家焊接店，就走了进去。

这是我见过的最干净的一家焊接店。店铺后面是高大的树和长长的草，让人觉得像是一间乡村的铁匠铺。每一件工具都被小心地挂在墙上。一切都很干净，但是没有人，所以我打算过一会儿再来。

我骑回洗衣店，看克里斯是否把衣服洗好了。然后我们慢慢地沿着怡人的街道找地方吃饭。这里的交通流量很大，大部分的车辆都保养得很好，驾车人也十分机警。这就是西海岸。空气湿润，目光纯净，远离煤矿区。

在城边上我们找到一家餐厅，坐到一张铺了红白相间的桌布的桌子旁。克里斯打开一份摩托车杂志，那是我在摩托车店买的,然后大声念出谁得了大满贯以及一条关于摩托车越野赛的消息。女服务生有些好奇地看了他一会儿,然后又看看我,把视线移到我的靴子上,接着记下我们点的菜。她回厨房报了菜单,之后又出来在旁边看我们。我猜是因为这里没有别人,她才对我们这么注意。等餐的时候,她往自动点唱机里投了几枚硬币。早餐端上来了,是松饼、糖浆和腊肠,啊——还有音乐。克里斯和我在聊摩托车杂志上的消息,为了压过点唱机的声音,我们尽量提高声音说话,就好像所有在路上旅行很久的人放松了聊天一样。我从眼角看见有人一直在注视我们。过了一会儿,克里斯又问我一些问题。由于受到别人目光的干扰,我很难聚精会神地注意听他在说什么。点唱机播出来的音乐是西部民谣,关于一位货车司机……我和克里斯结束了谈话。

结账出来之后,我们骑上摩托车,服务生仍然在门里面望着我们,一副很寂寞的表情。她可能还不了解,有这样一副表情,她很快就不会再寂寞了。我用力踩发动器,然后猛冲出去,仿佛受了些挫折。去找焊接工之前,我需要一段时间抚平自己的情绪。

老板已经回来了,他大概六七十岁,有一点轻蔑地看着我——和那女服务生的态度完全不同。我告诉他链条护罩的问题,过了一会儿他说:"我不替你卸它,你自己卸。"

我照着他的话做,然后拿给他。他说:"里面都是油渍。"

我在后面的板栗树下找到一根树枝,把所有的油渍都刮下来,弄到一个垃圾桶里。他站得远远地说:"托盘里有溶剂。"

我看见旁边有个扁平的托盘，便抓了一把树叶蘸着溶剂，把残留的油渍洗干净了。我把护罩拿给他，他点点头，然后慢慢走过去，将焊接枪的调整器装好，看看火焰的大小，然后选择了另外一把，不紧不慢地。他拿起一根钢棒，我想他是不是要去焊接那片薄薄的护罩。一般像这样的金属片我不会去焊接的，我会用铜棒去铜焊。我会在上面打一个洞，然后用焊棒把它补上。我问他："你难道不打算铜焊吗？"

他说："不。"他可真是健谈啊。

他点燃了焊枪，然后维持小小的蓝色火苗。当时的情形很难描述，事实上，焊枪和焊棒晃动的节奏不同，然而焊枪一靠近，焊棒就立刻滴下橘黄色的溶液在护罩上。然后再换下一个地方。没有任何坑洞，你几乎看不出焊接的痕迹。我说："焊得真好！"

他说："一块钱。"脸上毫无表情。我在他眼睛中看到一丝可笑的疑虑，难道他在怀疑自己收费过高吗？不是，是一些别的东西……就是寂寞，和那位女服务生一样。或许他认为我在嘲讽他，谁还真正懂得欣赏这样的手艺呢？

我们把行李收拾好，刚好在退房时间离开了旅馆。很快我们又沿着海岸边的杉树林由俄勒冈州进入加州。路上车流汹涌，我们都顾不上抬头看看高大的红杉。天气又转凉了，而且暗了下来。我们停下车，穿上毛衣和夹克，但还是觉得寒风刺骨。气温大概只有十度左右。天气冷得让我的思想也冻僵了。

城里那些寂寞的人。在超级市场里，在洗衣店里，从汽车旅馆退房出来的时候，都见得到。甚至杉树林里那些来自各地的露营者，处处都是离群索居的寂寞的人，看着树，看着海。你会在一张陌生的脸上突然捕捉到一丝搜寻的眼神，然后立刻又消失了。

我现在看到了更多这种寂寞的表情。而这里是世界上最拥挤的地区之一。这似乎有些矛盾。在东西两岸的大城市里，寂寞的情形最严重。然而在人口稀少的俄勒冈州、爱达荷州、蒙大拿州和达科他州，你很可能本来以为人们会更寂寞，但情况并非如此。

我认为这是因为身体上的距离和寂寞毫不相关，造成寂寞的原因是心理上的距离。在蒙大拿和爱达荷州，身体上的距离虽然很遥远，人们心理上的距离却很近，而在这里正好相反。

现在，我们来到了主流的美国。在我们离开普赖恩维尔的夜里，它就开始跟随我们，与我们形影不离。这儿有纵横交错的高速公路，还有大型的飞机场，以及电视和电影明星。然而在这里，大部分的人很可能对周遭的一切毫无知觉，大众媒体让他们以为身边的事物是不重要的，这就是他们寂寞的原因。你可以从他们脸上看到寂寞。先是他们眼中闪过一丝搜寻的神情，然后一旦看见你，你对他们来说便只不过像一个物体，而不是他们想要寻找的对象，因为你不是电视上的人物。

但是，还有一个隐形的美国，就是我们一路经过的美国其他地区，比如说像荒远偏僻的地区、像曾经有中国人挖过壕沟的地区，还有乘马车的地区、整片是山脉的地区，人们有更多沉思的机会，孩子会去玩松果，也会有大黄蜂在四处飞舞。我们头上顶着一片绵绵无尽的蓝天。周围的一切都深深融入我们的生活之中，所以从来不觉得寂寞。一两百年前人们的生活与这种情形比较相像。人口少多了，而寂寞的感觉也不会这么强烈。当然，我这么说无疑有以偏概全之嫌，但如果加以适当的限定，你就会明白我所言不虚。

造成这种寂寞的主要原因就是科技，就是科技的产品，像电视、喷气式飞机、高速公路，等等——但是我希望说明一点，真正的祸首并不是科技本身，而是科技所带来的一种趋势，物化了人与人之间的关系。也就是在科技背后截然二分主客体的看法造成了这种现象。这就是为什么我要费尽心力地讲述，怎样借着科技来改变这种现象。一个知道如何怀着良质去修理摩托车的人，要比不具有这种情怀的人有更多的朋友，而且他的朋友不会把他视为一个物体。良质总是能够消灭主客体之间的距离。

这样的人无论做哪种枯燥的工作——说到底，任何一种工作早晚都会变得枯燥——当他卡住的时候，只要调整到积极的情绪，开始倾听良质的指引，悄悄地遵循它，心无旁骛，就能使自己手中的工作变成一种艺术。他很可能会发现，自己成了一个更有趣的人。而对他周围的人来说，他也不再是物体，因为他选择了良质。不只他自己和工作受到影响，在他周围的人也会逐渐改变，因为良质会像水波一样荡漾开来。他手中的工作具有良质，于是会让人有不同的感受。感受到的人会觉得这种感受不错,就可能会把它传播给别人,这样一来良质就会不断繁衍开来。

我个人的感觉是,这就是世界不断改进的方法:让个人越来越珍惜良质,仅此而已。上帝啊,对于包罗万象的各种社会规划和有赖于此的那些宏伟蓝图,如果它们把个体的良质排除在外,那么我便不会对它们表现出任何热情。让我们重新考虑这些活动。它们当然很重要,只是我们必须意识到,它们要以具有良质的个人为基础。过去我们曾经拥有这种属于个人的良质,却把它当作一种天生的感受力,而没有深入地去了解它。现在它快要枯竭了,几乎每一个人都要丧失良质了,我想我们应该开始重视这项极大的资源——个人的价值。许多年来,有一些政治家曾经提出过相似的学说,但我并不是他们的一分子。当然,他们提倡个人真正的价值,而不把它当作输送更多金钱给有钱人的途径,就这方面而言,他们是对的。我们的确需要重新珍惜个人的操守、对自我的信赖以及老式的进取心。我们真的很需要。我希望在这一次肖陶扩当中能够指出某些方向。

而斐德洛却从这个观念出发,走出了不同的路。我认为那条路是错误的。但是如果我在他的情况下,很可能也会走相同的路。他觉得解决这个问题需要创造一套新的哲学,或者他认为比这个范围更广——创造新的精神的理性——那么二元化的科技思想所造成的丑陋、孤寂和空虚的心灵就会消失。理性不再和价值无关,理性必须受制于良质,同时他相信,他能够在古希腊人当中找到使理性和良质地位颠倒的原因。正是古希腊神话曾经深深影响我们的文化，造成今日科技的趋势——做虽然合理但是没有任何好处的事。这就是问题的根源。就在这儿。许久前我曾经提到，斐德洛在追求理性的鬼魂。这就是我的意思。理性和良质分家了，而且互相对立，良质被迫屈居于理性之下。

开始下雨了，但是还不需要停车，这只是下小雨之前的一点毛毛雨。

我们已经离开高大的森林，眼前是一片广阔无垠的、灰蒙蒙的天空。沿路有很多广告牌，总能看到申利广告的暖人色调。而爱尔玛会让你感觉它不太耐用，因为它牌子上面的漆都已经开裂了。

我后来又一次重读亚里士多德的著作，想要从中找到斐德洛提过的可怕的思想，但是一无所获。我看到的多是一堆乏味的分类，以现代的知识背景来看，其中许多都错得离谱。组织结构粗糙不堪，就好像博物馆里希腊人的陶艺品，显得很原始。我相信，如果我了解得更深入，我会发现它一点也不原始，但是没有全盘的了解，我看不出伟大典籍工作组为何如此推崇亚里士多德的著作，或者为什么斐德洛会震怒。很明显，我看不出亚里士多德作品的价值所在。然而伟大典籍工作组的热烈推崇早已为世人所知，斐德洛的愤怒却无人知晓，所以我的责任之一就是要把他的思想详细地写下来。

亚里士多德认为，修辞学是一种艺术，因为它可以被简化为一种理性的秩序体系。

亚里士多德的说法让斐德洛非常震惊，他已经准备好要深入研究这位世人公认的伟大的哲学家，了解他极为复杂的思想体系，研究其中深刻的意义。然而他却受到了这种说法的迎头痛击。竟然会出现这种胡说八道的论调！真让他大大吃了一惊。

他继续读下去：

修辞学可分成特定实证和一般实证。特定实证可分成实证方法和实证种类。实证的方法有人为的实证方法以及非人为的实证方法。人为的实证方法包括道德实证、情感实证、逻辑实证。道德实证有应用知识、美德及善意，而善意需要有情感方面的知识。针对忘记情感方面内容的人，亚里士多德列了一张清单。其中包括生气、轻蔑（分成轻视、憎恨和侮辱）、温柔、爱、友谊、恐惧、信心、耻辱、妒忌、施舍、仁慈、怜悯、义愤、无耻、竞争和忽视。

你还记得我在南达科他州对摩托车进行的描述吗？我把摩托车的各种零件和功能详细地列了出来。你发现其中相似的地方了吗？斐德洛现在深信，这是用这种方式写作的起源。亚里士多德一页又一页地重复这种文体。就像三流的技术指导员，把一切都列出来，然后仔细解说其间的关系，还不时自作聪明地指出其中一些新的关系，然后便等待下课，这样他就能在下一堂课重复同样的讲述。

斐德洛没有从字里行间读出一丝疑虑，一丝保留，只有那种一辈子坐在书斋里的学院派才有的自以为是。亚里士多德难道相信他的学生读过这些名词和彼此之间的关系之后，就会变成优秀的修辞学者吗？如果他并不这样认为，那么他真的认为自己在教修辞学吗？斐德洛认为他的确是这么想的。从他的文章里面嗅不出他对自己有任何怀疑，反倒看见他极为满意，不断叙述这些名词，做各种分类。他的世界以命名和分类开始，又以命名和分类结束。如果不是亚里士多德早在两千多年前就已死去，斐德洛很可能会痛快地把他给宰了。因为他发现亚里士多德树立了一个坏榜样，在历史上有数以百万计的无知而自满的老师，他们运用这种愚笨的分析模式，这种盲目而机械的命名，无情地把学生的创造力给抹杀了。现在进入任何一间教室，你都会听到老师不断地分析又分析和解释其间的关系，然后树立许多原则，研究各种方法。你听到的只不过是亚里士多德数千年前的鬼魂在说话——那是一种缺乏生命力、赞成二元论思想的声音。

研究亚里士多德的课在一间阴暗的教室里上，教室里有一张非常大的圆桌，对街有一家医院。午后的太阳从医院屋顶上斜射过来，阳光似乎穿不透玻璃窗上厚厚的灰尘和都市里污浊的空气，所以这间教室给人一种沮丧的感觉。上课的时候，斐德洛发现木桌正中有一道裂痕，好像已经裂了许久，但是没有人想去修理它。一定是太忙了，有更多重要的事要处理。在快下课的时候，他终于问老师："我可以问一些亚里士多德修辞学方面的问题吗?"

教授说:"你得先读他的作品。"斐德洛从哲学教授的眼中看到和他注册时相同的神情,似乎是在警告他:你最好回去把他的作品仔细读读。他这么做了。

现在雨下得越来越大,我们停下来戴上头盔面罩,然后慢慢地向前骑去。必须特别留意马路上的坑洞、沙石和被油污染的路面。

下一个礼拜,斐德洛读了亚里士多德的作品,准备好了攻击他的理论,也就是:修辞学是一种艺术,因为它可以被简化为一种理性的秩序体系。如果用这一标准来衡量,通用公司所制造的汽车就是一种艺术,而毕加索的作品反倒不是艺术了。如果亚里士多德的作品果真有深刻的意义,那么这正是让它们显现出来的大好时机。

但是他的问题一直都没能提出来。斐德洛举手想提问,突然看到老师的眼睛里闪过一丝恨意,然后有一名学生打断了教授:"我想这里有一些模糊不清的地方。"

这成了这名学生在这门课上的唯一一次发言。

教授制止他说:"先生,我们来这里不是要研究你想什么,而是要研究亚里士多德想什么!"并且当面羞辱他,"一旦我们要研究你的思想时,我们会在学校里专门开一门课!"

没有人说话,这名学生吓得说不出话来,别人也是一样。

然而哲学教授还没有攻击完,他手指着这名学生,问他:"根据亚里士多德的说法,特定修辞学分成哪三种?"

大家更沉默了,这名学生不知道答案。"那么你没有读过他的作品了,是不是?"

从他的眼神当中,可以看出他早已准备这么做,接着他指向斐德洛。

"你,先生,特定修辞学分成哪三种?"

但斐德洛是有备而来,他平静而沉稳地回答:"讨论的、审议的以及展示的。"

"什么是展示的技巧?"

"就是分辨异同、赞美,以及详述的技巧。"

哲学教授慢慢地说:"啊——是的。"然后整个教室一片寂然。

其他的学生吓了一跳,都奇怪究竟发生了什么事。只有斐德洛知道,或许哲学教授也知道——这名无辜的学生替他承担了原来准备给他的打击。

现在每一个人的表情都变得小心翼翼,想要防备老师提出更多同类的问题。哲学教授犯了一个错,他把自己的权威浪费在这名无辜的学生身上。而斐德洛这个有意攻击他的人却逍遥法外,似乎越来越嚣张。由于斐德洛没有问任何问题,所以哲学教授无从下手。而现在他看到了自己提出的问题斐德洛是怎样回答的,所以不会继续问下去了。

那名无辜的学生低头看着桌子,脸涨得通红,用双手捂着眼睛。斐德洛看到他受窘的情形十分气愤。他在自己的班上从来不会这样对待学生。原来这就是他们芝加哥大学教授经典的方法。斐德洛现在认清了哲学教授的面目,但是哲学教授却没有认清他。

天空仍下着雨,一路上到处可见各种标志。我们来到了加州的克雷森特城,这里既寒冷又潮湿。克里斯和我看着码头那灰色建筑另一端的海洋。这是我们这些天努力的目标。然后我们来到一家铺着华丽红色地毯的餐厅吃饭。在华丽的菜单上,每一道菜的价格都非常贵。我们是这里唯一的顾客。静静地用过餐、付过账后,我们就上路了。现在我们向南走,一路上很冷而且雾很大。

下一堂课那名无辜的学生就没有再来。这个结果并不令人意外。课堂上死气沉沉,一旦发生这种情形,这个结果是不可避免的。因此以后的每一堂课,都只有哲学教授一个人唱独角戏,他自顾自地说着,大家脸上毫无表情,看不出是同意还是反对。

哲学教授似乎很清楚发生了什么事。原来他看斐德洛时总是怀有敌意,现在则带着一丝恐惧。他了解目前教室里的情形,一旦时机一到,他很可能会得到报应,而不会有学生同情他。他已无权得到别人的尊重。既然无法避免被攻击,他就尽可能地不让这种情况发生。

但是为了不让这种情况发生,他必须认真备课,每一句话都得完全正确。斐德洛也了解这一点。虽然他保持沉默，但他明白自己处在非常有利的位置。

这期间斐德洛努力地研究，而且学习的速度非常快，但是再也不开口说话了。然而如果认为他是好学生，那么你就错了。一个好学生会用公正的态度去面对学问，斐德洛却不然。他在磨他的斧子，所以专门挑选能帮他磨斧子的材料，以及挥舞这把斧子的方法，如果有任何东西妨碍他，他会毫不留情地把它砍倒。他对其他人所写的伟大著作不感兴趣，也没时间研究。他之所以在这里，只是想要写出一本属于他自己的伟大著作。他对待亚里士多德的态度有些不公平，就好像亚里士多德对他的前辈不公平一样——因为他们挡住了他的路。

亚里士多德如何挡住了斐德洛的路呢？斐德洛将修辞学列入了自己关于事物的分层秩序中非常不重要的一类。它是实用科学的一支，与另外一个类目——理论科学，有旁系关系，而亚里士多德主要致力的正是理论科学。作为实用科学的一支，修辞学和真理、善与美这些永恒话题就隔绝了，除非作为一种工具用在关于这些话题的讨论之中。所以，在亚里士多德的体系当中，良质和修辞学彻底分离了。亚里士多德对修辞学的贬低，加上其在修辞上的劣质，使斐德洛对他的著作充满鄙薄，根本读不进他说了些什么，只想着攻击他。

要做到这一点毫无问题。亚里士多德有很多漏洞，而且历来遭受过广泛的批评。攻击他的荒谬和可笑就好像在桶中射鱼，轻而易举,无法让人满足。如果斐德洛对亚里士多德的成见不是这么深,他也许能学到一点亚里士多德创新知识的方法——这正是委员会存在的目的。然而如果不是偏激地寻求良质的立论基础,那么一开始他就不会来这里。由此可见,这场冲突根本无法避免。

在哲学教授讲课时,斐德洛注意听他说有关古典形式和浪漫外表的问题。在讨论到辩证法的时候,教授似乎非常不安。虽然用古典的说法找不到原因,但是斐德洛浪漫的直觉告诉他,他闻到了一样东西——问题的根源。

辩证法吗?

亚里士多德一开始就用非常神秘的方式讨论辩证法,他认为修辞学是辩证法的对立面,他这么一说,显得它仿佛极为重要,至于为什么会这么重要,亚里士多德却没有进一步解释。接下来有一堆并不连贯的议论,让人觉得似乎有一大堆思想被遗漏了,或是把资料装订错了,或是印刷的人遗漏了,因为不论斐德洛读了多少遍也无法完全了解。人们只发现亚里士多德非常注意修辞和辩证之间的关系。在斐德洛看来,这表示亚里士多德和教授一样不安。

哲学教授也曾为辩证法下过定义,斐德洛专心听着,但左耳进右耳出,这好像是哲学叙述不完整时的必然现象。后来有一名学生和他有同样的困扰,于是要求哲学教授重新为辩证法下定义。这时教授瞄了斐德洛一眼,仍然有些害怕,变得非常急躁。斐德洛开始怀疑,辩证法是否有一些特殊的意义,才构成了它的重要性,即能够左右辩论双方局势的平衡点。的确,它有。

辩证法一般是就对话本质的层面而言，也就是两个人之间的对话。在今天，它表示有逻辑的讨论，两人经由交互盘问而找到真理。这正是苏格拉底在柏拉图的《对话录》里的讨论方式。柏拉图深信辩证法是追求真理的唯一方法，唯一的一种。

这就是为什么辩证法是个关键词。亚里士多德攻击这种信念，认为辩证法只适用于某些场合——追寻人类的信仰，找到事物的永恒形式，也就是柏拉图所谓的理念。对于柏拉图来说，它是固定不变的，是万物背后的本体。亚里士多德认为还有一种科学方法，它能研究物质的形式，然后找到物质的本质，但它是可变的。这种形式与本质的二元论，以及这种科学方法，是亚里士多德的中心思想。于是，对于亚里士多德来说，把辩证法从苏格拉底和柏拉图所尊崇的高度拉下来，是非常必要的。辩证法曾是，并且仍然是一个关键词。

斐德洛猜测，亚里士多德贬低辩证法，也就是从柏拉图认为的它是找到真理的唯一方法，变成认为它是修辞学的对立面，这很可能会激怒现代的柏拉图主义者，甚至会激怒柏拉图本人。由于哲学教授并不清楚斐德洛的"立场"，因而十分不安。他很可能害怕斐德洛和柏拉图的拥护者会一起攻击他。如果真是如此，他倒不必担心。因为斐德洛并不会因为辩证法被视为与修辞学平等而愤怒。他气愤的是修辞学反倒被拉下来与辩证法平行。这就是当时二者的状况。

而能把这个状况理清的，当然就是柏拉图。幸运的是，在南芝加哥这间阴暗的教室中，下一个出现在中间有裂痕的圆桌上的会是柏拉图。

我们现在沿着海岸前行。空气不但寒冷而且潮湿，让人的情绪无法振作起来。雨停了下来，但是看天色仍然会继续下雨。走着走着，看到了沙滩，有一些人在上面走动。我觉得有些累了，就停下来。

克里斯从车上下来，说："我们停下来做什么？"

我说："我累了。"迎面吹来的海风十分寒冷，在沙滩上形成了不少沙丘，被雨淋过后变得潮湿黝黑，刚刚一定下过雨。我找了一个地方躺下来，才觉得温暖些了。

但是我却睡不着。有一个小女孩站在沙丘上望着我，似乎希望我过去和她玩。过了一会儿，她自己走开了。

这时克里斯回来了，要我继续向前走。他说他在岩石上看到一些很有意思的植物，碰到它们的时候触须会动。我就和他一起去看。在海边的岩石丛里有海葵。它们是动物不是植物。我告诉他海葵的触角会让小鱼昏过去。潮水一定完全退了，否则我们不会看到这些动物。这时我瞥见那个小女孩站在岩石的另外一边，手上拿着一个海星，她的父母手里也拿了一些。

我们又骑上摩托车朝南去。雨下大了，于是我把面罩拉下来，以免雨打在脸上。但是待在里面很闷，我不喜欢，所以雨一变小，我立刻把面罩摘下来。傍晚之前我们必须抵达阿克塔城，但是路太湿,我不想骑得太快。

我记得柯勒律治[1]曾经说过:"一个人如果不是柏拉图的信徒,就是亚里士多德的信徒。"不能忍受亚里士多德永无止境的分析,必然会喜好柏拉图天马行空的概念。不能忍受柏拉图高远的唯心主义,必然欢迎亚里士多德的实际。柏拉图实质上和佛陀一样,是对终极的追求者,每一代都不断有这样的人出现,殚精竭虑地寻找宇宙存在的源头。而亚里士多德则代表了维修摩托车的技术人员,他喜欢世间万象。从这个角度而言,我自己就属于这一派,喜欢从周遭的事物里找到佛性。然而斐德洛天生就是柏拉图一派,所以课堂上开始讨论柏拉图的时候,他就觉得愉快多了。他所谓的良质和柏拉图所谓的善非常相似,要不是他留下了很多笔记,我很可能会以为二者是相同的,但是他否认了这一点,而且我及时发现了这个差别有多么重要。

然而,在课堂上大家所讨论的并非柏拉图的善,而是柏拉图对修辞学的看法。柏拉图认为修辞学与善无关,它是属于恶的一部分。柏拉图最恨的人,除了暴君之外就是修辞学家。

学习柏拉图《对话录》时的第一篇阅读作业是《高尔吉亚》,斐德洛有一种预感,自己已经抵达。最终证明,这就是他想去的地方。

---

1 Samuel Taylor Coleridge(1772—1834),英国诗人和评论家。——编者注

他一直觉得自己在被某一种未知的力量——弥赛亚[1]的力量向前推。十月来了又去,日子变得十分缥缈,断断续续。除了谈到良质的时候之外,对他而言,什么都不重要。重要的是他有一个全新的真理将要产生。这真理足以粉碎许多学说,而让世界大为震撼。不管世界喜不喜欢它,都必须接受。

在《对话录》当中,高尔吉亚是一名智者[2],他接受了苏格拉底反复的盘问。苏格拉底非常了解高尔吉亚的工作,以及他是如何工作的。但是在《对话录》的二十个问题当中,他一开始就问高尔吉亚什么是修辞学。高尔吉亚回答他,修辞学和讨论有关。在另外一个问题里他回答,它的目标就是要说服别人。在回答另外一个问题的时候,他说明了修辞学在法院和其他场合的地位。在另一个回答当中,他说它所探讨的问题就是公正与否的问题。这些都是一般人所说的智者的工作。现在苏格拉底运用辩证法,把它转化成了别的东西。修辞学变成了物体,物体就必然被划分成各个部分,而各部分之间必然互相有关,这些关系是无法改变的。你可以很明显地从这些对话当中看见,苏格拉底如何运用分析的刀把高尔吉亚的艺术劈成了碎片。而更重要的是你可以看到,这些碎片就是亚里士多德修辞学的基础。

苏格拉底曾经是斐德洛幼时心目中的英雄,看到这样的对话

---

1 Messiah,犹太人盼望的救世主。——译注
2 Sophist,古希腊的修辞和演说老师。——译注

时，他不但震惊而且气愤。他在书旁写下自己的答案。他一定深感怅然，因为人们永远无法知道，如果当时由斐德洛来作答，这篇对话会变成什么样子。有一次苏格拉底问高尔吉亚，修辞学家所用的词汇和哪一等级的事情相关？高尔吉亚回答，最伟大的和最好的。斐德洛立刻知道，这答案之中蕴藏着良质，于是在旁边写下"说得没错"。但是苏格拉底却认为这样的回答模棱两可，含混不清，他仍然无法明白。斐德洛在旁边愤怒地写道："骗子！"他还参照了另外一则对话，苏格拉底对那个答案很明白，一点儿都没有不清楚之处。

苏格拉底并没有运用辩证法去了解修辞学，而是运用辩证法去摧毁修辞学，最起码是去破坏修辞学的名誉，所以他的问题根本不是真正的问题——它们只是言语的陷阱，让高尔吉亚和他的同道掉进去的陷阱。斐德洛对这一点非常痛恨，希望自己当时就在现场。在课堂上，哲学教授注意到斐德洛良好的表现和勤奋，于是认定他很可能不是一名坏学生。这是教授犯的第二个错。他决定跟斐德洛开一个小玩笑，问他对烹饪的看法。苏格拉底曾经告诉高尔吉亚，修辞学和烹饪都是诱人堕落之途——因为它们所诉求的是人的情感而非真正的知识。

在回答教授的问题时，斐德洛以苏格拉底的回答为准。烹饪是诱人堕落之途。

这时从教室后面传来一名女生偷笑的声音。斐德洛十分不高兴，因为他知道教授想用辩证法来打击他，就像苏格拉底打击他的对手一样。所以他的回答一点也不好笑，只是想摆脱教授的阴谋罢了。斐德洛准备详细、准确地复述苏格拉底的话来论证这个观点。

但这并不是教授所要的，他想在教室里进行一场辩证法的讨论，而斐德洛就是那位修辞学家，会被辩证法玩弄。教授皱皱眉，然后试着问："不是，我的意思是，你真的认为我们应该拒绝在最好的餐厅里享用一顿丰盛的美食吗？"

斐德洛问："你是问我个人的意见吗？"几个月来，自从那名无辜的学生不再来上课之后，已经许久没有人敢在班上表达个人意见了。

教授说："没错。"

斐德洛不吭声，想要找出答案。全班都在等待。他的思想在飞驰，不断过滤辩证法，仿佛一直在开棋局，发现这一手输了，然后又开另外一局，速度越来越快。但是全班的同学都静默无声。最后，在一阵尴尬之中，教授放弃等待开始上课。

但是斐德洛听不进去，他在不断思索。借用辩证法不断探测各种事物，发现新的分支和其他的分支。在不断发现这门叫作辩证法的"艺术"中所隐藏的邪恶和低级之后，他十分愤怒。教授看到他脸上的表情吓了一跳，然后有点惴惴不安地继续上他的课。斐德洛继续思索。他终于发现有一种邪恶深深地植根在自己身上，就是假装想要去了解爱、美、真理以及智慧。但是它真正的目的不是去了解而是去利用，以让自己登上宝座。辩证法——

就是这个篡位者。这就是他所看到的。这个暴发户和所有所谓的美善相斗，想要涵盖它然后加以控制，这就是它的邪恶之处。教授提早下课，然后火速离开了教室。

在学生们静静地离开教室之后，斐德洛独自坐在大圆桌旁，一直到太阳下山。教室里逐渐暗下来了。

第二天他很早就到了图书馆，等着它开门，一进去，他就开始疯狂地阅读。他第一次追溯柏拉图之前的世代，寻找柏拉图所鄙视的修辞学家们的断简残篇。而他接下来所发现的开始证实他的直觉是对的。

已经有许多学者对柏拉图诅咒智者感到十分不安，委员会的主席自己就曾经提出，不能确定柏拉图的含义的批评家，同样也不能确定《对话录》中苏格拉底的对手的含义。亚里士多德曾经说过，柏拉图借用苏格拉底的名义把自己的话说出来，所以，我们大可以怀疑柏拉图也可能通过其他人的嘴把他自己的话说出来。

其他古代作家的作品似乎对智者有不同的评价。许多老一辈的智者被派驻别国任大使，这当然表示他们有崇高的地位。智者这一称呼甚至可以毫无贬义地用在苏格拉底和柏拉图自己身上。后代的历史学家曾经认为，柏拉图之所以对智者恨之入骨，是因为他们无法和他的老师苏格拉底（这位实际上最伟大的智者）相比。这种解释很有意思，但是斐德洛并不满意，因为人通常不会反感老师所属的宗派。然而柏拉图真正的含义究竟是什么呢？于是斐德洛不断研究苏格拉底之前的希腊人的思想，想要找到答案。最后他终于发现，柏拉图对智者的恨牵涉到当时一场思想上的争斗。代表善的智者和代表真的辩证学者为人类未来的精神走向而争斗。真这一方赢了，而善输了。这就是为什么我们今天接受真理很少有困难，而接受良质的阻力则很大，即便二者有同样自洽的理论基础。

斐德洛是如何得到这样的论点的呢？这需要一些解释。

首先，你必须放弃这样一种观点，即最近的穴居人和第一位希腊哲人相距时间很短。由于这段时间缺乏历史记载，所以往往让人产生这样的幻觉。但是早在希腊哲学家出现以前，在有记载的人类历史至少五倍的时间之前，已经有很文明的社会了。他们有村庄、城市、车辆、马匹、市场、划分好的田野、农业工具和家畜。他们所过的生活和今日农村一样丰富而充满变化。就像今日活在这些地区的人一样，他们不明白为何要把生活记载下来，或者他们曾经这么做过，只不过他们的记载从未被人发现，因而我们对他们一无所知。所谓的"黑暗时代"不过是人类自然生活形态的延续，是希腊人的出现打断了这一生活形态。

早期希腊的哲学思想代表人类开始有意识地寻求不朽的事物。在那之前，所谓不朽的事物属于神话的范围。然而这时，由于希腊人开始冷静客观地去观察周遭世界，因而培养出了抽象思考的能力。这让他们可以将古希腊的神话视作想象的产物而非真理。这种思维的能力从来没有在世界上出现过，现在将希腊文化提升到了前所未有的地位。

但是神话并没有结束，毁掉古神话的变成了新神话，而爱奥尼亚[1]的哲学家将新神话转化成了哲学。它由新的角度显现出自身的永恒性，于是永恒不再是神明的专利。你也可以在不朽的法则之中找到永恒。万有引力定律就是其中之一。

永恒的起源起初被泰勒斯[2]学派的学者叫作水。阿那克西美尼[3]学派的学者则叫它空气。而毕达哥拉斯[4]学派的学者则叫它数。他们是第一批不把永恒的起源视为物质的人。赫拉克利特[5]学派的学者叫它火。同时也把火的变化当作起源的一部分。他认为宇宙的存在就是一种对立，以及对立二者之间的互动。他认为宇宙之间存在着一，也存在着万物，而一是宇宙的起源，隐藏在所有的事物当中。阿那克萨哥拉[6]则首次认为一就是人类的心灵。

巴门尼德[7]第一次明确提出，这个永恒的起源，这个一、真理、上帝是和现象以及意见分开的。而这种分开的重要性，以及它对后世的影响难以言喻。在这里，古典心智第一次从它的浪漫

---

1 Ionia，古代小亚细亚西部沿爱琴海海岸的一个地区。——译注

2 Thales（约公元前640—约公元前547或546），希腊哲学家，奠定几何学基础，致力于天文学研究，认为水是万物的根源。——译注

3 Anaximenes（约公元前588—约公元前524），希腊哲学及科学家，认为空气是万物之源。——译注

4 Pythagoras（约公元前580—约公元前500~490），希腊哲学及数学家，相信灵魂不灭和轮回之法，主张"数"是万物的根本，万物因数的关系才产生了秩序。——译注

5 Heraclitus（约公元前535—约公元前475），希腊哲学家。著有《自然论》，主张万物轮回，火是不断变化的典型，是万物的根源。倡言生命短暂的悲观论。——译注

6 Anaxagoras（公元前500—公元前428），古希腊哲学家、原子唯物论的先驱，阿那克西美尼的学生。——译注

7 Parmenides（约公元前510—公元前450），希腊哲学家、存在学派创始人。——译注

母体中脱离了,而且宣称:"善与真并不必然同一。"然后继续独自前行。阿那克萨哥拉和巴门尼德有一名信徒叫作苏格拉底,日后继承了他们的思想,并将之发扬光大。

在这里需要了解,直到这时为止并没有所谓的心与物、主体与客体、形式与本质。这些划分只不过是日后辩证法所发明的玩意儿罢了。现代人很可能会替二分法辩护:"这种二分法原本就在那儿,只等希腊人去发掘。"然后你问:"在哪儿?请指出来!"现代人很可能会迷惑,心想这究竟是在干什么,然后依然相信存在这样的二分法。

但是斐德洛认为它们并不存在,它们只是鬼魂,是现代神话中不朽的神祇。由于我们活在这些神话中,因而才认为它们是真实存在的。事实上,和被它们取代的人形众神相比,它们在本质上同样是一种艺术造物。

截至目前所提到的这些生于苏格拉底之前的哲学家,都企图在他们观察的世界中找出永恒的起源。这些学者可以统称为宇宙学派。他们都承认宇宙中有这样的起源存在,至于这个起源是什么,则众说纷纭。赫拉克利特学派认为永恒的起源是变与动。而巴门尼德的门徒芝诺则通过一连串悖论证明,动与变是幻觉,真正恒常存在的是寂然不动。

而宇宙学者之间的争议却因为另一派人士的出现而得到解决。斐德洛认为他们是早期的人道主义者。他们是老师,但是他们教导的并非定理,而是对人的信仰。他们的主题不是绝对的真理，而是人的进步。他们认为所有的定理真理都是相对的，而人是衡量一切的标准。他们以传授"智慧"而闻名天下，他们就是古希腊的智者。

对斐德洛而言，了解智者和宇宙学者之间的冲突使他对柏拉图的《对话集》有了全新的了解。苏格拉底不只是在真空的环境当中陈述他的理想，他身处两派的斗争之中，一派认为真理是绝对的，一派则认为真理是相对的。他使出浑身解数去战斗，而敌人就是智者。

这样一来，柏拉图对智者的敌意就说得通了。因为他和苏格拉底都在为宇宙学者的永恒起源进行保卫战。他们认为智者是一种堕落。真理、知识，是不因任何人的意见而改变的。这正是苏格拉底为之而死的信念，是世界历史上首次出现，并仅被希腊人拥有的信念。它还非常脆弱，很可能会完全消逝。于是柏拉图毫不留情地对智者大加挞伐。并不是因为他们是卑微而不道德的人——因为在希腊显然还有更低级更不道德的人，他却完全无视。他之所以诅咒智者，是因为他们威胁到了人类刚开始的对真理的追逐。就是这么回事儿。

苏格拉底壮烈的牺牲和柏拉图举世无匹的著述所带来的世界，就是我们今日所知道的西方世界。如果不是在文艺复兴时期重新发现了他们对真理的观念，我们和史前时代人类的水准就差不了多少。科学、技术以及其他人类系统化的作为，都紧紧围绕着这一观念才得以建立。它是现代文明的核心。

然而斐德洛明白，他有关良质的理论和这一切是冲突的，反而与希腊的智者较为接近。

"人是衡量一切的标准。"的确，这就是他所说的良质。人不像唯心主义者所说的那样，是一切的源头。人也不像唯物论者和客观唯心主义者所认为的那样，是被动的观察者。创造世界的良质呈现为人和自身经验之间的关系。人是创造万物的参与者，所以是衡量一切的标准——这一点很吻合。而他们也教修辞学——这也很吻合。

他和智者也有一个不同点。在柏拉图笔下，智者的工作是传授"美德"。所有的情况都显示，这是他们教导的核心。但是如果他们所教导的是一切伦理观念的相对性，那怎么可能去传授"美德"？如果说"美德"暗示了什么，它就暗示着绝对的伦理标准。如果一个人对正确行为的认识每天都在改变，或许我们可以敬佩他头脑灵活，但是却不能称赞他拥有"美德"。至少按斐德洛对这个词的理解来说，不能。再说，他们如何从修辞学中找到"美德"呢？这一点从来没人解释过。有一些东西遗失了。

为了寻找答案，斐德洛又去读了许多古希腊历史。用他一贯的侦察阅读方式，只留意有助于回答他的问题的史实，忽略所有不相关的内容。他读到基托[1]所著的《希腊人》，这本蓝白相间的平装书是他花五十美分买的，里面有一段描述荷马英雄精神的文

---

1 H.D.F. Kitto（1897—1982），英国古典派学者。——编者注

字,他们生在苏格拉底之前的时代。这些篇章使斐德洛突然开了窍。只需稍加回忆,他仿佛就能看见他们仍然活着。

《伊里亚特》讲述了特洛伊城被围困的故事。这座城最后被攻陷了,而保卫家乡的人也在战争中阵亡了。领袖赫克托的妻子对他说:"你的抵抗必然导致灭亡。你对襁褓中的儿子和你忧郁的妻子没有怜悯之心。她很快就会变成寡妇,敌人很快就会把城攻破,杀掉你。要让我失去你,还不如死。"

她的丈夫回答她:

> 我很清楚这一点,而且非常确定的是:圣城特洛伊即将灭亡。城中人也即将毁灭,包括富有的普里阿摩斯王[1]和他的百姓。但是我并不会为了特洛伊的百姓、赫卡柏皇后、普里阿摩斯王以及我那许多高贵的弟兄们过分哀伤。他们都会被敌人屠杀,然后躺在沙土之中。至于你,深褐色皮肤的敌人会把你带走,让你哭着离开,结束自由的日子。之后,你会前往阿戈斯,在另一个女人的主宰之下工作,过着替别的女人挑水砍柴的日子,在监禁之中忍受痛苦:你会受到各种奴役。有人看到你在哭泣就会说:"这就是赫克托的妻子,他曾经是特洛伊人中最高贵的勇士。"他们会说:失去了这样一个丈夫,还要面对这样的奴役,真是太不幸了。但是我宁

---

[1] Priams,特洛伊末代国王。——译注

愿自己死去，宁愿厚厚的黄土覆盖在我身上，也不愿听到你的哭泣，听到那些施加在你身上的暴行。

英姿勃发的赫克托这样说着时，伸出手臂去搂他的儿子，但是孩子吓得尖声大叫，拼命地躲回奶妈的怀里。因为他很害怕父亲此时的样子——十分激动，头盔上的马鬃晃动得非常剧烈。他的父亲大笑起来，他的母亲也笑了起来。于是赫克托把头盔拿下来放在地上。把儿子抱在怀里逗弄，并且亲吻他。他向宙斯祈求，也向其他的神祈祷：宙斯和所有的神明啊！请保佑我的儿子，让他成为所有特洛伊人当中最勇敢的、最孔武有力的勇士，让他能够统治这个城市。当他从战场上回来的时候，愿百姓们会说："他远胜其父。"

"是什么使希腊的战士表现得这样神勇？"基托提出这样的疑问，"并不是我们所认为的责任感——对别人的责任感，而是对自己的责任感。他们努力追求的目标被我们翻译成'美德（virtue）'。然而，希腊原文却是'卓越（aretê）'……这个词有许多值得讨论之处。它贯穿了希腊人整个的生活。"

斐德洛想，这就是良质的定义，早在辩证学者拿它来制作文字陷阱之前的一千年就已经存在了。任何一个人，如果声称，因为没有符合逻辑学的定义（defininens）、定义项（definendum）以及不同点（differentia）这些东西，所以他无法理解它的含义，那么，要么他在撒谎，要么他完全不通人性，根本不配得到任何回答。为什会产生"对自我的责任感"？关于它的描述斐德洛也很感兴趣，它几乎是对梵文词语 dharma 的精确翻译，这个词有时被描述为印度教中的"一"。那么，是否印度教的"一"与古希腊的"美德"就是同一体呢？

这时斐德洛迫切地想重读这一段。于是他读到……这是什么？！"……我们翻译成美德这个词的希腊原文是指'卓越'。"

他像被电击了一样。

良质！卓越！一！这正是希腊智者所教导的！并不是相对主义的伦理，也不是原始的美德，而是卓越。早在理性教堂之前，早在本质出现之前，早在形式之前，早在心物之前，早在辩证法之前，良质就一直是绝对的存在。西方世界最早的一批学者，就已经在教导良质了。他们所选择的媒介就是修辞学。他一直走在正确的道路上。

雨小多了，所以我们能看到地平线，遥远的天边有如此明显的一条线，清楚地区分开了浅灰的天空和深灰的海水。

基托针对古希腊人所谓的卓越进一步讨论。"在我们读到柏拉图作品当中的这个词时，"他说，"我们把它翻译成美德，因而完全丧失了它的原意。美德，至少在现代英语中，完全是一个道德方面的词语。但是它的希腊原文 aretê 则不然，它不具有任何领域依赖性，只是指卓越而已。"

所以《奥德赛》中的英雄是伟大的战士，足智多谋，随时能滔滔不绝地演说。他具有坚强的意志和无限的智慧，他知道要承担神明所指派的工作不可以有太多的抱怨。他也能自己建造并驾驶一艘船，用犁耕出来的痕迹和别人一样直。他能投掷铁饼击败年轻的吹牛家，也会拳击、摔跤和赛跑。他还会剥牛皮、剁牛肉，把牛煮了吃，同时也会因为听到美妙的歌曲而感动流泪。事实上他是一个非常杰出的万能选手，他是"卓越"的典范。

"卓越"暗示着对生活的完整或唯一性的尊重，因而不喜欢专门化。它还暗示着对所谓的效率的轻视——它具有更高等级的效率，这种效率并不存在于生命的某一种才能中，而是存在于生命本身。

斐德洛想起梭罗曾经说过："只有在失去的时候才有所获得。"这时他才第一次明白，人们凭借辩证法了解并统治了世界，结果却遭受了令人难以置信的损失。他曾经培养了自己在科学方面极高的能力，能够运用自然现象来实现自己对力量和财富的梦想——但是同时，他也付出了巨大的代价：对于身为世界的一部分，而非它的敌人这一事实的理解。

一个人只要望着地平线，或许就能得到内心的平静。那是一条几何的线条，完全水平，稳定而且明显。或许，欧几里得对线条的认识就是从这里得到的灵感。或许，这是第一位天文学家描绘星图时进行原始计算的依据。

在求解了富克斯方程之后，庞加莱的数学直觉告诉他，这个解答是正确的。现在，出于同样的直觉，斐德洛知道，这个希腊的*aretê*就是拼出整个图案的最后一块拼图。但他还要继续阅读，以求完备。

现在环绕在苏格拉底和柏拉图头上的光环已经消失了。他们批评智者的行为——使用动之以情的说服性言语，潜移默化地使那些居于劣势的论辩（在他们这里是辩证法）表现得咄咄逼人。而此时斐德洛发现，他们一直在做的也正是这件事。他不禁想到，我们最苛责别人的地方，往往就是我们自己最深的恐惧。

但是为什么？斐德洛不断地思考，为什么他们要毁掉卓越呢？他刚开始追问，立刻就想到了答案。柏拉图并不想毁掉卓越，他把它包装起来，塑造成固定不变的理念，由此转化成僵化而无法改变的永恒真理。他把卓越变成善，是行事最高的指导原则，是所有理念当中最高的，仅次于真理。

这就是为什么斐德洛在教室里提到的良质，和柏拉图所谓的善是这样接近。柏拉图所谓的善是从修辞学家那里得来的。于是斐德洛继续研究，但是没发现有任何宇宙学者曾经提过这个词。这是从智者那里来的。二者的差异在于，柏拉图的善是一种固定不变的理念，而对修辞学家来说它根本不是一种理念。善不是本体的形式。它就是本体自身，是在不断改变的。它是通过任何僵化或固定的方法都完全无法了解的。

为什么柏拉图要这样做呢？斐德洛发现，柏拉图的哲学是两种综合的结果。

第一种综合想要解决赫拉克利特和巴门尼德学派之间的差异。两派宇宙学者都支持不朽的真理。为了让支持真理的这一方赢得胜利，柏拉图必须先解决真理的内部冲突，才能抵御支持卓越的智者学派。为了做到这一点，他声明，就像赫拉克利特学派所说的那样，不朽的真理不仅仅是改变；同时就像巴门尼德学派所说的那样，它也不仅仅是毫无变化的存在。这两种看法分别是不朽的真理在理念和形式上的不同体现。作为理念的不朽真理是不变的，作为形式的不朽真理是变化着的。这就是为什么柏拉图认为二者需要加以分离。比如说把"马（$horseness$）"和"一匹马（$horse$）"分离，认定"马"是真实存在的，并且是固定不变的，而"一匹马"则是毫不重要的一时现象。"马"是纯粹的理念。而人所看到的"一匹马"，只不过集合了不断改变的现象。所以一匹会排泄、会随意走动、会倒地死亡的马，并不会影响到"马"，因为"马"是不朽的理念，会和古老的神明一起永存。

柏拉图的第二种综合则把智者所谓的卓越融入二元论的理念和现象之中。它给予卓越最高的地位，仅次于真理和达到真理的方法，也就是辩证法。然而在企图融合善与真之时，他利用辩证法所得到的真理篡夺了卓越的地位。一旦善与真被归类于辩证的理念，那么另外一位哲学家就很容易借用辩证法指出，根据"真理"的次序，它们更应该被赋予一个较低的地位，从而和辩证法的内部活动相容。这样的哲学家很快就出现了，他的名字就是亚里士多德。

亚里士多德认为现象的马，也就是会吃草，能给人作交通工具以及会生小马的马，需要得到更多的重视。他认为马并不仅仅有现象，这些现象附着于某一种东西，这种东西是一种独立的存在，就像理念一样，是不会改变的。它就是本质。这时，现代科学对本体的理解就产生了。

亚里士多德之后的"阅读者"，显然对于特洛伊人的卓越已经一无所知，因而让形式与本质占据了思想。善的观念变成一门被称为伦理学的次要学科，理性、逻辑和知识才是他们关注的主要问题。这时卓越已经死了，而大学则以科学和逻辑作为建校的根基：针对现存世界的本质元素延伸出无穷的形式，然后称其为知识，然后把这些形式作为"系统"传给下一代。

而修辞学呢？可怜的修辞学现在已沦落为教授写作的各种规矩和形式，他们教学生用亚里士多德式的形式写作，好像这有多大意义似的。拼写出了五处错，句子的结构不完整，或者三个修饰词放错了位置，或者……这样的情况层出不穷。任何人有这样的问题就表示他没有学好修辞学。毕竟这属于修辞学的范畴，不是吗？当然，确实还有一种"空洞的修辞学"，它专注于打动人心，却没有对真理辩证以求的虔诚，但我们可不要教授这种东西，不是吗？它会使我们变成古希腊的说谎者、骗子和亵渎者，就是那群智者——还记得他们吗？我们会从学校的其他课程里学到真理，然后再学一点修辞学，这样才能写出优美的文句，得到老板的青睐，才会得到提拔。

形式和种种的繁文缛节——最优秀的学生所憎恶的，然而却被最差的学生所喜爱。月复一月，年复一年，坐在前排的学生，脸上带着笑容，轻巧地拿着笔，复制着亚里士多德，以期得到一个"甲"；而那些具有真正的"卓越"的人则静静地坐在后排，思索自己究竟出了什么问题，就是无法喜欢这门课。

而今天，在为数不多的几所仍愿意教授古典伦理学的大学里，学生在亚里士多德和柏拉图的影响下，无止无休地提出古希腊人永远不需要问的问题："善究竟是什么呢？我们如何去定义呢？由于每一个人都有不同的定义，我们如何知道哪里才有善呢？有人认为善存在于快乐之中，但我们又怎么知道快乐是什么呢？而快乐又该如何定义呢？快乐和善不是客观事物。我们无法用科学的方法研究它们。它们不是客观的存在，只能存在于你心中。所以如果你想要快乐，只需要改变你的心意。哈哈，哈哈。"

这就是亚里士多德式的伦理学，亚里士多德式的定义，亚里士多德式的逻辑，亚里士多德式的形式，亚里士多德式的本质，亚里士多德式的修辞学，亚里士多德式的笑声……哈哈哈哈。

而智者的尸骨早已化为尘土,他们所说的也和他们一样烟消云散。这些尘土被埋在覆灭的雅典和马其顿帝国的瓦堆之中,之后是古罗马帝国和拜占庭帝国,接着是奥斯曼帝国,接着是现代国家——被埋得这么深,而且被蒙上了一层礼法、虚伪和邪恶,以至于只有很多个世纪之后出现的这个疯子,才发现了可以将前人出土的线索,同时恐惧地看清了他们的所作所为……

路上一片漆黑,我必须打开头灯才能顺利地在雨雾中行驶。

30

在阿克塔,我们走进一间小餐馆,浑身上下都湿透了,所以感觉特别冷。我们点了辣豆汤和咖啡。

然后我们又骑车上路。现在骑上了高速公路,车速很快,路面潮湿。我们要骑到离旧金山只剩一天路程的地方再停下来。

在雨中迎面驶来的汽车投射出奇怪的光影,雨滴像子弹一样打在面罩上,把车灯折射成奇特的弧形,这是二十世纪的美国。我们现在身处于二十世纪之中,也该结束这场斐德洛的二十世纪奥德赛了。

下一堂哲学课是在南芝加哥那间有大圆木桌的教室里,助教宣布哲学教授生病了。过了一个礼拜他仍然在生病,留下来上课的学生有些惊讶。人数只剩下了三分之一,他们径自走出去喝咖啡。

在咖啡店里，一名斐德洛一向认为非常聪明但有些自以为是的学生说："我觉得这是我上过的最不愉快的课。"他带着一股女人似的怨气斜眼看着斐德洛，好像怪他把一场原本可以很美好的体验破坏了。

斐德洛说："我完全同意你的看法。"他等着别人对他的攻击，但是没有人这样做。

其他学生似乎也意识到了斐德洛是事情的起因，但是他们没有对他怎么样。这时，桌子另一头有一位年长的女士问他为什么要来上这门课。

斐德洛说："我也在思考原因。"

"你是全日制的学生吗？"她问。

"不是。我在海军码头那边当专职老师。"

"你教的是什么？"

"修辞学。"

她停住不再问下去。桌上的每一个人都看着他，大家都不发一语。

十一月逐渐过去。黄色的叶子逐渐飘落，只剩下光秃秃的树枝，抵御从北方吹来的寒风。已经开始下雪了，初雪融化，只剩下单调无聊的城市等待冬的降临。

在哲学教授缺席的这段时间里，另一篇柏拉图对话被布置下来，题目是《斐德洛》。这个名字和我们的斐德洛毫不相关，因为他并不叫自己这个名字。这位希腊的斐德洛并不是智者，而是一位年轻的演说家。在对话当中，他被用来衬托苏格拉底。这段对话是讨论爱的本质以及哲学修辞的可能性。显而易见地，斐德洛并不是非常聪明，而且在修辞方面没有良好的品位，因为他引用了演说家吕西亚的一段很糟的讲词。你很快就会发现，这不过是替苏格拉底铺路，反衬出苏格拉底接下来的演说有多精彩。再接下来的更精彩，可以算是柏拉图《对话集》当中最好的一段。

除此之外，斐德洛比较突出的就是他的个性。柏拉图常常根据这些人的个性称呼他们。在高尔吉亚那段对话里有一个年轻、爱说话、天真又性情好的次要角色，叫作宝勒斯（Polus），这是希腊文，意思是小马。而斐德洛的个性和宝勒斯不同。斐德洛不属于任何宗派，更喜欢乡村的宁静，而非都市的嘈杂。他的个性很激进，几乎到达危险的边缘。有一次，他差一点用暴力威胁苏格拉底。"斐德洛（Phaedrus）"在希腊文中的意思是狼。在这段对话当中，斐德洛被苏格拉底所提出的爱深深吸引，因而被驯服了。

我们的斐德洛读了这段对话之后，被其中诗意的意象所感动，但是他并没有被驯服，因为他在其中还找到了一丝虚伪的气息。这段演讲本身并不是目的，而是要批判修辞学所诉诸情感的世界。热情被视为理解的毁灭者，斐德洛在想，是否从这里开始，对热情的批判就深深埋藏在了西方思想之中。古希腊人思想和情感之间的冲突，在其他地方也曾被描述成希腊人性格和文化的基础，这一点很有趣。

下一个礼拜哲学教授仍然没有出现，于是斐德洛利用这段时间加紧在伊利诺伊大学的工作。

再下一个礼拜他在芝加哥大学对面的书店里，正准备去上课，突然看到两只骨碌碌的眼睛穿过书架望着他。当他看到脸的时候，他发现那就是先前在教室里替他受过的无辜学生，后来就没有再来上课。对方脸上的表情似乎透露着一些斐德洛不知道的事。斐德洛想走过去和他说话，但是他转身走开了，留下困惑的斐德洛。可能只是因为太累了，精神有点紧张。他要在伊利诺伊大学教课，还要在芝加哥大学与整个西方学术思想体系抗衡，这逼得他每天必须工作、研究二十个小时左右，因而疏忽了饮食和运动。或许只是因为疲劳，他才觉得对方表情怪异。

但是当他过马路到对面教室去上课时，对方却尾随在后面二十步左右的地方。似乎有什么事要发生了。

斐德洛到了教室等教授进来，很快那名学生也跟进来了，悄悄在教室后面坐下来。都很多个礼拜没来上课了，他现在不可能得到任何学分。但他似笑非笑地看着斐德洛，好像有什么事让他很得意，随便吧。

从门口传来一阵脚步声，斐德洛突然明白了——他的腿发软，双手也在颤抖。门口出现了一张仁慈的笑脸，站在那儿的正是委员会的主席，由他来接替下面的课程。

这就对了。现在就是他们把斐德洛从正门赶出去的时候了。

主席威严地站在门口，像统治者一般，然后和一名似乎认得他的学生谈了一会儿。他面露微笑，然后把视线转开，巡视了一下，似乎找到了熟悉的面孔，然后他点点头，又低声笑了一下，等待上课铃响。

这就是那个学生回来上课的原因。他们已经向他解释过为什么会突然攻击他。然后为了表示他们是好人，就让他坐在旁边看他们攻击斐德洛。

他们要怎样进行呢？斐德洛早已知道了。首先他们会在学生面前运用辩证法，以显示斐德洛对柏拉图和亚里士多德的了解是多么浅薄。要做到这一点并不困难。很明显，他们对柏拉图和亚里士多德的了解，比斐德洛多上百倍，因为这是他们一生的研究。

然后，当他们运用辩证法把他完全击倒之后，会告诉他要不就乖乖听话，要不就滚出去。然后他们会再问一些问题，他不可能知道答案。于是他们就会宣布他的表现太差劲，根本不需要再来上课，必须立刻离开教室。当然，很可能会有一点变化，但是这是基本模式。要做到这一点非常容易。

然而毕竟他已经学习了很多，这正是他来这里的用意。他可以用其他方法表达自己的论点，这样一想，他就不再紧张，平静下来了。

在上次见过主席之后，斐德洛把胡子留了起来，所以主席一时没能认出他。但过了不多久，主席就会发现他。

主席小心地放下大衣，在大圆桌的另一边拿了一把椅子，然后拿出一只旧烟斗，把烟丝塞进去。塞烟丝的动作足足持续了半分钟。你可以看出，这套动作他已经做过很多次了。

在巡视班上学生的时候，他微笑着用一种几近催眠的眼神注视每一个人。他觉得教室里的气氛似乎有些不对劲。但是他又加了一些烟丝，一点儿都不慌张。

很快，最后的时刻来临了，他把烟斗点燃。不久整个教室都充满了烟味。

他开口了。"根据我的了解，"他说，"我们今天要开始讨论不朽的《斐德洛》。"他一个一个地看学生，"对吗？"

班上的学生有些羞怯地点头。他十分具有震慑力。

然后主席为哲学教授的缺席道歉，并介绍了自己讲课的方式。因为他已经研究过这段对话，所以他会提出许多问题，然后从学生的回答中去了解他们研究的情况。

斐德洛认为这个方法不错。通过这种方法，教授很快就会认识每一位学生。幸运的是，斐德洛研究得很透彻，几乎要把它背下来了。

主席说得没错，这是一段不朽的对话。开始可能会觉得很奇怪，但是它会给你越来越强的冲击，就像真理一样。在这里，斐德洛所提出的良质似乎被苏格拉底形容为灵魂、自动自发的能力，以及一切的源头。这二者之间没有冲突，因为在一元论的哲学思想当中，是不可能产生任何冲突的。印度的"一"和希腊的"一"是一样的，如果不一样，那就是二元了。而一元论之间所产生的差异主要在于"一"的特性，而非"一"本身。由于

"一"是万物的源头,包含了一切,所以它不可能用这些事物来定义,因为不论你用什么去定义它,你所用来定义的事物都无法达到"一"的层次。"一"只能通过比喻来描述,而苏格拉底则选择用天地的比喻让人明白,如何利用两匹马拉的车把人拉向"一"。

但是主席现在让斐德洛旁边的同学回答问题,他是在用饵引诱他,刺激他反击。

然而因为他问错了人,这个学生并没有对他进行攻击。主席觉得很生气,斥责他下回应该把材料研究清楚。

现在轮到斐德洛了,他很冷静,现在该由他来解说这一段对话了。

"是否能让我换个角度回答。"他说。这也是因为他没有听到前面那位学生说了什么。

主席认为他这么说无异于是对前一位同学的指责,就笑着但是语带轻蔑地说:"这个主意不错。"

斐德洛继续说:"我想在这段对话里,斐德洛的特征和狼一样。"

他说的时候声音很大,语气也有些愤慨。主席几乎被激得跳起来了。得分了!

"没错,"主席说,从他的眼神里可以知道,他现在认清楚了这个留了胡子的学生就是要攻击他的人,"斐德洛在希腊文里的意思的确是狼。你说得很对。"他开始恢复平静,"继续说下去。"

"斐德洛遇见苏格拉底之后，把只熟悉城市生活的苏格拉底带到了乡间，然后开始背诵一段他崇拜的演说家吕西亚的讲词。苏格拉底要他读出来，他照做了。"

主席说："且慢！"这时他已完全恢复了冷静，"你说的是情节而非对话。"于是他叫另外一位同学回答。

然而似乎没有任何人知道怎样的回答才能令主席满意。于是主席带着略为悲哀的口吻说他们下次必须预习好，这一次只好由他来替他们解释。于是，他造成的紧张终于得到巧妙的缓解，而整个班级也在他的股掌之间了。

于是主席专心地解说对话的意义，斐德洛也十分专心地听。

过了一会儿，有一件事使他分了心，因为有一种不和谐的音调混了进来。刚开始他不知道究竟是什么，后来才发现，主席完全忽略了苏格拉底对"一"的描述，直接跳到了马与车的比喻上。

在这个比喻里，追寻的人想要接近……"一"，他由两匹马拉着，一匹是高贵的白马，性情温驯，而另外一匹当然是顽固热情的黑马。这匹白马永远帮助他奔向天堂之门，而黑马则永远带给他挫折。主席还没有说出来，但是他即将宣称，这匹白马就是温驯的理性，而这匹黑马就是黑色的热情。他正要进一步说明，就在这时，那个不和谐的音调变成了主旋律。

他坐正了然后重复地说："现在苏格拉底向神明发誓，他所说的都是真的。他已经发誓自己所说是实话，那么，如果接下来他说的不是实话，他就无异于丧失了自己的灵魂。"

这是陷阱！他用对话来证明理性的神圣，如果这个论点得以建立，他就可以直接研究理性究竟为何物，然后看啊，我们又落入亚里士多德的国度之中了。

斐德洛举起手来，手心向前，肘放在桌上，他的手已不再发抖，他现在显得很平静。斐德洛知道，自己这么做就是签署了自己的死亡宣言。但是他也知道，如果把手放下就是签署另外一种死亡宣言。

看到他举起手，主席有些惊讶，有些困惑，但还是让他发言。

斐德洛说："这一切只不过是比喻。"

大家都没有说话，主席困惑地问："什么？"他的法力已经被破解了。

"有关车和马的描述都是比喻。"

"什么？"主席又问了一句，然后大声地说，"它是真理。苏格拉底曾经向神明发誓它是真理。"

斐德洛回答说："苏格拉底自己说这是比喻。"

"如果你读过对话就会发现苏格拉底特别强调它是真理！"

"是的，在这之前……我想是第二段……他说过这是一个比喻。"

教材就放在桌上可以参考，但是主席十分明白，在这个节骨眼上不能去参考，如果去翻阅了，而且证明斐德洛是对的，那么他在班里就颜面扫地了。他刚刚对学生说过，他们中没人仔细地研究过这本书。

修辞学，一分；辩证法，零分。

斐德洛想，太棒了，他记得苏格拉底这么说过。他完全贬低了辩证法的地位，这正是重点所在。它是一个比喻，所有的一切都是比喻，但是辩证学家不知道这一点，这就是为什么主席忽略了苏格拉底的这段话。斐德洛抓住这一点并且牢牢地记住了它，因为假使苏格拉底没有说它是比喻，他说的就不是"真理"。

还没有人看清楚这一点，但是他们很快就会明白。主席在自己的课堂上被攻击得体无完肤。

现在他无话可说。刚上课的时候，他靠让大家保持沉默建立起了自己的形象，现在这沉默反倒把他给毁了。他不知道攻击究竟从何而来，他从来没有遇到过活着的智者，只有死去的智者。

现在他想要抓住什么，但是没有东西可以让他攀附。他自己的动力把他拖向深渊，当他终于找到可以说的话时，听起来好像来自于另外一个人——像是一个小男孩忘记了自己要背的课文，或者是完全背错了，但是还希望我们能放过他。

他想指责班上没有人好好研究过这段对话，想以此来吓唬他们，但是坐在斐德洛右边的人朝他摇摇头，很明显，有人仔细读过。

于是主席支支吾吾地犹疑起来，似乎有些害怕学生们，也想在心理上和他们保持距离。斐德洛在想，这场戏究竟会怎样收场？

然后发生了一件不妙的事。那名曾经被攻击的学生现在已经不再无辜了。他开始嘲讽主席，然后问他一些讽刺的问题。主席本来就已经被斐德洛攻击得瘸了腿，现在可以说被打倒在地……但是斐德洛知道，这一切都是冲着他来的。

他不觉得难受，只是厌恶。当一个牧羊人杀了一匹狼，然后带着牧羊犬去看狼的尸体时，他必须小心谨慎，避免犯任何错误，因为这只牧羊犬和狼之间仍然有某种血缘关系，这是牧羊人不该忘记的。

一个女孩子替主席圆场，问了他一些比较容易的问题。他很感激地接纳了这些问题，然后用非常冗长而缓慢的语调回答，想要恢复冷静。

然后有人问他："什么是辩证法呢？"

他想了一下，然后转向斐德洛，问他是否愿意回答。

"你是问我个人的意见吗？"斐德洛问。

"不是……就算是从亚里士多德的角度吧。"

现在他不再闪躲了，他就是要把斐德洛拉到自己的国度中，然后再攻击他。

"就我所知……"斐德洛说，然后停下来。

主席面带笑容地说："然后呢？"这一切都已经设计好了。

"就我所知，亚里士多德认为辩证法先于所有的一切。"

主席脸上的表情片刻间由原先的感激变为震惊，然后再变为暴怒。说得没错！你可以由他的表情知道他心里在呐喊，但嘴里没有说出来。主席掉到了自己挖的陷阱里。他不能因为斐德洛引用了《大英百科全书》中他文章里的一句话而攻击他。

修辞学，二分；辩证法，零分。

"然后由辩证法产生了形式，"斐德洛继续说道，"然后由……"但是主席打断了他的话，因为他发现斐德洛并没有按着他的路子走，于是就结束了对话。

斐德洛想，他不应该打断的。如果他是真正追寻真理的人，而不是专门宣传某一种观点，就不应该打断他的话。他本来可以学到一点东西。一旦说"辩证法先于所有的一切"，这句陈述本身就变成了辩证的实体，隶属于辩证问题。

斐德洛原本想这样问："认为利用辩证法问与答的模式达到真理这种方法先于所有的一切，究竟有何支持的证据？"然而毫无证据，所以一旦把这句话孤立起来接受严密的检视，它就会变得荒唐可笑。而这个辩证法，像牛顿的万有引力定律一样，下面没有任何支撑物，却是世间万物的根源，嘿！这真是愚不可及的事。

辩证法是逻辑的源头，但是却来自于修辞学，而修辞学则是神话和古希腊诗学的传承。这既符合历史，也符合常识。而诗与神话则是史前人类对周遭世界的反映，而且以良质为根基。所以，归根结底，是良质而非辩证法酝酿了我们所知的这一切。

下课的时候主席站在门口回答问题，斐德洛也想过去说几句话，但是他没有这样做。当一生秉持的观点受到重创时，一个人对可能带来更多打击的讨论不会有兴趣。主席对他并不友善，甚至没有一点表示友善的暗示，反而有相当的敌意。

斐德洛是匹狼。太适合了。他轻快地走回公寓，发现越来越适合。如果他们过分赞成他的论点，他也不会高兴。他最明显的个性就是充满敌意。真的是这样。斐德洛这匹狼从山上下来，就是要猎杀知识领域当中这批天真的居民，他完全符合狼的形象。

理性教堂就像所有有组织的机构一样，并非建立在个人的优点而是建立在个人的弱点之上。理性教堂要求的并非能力，而是无能。一个无能的人才容易受教。而一个真正有能力的人总会带给别人威胁感。斐德洛明白，他已经错过了融入这个组织的机会，因为他拒绝臣服于亚里士多德的思想。但是这种思想似乎不值得他去尊敬，因为它是一种低品质的生活方式。

对他而言，在林木线以上的良质比这儿烟尘遍布的窗户和听不完的言语要好多了。他明白，自己所说的永远无法被这里的人接受。因为要接受他的思想，这个人就必须摆脱社会的权威，而这里到处都充满了权威。绵羊能过怎样的生活，决定权在牧羊人。如果你在晚上把一只羊放到林木线以上，狂风吹来时，羊可能会吓得半死，然后会一直哀嚎到牧羊人找到它为止。当然，来的也可能是狼。

下一堂课，他想表现得友善一点，但是主席似乎并没有这种意图。斐德洛请他解释一处自己不甚明白的地方。其实他明白，但他想这样可以缓和两人之间的对立。

然而得到的回答却是："你可能是累了！"主席尽可能地羞辱他，却伤害不到他。因为主席拼命苛责斐德洛的，正是他自己最深的恐惧。剩下的时间里，斐德洛望着窗外，为这位老牧羊人、教室里的羊和狗而悲哀,而且也为自己永远不可能成为他们的一分子而悲哀。然后下课铃响的时候,他离开了,永远不再回来。

然而在海军码头的教学却像野火一样旺盛,学生们现在非常专心地倾听这个奇特的、留着胡子的人讲课。他从山上来,告诉他们宇宙间有所谓良质的存在,而且他们每个人都知道它是什么。他们不知道该怎样形容,所以有些不确定。还有一些人则对他有些畏惧,他们知道他有点危险,但是都深深地为他着迷,想要听到更多。

但是斐德洛并不是牧羊人。如果故意去扮演这样的角色,那会把他给毁了。这时,那种一再出现的怪现象在这间课堂里也出现了。坐在后排不那么守规矩的学生往往对他所说的十分投入,而且也是他心爱的学生。坐在前排像小羊一样柔顺的学生却常常被他所说的吓住,也因此被他所鄙视。但是学期结束的时候,这些像小羊一样的学生总是能通过考试,而后排的却无法通过。虽然到现在斐德洛仍然不想承认,但是直觉上他做牧羊人的日子快结束了。他越来越好奇,不知道接下来究竟会发生什么事。

他害怕教室里会出现沉寂,就是那种把主席毁掉的沉寂。按他的本性,他并不喜欢连续几个小时不断地讲话,那会让他精疲力竭。然而现在没有其他的事来转移他的注意力,于是他开始注意这种害怕。

他来到教室的时候,上课铃响了。他坐在那儿一言不发。整堂课他都保持安静。有些学生想要刺激他,使他清醒。但是后来他们也不说话了。另外一些学生则因为惊慌过度而不知所措。下课铃一响，全班立刻冲出教室，于是他又去上下一堂课，重复同样的情形。下一堂课，再下一堂课，他都是用同样的方法去上。然后他就回家了。他越来越想知道接下来究竟会发生什么事。

感恩节到了。

他连睡四堂课的本事已经缩减到两堂课，然后是一堂课也没有了。一切都结束了，他既不会回去上亚里士多德的修辞学，也不会回伊利诺伊大学教这门课。一切都结束了。他走过街道，内心在翻腾。

现在城市的阴影笼罩在他身上，在他奇特的观念中，这个城市变成了他信仰的对立面，并不是良质的大本营，反而是形式与本质的大本营，像钢筋水泥的船坞和道路、砖块、柏油路、零件、老旧的收音机、铁轨、动物的尸体——形式和本质，没有良质。这就是这个城市的灵魂。盲目、巨大、邪恶而没有人性；夜里你可以看到南方有大火炉燃起熊熊的火焰，而在啤酒、比萨和洗衣店招牌之间是浓厚的煤灰，沿着街边则有许多不知名而没有意义的招牌。

如果到处都是砖块和水泥，物质的纯粹形式，既清楚又开阔，他就有可能存活。正是对良质所做的那些卑微而悲惨的努力，才足以置人于死地。就拿那间公寓中石膏制的假壁炉来说，它被用来容纳那从来不曾存在过的火焰。或者像公寓与前面的树篱之间那片数英尺见方的青草地。在离开蒙大拿州之后，又一次见到数英尺见方的青草地。如果他们忘掉这些树篱和草地还好，现在它的作用就是提醒人们去注意那些已然失去的事物。

从公寓出来，一路上，他无法从砖头、水泥，或霓虹灯的间隙中看到任何东西，但他确知，其中埋藏的是怪异的、扭曲的心灵，始终尝试着借某种方式来证明自己拥有良质，从梦想杂志或其他大众媒体上学来各种奇怪的姿态与神色，把钱支付给物质的销售方。他整夜整夜地想着这些，想着豪华炫目的鞋子、网眼袜，以及褪去的亵衣。他透过被煤烟熏黑的窗户，看到人们为自己建造的奇形怪状的庇护所，当造作逐渐褪去而真相愈见分明时，此地仅存的真理就是——对着天堂哭喊，上帝啊！这里只有死气沉沉的霓虹灯、水泥，以及砖块。

他对时间的感觉在逐渐消失。有时候他的思想快得像光速，但是一旦要他作什么决定的时候，却又好几分钟想不出任何事来。有一个念头在他心里出现，是从《斐德洛》篇中抽出来的一部分。

"怎样是写得好，怎样是写得不好——我们需要问吕西亚或任何一位诗人、任何一位演讲家吗？无论他写过还是将要写，无论他写的是政论还是其他，无论押韵还是不押韵，无论是诗歌还是散文，告诉我，我们需要问别人吗？"

什么是好，斐德洛，什么又是不好——我们需要别人来告诉我们答案吗？

这就是几个月前他在蒙大拿州的教室里说的，这是柏拉图和柏拉图之后的每一位辩证学家所忽略的,因为他们每一个人都想从知识的角度去定义良质,但现在他看到的是,自己和良质的距离非常遥远,因为他也在做同样的事。他原来的目标是不要让良质被定义,但是在和辩证学家对抗的过程中,他提出了许多论点,每一个论点都是他在良质旁边建立的砖墙。一旦想通过系统的思考去定义良质,就会破坏它最原始的目标,所以他所做的实在是一桩愚不可及的事。

到了第三天,走在一条不知名的十字路口,他突然什么都看不见了。等到恢复视觉的时候,他发现自己躺在人行道上。旁边有人在走动,好像完全无视于他的存在。他疲惫地爬起来,费力地去想回公寓的路。他的思路越来越慢,越来越慢。他和克里斯去找给孩子们用的双层床大概就是在这个时候,之后他就再没有离开过公寓。

他双脚交叉,望着墙壁。在一个没有床铺的房间里,地上铺着毛毯。所有的桥都断了,没有回去的路。而现在连前进的路也没有了。

斐德洛盯着卧室的墙壁看了三天三夜,他的思绪既未前进也未后退,只停留在那一刹那。太太问他是否生病了,他没有回答。她很生气,但是斐德洛却没有任何反应。他知道她在说什么,但是无法回答。不只他的思考停顿了下来,他的欲望也止住了。好像有说不清的重量不断压在他的身上。他觉得沉重、疲惫,但是并不想睡。他觉得自己好像是巨人,有几百万英里高,又觉得自己在永无休止地融入宇宙之中。

他开始扔东西，把携带了一生的东西都扔了。他要太太跟孩子们一起走，去替他们自己做别的打算。他的尿液流到了房间的地板上，他也不觉得讨厌和羞愧。香烟一直烧着，烫到了手指，然后手指起了水泡，水泡破了才把香烟给弄熄了。对他而言，这一点都不痛苦。他太太看到他受伤的手和地上的尿液，就赶紧打电话求救。

但是在医护人员赶到之前，斐德洛的整个意识开始慢慢地毫无知觉地瓦解……然后他不再思索接下来究竟会发生什么事。因为他知道了接下来要发生的事。于是他为他的家人、为他自己和这个世界流下泪来。这时他想起一首赞美诗的片段，"你必须要经过那死荫的幽谷"。这句话把他向前推进。"你必须要独自经过那死荫的幽谷"，这好像是蒙大拿的一首西部赞美诗。

这首诗还提到，"没有人能替你去走"。它的内涵似乎超过了字面的意义，"你必须要独自经过那死荫的幽谷"。

他走过了这段死荫的幽谷，走出神话，仿佛从梦境中走了出来。他整个的意识就像是一场梦，不是别人的梦而是他自己的梦，是他现在必须独自支撑的梦。然后他自己也消失了，只剩下他的梦和梦中的他。

而他曾经为之这样辛苦地奋斗、牺牲，从来没有背叛过，也从来不曾了解的良质，现在却了然于心，他的灵魂得到安息了。

这时路上的车很少，路面一片黝黑，头灯似乎很难透过雨水照射到路面。这真是非常危险的状况。任何事情都有可能发生——突然的刹车，或是路上有漏油或动物的尸体……但是如果你骑得太慢，后面的车就会一直催你。我不知道为什么我们还在继续走。我们早就该停下来了。我也不知道为什么要一直骑下去。我想我一直在找汽车旅馆的招牌，但是因为思想不集中而没看到。如果我们一直这样骑下去，它们都会关门。

我们从高速公路的下一个出口下去，希望能通往某处。但是很快我们就骑上一条颠簸不平的柏油路，上面有一些碎石子。我慢慢地骑着。街灯透过雨水散发出黄色的光晕。光晕摇晃着，我们一会儿身在亮处，一会儿又在暗处，一会儿在亮处，一会儿又在暗处。没有看到任何旅馆的招牌。在我们左边有一个暂停的标志，也没有指示该从何处转弯。每一条路都一样漆黑，我们很可能永无休止地骑下去，但什么也找不到。现在甚至连高速公路都找不到了。

克里斯喊着："我们到哪里了？"

"我也不知道。"我的头脑变得十分疲惫，缓慢下来。我似乎连正确的回答也想不出来……更想不出接下来该做什么事。

现在我看到前面有一点白色的灯光，而且有加油站醒目的指示牌，就在往前一点的路上。

它还开着。我们在路旁停下来。服务生看起来和克里斯年纪差不多，很奇怪地打量着我们。他不知道哪儿有汽车旅馆。于是我走到电话簿旁边，找到一些汽车旅馆的地址，然后告诉服务生。他想给我们指方向，但是说不清楚，于是我就打电话到他说的最近的一家旅馆，订了房间，然后向对方确定路该怎么走。

雨中漆黑一片，虽然有对方的指引，我们还是差点找不到旅馆的位置。因为他们把灯关了。登记时，我们没有说什么。

旅馆房间像是三十年代布置的，已经有些破败和肮脏，能看出是不懂木工活的人布置的。但是里面还算干燥，而且有暖气和床铺，这就够了。我把暖气打开，坐在前面，很快，刺骨的寒意和湿气就不见了。

克里斯没有抬头看我，只是瞪着墙上的暖气片。过了一会儿，他问："什么时候回家？"

真失败。

"到旧金山之后，"我说，"为什么要问这个？"

"我一直坐着，坐得很厌烦，而且……"他的声音逐渐小下来。

"而且什么？"

"我……我不知道……只是坐着……好像我们哪里也不去。"

"我们应该去哪里呢？"

"我不知道，我怎么会知道？"

"我也不知道。"我说。

"你为什么不知道？！"他说，然后哭了起来。

"克里斯，怎么回事？"我问他。

他没有回答我。他把头埋在手里，身子前后摇摆，这给我一种很奇怪的感觉。过了一会儿，他停下来说："我小的时候，情形不是这样。"

"那是怎么样？"

"我不知道。我们总是有事情可做，做的都是我想做的事。现在我什么事都不想做。"

他又开始奇怪地前后摇摆着，脸埋在手里。我不知道该怎么办，这是一种奇怪的、无法形容的摇摆，是一种把别人摒弃在外的自我封闭，像是回到了我不知道的地方……海洋的深处。

现在我知道曾经在哪里见过他这样了，在医院的地板上。

我不知道该做什么。

过了一会儿，我们爬上床，我试着入睡。

然后我问克里斯："我们离开芝加哥之前情况比较好吗？"

"是啊。"

"怎样的好法？你记得那时什么样吗？"

"很有意思。"

"有意思？"

"是啊。"他说，然后安静下来。后来他又说："记得我们一起去找床的事吗？"

"那很有意思吗？"

"当然。"他说，然后又沉默了好长一段时间。之后他说："你不记得了吗？你要我到各个方向去找回家的路……你过去常常和我们玩游戏，给我们讲各种故事，然后我们一起骑车出去。但是现在你什么都不做了。"

"我在做。"

"没有，你没有。你只是坐着发呆，你什么事都不做！"他又哭了起来。

外面的雨突然下大了，敲打着窗户。这时我感到一种非常沉重的压力。他是在为斐德洛哭泣。他想念的是斐德洛。这就是那个梦的含义，在梦里……

我似乎有很长一段时间都在听墙上暖气里的声音，还有风雨吹打屋顶和窗户的声音。然后雨逐渐小了下来。除了偶尔风吹过，雨从树上滴下来打在屋顶上，什么声音都没有了。

31

早上醒来的时候，地上有一只绿色的蛞蝓。我吓了一跳。它大概有六英寸长，四分之三英寸宽，全身像橡胶一样柔软，表面覆盖着一层黏液，好像动物的内脏。

四周一片潮湿，而且雾气很重。身上很冷但是视线还算良好。我看见旅馆坐落在一座小山坡上，周围有一些苹果树，树下青草如茵，上面缀着露珠，也可能是残雨。然后我又看到另一只蛞蝓，然后又有一只——天啊！整个地面都爬满了蛞蝓。

克里斯出来的时候我指给他看。蛞蝓像蜗牛一样慢慢爬过一片树叶，但是克里斯什么也没说。

我们离开这家旅馆，到路旁的一座小镇韦奥特吃早点。他仍然很冷淡，不太想说话，我就随他去。

在莱吉特，我们看到一座开放给游客的野鸭池，于是买了饼干喂鸭子。克里斯丢饼干的时候还是闷闷不乐，是我见过的最不快乐的神情。然后我们又沿着崎岖的海岸前行，突然骑进了浓雾之中。温度立刻降了下来，我知道我们又靠近海边了。

离开雾区之后，我们从一座高崖上望海，海是那样深沉而遥远。一路骑去，我觉得越来越冷，刺骨入髓。我们停下来拿出夹克穿上。克里斯走到悬崖边上，起码有一百英尺高，这样太危险了！

我大声喊他："克里斯！"但是他没有回应。

我跑过去，一把抓住他的衬衫把他拉回来。

"不要过去。"我说。

但是他用奇怪的眼神瞄了我一眼。

我又拿出他的衣服给他，但是他拿着不穿。

没有必要催他，我让他自己决定要不要穿。

但是他迟迟不肯穿上。十分钟过去了，接着十五分钟又过去了。

我们似乎在比赛耐性。

吹了三十分钟的冷风之后，他问我："我们要往哪里走？"

"往南，沿着海岸走。"

"我们回去吧。"

"回哪儿？"

"回比较温暖的地方。"

那样要多骑一百英里。"我们现在必须往南走。"我说。

"为什么?"

"因为回去的路程太远。"

"我要回去。"

"不行。把你的衣服穿上。"

他不肯,只是坐在地上。

又过了十五分钟,他说:"我们回去吧。"

"克里斯,骑摩托车的人不是你,是我。我们要往南走。"

"为什么?"

"因为回去太远。而且这是我的决定。"

"那么为什么我们不回家?"

我生气了:"你并不是真想知道原因,是不是?"

"我想回家,告诉我为什么我们不回家。"

我快要爆发了:"你真正想要的不是回家,而是激怒我。你再这么闹,我可真要生气了!"

这时他有一点儿恐惧,这就是他要的。他想恨我,因为我不是"他"。

他气恼地望着地面,然后把衣服穿上。我们走回车子那儿,沿着海岸继续骑下去。

我能假装他理想的父亲形象,但是他的潜意识会看穿我,在良质的层面上我假装不来。他会觉察他真正的父亲并不在这儿。

在这一趟肖陶扩之旅当中，我们曾经攻击过虚伪。我不断地提醒要消除主客体的二元对立观念，然而我一直没有去面对最大的对立，也就是他和我之间的对立，一个与自己对立的分裂心灵。

但这是谁造成的？不是我。现在没有办法解决它……我现在在思索，到海底究竟有多远……

在其他人眼中，我现在是回头的异教徒，我挽救了他的灵魂。每一个人都这样看，只除了一个人。他深深地知道，他挽救的只是他的躯壳。

我靠着取悦别人过活，这样才能脱身。你揣测别人希望听到你说什么，然后假装主动又自然地说出来，这样才能脱身。一定要让别人信服才行。我如果不背弃他，恐怕到现在还在医院里。他却始终忠实于自己的信念，这就是我们之间的区别，克里斯知道这一点。这也是为什么有时候我觉他是活生生的人，而我才是鬼魂。

我们来到门多西诺县的海边，这里的景观十分原始而辽阔，非常美丽。山坡上长满了绿草。但是在山坡的凹陷处和岩石下，有一些很奇怪的灌木丛，被下面吹上来的风雕成奇怪的形状。我们经过一些老旧的木篱笆，它们被风雨吹打成了灰褐色。远处有一座饱经风雨的灰色农庄，怎么会有人在这儿耕作呢？篱笆有许多地方都破损了。真可怜。

路开始从高崖降到海岸，我们停下来休息。我关掉发动机，克里斯说："我们停下来做什么？"

　　"我累了。"

　　"但是我不累，我们继续走。"他仍然在生气。我也生气了。

　　"那你可以到沙滩上去跑圈，我在这里休息。"我说。

　　"我们继续走。"他说。但是我走开了，不管他。他坐到了摩托车旁边的石头上。

　　海风中有一股腐朽生物的气味。冷风吹得人无法休息。我来到一块大岩石后面，这里还可以晒到太阳。我把注意力集中在暖洋洋的阳光上，对这一点温暖，我已经很感激了。

　　我们继续往南骑。现在我明白了，他是另外一个斐德洛，有像他一样的思考模式，像他一样的行为，不断地找麻烦，被他自己内心一股莫名的力量驱使着。这些问题……同样的问题……他想要了解一切。

　　如果得不到答案，他就会打破砂锅问到底，直到满意为止。而这又导致了另外一个问题的出现，于是他一直追问下去……永无止境地追问，不懂得问题其实也是永无止境的。有些东西丢掉了，他知道，而为了找到它，他不惜丧命。

　　我们在一座高崖上转了一个急弯，眼前的海洋无边无际地向前延伸出去。大海寒冷而湛蓝，让我有种奇怪的绝望感。住在海边的人永远不会了解海洋对于住在内陆的人的意义——它代表了如此遥远而庞大的梦想，虽然就在眼前，但是在最深的潜意识里，你却看不见它。当他们到达海洋的时候，将意识与潜意识的梦境进行比较，就会感到挫败。他们走了这么远的路，却到达了一个永远无法探知深度的神秘之处。它是一切的源头。

过了许久，我们来到一座小镇。街上起了一层薄雾。在海上看起来十分自然的现象，此刻突然出现在小镇上。阳光照耀，一切都蒙上了一层古老的情调，仿佛让人回到多年以前。

我们在一家拥挤的餐厅前停下来，只剩下最后一张桌子了。靠在窗边，我们望着街道上的车灯。克里斯低着头，不想说话，或许他已经意识到我们剩下的旅程不长了。

"我不饿。"他说。

"那么我吃的时候你在旁边等？"

"我们继续走，我不饿。"

"但是我饿了。"

"但是我不饿，我的胃在痛。"这又是他的老把戏。

于是我在邻桌的谈话声和刀叉声中吃着午餐，看见窗外有一个人骑自行车经过。我觉得好像到了世界的尽头。

我抬起头来，看到克里斯在哭。

我说："又怎么了？"

"我的胃在痛。"

"就是这样吗？"

"不是，我真的好恨这里的一切……我很抱歉，我不该来的……我很讨厌这次旅行……我原本以为会很有意思，但是完全不是……我很抱歉我来了。"他像斐德洛一样诚实,而且像他一样对我的恨意越来越深。时候到了。

"克里斯,我一直在想,也许你可以从这里搭公共汽车回家。"

他脸上没有表情,然后出现了惊讶和失望。

我接着说:"我会自己继续骑下去,一两个礼拜之后再和你会面。没有必要强迫你继续这场你不喜欢的旅行。"

现在轮到我惊讶了。他的表情显示他一点儿都没有释怀。他越来越忧伤,然后低下头什么话也不说。

他现在似乎心理失去了平衡,而且很害怕。

他抬起头来:"那我住哪里?"

"呃,你现在不能住在我们原先的房子里,因为有别人住进去了。你可以跟爷爷奶奶住。"

"我不要跟他们住。"

"你可以跟姑姑住。"

"她不喜欢我,我也不喜欢她。"

"那你就去跟外公外婆住。"

"我不要。"

我又提了其他几个人,但是都被他否决了。

"那么你要跟谁住呢?"

"我不知道。"

"克里斯,我想你自己很清楚问题在哪里。你不想旅行,你讨厌它。然后又不想和任何人住在一起，也不想去任何地方。我提的这些人，不是你讨厌他们，就是他们讨厌你。"

他默不作声，眼眶里的泪珠在打转。

邻桌的女人生气地看着我，张嘴想说什么，但是我瞪了她好一会儿，直到她闭嘴继续吃她的东西。

克里斯放声哭了起来，其他桌上的客人都看着我们。

于是我说："让我们去散散步。"然后起身去付账。

收款台的女服务生说："真不巧，孩子不舒服了。"我点点头，付了账就出来了。

在雾蒙蒙的街上，我想找一把椅子，但是没找到。于是我们骑上车，继续往南前进，想要找一个可以休息的地方停下来。

马路又开始向海洋的方向伸展，一直通往一处高地，它很明显地探在海上，但是现在四周是一片浓雾。过了一会儿，我从散去的雾中看到有一些人在沙滩上休息，但是很快雾又涌上来。那些人又看不清楚了。

我看了看克里斯，发现他眼中只有空洞而又困惑的神情。但是当我要他坐下来时，他的怒气和恨意又出现了。

他说："为什么？"

"我想我们该好好地谈一谈了。"

"好吧，谈就谈。"他说，所有的愤怒都涌上来了。他不能忍受我这种温和的态度，因为他知道这些温和都是假象。

"将来会怎么样？"我说。这样问真愚蠢。

"什么?"他说。

"我的意思是你对将来有什么打算?"

"顺其自然。"口吻中带着轻蔑。

雾又散开了一会儿,露出我们站着的高崖,然后雾又涌过来。这时我觉得,该发生的事还是必然会发生。我被推向什么东西,而眼角的事物和眼中央的事物,现在一样重要了,完全融合为一。于是我说:"克里斯,我想我们该谈些你不知道的事。"

他听进去了一些,知道有事要发生。

"克里斯,你眼前的父亲曾经精神错乱过好长一段时间,现在他又快要发病了。"

并不是快要发病了,根本就已经发病了。现在就是海底。

"我要把你送回家并不是因为我在生你的气,而是我害怕如果和你继续旅行下去,不知道会发生什么事。"

他脸上的表情没有任何变化,他还不明白我在说什么。

"所以我现在就要和你说再见。克里斯,我不确定我们是否还会再见。"

我把该说的话都说了,现在该发生的就让它发生吧。

他奇怪地看着我,我想他仍然不明白,那种眼神……我曾经在哪里看过……在哪里……在哪里……

在晨雾当中,沼泽里有一只小鸭子,一只短颈野鸭,它的眼神就像这样……我射到它的翅膀,所以它不能飞了,我跑过去抓住它的脖子，想弄死它，但又停了下来。然后，似乎受到了宇宙中某种神秘力量的驱使，我看着它的眼睛。它的神情就像此时的克里斯一样……平静、毫不知情……然而又十分明了。然后我用手遮住它的眼睛，扭断它的脖子，我的手指可以感觉到断裂的震动。

然后我移走手掌，小鸭子仍然看着我，但是眼神呆滞，不再随着我的动作而转动。

"克里斯，他们在说你。"

他看着我。

"所有这些问题都是你的头脑在作怪。"

他摇头否认我说的。

"它们看起来是真的，感觉也像是真的，但实际上并不是。"

他的眼睛睁得大大的，然后还是摇头否认我的看法，但是多少有一些了解了我的意思。

"事情越来越糟，你在学校里有问题，和邻居也处不来，和家人，和朋友，到处都有问题。克里斯，是我在替你挡回去，告诉他们你没有问题。但是现在不会再有人替你挡了。你明白吗？"

他很惊讶。从他的眼神里可以看出他有些畏惧。我没有给他力量，我从来没有给过，我在扼杀他。

"克里斯，这不是你的错。从来都不怪你。你要了解这一点。"

这时他似乎意识到了什么，于是闭上眼睛，哭了起来。哭声很奇怪,像是从遥远的地方传来的。他转身跑开,脚步凌乱,一会儿就跌倒在地。他弯着身子跪在地上,前后摇摆着,头顶在地上。湿润的微风吹着他身旁的青草。有一只海鸟在旁边停了下来。

我听到雾里有一辆卡车驶近的声音,心里有些害怕。

"克里斯,你得站起来。"

他哭的声调很尖锐,几乎不像人在哭,而像远处传来的汽笛声。

"马上站起来!"

他还是赖在地上摇摆,不肯起来。

我现在不知道该怎么办,一点头绪都没有。完了。我真想冲到悬崖边上去,但是我抵制住了这个念头。我必须先把他送上公共汽车,离开悬崖边就好了。

克里斯,没事的,一切都会好的。

这不是我的声音。

我没有忘记你。

克里斯停止了摇摆。

我怎么会忘记你呢?

克里斯抬起头来看着我,他的眼神中没有以往的那种隔膜,但只一会儿,那隔膜又出现了。

我们将会在一起。

卡车的声音来到我们身边。

现在站起来!

克里斯慢慢地坐起来望着我，这时候卡车出现了，停了下来，司机探出头来问我们是否需要载一程。我摇摇头，然后挥挥手叫他继续走。他点点头，然后消失在雾中，只剩下克里斯和我。

　　我把我的夹克罩在他身上，他又把头埋在膝盖中间，哭了起来。现在他只是啜泣，比较像人的声音，而不像刚才哭得那么奇怪。我两手很湿，觉得额头也湿了。

　　过了一会儿，他哭着问我："你为什么离开我们？"

　　什么时候？

　　"在医院的时候！"

　　没办法，警察把我带走了。

　　"难道他们不让你出来吗？"

　　不让我出来。

　　"那么，你为什么不开门？"

　　什么门？

　　"那扇玻璃门！"

　　这时我觉得像被电击了一般，他在说什么玻璃门？

　　"难道你不记得？"他说，"我们站在门这边，你站在门那边，妈妈在旁边哭。"

　　我从来没有告诉过他那个梦，他怎么知道的呢？喔，糟糕了。

　　我们在另外一个梦里。这就是为什么我的声音听起来这么奇怪。

　　那扇门我打不开，他们不让我打开它，我必须照着他们的话做。

"我以为你不想见我们。"克里斯说,把头低了下来。

他眼中出现了这些年来一直存在的恐惧。

现在我看到那扇门了,它是在一座医院里。

那是我最后一次看到他们。我就是斐德洛,他才是我,他们因为我说出了真理而想把我毁掉。

这一切都对上了。

现在克里斯哭的声音渐渐小了下来,但还是没有止住。海风吹在我们四周长长的野草上,雾逐渐散去。

"克里斯,不要哭了。只有小孩子才哭。"

过了好久,我给他一块布擦脸。我们把东西收拾好,然后放上摩托车。现在雾突然散去了,我看到他脸上的阳光,看到我以前从未见过的表情。他戴上头盔,然后系上带子,抬起头来。

"你真的精神错乱过?"

他为什么这样问呢?

"没有!"

他吃了一惊,但是眼睛里闪烁着光芒。

"我就知道。"他说。

然后他爬上摩托车,我们出发了。

32

我们现在沿着曼扎尼塔的海岸前进,路旁的灌木丛叶子好像涂了蜡,这时我又想起克里斯说"我就知道"时的表情。

倾斜车身,压低重心,角度一会儿大,一会儿小,我们的摩托车在一个个弯道上轻松地摇摆着。路的两旁到处是野花,还有令人讶异的景色。一个接一个的大转弯不断出现,整个世界好像在不断滚动、旋转,起起伏伏。

他说:"我就知道。"这句话又出现在我的脑海里,好像鱼钩上有东西上钩了,想引起我的注意。这件事已经埋藏在他心里很久,有好多年了。现在想起来,他所制造的那些问题都可以谅解。他说:"我就知道。"

很久以前他就一定听说过什么,那时候他还小,不能理解这一切,所以全都弄混了。这就是斐德洛多年以前经常说的,也就是我经常说的,而克里斯一定相信了,然后一直埋在心里。

往往连我们自己都无法完全了解彼此之间的关系。他就是我要出院的真正理由,因为让他独自长大是不对的,而且在梦里也是他总想把门打开。

我根本没有把他带到哪里,是他在带我。

他说:"我就知道。"这句话轻拉着鱼线,告诉我严重的问题可能并不像我以为的那样严重。因为答案就在眼前。看在老天的分上,卸下他的重担吧!让他重新做人!

我们嗅到清新的空气,还有野花和灌木丛散发出来的香气。离开海岸边,寒意就消失了。我们觉得热了起来,把夹克和衣服里的湿气都蒸发掉了。原来潮湿而沉重的手套也变轻了。我好像被海洋的湿气冻得太久,因而忘了温暖是什么滋味。我觉得有些睡意。前面的一条小溪旁有一个休息区,里面有张野餐桌。骑到那里的时候,我关掉发动机停了下来。

我告诉克里斯:"我困了,要睡一会儿。"

他说:"我也睡。"

于是我们睡了一会儿,醒来的时候觉得身心舒畅。许久都没有这种感觉了。我拿起我们的夹克,把它们塞在车上绑东西的绳子里。

天气太热,在这种天气里是不需要戴头盔的。我把头盔拿下来,绑在绳子上。

克里斯说:"把我的也放在那儿。"

"你要戴它才安全。"

"你也没戴啊。"

"好吧。"于是我把他的头盔也收了起来。

道路在林间蜿蜒向前,一个弯接一个弯地爬向高处,也带来一个又一个新的景观。最后,树丛不见了,眼前一片开阔,我们看到前面出现一座峡谷。

我大声朝克里斯喊:"好美啊!"

"你不需要吼!"他说。

"噢。"我笑了起来。拿掉头盔之后,你就可以恢复平常谈话的音量。这么多天之后,终于可以把头盔拿掉了!

我说:"不过真的很美。"

我们又经过了很多树林、灌木丛。天气越来越暖和。克里斯抓着我的肩膀，我微微转身，看见他站在踏板上。

我说："这样有点危险。"

"不危险，我自己会注意。"

他可能会注意，但我还是说："总归要小心点。"

过了一会儿，我们在树下来了一个大转弯，"噢！"他说，然后又叫，"啊！"然后又是，"哇！"路旁的树枝非常低矮，如果不小心，随时会打到他的头。

我问他："怎么了？"

"太不一样了。"

"什么？"

"一切。我以前都不能越过你的肩往前看。"

阳光把树枝的影子投射到地面，形成奇怪而美丽的图案。它们倏倏地在我眼前忽明忽暗地闪过。然后我们又来了一个大转弯，进入阳光直射的开阔地带。

没错，我从没意识到这一点。这些日子以来，他一直只能盯着我的背。我问他："你看到了什么？"

"全都不一样。"

我们又来到了一座小树林里。他说："难道你不怕吗？"

"不怕，你会习惯的。"

过了一会儿他说："等我长大，我可以拥有一辆摩托车吗？"

"如果你会照顾它的话。"

"那要怎样照顾呢?"

"要做许多事情。你看我一直做的就是。"

"你会全部教我吗?"

"当然。"

"很难吗?"

"如果你有正确的态度就不难。事实上难的是要有正确的态度。"

"噢。"

过了一会儿,他又坐下来,然后说:"爸爸?"

"什么事?"

"我会有正确的态度吗?"

"我想会吧,"我说,"我想不会有任何问题。"

于是我们又骑过尤凯亚、霍普兰,以及克洛弗代尔,一直来到美酒的家乡。高速公路十分通畅。载我们几乎横跨半个大陆的摩托车依然低沉地吼着,漠视一切,但有着它自己内在的力量。我们又经过亚斯提和圣罗莎、佩塔卢马和诺瓦托,高速公路变得更加宽阔,车子也增加了不少,到处都是小汽车、卡车和公共汽车,上面载满了人。不一会儿,路旁出现了住宅、船只和海湾。

当然,试炼永远不会了结。人只要活着就会发生不愉快的事和不幸的事。但是我现在有一种以前没有过的感觉,这种感觉并不只是停留在表面,而是深入内里:我们赢了。情况正在慢慢好起来。我们几乎可以这样期待。

重现经典
编委会

主编　　陈众议

编委　[排名不分先后]

陆建德　　余中先
高 兴　　苏 玲
程 巍　　袁 伟
秦 岚　　杜新华

重现经典

编 委 会

推 荐 语

近世西风东渐，自林纾翻译外国作品算起，已逾百年。其间，被翻译成中文的外国作品，难以计数。几乎每一个受过教育的中国人，都受过外国文学作品的熏陶或浸润。其中许多人，就因为阅读外国文学作品而走上文学创作的道路。比如鲁迅，比如巴金，比如沈从文。翻译作品带给中国和中国人的影响，从文学领域渗透到社会生活的各个方面。从某种意义上可以说，是翻译作品所承载的思想内涵把中国从古老沉重的封建帝国，拉上了现代社会的轨道。

仅就文学而言，世界级的优秀作品已浩如烟海。有些作家在他们自己的时代大红大紫，但随着时间的流逝而湮没无闻，比如赛珍珠。另外一些作家活着的时候并未受到读者的青睐，但去世多年后则慢慢被读者接受、重视，其作品成为文学经典，比如卡夫卡。然而，终究还是有一些优秀作品未能进入普通读者的视野。当法国人编著的《理想藏书》1996年在中国出版时，很多资深外国文学读者发现，排在德语文学前十位的作品，竟有一多半连听都没有听说过。即使在中国读者最熟悉的英美文学里，仍有不少作品被我们遗漏。这其中既有时代变迁的原因，也有评论家和读者的趣味问题。除此之外，中国图书市场的巨大变迁，出版者和翻译者选择倾向的变化，译介者的信息与知识不足，时代条件的差异，等等，都会使大师之作与我们擦肩而过。

自2005年4月始,重庆出版社大力推出"重现经典"书系,旨在重新挖掘那些曾被中国忽略但在西方被公认为经典的文学作品。当时,我们的选择标准如下:从来没有在中国翻译出版过的作家的作品;虽在中国有译介,但并未得到应有重视的作家的作品;虽然在中国引起过关注,但由于近年来的商业化倾向而被出版界淡忘的名家作品。以这样的标准选纳作家和作品,自然不会愧对中国广大读者。

随着已出版书目的陆续增加,该书系已引起国内外读者的广泛关注。应许多中高端读者建议,本书系决定增加选纳标准,既把部分读者熟知但以往译本存在较多差误的经典作品,以高质量重新面世,同时也关注那些有思想内涵,曾经或正在影响着社会进步的不同时期的文学佳作,力争将本书系持续推进,以更多佳作满足不同层次读者的需求。

自然,经典作品也脱离不了它所处的时代背景,反映其时代的文化特征,其中难免有时代的局限性。但瑕不掩瑜,这些作品的文学价值和思想价值及其对一代代读者的影响丝毫没有减弱。鉴于此,我们相信这些优秀的文学作品能和中华文明继续交相辉映。

丛书编委会修订于2010年1月

2005年

《华氏451》 [美]布·雷德伯利

《美丽新世界》 [英]阿道司·赫胥黎

《穿裘皮大衣的维纳斯》 [奥]利奥波德·萨克·莫索克

《秘密花园》 [法]奥克塔夫·米尔博

《亨利和琼》 [美]阿娜伊丝·宁

《崩溃》 [尼日利亚]钦努阿·阿契贝

《源泉》 [美]安·兰德

2006年

《捕蜂器》 [英]伊恩·班克斯

《牙买加飓风》 [英]理查德·休斯

《看电影的人》 [美]沃克·珀西

《情陷撒哈拉》 [美]保罗·鲍尔斯

《相约萨马拉》 [美]约翰·奥哈拉

《母猪女郎》 [法]玛丽·达里厄塞克

《曼哈顿中转站》 [美]约翰·多斯·帕索斯

《万里任禅游》 [美]罗伯特·M.波西格

《荒凉天使》 [美]杰克·凯鲁亚克

《魔法外套》 [意]迪诺·布扎蒂

《面纱》 [英]W.萨默赛特·毛姆

2007年

《血橙》 [美]约翰·霍克斯

《破碎的四月》 [阿尔巴尼亚]伊斯梅尔·卡达莱

《校园秘史》 [美]唐娜·塔特

《独自和解》 [美]约翰·诺尔斯

《猎鹰者监狱》 [美]约翰·契弗

《孤独旅者》 [美]杰克·凯鲁亚克

《邮差》 [智]安东尼奥·斯卡尔梅达

《阿特拉斯耸耸肩》 [美]安·兰德

2008年

《能干的法贝尔》 [瑞士]马克斯·弗里施

《孤独天使》(《荒凉天使》新版) [美]杰克·凯鲁亚克

《跳房子》 [阿根廷]胡利奥·科塔萨尔

《失落》 [印度]基兰·德赛

《施蒂勒》 [瑞士]马克斯·弗里施

《人民公仆》 [尼日利亚]钦努阿·阿契贝

《斜阳》 [日]太宰治

《飞越疯人院》 [美]肯·克西

2009年

《瓦解》(《崩溃》新版) [尼日利亚]钦努阿·阿契贝

《亡军的将领》 [阿尔巴尼亚]伊斯梅尔·卡达莱

《情迷六月花》(《亨利和琼》新版) [美]阿娜伊丝·宁

《金色夜叉》 [日]尾崎红叶

《高野圣僧》 [日]泉镜花

《革命之路》 [美]理查德·耶茨

《路》 [美]科马克·麦卡锡

《荒原蚁丘》 [尼日利亚]钦努阿·阿契贝

《居辽同志兴衰记》 [阿尔巴尼亚]德里特洛·阿果里

《鞑靼人沙漠》 [意]迪诺·布扎蒂

《梦幻宫殿》 [阿尔巴尼亚]伊斯梅尔·卡达莱

2010年

《米兰之恋》 [意]迪诺·布扎蒂

《天下骏马》 [美]科马克·麦卡锡

《印度之恋》 [英]露丝·普拉瓦尔·杰哈布瓦拉

《猜火车》 [英]欧文·威尔士

2011年

《平原上的城市》 [美]科马克·麦卡锡

《穿越》 [美]科马克·麦卡锡

《神箭》 [尼日利亚]钦努阿·阿契贝

《禅与摩托车维修艺术》(《万里任禅游》新版) [美]罗伯特·M.波西格

2012年

《路》(精装) [美]科马克·麦卡锡

《面纱》(精装) [英]W.萨默赛特·毛姆

《老妓抄》 [日]冈本加乃子

《萨巫颂》 [伊朗]西敏·达内希瓦尔

《邮差》(新版) [智]安东尼奥·斯卡尔梅达

《一个人的和平》(《独自和解》新版) [美]约翰·诺尔斯

《猜火车》(精装) [英]欧文·威尔士

《阁楼上的狐狸》 [英]理查德·休斯

2013年

《天下骏马》(精装) [美]科马克·麦卡锡

《御伽草纸》 [日]太宰治

《血色子午线》 [美]科马克·麦卡锡

《阿特拉斯耸耸肩》(精装) [美]安·兰德

《斜阳》(新版) [日]太宰治

《人间失格》 [日]太宰治

《源泉》(精装) [美]安·兰德

《晚年》 [日]太宰治

《已故的帕斯卡尔》 [意]皮兰德娄

《维庸之妻》 [日]太宰治

《奔跑吧,梅勒斯》 [日]太宰治

《一月十六日夜》 [美]安·兰德

2014年

《春雪》 [日]三岛由纪夫

《天人五衰》 [日]三岛由纪夫

《阿甘正传》 [美]温斯顿·格鲁姆

2015年

《飞越疯人院》(精装) [美]肯·克西

《康州美国佬大闹亚瑟王朝》 [美]马克·吐温

《热与尘》(《印度之恋》新版) [英]露丝·普拉瓦尔·杰哈布瓦拉

《相爱一场》(《米兰之恋》新版) [意]迪诺·布扎蒂

《好色一代女》 [日]井原西鹤

《奔马》 [日]三岛由纪夫

《晓寺》 [日]三岛由纪夫

《离开拉斯维加斯》 [美]约翰·奥布莱恩

2016年

《一个人》 [美]安·兰德

《浪漫主义宣言》 [美]安·兰德

《她们》 [美]玛丽·麦卡锡

《亡军的将领》(精装) [阿尔巴尼亚]伊斯梅尔·卡达莱

《长城》 [阿尔巴尼亚]伊斯梅尔·卡达莱

《紫苑草》 [美]威廉·肯尼迪

2017年

《理想》 [美]安·兰德

ZEN AND THE ART OF MOTORCYCLE MAINTENANCE by Robert M. Pirsig
Copyright © 1974 by Robert M. Pirsig and Introduction copyright © 1984 by Robert M. Pirsig.
Images of Robert Pirsig Original 1968 Trip, Copyright © 1968 by Robert M. Pirsig and Introduction copyright © 2018 by Henry Gurr.
Simplified Chinese edition copyright:
2018 BEIJING ALPHA BOOKS.CO.,INC
All rights reserved.

版贸核渝字(2015)第286号
图书在版编目(CIP)数据

禅与摩托车维修艺术：珍藏版/(美)罗伯特·M.波西格著；
张国辰，王培沛译. — 重庆：重庆出版社, 2018.7
书名原文：Zen and the Art of Motorcycle Maintenance
ISBN 978-7-229-13154-8

Ⅰ.①禅… Ⅱ.①罗… ②张… ③王… Ⅲ.①长篇小
说—美国—现代 Ⅳ.①I712.45
中国版本图书馆CIP数据核字(2018)第079520号

禅与摩托车维修艺术（珍藏版）
CHAN YU MOTUOCHE WEIXIU YISHU ZHENCANGBAN
[美]罗伯特·M.波西格 著 张国辰 王培沛 译

策　　划：华章同人
出版监制：徐宪江　伍　志
策划编辑：张慧哲
责任编辑：张慧哲
责任印制：杨　宁
营销编辑：张　宁
书籍设计：观止堂设计工作室 010-62015184　774038217@QQ.COM

重庆出版集团
重庆出版社 出版

（重庆市南岸区南滨路162号1幢）
北京毅峰迅捷印刷有限公司 印刷
重庆出版社有限责任公司 发行
邮购电话：010-85869375
全国新华书店经销

开本：850mm×1168mm 1/32 印张：17.25 字数：306千
2018年7月第1版 2025年6月第1版第23次印刷
定价：79.80元

如有印装问题，请致电023-61520678

版权所有，侵权必究